《龙泉师友遗稿合编》书影
《恒斋日记》

刘化风小像

穿芳峪古园林分布图

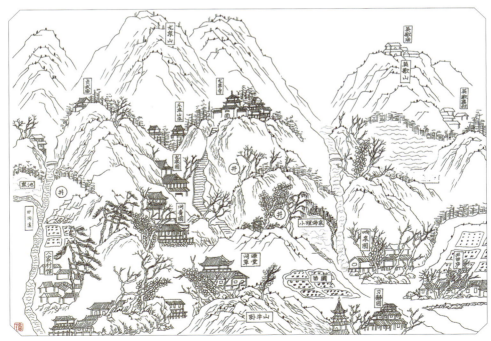

龙泉图图
龙泉山人写
王晋之

小穿芳峪文库

小穿芳峪艺文汇编

[清]于鬴清等 著

罗海燕 苑雅文 整理点校

三编

社会科学文献出版社
SOCIAL SCIENCES ACADEMIC PRESS (CHINA)

"小穿芳峪文库"编辑委员会

工作委员会

主　　任　　孟凡全

副主任　　王建东

委　　员　　张　敏　蔡凤芹　刘学良

编撰委员会

学术顾问　　罗澍伟

主　　编　　苑雅文

副 主 编　　罗海燕

小穿芳峪文库【第一辑】

1. 龙泉师友遗稿合编【影印本】

整理：苑雅文　罗海燕

2. 小穿芳峪艺文汇编·初编：李江文集【点校本】

主编：苑雅文　罗海燕

3. 小穿芳峪艺文汇编·二编：王晋之集、李树屏集【点校本】

主编：罗海燕　苑雅文

小穿芳峪文库【第二辑】

1. 小穿芳峪发展志略

主编：苑雅文　罗海燕

2. 小穿芳峪艺文汇编·三编【点校本】

主编：罗海燕　苑雅文

传承优秀传统文化，建设独具魅力的
社会主义新农村

——兼"小穿芳峪文库"总序

小穿芳峪村坐落在蓟州东北部的穿芳峪镇，是个风景秀丽、空气清新的小山村，有人口 268 人，山场 200 亩，耕地 295 亩，已经发展为国家 AAA 级旅游景区。近年来，村里的经济发展很快，从 2012 年的集体经济零收入发展到 2016 年的 50 万元，村民人均收入也从 8400 元提升到 26000 元，旅游产业得到长足发展。

我在这里长大，和村民们一样，对这片土地上的一山一水、一草一木都有着难以割舍的乡愁与乡恋。正是这种情感，让我们满怀激情地投入旅游村的建设中，努力走出一条绿色、可持续的乡村发展道路，让这片土地成为村人与游客共同的宜居乐园。

我们的村庄地处半山区，地貌极具特点，呈群山环绕状：村东是卧牛山，村西有穿芳山，村北有半壁山，村东北有龙泉山、鹦哥山。听村中老人讲，卧牛山状如卧牛因此而得名，牛尾横扫处是著名的龙泉溪水，遗憾的是现已干涸。穿芳山山峦起伏，林木花草茂密。半壁山"一峰崛削，壁立千寻"，被誉为小华山。历史上这里山泉交错环绕，泉水之美之妙，古籍中有相当多的描述。

每次听人说起小穿的历史与文化，心中都有一种自豪感。新中国成立前，小穿芳峪村与穿芳峪村、南山村合属一个村落，清末时李江等八位雅士在这里修建园林，耕读劳作，敬老教子，留下很多美好故事。他们与乡亲们友好相处，建起了义塾义仓，普及文化、播撒爱心、弘扬美德，让这片土地受到优秀传统文化的熏陶，民风淳朴，崇德向善。

　　我的爷爷曾任响泉园的园丁，我的童年记忆中还有美丽的园林和清澈的水塘，如今还可见到古井、古树的遗迹。一直以来，村民们对历史的记忆主要依靠长辈们的口碑相传，对文字资料少有提及。因此，当天津社会科学院的老师们来到村里调研，告知我还有详实的古籍文献时，我的感觉是既惊又喜：惊的是这么珍贵的历史文化资源一直被忽视，缺乏系统的研究与宣传；喜的是经过专家们的挖掘与考证，这段历史被还原，让我们找到了地域优秀文化的传承脉络，也让小穿的旅游活动有了更为厚重的历史依托。

　　洋洋洒洒近百万字的古籍文献资料，为我们留下了丰富的知识与信息。书中清晰记录着八位雅士在穿芳峪建园的来龙去脉，叙述着他们劳动和生活的经验与乐趣，也表达着他们读书的体会与感悟。这八座园林与主人是：龙泉园——李江，问青园——王晋之，八家村馆——李树屏，问源草堂——崇绮，响泉园——万青藜，习静园——赵静一和邓显亭，乐泉山庄——纶雨芗，井田庐——八人共有。如今村里可见各处园林遗迹，可觅古树、匾额、园林照片、画模、课本等古物。古籍中的记载印证了我们听到的故事，展现的信息更加详实和丰富，让我们更加深入透彻地了解了自己的家乡。

　　书中弘扬的人与自然和谐共处的理念以及耕读文化，潜移默化地影响着我村村民的生产和生活。书中对地域风光有着很多美好描述，"三面山环绕，东南少开张。入山不见村，惟有树苍苍。山山有流泉，流多源并长"，"山水难相兼，吾园据其胜。泉源讶斛涌，峰势俨虹互。入谷不见宅，到门尚迷径"。李江、王晋之等雅士重视植树，并颇有研究，《山居琐言》记有"居山先宜树木、树田宜近而贱、种树可占正田、种树先宜编篱、编篱得利而无他患、树秧岁宜多养、种树亦宜用粪、删树五诀"等精辟论述。今天我们村依然延续着植树的风尚，既是产业发展方向也是家园美化建设。先人们对于农耕更是亲力亲为，认为"耕织种植皆宜专精其事"，还发展种蔬养蚕，开辟了中草药园。对于持家守礼更是倡导忠诚守信，提出"兴家勤俭是根，传家忠厚是根，保家诗礼是根"。在生活上很有情趣，亲手制作小烧酒、梨醋、蜂蜜、醉梨、潦豆、雷蘑等特色农产品，颇有地道农家风味。劳作之余，雅士们笔耕不辍，留下大量的美文，"约伴游山，即以觅句"，"课儿句读，即以温书；循溪散步，即以行饭"，为我们描绘了当年的乐居景象。

　　生活在这样的古村落，我既感到幸运，更感受到肩负的历史责任。我们党提出培育和践行社会主义核心价值观要立足中华优秀传统文化，利用好中华优秀传统文化蕴含的丰富思想道德资源，使其成为涵养社会主义核心价值观的重要源泉。作为党的基层组织，我们应该甄别先人留给我们的精神财富，传承优秀的传统文化，扎牢文化的根脉，为建设社会主义新农村的先进文化积淀养分。这套书是"小穿芳峪文库"的第一辑，我们计划今后将更多的乡村文化产品纳入出版和宣传中，在发展经济的同时，积极开展文化建设，让文化提升村民的生活品质，让文化助力乡村经济的发展，将小穿建设成为具有独特魅力的社会主义新农村。

习近平总书记高度重视优秀传统文化的传承，提出："不忘历史才能开辟未来，善于继承才能善于创新。我们要善于把弘扬优秀传统文化和发展现实文化有机统一起来，紧密结合起来，在继承中发展，在发展中继承。"立足于这样优秀的历史文化资源，村两委班子对村庄的发展做了更深入的思考与规划：先人们曾建立了形式和内涵丰富的园林群，这种素材很符合现代人休闲旅游的诉求，应该积极恢复和精心经营；文人雅居的丰富典故，更是有助于挖掘小穿芳峪旅游文化的深层次内涵，把旅游活动提升到文化创意层面；丰富的文献资料和历史文物，是这一地域风土民情与历史繁荣的一手证据，可以吸引游客参与到寻访与调研考证活动中，创新设计出多元化的旅游活动。

郑重感谢穿芳峪镇党委、镇政府一直以来对我村经济和文化建设的指导和帮助！感谢小穿芳峪村两委班子和广大村民对我的信任和支持！今后，我将更加努力工作，为家乡的发展奉献更多的智慧。

最后，向苑雅文、罗海燕两位老师致谢！他们对待工作严谨而认真、踏实而务实，让我们感受到科研人员服务乡村、甘于奉献的心愿与抱负。他们的努力让大家多了一个了解我家乡的渠道，也希望朋友们来到小穿做客，了解这片土地，爱上这片土地！

天津市蓟州区小穿芳峪村党支部书记　孟凡全

2017 年 7 月 1 日

保护乡土文化资源，建设新乡贤文化

如何破解人生的种种难题？大概是人类社会的一种永恒追求。

中国文人雅士，历来对此认识不一。那些性情恬淡的，往往采取退避三舍的办法，回归乡土，隐遁红尘，傍山枕水，眠风餐荄，萧然无世俗之思，淡泊有闲适之情，于闲暇中构建自己，于是乎出现了中国历史上特有的隐逸文化。

在这样的文化传统笼罩下，时间就像幽咽的泉水，千百年来，悄无声息地淘洗出一代又一代的大小隐逸名士。

隐逸，作为一种修齐治平的中国特色文化传承，还能不能融入今天的生产生活，转化为符合现代人需求的休闲文化和对时代有益的思想财富呢？

应当感谢苑雅文博士，在她的主持下，她和团队成员罗海燕博士挖掘、整理出代表和反映近代天津隐逸文化、也可说是中国最后一代隐逸文化的历史文献——蓟州区《小穿芳峪艺文汇编》，其中包括过去鲜为人知的《龙泉园集》《问青园集》《八家村馆集》，以及曾在这里生活过的其他几位近代隐逸之士的屐痕。

小穿芳峪在蓟州区境东北，南对翠屏，东接遵化市，三面环山，历史上以泉取胜。

同治九年（1870）曾在兵部任职的州进士李江（观澜）因病还乡，筑园龙泉旁，"仰可看山，俯可听泉"，因名龙泉园；又垦地数亩，广为种植。李江殁后，门人李树屏（髯）将其生前著述编为《龙泉园集》，除诗歌、尺牍、序跋外，多为各类笔记；唯集中的《村居琐记》是他卜居此处后，"事事问园翁"的忠实记录，分农、谷、蔬、木、花、鸟、畜、占侯、乡俗和俗言十个部分，其中的精华要义，至今仍具传承价值。

不久，在李江的影响下，时任礼部尚书的万青藜、内阁学士崇绮、道员纶雨芗、州人赵连增等，也先后在这一带建起了响泉园、问源草堂、乐泉山庄和习静园，一时间，风韵弥醇的小穿芳峪竟成为近百年来隐逸文化返璞归真的仙野绿洲。

《问青园集》的作者王晋之（竹舫）是位举人，也是李江的挚友，二人平日过从甚密。李江说，龙泉"园成而王竹舫亦来卜居，其续于园中起屋"，这就是问青园。

王晋之在问青园中，除著文吟诗，广课生徒，炮制草药，还勤于农林各事与笔耕。李江在为王晋之所写的《山居琐言·序》中，记录了该书的写作经过："予与竹舫皆书生，不谙农事。顾已入山，不能不以园田佐诵读。乃参之古书、询之老农、验之土性，未一二年，耕种之宜、树艺之法及凡山农所宜从事者，予两人粗悉其概，竹舫则视予尤精焉。暇则本其所得，著为一书，名曰《山居琐言》。"其他如收入《问青园集》的《沟洫私议》和《沟洫图说》，也应是缘此而作。这些具有实践经验的资料留存至今，对于地方农业科技和农业史的研究以及发挥传统农林业"惠民利民、安民富民"的作用而言，是十分宝贵的科技文献。

《八家村馆集》的作者李树屏（小山），土生土长的穿芳峪人，秀才出身，是一位生活在清末民初的乡村爱国知识分子；五十一岁那年，有感于中国在甲午战争中惨败，开始蓄髯，并改号李髯。李树屏是李江和王晋之的门人，与李江、王晋之合称为"穿芳三隐"。

八家村馆建于穿芳峪西北的妙沟溪畔，是李树屏与其友人谈诗论文的地方，也是他的讲学之所。《八家村馆集》里最值得挖掘的，是李江手撰，李树屏作注的"龙泉园十六景"，即：穿芳品泉，龙泉踏月，柳池冬暖，霍峪秋妍，福缘古槐，金灵秋树，半壁栖云，花石夕照，南屏暮雨，北寺晨钟，石门苍霭，片石仙踪，石塔涛声，妙沟瀑布，鹦哥狐火和梨坞书声。

这十六景无疑都是传统文化的标志性元素，将其纳入小穿芳峪的村镇规划设计和公共空间建设，对于今天把这里打造成"处处有历史、步步有文化"的"美丽乡村"，不但具有很好的借鉴参考价值，而且，作为形神兼备、情景交融的生活美学追求，还可赋予新的时代内涵和现代表达形式。

今年一月，中共中央办公厅和国务院办公厅《关于实施中华优秀传统文化传承发展工程的意见》正式公布，其中有一段话，我们特别应该记住："挖掘和保护乡土文化资源，建设新乡贤文化，培育和扶持乡村文化骨干，提升乡土文化内涵，形成良性乡村文化生态，让子孙后代记得住乡愁。"

今天，隐逸早已转化为一种积极的休闲艺术。

比方说，在紧张工作之余，能不能采用离智慧比较近的办法，给自己寻找一个最有休闲价值的位置，淡然于心，自在于身，以缓解生活的躁动与不安呢？

以闲暇颐养身心，其实就是一种面对尘世喧嚣的理性心态，是面对人生无奈的和解与包容，也是一种现代式的睿智。

细数过往，对错得失，难求完美，放弃身边那些崇尚物质、追求功利的束缚，傲然独立，任情不羁，为心灵松绑，浪迹山水，与清风白云为伍，让清淡隽永的茶香，娓娓飘出平安是福的蕴意，尽享生活最有滋味的那一刻，不也是对当代休闲文化价值的一种诠释吗？

在各种各样的难题面前，什么是最佳的人生态度？有人认为，是心灵深处对自然和生命的感悟。面对窗外初生的清嫩新叶，我深表赞同。开发小穿芳峪的隐逸文化，让人们调整身心，焕发活力，把控人生的清寂与欢欣，"不忘本来，吸收外来、面向未来"，使那些有益的传统文化价值深度嵌入人们生活，也许，这就是开发近代历史上小穿芳峪隐逸文化的当代价值吧。

罗澍伟
2017 年 6 月 26 日改迄

前　言

　　《尚书·多士》云："惟殷先人，有册有典。"上下五千年，纵横九万里，神州大地上，漫漫岁月中，无数勤劳智慧的华夏先人为后世留下了浩如烟海的古籍。而中华民族拥有世界上唯一没有中断的悠久历史，其重要标志就是大量的文献典籍历经数千年而绵延不绝，勾画出了中华文明进程生生不息的完整脉络。因此，对中华古代典籍进行整理和研究，可谓是守护珍贵文化遗产和传承发展中华优秀传统文化最为基础和首要的工作。实际上，早在春秋时期，孔子就开始了整理研究古籍。他通过删定《诗》《书》等，创树了搜集、整理与校订，编次与考证，讲述阐释、分析与评论等方法和理论。改革开放以来，中共中央先后发布《关于整理我国古籍的指示》等，全国的古籍整理工作进入新的勃兴时期。近年来，中共中央办公厅、国务院办公厅又印发了《关于实施中华优秀传统文化传承发展工程的意见》，明确提出要"加强中华文化典籍整理编纂出版工作"。鉴于此，为整理"活化"古籍，传承发展文脉，实现中华优秀传统文化的创新性转化，并以此推动乡村振兴，天津市蓟州区穿芳峪镇小穿芳峪村两委班子顺应时代潮流，勇于担当，敢于作为，积极推出了"小穿芳峪文库"。

一

　　文库系列中，《小穿芳峪艺文汇编·初编》是对清代学者李江的《龙泉园集》等进行整理，而《小穿芳峪艺文汇编·二编》则是对清代学者王晋之和李树屏的《问青园集》与《八家村馆集》等加以点校。李江、王晋之及李树屏被世人誉为"穿芳三隐"，他们在穿芳峪筑构园林、兴办农业、谈文论道、推行教育等，并吸引聚集了众多的京师学者和官员迁居穿芳峪。对于李江、王晋之，晚清文坛巨擘吴汝纶曾评论道"当是时，京师名公巨卿多高此两人，两人之风既耸动当世矣"。当时，在李江和王晋之的影响之下，自蓟州而京师、津沽与保定，更自北方而江南，甚至自中国而朝鲜，众多名公巨卿、硕儒文宗，或亲至或书问，他们论学问道、诗文酬答，形成了晚清时期一个令人瞩目的独特的文化现象。这种人文之盛甚至可以追比雍乾时期的水西庄，其不仅可以独步北方，较之江南亦不逊色。

除三位乡贤之外，他们的家族后人与门人弟子也大多都有著述，并且在历经晚近板荡、日军侵华以及"文革"十年动乱后，斯文不堕，依然留存于世。《穿芳峪艺文汇编·三编》（以下简称《三编》）对于弢清、李萱等22位"穿芳三隐"家族后人及门人弟子的文集进行了现代化的点校整理。

《三编》是以蓟州区档案馆所存的孤本《里党艺文存略·贞编》为底本，同时又广为搜集其他单行文集和散佚诗词文联等，共同构成。对于各家文集，则统一命名为"某某集"。具体而言：于弢清《于弢清集》包括《恒斋日记》及其散佚诗文和他人与之相关的文献；李潴《李潴集》包括《哲亭遗诗》及其残句；赵绅《赵绅集》包括《竹楼遗稿》及其与李江合撰的《同人睹快》以及其他散佚之作等；方德醇《方德醇集》以《粹庵稿存》为主；王询《王询集》以《西轩老人随笔杂存》为主；李湘《李湘集》以《竹汀遗墨》为主；孟昭明《孟昭明集》以《篆山耕人遗稿》为主；王翼之《王翼之集》以《敬斋诗文杂存》为主；卢素存《卢素存集》以《侣砚山房文稿》为主；孙盛平《孙盛平集》以《蕴山诗存》为主；张膺《张膺集》以《次拳诗存》为主；于弢勋《于弢勋集》以《于小霖诗》为主；赵春元《赵春元集》以《赵春元诗》为主；李九思《李九思集》以《李九思诗》为主；吴湘《吴湘集》以《汲青诗仅》为主；王塾《王塾集》以《朱华痴衲遗稿》为主；孟昭曦《孟昭曦集》以《晖三文稿》为主；金凤翥《金凤翥集》以《金凤翥文稿》为主；杜维桢《杜维桢集》以《郎当舞》为主；刘化风《刘化风集》以《味虚簃稿拾残》为主；卢一新《卢一新集》以《忏非室诗存》为主；李萱《李萱集》以《露生诗拾》为主。

文字上，皆以保持原貌为主。其中，明显有错讹脱文，属于手民之误者，径直改正，不出校记。其他，如底本缺字者，以他本添补，以［］识之；底本漶漫不清者，以□识之；底本以小字行注者，统一以【】识之；底本为尊者讳而挪抬者，按照现代的书写习惯统一删除；其他有特别需要说明者，以"罗按"加以解释。

这些文集在内容上涵盖广泛，博涉哲学、文学、史学、农学等不同学科。如于弼清推尊朱熹的"居敬穷理"之教，其《恒斋日记》发扬了李江的日记之学，通过日有所悟即笔诸纸上，来"验其居心之敛肆，务学之浅深"，以实现穷理致知，感悟性命之学，而增益修养，学以成人。其所云"处事怕无见识，处人怕无度量""君子经一番阅历，长一番见识，常人则增长一分病痛而已""诚是为人第一法，敬是为学第一法""立心宜直，待人宜厚，处事宜通""惊于外者，必慌于内，验于人，确然不爽"，均为体世之悟，堪为至理名言。对此，李江曾赞道"生之学，主于居敬穷理，而其措之事为，与见之文字者，则皆以道理为归"。孟昭曦《秋圃黄花录》则曾收录他颇为得意的57 篇策论之作。策论是古代科举考试所采用的一种文体。策，即策问，试者按问对答。论，即议论时政。其始于宋代，后世时兴时废。清光绪二十四年（1898），曾诏令凡乡试、会试及生童岁科各试，停试八股文，而改试策论取士。孟昭曦认为"物各有理，理非论不明，治各有道，道非论不著"，而策论尤能见出作者的胸襟气象和学问精粗，故专辑策论之作，并附有诸家点评，以为学者助益。金凤翥邃于《春秋》之学与文学，其《俪左韵编》摘录《左传》文句和典故，按照韵书体例，以八字为限加以编排，既有助于学者研习《左传》，更为学诗者提供了进取之津梁。而其《渔阳志略》则四字一句，凡 4360 言，载记了蓟州的山川、人物、种类等，且合方志学、坤舆学与蒙学为一体，尤其有利于世人了解渔阳的历史与风物。李江爱桑棉、王晋之喜兰竹、李树屏嗜芭蕉，并在培植方面，均有心得著述，而他们弟子方德醇则尤擅养菊。其《养菊说》及《养菊馀论篇》则结合前人菊谱和自己的种植经验，全面总结了养根、择地、栽苗、防雀、养干、养枝、留苞、养苞、养叶、宿粪、晒土、登盆、插秧、本菊、捉虫、灌溉等环节的养菊之法，可谓得其三昧。

二

《初编》和《二编》的"前言"，曾列举整理"穿芳三隐"文集的价值，归纳有三。

其一，就文学而言，"穿芳三隐"虽然在当时颇有影响，但是在后世因为文献不易获取，而逐渐为人所遗忘。故无论是清代文学史、中国近代文学史，还是天津文学史等著作，均无一提及他们。偶有论近代词学史者，在研究为"清季四大词人"之一王鹏运的词作时，会提到李树屏与王氏的唱和酬答以及前者在汇刻词集中的襄助之功，却往往因不辨"蓟"的异体字与"苏"，而把李树屏视为苏州人。其实，无论是古文，还是诗词，三人均创作丰富，成就不俗，超过了大多数的同时代作家。而李树屏在与王鹏运的交往中，通过其《八家村馆集》更记载了众多的晚清词坛状况，现就已在其集中发现不少王鹏运的词作，而为《王鹏运集》及《王鹏运词集校笺》所失收。

其二，就学术而言，"穿芳三隐"均从事教学活动，对于教育理念、教育制度、教育方法等多有独特见解，并形诸文字。这些著述，都是研究中国晚近教育史的重要文献。此外，晚清中国，内外交困，内则太平天国、捻军、义和团相继而起，外则扶桑构衅，强俄虎视，列强凌侵神州，而腐败清廷束手无策，当时天下人心动摇。无数士人为此殚精竭虑，上求下索，去寻求学人自立和国家自立之道。而在列强凌侵、西学东渐的背景下，三人则坚守程朱性理之学，同时，还创造性地发展了自元代许衡以来的治生说，提出学者应该有治生之道，否则无以立品、养家，更拖累于为学。这种以经济自强，而追求学术独立的理念和做法，不仅在当时，而且在当今社会，也对学者多有启悟和借鉴。

其三，就乡村建设而言，"穿芳三隐"躬耕课读于穿芳峪，他们不仅建构了众多的园林，至今遗迹尚存，而且以饱含情感的笔墨书写了大量的有关家乡山水、人情、风土的文章与诗词。故在如今政府大力提倡乡村旅游和传承中华优秀文化的背景下，若对当时的园林进行复建，并对既有的文脉加以承传，无疑堪为当前新农村建设的一项盛举。

三

"德不孤，必有邻。"《小穿芳峪艺文汇编·三编》中的诸学者，承"穿芳三隐"衣钵和惠泽，在思想理念、学术主张、著述志趣、经世致用等方面，都一脉贯通，风神相似。故对他们的著述进行整理，也具有上述三方面的价值。而且，除此之外，尚有如下重大意义。

（一）构建了穿芳峪学者群体

通过现存文献可知，以"穿芳三隐"为中心，形成了一个跨族籍、跨区域、跨阶层、跨时代的穿芳峪学者群体。这一群体，有核心人物，有众多骨干和近百名成员，在社会治理、经济发展、地方教育、慈善救灾、移风易俗、卫乡保家以及为学为文等方面，志趣相同、理念相近，贡献可观。自清同治初年至1949年中华人民共和国成立，这一群体前后承传数代，绵延约百年。而且，他们之间习相近，学相同，地相邻，情相亲，家相通，交相厚，人相联，吟相合，借助师友承传、地缘认同、姻亲托交、会社雅集等，构成了一个广泛而亲密的社会交际网络。

（二）重现了穿芳峪园林群

依据文献记载，并结合留存遗址以及故老回忆，可以确定，在穿芳峪曾前后建成众多园林，形成了穿芳峪园林群。当时，在龙泉山与卧牛山芬芳的山谷平阔之地，除了李江的龙泉园外，王晋之还建有问青园，李树屏建有八家村馆，而吏部尚书万青藜建有响泉园，热河都统崇绮置问源草堂，纶雨芗构乐泉山庄，赵静一筑习静园，于弼清辟恒斋，再加上井田庐、归乐园、枕泉别业以及龙泉寺、涌泉庵、义仓、义塾等，穿芳峪园林多达十余处。

其中，龙泉园始建于清同治九年（1870），历时三年而成，由清代中宪大夫、兵部候补主事李江营造。园外泉溪环绕，密植桑榆，园内则水洁、林茂、地幽。园林初仅茅屋三间，后南移扩建，总占地约十亩，房屋中庭为"龙泉精舍"，由倭仁题额，而西为庖厨，东为仓房，前有二池，分别养鱼、种莲，后则为"来青室"。左厢是"恒斋"，右厢名"犁云馆"。园西穴壁成室为"上古居"，园西以石筑楼成"卧云楼"。园东有溪，溪上筑"枕流亭"。园南柳桃成林，林间为菜圃。园有矮墙，外结篱笆。地上碎石铺路，曲通园东柴扉，门口有联云："好去上天辞富贵，却来平地作神仙。"左右则是高大白杨。龙泉园云山回合，溪水曲环，花木扶疏，屋庐掩映，仰观俯听，丘壑花草木石皆资题品，李树屏因此曾撰《龙泉园志》，并著《龙泉园十六景注》以志园林之胜。

问青园位于龙泉园南，与之间隔一溪而园门相对。清同治十年（1871）由举人王晋之所建。园林枕山而建，占地约五亩，灌溉便利，而多种梅花。

园中有"俭斋""㓖斋""四乐斋""四药斋"等。"俭斋"周列藏书，案设古器。"㓖斋"由倭仁擘窠大书其名。"四乐斋"则由李江隶额，意为居此有山水之乐、友朋之乐、文字之乐、家庭之乐。"四药斋"则是卖药之铺，室内药香氤氲。李树屏《贺竹舫师移居穿芳峪》诗曾赞云："柴门浓覆柳阴清，茅屋疏篱画不成。好是小桥东去路，月明添出读书声。"

响泉园则总占地约十五亩，建于清同治十一年（1872）。园林主人为清代兵部尚书、吏部尚书、武英殿总裁万青藜。园中古木阴森，泉水众多而喷涌不绝，故名响泉园。因土地不平，园内分南北两院。北园为主体，名"潆碧山房"，四面作窗。房屋后窗下有"憩泉"，房屋前窗是"挹泉"。"挹泉"曲折而流，形成瀑布。两泉同汇于园中"潆碧池"。园中树阴、山色、暮霭、朝烟，均映于池。园正门在北，上题"闲者便是主人"。东南开角门，门前为六角亭。园外西接龙泉园，东则布有莲沼、稻畦、菜圃等，李江为之撰联云："闭门种菜，灌园鬻蔬。"

问源草堂为清代户部尚书、热河都统崇绮所建。园林处于四山回合之间，溪水环流，最为幽邃。岸上多桃花，每当春月，落英缤纷，溪涧为赤。游人至者，如入桃源，故名"问源"。园中有"问源草堂""陶陶书屋""耐寒堂""五柳轩"等。崇绮曾自撰楹联："杯茗快吟陶杜句，炉香静玩洛闽书。"

八家村馆又名"梦园"，为清代学者、诗人李树屏所建。园中坦幽静，遍植芭蕉、竹子等，更有菜圃以供食用。其中有斋，是为教授生徒之所，斋名"八家村馆"。万本端曾题诗云："数间茅屋傍云根，流水潺湲恰绕门。"李树屏之子李萱《八家村馆》诗也曾云："八家村馆枕溪头，竟夕泉声与耳谋。昨夜有人同榻宿，直疑泉在榻中流。"后李树屏尝欲集穿芳诸名胜于一处，在园中营造"化蝶山房""待月廊""契陶庐"等，却因时局动荡、战乱饥馑频仍等，怀憾而终。

乐泉山庄位于龙泉山与卧牛山西侧，为清代河南观察使纶雨艿在清光绪四年（1878）于龙泉园故地所建。园林初仅茅屋三间，后又扩建，并购买李姓旧宅。园中有桃成林，梨杏错出。

习静园位于蓟州穿芳峪卧牛山南坡，由清代文士赵静一与邓显亭建于清咸丰六年（1856）。园林主体为茅庐，处于百余株梨杏之间。门前对山，窗牖临树，尽收苍翠之色。园南依次为菜圃与农田。李江曾诗写春夏之时园林之景："已开白似雪，未开颜半酡。浅深浓淡间，烂漫盈陂陀。青松衬绿麦，掩映添余波。"

井田庐位于蓟州穿芳峪卧牛山与龙泉山以东平地，为李江约同好八人共建。仿张载试行井田，平地分九区，每区一亩，八人每人一区，中间一区为公田。公田之内，建一小庐，环植桑树，作为耕憩息之所，匾额"井田庐"。时人对此多有吟咏。李树屏曾作绝句云："桃李花开遍陌阡，一痕鞭影午风前。愿为荷笠携锄客，老种龙泉井字田。"

龙泉寺位于龙泉山半坡山岭处。寺内外松柏众多。中有金刚殿。寺前立有碑。寺旁有一座白玉石塔，底盘方圆两米，高三米多，有十多层。四周镌刻佛像。塔底有泉，至塔跟可以听到风涛声，有石塔涛声的说法。寺内有钟，有磬。当时学者对其吟咏甚多。李树屏《随竹舫师及仲樵游龙泉寺午睡金刚殿中》诗尝云："松涛泻午风，凉籁闲蒲扇。碑趺代石枕，席地胜瑶荐。稍怯衣襟凉，身铺白云遍。睡味醉心魂，欲起目暝眩。道童畏警客，殿角语声颤。醒视日西斜，叶底山禽啭。"

中国传统古典园林一般分为三大体系：北方园林、南方园林和岭南园林。不同体系，风格各异，通常认为"北雄、南秀、岭南巧"。其中，北方园林以皇家园林为主，主要集中于北京和承德，整体上强调华丽厚重。穿芳峪园林群属于北方园林，但是在兼容南北之长的同时，更体现出了浓厚的耕读结合的乡野意蕴。

李江曾自道其园林建筑理念："掘土筑墙，即以浚池。铲岩拓地，即以为壁。豢豕食肉，即以蓄粪。植树得阴，即以致鸟。种蔬佐馔，即以习勤。畜鸡司晨，即以食客。畜犬警盗，即以伴仆。热炉煎茶，即以暖室。居山养疴，即以读书。粪田种稼，即以肥树。开窗看山，即以学画。缚篱护园，即以为瓜豆之架。倚井栽树，即以为桔槔之柱。"王晋之则云："窍泉作渠，即以灌园。开田筑垒，即以为台。悬联饰壁，即以自箴。循田克农，即以寻芳。临流淅米，即以饲鱼。折枝作薪，即以删树。采菊代蔬，即以延年。"李树屏述之更详："叠石为山，即以代屏。环水种芦，即以当竹。沿溪栽柳，即以栖蝉。架竹种豆，即以为棚。穿林送客，即以踏月。留花饲蜂，即以酿蜜。辟地种秫，即以酿酒。醉梨消渴，即以作醋。截松作柴，即以代烛。倚石种松，即以为盖。种竹医俗，即以食笋。种蕉代纸，即以听雨。倚屋牵萝，即以为门。种菊餐英，即以作枕。养藜代蔬，即以作杖。引水浇花，即以涤砚。粘诗代画，即以糊壁。种果得实，即以看花。约伴游山，即以觅句。围炉御寒，即以暖酒。课仆锄花，即以刘草。策蹇踏雪，即以访友。课儿句读，即以温书。循溪散步，即以行饭。种莲看花，即以食藕。临溪种树，即以护堤。引流种藻，即以蓄鱼。课僮锄田，即以看山。"

这些园林在整体上则呈现出地处两山、泉水众多、花木丰茂、耕读两宜、"四乐"（山水之乐、友朋之乐、文字之乐、家庭之乐）融融的建筑特点。但是，不同园林又各具风格，简而言之：龙泉园重"耕读"，问青园重"药"，响泉园重"闲"，井田庐重"古"，问源草堂重"逸"，八家村馆重"教"，习静园重"朴"。

（三）形成了穿芳峪文献宝库

穿芳峪学者大多著述宏富，而且众多文献都至今留存，形成了一个丰厚的古籍文献宝库。前文已提及，"穿芳三隐"及其后人与门人弟子，凡25人，均有文集留存。"小穿芳峪艺文汇编"的《初编》、《二编》以及《三编》，主要就是对这些人的文献进行整理。除此之外，还有四大类文献尚在搜集和整理之中。一是，上述25人的散佚著作。如王晋之《重订〈广三字经〉》《珍珠囊补遗药赋》《雷公炮制药性解》，李树屏《说文建首音释》，李濂《略强博弈斋随笔》，刘化风《味虚簃诗稿》，以及"味虚簃丛书"（蓟州刘氏丛刻），金凤翥《养正史略》《蓟门琐录》《古今趣海》《都门日记》《山堂随录》《家庭闲话》《养正韵言》等，虽都有所收集，但是由于时间仓促、工作量大等原因，来不及收录在《三编》之中。二是，穿芳园林其他主人的著述。如万青藜《史鉴撮要》四种、《增订三字鉴注释附纪年》、《考卷清雅》四卷、《中国历代世纪歌》单行本、《四诊歌括》，崇绮的散佚诗文、手札以及奏折等，鹿学尊《艾声诗草》，瑞啸湖《怀友诗》，均留存于世，且待搜辑汇编。三是，散见他人著述以及地方诗文总集中的穿芳峪学者作品及相关文献。如何绍基《东洲草堂诗集》、史梦兰《史梦兰集》、王鹏运诸词集、徐世昌《晚清诗簃汇》、陶梁《国朝畿辅诗传》等文集中，均存有万青藜、李江、王晋之、李树屏等穿芳峪学者的诗作及相关评论。四是，穿芳峪学者所抄录的各种文献。"穿芳三隐"以及刘化风等人，均有对所见书籍撰写题跋、钞录、校订并加以汇编的习惯。这些钞录的文献，亦数量巨大。据粗略统计，如《李江集》中载录103种，《王晋之集》中载录45种，而《李树屏集》中载录数量更多达195种。这些文献，不少都存世而可访。

　　清代，蓟州被视为是"神京左辅，皇陵右翼，去京百八十里，为首善之区"，在当代则被誉为"万年古蓟州，京津后花园"。据我们初步考察，整个天津地区现在留存下来的 1949 年之前的地方古籍文献，作者多达千人，超过了 1500 种。其中，蓟州之地的古籍文献也较为可观，仅粗略估计，现在留存可见者也近百种。刘化风曾以诗歌为脉络梳理蓟州自古以来的知名诗人，其《哲亭遗诗跋》云："吾蓟能诗者，在明季有李潜龙进士孔昭，清有李龙泉驾部江，王问青孝廉晋之，赵竹楼、方粹庵两茂才绅与德醇，蒋石泉选拔熙，李髯翁茂才树屏，卢菊庄孝廉素存。或刊有诗集，或于他人集中附见，或得睹其手抄稿本，此外无所闻也。"他所列举的诗人中，除李孔昭之外，几乎全都是穿芳峪学者。于此则可见出，穿芳峪学者的文献留存，在蓟州古籍文献中的比重和地位。从这个意义上，可以说，蓟州古籍文献整理的一个关键点就是"穿芳三隐"及其师友门人的著述。如果完成这一群体的文献整理工作，那基本上就完成了整个蓟州区重要古籍文献的整理。另外，治文史者，一般在论及天津文化时，均有意无意地遵循了一个原则，那就是：在时间上以天津建卫的 1404 年为起点，而且实际研究中又往往仅集中于近现代；在空间上则多止于市内六区。这样，在时空上的两相限定之下，蓟县、宝坻、宁河、静海等地的清代及以前的历史文化，在一定程度上就逸出了研究者的学术视野之外。因此，许多人产生了一种误解，认为"天津无古代""天津无文化"。其实不然。所以说，蓟州区文献的整理，又可以在很大程度上填补整个天津市古籍文献整理与研究方面的相关空白，并能增强天津历史文化的厚重感。

四

　　穿芳峪是一个小小的自然村落，竟然一度聚集大批学者，建构有十余处园林，并留下众多文献典籍，这种现象令人不可思议，但它确实是客观的历史存在。对于这一客观存在和文化遗产，我们可以从不同学科、不同角度、不同层面加以审视、探究。不过，所有的相关研究、开发和利用，都需要以足够多的可靠的文献为基础。在新旧世纪之交，任继愈先生曾说道："古籍整理本身不是目的。古籍为社会主义祖国更大的文化建设铺路，提供原始资料，为迎接 21 世纪文化建设添砖加瓦，尽一份力，是我们最大的心愿，最大的幸福。"同样，搜集整理、保存保护、传承弘扬、推介普及穿芳峪先贤的这些珍贵古籍，以发掘历史文化遗产，传承文脉，更好地服务于当前的建设和发展，也是我们的初心所在和美好愿景。

古人云："校书如扫尘，一面扫，一面生。"更由于学术浅陋、水平有限，书中不免存错讹和疏漏，在此敬请各位方家，不吝批评指正。

罗海燕　苑雅文

二〇一八年八月

目　录

于弼清集

（清）于弼清／撰

恒斋日记

玉田于弼清【溥暄】著　遵化门人刘庄辑

恒斋日记序

《恒斋日记》二卷，于生弼清之所著也。同治三四年间，余官京师，寓于正阳门内之毘庐庵，所得禄不足以自给，乃就庵中授徒自赡，而于生实从予游。既而相从者日益众，余乃于举业之外语之以性命之学，课之以穷理致知，之功令诸生每日各为日记一二则，以验其居心之敛肆，务学之浅深。独生之所记，能切己近里，不为浮廓之词。于是，乃知生之于平居，深有体验，资与道近，远胜于同舍生。其后，予病归田里，辟龙泉园于穿芳峪，而生亦筑室其侧，颜曰"恒斋"。虽生以患咯血疾，未能终岁居山，然数年间，往来山中，问学不倦，所得益进，其专而不杂，竟胜于予。友人王竹舫至目为畏友。予亦赖其学行，相勖所业，不至大废。予于今世，苦乏同志，年来隐处山林，方将资以相老，而生顾于光绪二年春仲没矣。其弟刘庄辑其日记，订为上下二卷。予时取而阅之，半皆予所点定者。生之学，主于居敬、穷理，而其措之事为，与见之文字者，则皆以道理为归，使天假之年，其所造当不止此，然即此亦可以知生志趣之所在。世有明理之君子，亦当以予言为不诬也。

光绪四年七月，友生李江观澜序于穿芳峪之龙泉园。

恒斋日记 卷上

人以利教其子弟，子弟最易入，其终未有不至父子不睦、兄弟叔侄成仇者。人如不信，可历观之。

义理不可一日不讲，能讲明义理而谨守之，则谋衣食、养身家，皆义理中事也。此意何足与世人言。

今之教人全是引人于利，父兄令其子弟读书，亦是令其学求利之术而已。

与田夫野老处，尚有几分古气。最难与居者，是如今时文试帖之人、仕宦之人。虽终生不见，不憾也！

孔子曰："小人长戚戚。"人之求名求利者，又患得患失，其心何尝有一日畅快无事？此"戚戚"之谓也。

世有一种人，分明自己取巧占便宜，又恶人说他取巧占便宜，不思自反其所行，偏欲禁人之口。遇此等人，最不可与谈某某心术行事之邪正。盖我虽泛论此理，彼心有亏，疑我有为而言矣。

科举之学，我从李观澜先生游，便见得甚轻。何时得脱此厄？朱子尝谓举业是一厄，诗文是一厄，簿书是一厄。只此三厄，埋没天下多少人材。或问章枫山先生，何不为时文。枫山笑曰："末技耳！余不暇也。"观此言可以知返矣！

君子看小人，如浮云一点过我目前。方其来时不动心，及其去时不留意。于我何损焉？吾自尽吾道而已，若有心计较他，思所以报答之，其去小人也几稀。

得一读书识道理子弟，虽贫贱亦至乐。此意惟君子知之，亦只可与君子言也。

天下事皆有相引之机，我一好利，便引到一班嗜利无耻、不知伦理之人来。不正本清源，何日得了家国一理，确是不爽。

惟贤者不为风俗所移，下此皆是随风草。

口讲道德而行实背之，竟成今人风俗，当深以此为戒。

性太急躁，必至怨父母之不能如我意。夫吾闻古人言有子顺亲之道，而未闻有亲顺子之道也。孔子曰："事父母几谏。"父母有过，子谏之，理也。

柔顺以谏为几谏，此谏之之道也。父母不从，怨在心，且不可况形于色乎。是未知天下无有重于吾亲之理也。

人以恶加我，而我不动心，日久，加我之人必自屈。是我既内不失己，外又足以动人也。岂非所谓大勇乎！思及此，欣快奚似？

我之心，用时不能用，闲时不能闲，大患也。

年少者乐与老成人居，便知其见之明。

家事若一由妇人作主，不祥之兆也。彼妇人只知阴私成性、猜忌为心。凡事不由作主，尚恐惭渍于前，致男子掣肘；若一由彼作主，其家尚堪问哉！故主家者，总以扶阳抑阴为要。

虽野人之语多可采者，在人之善听。

树木者，必二十年后始得力。今欲培养人，亦须二十年后始可大得力。况今人学多失时，而乃责其速效，是智不及树木也。吾见无得力之时矣。

守正原是常，今人反以为异。吾辈于此处要打起精神，高著眼孔。

对外人称扬家人不好处，未问言之实与不实也。其心先已不好了。

人每因受小人欺侮，便易其平生守正之心。若曰我所以应小人者，当如是也。试自思之，是为小人所动者否？岂非力不敌小人，反学小人乎？自反此处颇多。

好矜己能者，必善扬人之恶，此取败取辱之道也。每念及此，我心惕然。

能耐劳，服用简朴，子弟如此，其家无忧也。

志气颓废之人，子弟当远之，勿与久处，恐引人志气不振。

远当远之人，内持以正，外济以和，则彼无隙可入矣。

利心深者，不可与之议事。

从逆境中走过来而不能改其常，始见真学力，徒说不济事。龙泉先生曰："近来觉得'惩忿'二字甚难，余往往遇逆事而心动，亦心未定也。"

读书到日用间有得力处，乃知道不可不讲，讲之不可不急。或作或辍，必其未尝有得力处耳。

貌沉而内荒，切身病也。

人当思：我所学是何等事？我所欲成就者是何等人？而顾与庸人较短长耶？自小甚矣。

日与阴险人居，而不与之俱化者，鲜也。

世教不明，利风深入肺腑，其害已及于骨肉，而人曾不知悟，可为长叹。

故人家子弟，惟闭户读书为上着。万不可早阅世故，以致沿染习俗。有识者当三复此言。龙泉先生曰："待读书明理，中有定见，自不妨再阅世故。"

曾子之学笃实。统观其言自知，凡说道理爱高者，必其未尝实行也。

今者教人之具皆亡矣，所存者圣贤几部书耳，而人复不深信，若之何而可也？

有一段勤勤恳恳之心，然后可以处家。若先分出尔我来，则嫌隙从此生矣。

执拗人随势婉导之，庶少有济。

克己难于克人。

求胜之心太急，胜则骄，不胜则悲，苦随之矣。

我有德于人，须认准是我自尽其心，理当如此。不可有责报心，一有责报心，足见我心不诚，而怨从此生矣。龙泉先生曰："以德致怨，是亦我之自取也。"

无事时养得此心静，有事时然后有力养心。何道寡欲而已。欲必非必沉溺声色货利也，只一念之偏，与不当思而思者皆是。当一切克之，然后此心专静纯一。

无论居何地、处何时，爱人利物之心不可少减一些，此发生之机也。龙泉先生曰："仁只是生机，无生机则仁断矣。"

诚自能格物，譬之火爇自能热水，刀快自能入木，食多自饱，酒多自醉，故人不患不能格物，惟患不诚。龙泉先生曰："人、物皆从天的一个诚出来，所以诚则自能格得动。"

人无礼，我心遽为之不平，是不能动人反为人所动也，耻莫大焉。

近看家庭间，是用功切近处，不觉心又入一层。龙泉先生曰："人能将书推到事上，则读书时即是办事；能将事推到书上，则办事时即是读书。原非两个。"

处今之世，譬如居家，庭堂以外非不欲其洁净整齐，但由不得自作主，只得于现在所居之地整顿，得好便是我之分，便是尽我之分。昔人云：世无不容之圣贤。信然！人宜求其所以处己之道矣。

每于登山，便想为善之难；每欲登山至顶，四望豁然，便想为善之乐。

闲中观儿童动静，喜怒觉天机在人。后来欲感情牵，不及儿童多矣。可叹！龙泉先生曰："所以要养赤子之心。"

经师友一番提撕，便觉长几分气力。龙泉先生曰："所以学要亲炙。"

人不知道，受苦一生。

小人奸诈，不自知其为奸诈也。方且谓事必须如此做，不如此，则不甘。呜呼，人至于此，亦不足与辨也。

以正学为迂者，已是为正学所动。其不敢直斥为非者，本然之良心。其疑为高远难行、疏阔不切于用者，私欲害之也。龙泉先生曰："亦是未穷理之故。"

多读书，多阅历，多涵养，文未有不善者。

释家收拾此心，全归之于无用；吾儒收拾此心，正欲其有用。其相反在此。

人心本灵见善，则会人于善，见不善亦然。惟上智下愚者，当别论。

朱子训门人曰：吾辈此个学［事］，世俗理会不得。凡欲为事，岂可信世俗之言为去就？彼世俗何知。所以王介甫一切屏之。他做事虽是过，然吾辈自守，亦岂可为流俗所梗？

处纷扰中，心每不安，得勿是此心不静之故。

近阅从前日记，皆系口说。着彼处心，却在此处。何时此心脱然无累，入深山读书数年，以了我愿乎？岁不我与，时不再来，世事随起随灭，何足着眼？

己不能容人，却被人所容，可耻孰甚？

心清自见万物之情。

吾于日记知此心之理无穷，左说左有，右说右有，果真能明理，此心岂有不乐之时？

受困折是好消息，正是我进德处，常人当之，则惟有难堪而已。享丰亨是恶消息，正损我德处，常人处之，则只有得志而已。此道岂足与世俗言？

只一不肯认错之心，便足以杀其身。

觉思虑混浊，便须默坐以澄心。

学者先须辨清何者是身外之物，何者是向内之物，舍身内之物而不求，而专求身外不可得之物，岂不谓大愚乎？

山水之乐尚是虚的，真得我所有，乃为真乐耳。

居官以正风俗为本。正风俗者，正其父子兄弟之伦也。今之读书者，父子之间有惭德者多矣，他日居官，尚望其正风俗乎？

常人一言一行合乎道，非彼之果有所摹仿，皆自然而然发乎性真，此性善之明验也。至不能扩充，明于此，暗于彼，拘于小，失其大，此其拘物蔽之明验也。

古者一夫百亩，壮而受，老而归。其受也，无待于求其还也。不容于吝一饮一食，皆仰给于上也，故其心有制，其欲易足生。其勤俭之志，即所以养其仁义之心也。而且乡闾有教，上下有教，教大同而无有异，礼一定而不可犯。善则赏，恶则罚，欲世之不平也得乎哉。今则不然，以匹夫之力即可富至敌国，而更无明禁。人之欲，本无穷，又习见事事可以遂其欲，有不相率而入于利者乎？究之欲心深者，则义心浅矣，甚者至忘义矣。彼愚民何知哉？又况专以利导之。培养无术，裁仰无术，有积久不成风俗者乎？父子兄弟大伦之不正有由哉！可慨也夫。

皋陶深明天道，故可以为士师。观其言曰"天命有德，天讨有罪"，盖赏善罚恶，天之道，人所以代天行道也。代天行道，非德与天合者乎？龙泉先生曰："古之圣帝贤臣，言行皆本之于天。天即理也。三代以下，多不解此，遂觉于天远政术日卑。"

君子修身明道，尽其在我；穷通得丧，听之于天。终其身而已。

以义理告人，反不之信，足见其心之有蔽也。

出门远望，禾稼盈畴，生意栩栩满目，此心亦因之而活。人与物同一源也，于此可想。

为初学讲书，当引之自说，不惟易记，久之悟性自开。

利欲之心，所以为小人之根也。吾何乐常存此心，而不思所以克治之？

圣贤言语虽多，然人能打开一路走将去，将圣贤所言，一一丛集目前，皆是一串的事，圣贤言致知、言力行、言省察、言克治、言涵养、言诚敬，其言非一，真欲为学，便一齐都到。如人闻圣贤之学，便求如何为圣贤之学，此便是致知。既知其事，便求尽其事，此便是力行。然学以改过为先，自己有许多病痛，如何能行圣贤之行？此须省察己之过。用力克治之，然心不常存省察，克治必不得力。存心即涵养也。初学欲识涵养，必由于敬。凡此数事，非真心行之，必不得力。又须诚也。思及此，畅快奚似？龙泉先生曰："此条大于学有功。"

今日不能尽子道，他日必不能尽父道。

以正学教人，尽吾心以告之，迎其机以导之。至从不从，听之而已。龙泉先生曰："天下只宜尽其在我而已。"

常人之见，尚在富贵前一面逐逐。若达人高士，则已将富贵后一面打透，更何足动其心？此两人相处，一言不能合。

处家有一毫责人之心，便足见其亲爱之不至。盖自责虽不足于化人，然人亦服于无言。若责人，是由我起衅也。龙泉先生曰："圣贤感人，不重有心而重无心。《易》所谓无心之感，谓之咸也。"

心一有偏重，则立言必偏，所以古人要正心。

心无所得，徒逐外物以为乐，日日纵情山水间，即圣人所谓佚游也。

后世礼乐之亡，是其本先亡了。看感人是何等设施，是何等存心，全是一段公心。观此则三代下小康则有之，求如三代一日之治安，无有也。功不成至言何乐？治不定更言何礼？后世亦非无礼乐也，然亦为后世之礼乐而已。

有德于人而责报，是以君子之道待人，而以小人之道待己也，孰轻孰重？

不忠不信，凡事做不成，故学以忠信为主。

笃实然后有光辉，学者工夫只在笃实上，日观书册而无一点书卷气，其未尝求益也可知。

古人有抱道终身，曾不能遇一知己，盖德愈高而知愈难，况又无求知之心，故终生不见而无闷。

我有亲族，周恤之，成就之，是我体祖宗之心，以求无愧于祖宗而已。我于此有沽名之心，不知我为我子孙艰苦创业，亦有沽名之心否？为子孙创业，则视为当然。于我亲族中少有好处，便自以为功，何薄我亲族之人，而独厚我子孙乎？甚有待其父母，反不及待其子孙者，此尤不忍卒言，而世人反甘之，彼独无人心哉！

为名而修言下便是伪。此心不除，其学未有至焉者。然世人见其功业亦有可观，遂生出三代以下，怕不好名之说，不知是人若不好名，其学必不止此。今人但见好名之小得，不见好名之大失耳。

主一无适最难。龙泉先生曰："不用功不知。"

居乡，人言亦可畏，谁言末俗无直道也？

居官于自残骨肉之人与欺压良善之辈，得其情，最宜深治。盖其名虽非寇盗，其害实甚于寇盗也。龙泉先生曰："寇盗劫人财而已，此则伤天害理，流害一家一乡，故害较甚。"

农事已毕，有子弟者正宜令其入塾，识字习礼，使稍知尊卑之义，善恶之分，于风俗不无少益。若百十成群，不得其教，相聚相效，岂非大可忧者乎？常叹乡村好事者，每甘聚敛钱财，修整寺观，以养无益于人之僧道，于此事则不知其当作，无怪风俗之日薄也。

天下事之所难处者，以节节不能是一类人耳。圣贤之不能有为天下之，皆此之故。龙泉先生曰："正学兴，则天下一类矣。"

儒者之文恳切条畅，愈嚼愈有味。才人名士之文，乍见新颖可爱，实体之，难行处甚多。盖天下惟中道可久，凡好奇者必理之未得其实也。

治家最要紧的，宜将君子是何等存心行事、小人是何等存心行事，常为子弟剖晰言之，又于随事指点之。于其言行有合君子处，则奖励以成之；于其言行有近小人处，则明白指示之。彼其耳濡目染之中，日复一日，既知正理之当由，则一切仰事俯畜之事，彼自知尽力以图。若以此为不急之务，而谆谆然告以求利之方。利心既深，鲜有不侮慢其亲者。予虽经事未久，然见此多矣，可为深戒。

常与世俗人处，每易生世俗心。

《温氏母训》云："闭门课子，非独前程远大。不见匪人，是最得力。"善哉，仁人之言也！

责人处多责己处少，学言处多学行处少，当力矫而反之。

伊川先生曰圣人之言不得已也。学者知其所以不得已之，故可以进德矣。

治家，学安贫是第一法。处世，学吃亏是第一法。求道，学受苦是第一法。龙泉先生曰："此三者，生皆能之，难得之诣也。"

问家贫则一切财用不能不曲为筹划，计较于细微，莫亦利心否？曰此处须辨明是分内分外。分外者一毫不可贪，分内者尽计较无妨。分内中，人事果尽，亦无不可养生之理。问分内如何？曰耕者尽力田亩，读者尽力学业，虽至俭至约以图生计，皆分内也。耕者农事尽则衣食自不忧，读者学业修必有为之地者。若舍其本业，读者妄事营求，耕者竟希捷获，一时或少得，终必不可救。问安本业，犹有不济，奈何？曰此亦至少，虽有之，亦命也。人其如命何？问是有命固然矣。亦有守正而不得不以正而得者，此何术以破其心？曰此下等人之事耳！君子自有义在。不义，君子尚不欲得也。曰然则孟子言"求无益于得"，不可尽信欤？曰所谓不必求，非谓饱食安坐也。言能尽其道，自可得之。人但见小人不以道得富贵，遂谓小人得力于不以道。不知小人若以道亦自得，何致转落一小人？龙泉先生曰：此条最切于人。

圣贤之言所以不能易者，以天地间有此道理，经圣贤说出耳。

处今世，必身家无累，方可出仕，仕方可进退自由，保全本来面目。虽古有为贫而仕者，然今世若为贫，则不必仕。不仕尚有谋生之道，恐仕不能济贫，所失转大耳。

诈伪未有不败露者，小人果何所得而必为此？

世人都将心错用了，如人多好胜，只是争意气、争财利，不肯让人耳。此正君子所谓常处于不胜之地也。若事父母能尽孝顺，有子孙教之守礼义，处事和平，与人谦逊，此所谓常胜不败之道也。乃人多忽视此，何其颠倒如是？

佛教之害如是。入中国千百年后，其传转盛者，此是正气不足，故邪气盛矣。邪气盛，则正气衰矣！如今佛教虽未能除，然其气焰已歇，沿袭者皆失其本真，可谓邪衰。乃圣道亦不是兴焉？可谓邪气衰必是正气盛之验。然外夷悖乱之类，将半天下矣。邪果衰也乎哉？外夷之邪之至，正是中国之邪有以致之。

真是鸾凤，必不肯与燕雀同群。君子宜知所以自处矣。

常人则日下而已，君子则有日上而已，故君子学愈进愈与世不合。究其所行所言，则皆深益于世，而不可一日无者。

君子经一番阅历，长一番见识，常人则增长病痛而已。

程子每病今之学者舍近而趋远，处下而窥高，所以轻自大而卒无得。空山有志之士，无明师益友为之指正，而尤易病此。人材之不出，非人之不及古，无人以成就之也。

愚谓今之教人，莫若先令其读程朱论为学之文，及其语类中论为学之易晓者，汇为一编，责其成诵，待其自悟。数月后可以知其志矣。盖陷溺既深，未足遽与之语也。若不待其微有所见而语之，则彼一切茫然，何怪背而远去也？龙泉先生曰："此论甚好！"

因世俗毁誉而动心，其心之浅也可知。

小人之害君子，本无疵可指，必寻隙而加以罪名，如日假道学、伪君子、好名也、朋党也、非议朝政也、著书谤毁也，其端非一。君子不幸受其害者多矣！古今一辙，家国皆然，真可寒心也。然苟得其道，虽举世非之，何害？此意知之熟矣，善养可也。

不同道，虽父子兄弟聚处，其气不相通。若道同，虽隔千里万里，百世以下百世以上，其心志无不合。予向有此论，时时验之，真是不爽。

世之求科名者，不过欲得富贵耳。其专求宝贵者，不过为衣服、饮食、车马、宫室之各极其美耳。若空山茅屋，抱道自处，超然与古之圣贤为徒，不知天下再有何事，可以比其尊贵。

日薰陶于善言，犹欲背而去之，固是其质之庸下，正可见入道之难。心无所得，终靠不住，可危也矣。

告之以正而即动心者几人？

静中思之，予病不在身而在心。心病非人所能治也。

一家上下，明昧不齐，嗜好各异，又有所限而不得尽言处，有得尽言而听者不以为然处，少不得其道，便生出好多荆棘。况或不免于私伪乎？以此知非知道者断不能处家。

张、程之文，真可以上接六经。每一展读，便长许多深厚之气，后之纷纷者不足观也。

夏正以寅为岁首，取便于人事也。天运虽起于子，而人事则起于寅。竹舫先生曰此即如一日，虽以子时算起，然天气未明，人事未动。就人事算起，必以早起时为一日之始也。

"中也养不中，才也养不才，故人乐有贤父兄也。""养"字大有功夫。朱子注云："养谓涵育薰陶，俟其自化也。"吾方有教弟之责，当日玩此语而力行之。

处事怕无见识，处人怕无度量。

龙泉先生方在山中，讲究种桑种树之法，因语予曰："先王实政，不外农桑树畜。桑即在树中，必特指出言之者，明桑与农并重，树之尤宜急者也。"

勤俭而不正直者多矣，未有正直而不能勤俭者。

为得名而行善，其行往往不终，盖其心既为得名，必得名其心始快，设遇忌妒者，故不与之以名，则好名之人既无所得，其心焉有不变者乎？

天下事未有不讲求、不识办而能处得其道者，士人不出户庭，日守陈编，辄以经济自负欺人哉！

阅朱子与门人朋友往来讲论道理书启，方知古人明白此道甚不容易。今人所以不及古人，不是聪明不及，只是工夫不及耳。

天虽冷，人可以设求暖之方。天虽热，人可以设求凉之方。因此思天下事极难处者，皆有一处之之方。是人智术浅，故为事所困耳。

义利本相反，有人满腔是利心，而我以义责之，未有能入者也。知其不入而犹责之不已，于骨肉则伤恩，于朋友则绝交，必至之势也。

今乃知向之忧举业有妨于学，皆系因循不振、畏难苟安之故。

读《四书》，往自家身上一设想，乃知从前所为皆是务外。人之所以逊于圣贤者，惟此而已。

专就读书讨生活已是第二着，况书又只是书，我又只是我。志之不立也如此。

不能得圣贤之心，纵附会得极好，终是无益。

理之不熟，皆为闲事所胜之故。

责人而身屡蹈之，日间不知凡几。

常觉此心理不胜欲，岂欲熟而理生乎？

多出几个知礼义子弟，一家雍肃，虽贫贱何害？

积财以养家者有之矣，吾未见修身以治家者也。向对观澜先生曾言及此，先生深以为然。

训蒙不只令其读书识字，要紧令其娴习礼法，使其知尊卑长幼之序，应对进退之节，养其逊顺之心，去其骄惰之气，斯为尽教之之道也。

人之读书，自量聪明有限，便不宜贪多。多而不熟不通，与不多何异？所患者，人不肯实下工夫耳。若肯于一书实下工夫，必令其烂熟通透而后止，所读虽少，其益自大。予向未尝见及此。今见及而力又不足，不能不浩叹也。书此愿诸生知勉耳。

讲仁义之利不在眼前，必不贪眼前之利，方可讲仁义。常人所见，只在眼前，宜乎君子之论与世不合也。

人之自足者，只是不明。分明有前一层在，彼见不及此，故自以为足耳。

教子者宜严，严只在防微杜渐上。不于此处用心，徒于其既过而始责之，非教之善者也。

孝悌，传家之道也。此事当以身率之，不可徒以此责人。主家者若能以孝悌化家，其家虽贫无忧也。由此看来，何者为孝，何者为悌，当日为弟子讲明者也。

父子兄弟之间，当防其伤恩。

世人以施舍钱物与人为行善，而不知伦常日用间处事当理为行善，故在外能施舍钱财之人，其在内有惭德者甚多。彼之施舍钱物，岂真心行善者哉？

盖以为明去暗来故耳。其贪心较之吝啬者更深，人之不觉耳。

教子养亲，非知道者不能尽道。夫人之事有过养亲教子者乎？若不知道此二事，万作不到好处。此处不能尽道，尚何以为人？人之求道，顾不重哉！

人不怕有过，最怕有过不自知其过，尤怕有过而自以为无过。然愚人每好自用，真令人无如之何。

人最怕旁边无好样子，胸中既无古人之嘉言善行，自幼所与居游者，又皆村俗之辈。本不是也，辄曰人皆如此，我何能异于人。微有所长，则曰我胜人多矣！岂知所胜之人皆村俗之人耳。仅胜于村俗之人，又何足以自矜乎？

子弟久处乡间，无明师友为之夹辅，其见识必然浅陋，则终身人品可知矣。有教子弟之责者，第一要思此义。

细思书房诸生与予之病，皆读书少耳。予以气弱不能读书，诸生又因作诗文而不能专心读书。一刻千金，过此一时便无此一时。世间万事纷纷，须臾变灭，惟读书一事是终身事。予所为日夜为忧也。

只知课子弟读书，而不责之以身亲庶务，亦是教之不尽其道处。龙泉先生曰："温公有田三顷，尚躬亲庶务，何况我辈？"

蹇利西南，得其地也。利见大人，得其人也。贞吉，得其道也。果尔，则何蹇之不济哉？圣人之示人切矣。故曰《易》为寡过之书。

与小山论及处家境之难，小山曰："家境无论如何难，都过得去。亲受者自知之。"

务实学者，人莫不疑而怪之，君子闻之则莫不起敬。得科名者，人莫不震而惊之，君子见之则绝不动心。人当思其故矣。

有一事便有一处之之道，读书穷理只是讲求所以处世之方，非有他也。

晚间与刘生等言：今之以道学为迂者，观其事亲教子处己待人，合道者鲜矣。其犹有合道者而犹为是言，由之而不知也。若其不能合道，亦无怪其为是言也。吾阅之多矣。

予举"困而不学"一句，令诸生作之，所作皆无所见。予因思困而不学之人，天下极多。就外面说，似乎指鲁钝而言，然今人仅有。有聪明者，自幼读书、习八股试贴，以之登高科，居高位，乃口不能道圣贤之言，身不能履圣贤之行，有所建白，浅陋之见也，有所设施，苟且之术也，处常不能有为，处变束手无策，此而谓之不困可乎？然彼不自知其困也。此而谓之学可乎？然彼不自知不学之过也。若此人者，其初何尝不读书？彼之读书何得？

就算是学，以此知今日之读书者，于圣人所谓学，固毫无干涉耳。

予因病废学，此心终日散漫，方自恨无术以治之，忽自思曰：学岂能因病而废哉？学不外养心治身，因病不能多读可言也，若因此便废学，是仍不知学为何事也。一日无非学之时，所处无非学之地，病又何能废学哉？

因病不能多读，少读可也。不能少读，每日涵泳《近思录》一二条可也。若待病好，安能定其何时？若曰费心，何不省去闲思虑用之于正字，可每日写，此不费心之事也，如何亦有间断之时？

省却闲思虑，省却闲言语，省却泛览之功，如此虽病亦不至妨学。

无家计以累其心，无科举以分其功，得良师益友一二人，互相策励，入则与圣贤相对，出不与世俗相交，如是者十年，学其有进乎！龙泉先生曰："且不论学进与不进，果能如此，真是莫大之福。"

闻竹舫先生言陕西朝邑县有杨辅仁先生，学尊程朱，生徒甚盛，教人穷经，独不教人以科举之学。洒扫诸事，皆生徒躬事其役，有古人风。春夏每出游，生徒从者甚众，随其所至而讲学，冬则上华山读书。又有薛先生者与之友，相隔盖数百里云。

古人义结于心，虽明明有害而赴之，不肯易其志也。今人利结于心，虽明明有害而趋之，亦不肯易其志也。此皆自幼所入之深，及长遂习与性成，非今人之不可如古人也。

同竹舫先生游半壁山，予曰："细思我辈，在家有多少事在，正恐日加勉行，尚办不到好处，何暇外慕？"先生深以为然。

若说恐子弟浮华骄奢，故产业不可令其多，此犹是由外说来为子孙计耳。若说我要寻乐，不可以产业累心，此犹为己计耳，皆私也。只有"守道安贫"四字为天理之当然，君子之所当尽也。

胡敬斋先生曰："今人自置身于卑污苟且之中，却去要外面求贵。"予阅之不觉悚然。又曰："事事推寻义理以处之，非惟事治学益进德益修。"予谓人之为俗事所累者，正坐不知此义。利心熟，一举念即利也。五霸假仁义，彼以为必如此方能服人，故假之也。此正其利心之深也。

去却计功谋利之心，只为义之所当为，此心何等干净！

未尝详细告弟子以正道，乃于临事不能合道而责之，此岂子弟之过哉？父兄之咎也。自反予之处家，实犯此病。道理不明，又恐责之不当，此其所以不可不学也。世之以求道为迂者，惜无人告之以此意。

宋之程伊川，明之胡敬斋、吴康斋、陈剩夫诸先生，皆布衣也。

随读随解，最是要诀。过时后学者尤要。

课读不得其法，只因自己读书未得其法，故致误人。先儒论读书之法详矣。讲明而力行之，今之要也。朱子曰："知此是病，即便不如此是药。"又曰："小立课程，大作功夫。"又曰："宽著期限，紧著功夫。"程子曰："一月之中十日为举业，余日足可为学。"张横渠先生曰："书须成诵，精思多在夜中。不记则思不起，但通贯得大原后，书亦易记。"朱子曰："近与学者讲论，尤觉横渠成诵之后，最为径捷。须是专一精研，使一书通透烂熟，都无记不起处，方可别换一书。"守此数条，便可以成大儒。

予家开稻田，始而非笑沮抑者甚众，既而行之有利，众人始相与叹服。以此推之，凡事大抵如斯。此特易见之事耳，流俗尚非笑之，况吾辈所讲之学乎？此特一家之事，无碍于人者耳，人尚沮抑之，况达而在上，欲有所为，必有碍于人者乎？予尝以此论质之竹舫先生，相与叹息久之。

自古小人恶君子，恶其形己也，恶其妨己也，故君子宜知善藏之道。

此道经诸儒推阐明白，后虽小人亦知无可躲闪，每借道理以自遮掩。于此可见人各有本然之明，惟甘于自欺，故终于小人耳。

能胜己之谓勇，能察己之谓智。

知之便行之，非大勇不能。

吾人处世，既知当守信义，便不可轻托人以事，亦不可轻受人之托。若其初轻率，必至难以全终，不可不慎也。盖人不易知，末世之人忠诚可任者少，此不可轻托人以事也。吾辈任一件事，必思彻始彻终，与之计万全。无奈末世人情浮薄，贪小利，无远见。吾方恳切为之筹度，而彼意或已不属于此时，卸肩太急，则无以全交。欲仍如前之力任，又不能相谅，此不可轻受人之托也。

道理不明，人心反复，此正贤者穷困之时也。吾辈为此学者当自知之。

龙泉师日记云："朴实者，成立之根。奢华者，衰落之渐。"此深于阅历之言也。治家者当书之座右，朝夕玩味之。

人最怕隔着几层而犹自以为是，此虽圣人无如之何也。

恒斋日记卷上终　蓟州门人李长印敬校

恒斋日记 卷下

龙泉师云："人若能量力举事，则无不可举之事。想古之圣贤，皆是如此。"予思古之圣贤，亦有明知其事不可成，而不容不汲汲以图者，如孔子栖栖欲行道，孟子讲仁义称尧舜，皆明知其说不能行，而不能遂闭口不言，但有可行之机，必欲小试其端，然当其事果不可行，又未尝不戛然而止。其所以然，终是圣贤自量其力可以胜任，方作是想耳。从此可见圣贤之隐居，非是自求安闲，特遇其时而无可为，理当退处耳。

人只为心中存一妄想，耽误了自己多少当为之事，不能脱去俗情者亦然。

家中以财之不足为忧，未闻以善之不进为忧。何况忧财不足，非真财之不足，心之不足也。眼前现有之财，尚未能安放到稳当处，尚求多乎哉？多将为患矣。不知足者，何尝不是求败之道，特迷其中而不觉耳。愿弟辈牢记此语。

人亦有言，既要子孙立个人，又要子孙显赫，此方满其所愿。予谓处今之时，若欲立个人，焉能大得志？惟有学问者方知此义。

贤者之过人，以知一句便行一句。自返不如人，全在此处。

静时此心似少有主，一动便失其常。心之不易定如此。

将贪多欲速心一概截住，立定课程循循办去，不必悔既往之失时，不必逆将来之底止，久自有所得。

要立诚先谨言。谨非只寡之谓，于当言者，亦不可或肆。龙泉先生曰："存诚亦不妄语始，前贤之言实是下手工夫。教人当以身教，勿徒以言教。"

用力行去，才知言之不可易。龙泉先生曰："看到言即是行，所以不易。"

心不妄想便是敬。

人以好学为第一等资质。

四德必兼进，乃能尽一德。如欲进仁，则离不得义礼智三者，三者亦然。四德非信皆作不成。龙泉先生曰："所以古人将信字并说。"

性要充，情要敛。

道理非静绝看不透。龙泉先生曰："心如止水，则静定矣，定则可以照物。"

近深以行不顾言为耻。

科举之学，且不必论其真伪如何，只是那有工夫心力先及此。

往前一想，皆在可怕之中，又焉知后来之视今不更甚乎？恐终身在可怕中也。

于理欲两夹界处不能斩断，但觉从欲不甘，从理又不果，不知系何心，亦终归于欲而已矣，可畏哉！

偶阅从前日记，皆行未如其言，不觉耻心大起。

省察多半属情上。

动时未能静，由于静时未免动。

遇放言人言易多，盖已为他所动也。于此处正见学问不足。

作字时不免潦草，不敬也。不可以小而忽之。

志不帅气，当舍死与他捱，看是如何。

责人之件多，有自己行不到者，是亦欺心之端也。

心发见时多观天亦然。

舍圣贤这条路，别无路可走者。

参看诸家疏注，乃知朱子之言之不可易。

心有大规模了，然后可博观而广聚。

圣贤之道，岂可徒以言求？

存心何若是之难。

说书到有得处，甚是乐意。

日间常按九容节目，作功夫颇不觉苦。

所谓尽孝在体亲心者，盖己之心即是父母之心。父母之心不得，即己之心不得也。不得即失心，失心何以为人？世之有自私自利之心者，均不知此意。

古人之所以多善者，是相观之益多。今人之不善，亦相观之力多。

先儒每教人以渐进，向疑若时过而后学者则觉缓，当急些。今知大不然，越时过而后学者越不可以急了。盖彼从前缺欠甚多，一旦省觉，每有奋不顾身之意，若不将心放平了，循循行去，恐志大心劳力小任重，愈张皇无所得也。然亦不是竟可以漫行去。"宽为限，紧用功"之言可玩。

无根基如何便求进德？根基者，何也？忠信也，经训也。

有恒亦不是难事尚不能。

一念之惰，每作数日之累。

益友来则志气顿长，损友来则志气渐懈。虽己之学力不到不可责人，然益知损友之不可不远也。

不欺暗室，为学方可有长进。常以此课心，偶免则心安，苟不免则心如有所失，然能免时甚少。

阅司马温公"事无不可对人言"一语，甚惭。盖一日间，所存之心不可告人处甚多，负人之所以为人矣。

读古人经传，如生于其时，身沐德教，有不识不知之乐，人勿谓我生之不辰也。

人动谓居今务此道者少，用功无助，甚难，予以为不然。盖人必经历几多险阻，不为所移，乃为真读书，乃靠得住。处今之世，正好藉世事以磨砺我身，若随人逐逐，则无足问矣。龙泉先生曰："德不孤，必有邻。圣人最不欺人，观吾辈聚处自知。"

学者以言忠信、信笃敬自课，则读书乃有益。

凡事必阅历过，乃为真知，乃能行之而不疑。

读书而能力行，正阅历之道也，正阅历之大者也。

读《诗·小雅》"如匪行迈谋，是用不得于道"之言，因感凡事知而不行，纵说得极好，终久一行去，便差迫至。既差遂，谓此道便果难行，而岂知因不熟而至于此哉！

欲心浅者，可以入道。

古人之学，明德、新民、止至善而已。今人之学，时文、试贴，志利禄而已。古人之所为，今人之所迂。今人之所为，则古人之所耻。不为其所为而为其所耻，问今人智乎愚乎？

古圣贤教人以行而已，一言一动莫非行，即一言一动莫非教。而当时从学之众，莫不以躬行为重。后世师道不立，教人者遂专以言，而其言又未尝皆出于道德，故有从学数年，文虽未必不可入学，而品行则毫不立，甚至有甚于市井者，此无他，教之不在此也。故学之不在此也，虽其间亦有朴实者不至大越乎规矩，然此系乎其资质之善，或其家教之有素，皆非师之力也。况其言动之间，必失之粗鄙黏滞，虽不至大过，亦必不能通达博雅。假使有是资质，复加之以圣贤之教，其成固可量乎？吾见今人为村师所误者多矣。可胜叹哉！可胜叹哉！龙泉先生曰："村师亦系为人所误，不过彼以自误者误人而已。"

细检此身病痛，皆因从前未尝尽弟子之道，因知今人之所以品行不立，学问不正，其病根全伏于此。今使执今之学者，专循循然，教以为子为弟之道，且告以为学之道，即在于此。彼必谓其琐屑不要紧，而不肯回头行去。及问之，则曰："我所学固大也。"及责以圣贤尽心知性之学，彼又曰："我何人，斯乃敢望其至此乎？"夫圣贤尽心知性之学，未有不始于尽弟子之道。今不知尽弟子之道，固无怪其不至圣贤也。然则今人之高视圣贤，岂非所以诬圣贤乎？

今人于凡可必之于己者，必不肯为，如修身明道，此可必之于己者也，人多不能尽其量。至于功名富贵，有命也，此不可必者也，人乃不惮竭力以求之，求之而得不曰命而曰求之之力也。求之不得，则仍不曰命，曰我求之不尽其术也。然君子非不求也，尽人事即求也。尽人事何也？修德明道而已，其他不知也。

多言之戒屡矣。每不觉又犯。可恨此心之不能作主。

求足于己才是真乐。

心一放倒，凡事皆因之放倒。尝省之，果是不差。

大臣之职，首在培养君德。君德进一分，治化即善一分。培养何道，正己以格之。多引正人以辅之而已。

为学最是去病难，真去一病，则学真进矣。

众人只顾眼前之利，故王道不行。

今之士竞言求功名，其实非求功名也，求富贵而已。龙泉先生曰："求功名已落第二层矣。况并不得谓求功名乎？"

为人所难不是难事。惟此日用常行之事求尽到家则难。龙泉先生曰："圣人只是日用常行尽到家而已。"

对人做无益语，不如静默以养心。此处最是用力处。

读《小学》渐觉意思平实，悔从前皆是凭空揣度之为，故心志丛杂无所得。

众人行事，如无烛夜行，纵有所至，亦在偶合之数。遽语以道，如何能行？随事以开导之可耳。龙泉先生曰："众人亦有时合道者，因这道理原是他本有的，所以有时露出耳。"

两物直行，遇则必触，有一能屈而下者，便从容过之，一无所害。人当为容人之人，勿为人所容之人。

朝野中存一让字，便是太平气象。人身中存一让字，便是有德气象。

百计求人，究之求未得而已，己先失之矣。一意求己，己既得而人已应之矣。故小人求人，君子求己。龙泉先生曰："君子求己，非为人应，而人应即在其中。"

小人者，是打不开大算盘者也。

好学者无时非学，无地非学。盖随处自反，多有不足处，敢不降心以求乎？

顿觉从前心太高了，故功夫不切。今痛宜从小处作起。

心之易放，皆从前无根柢之过。

以国学积成利薮，世教可知也。

唐虞揖让，商周征诛，孔孟游聘，程朱科举，皆时为之也，而其为道则一。不务躬行，而但求科举，如燕君臣之学揖让，诸侯之学征诛，纵横家之学游聘者，皆天地间之罪人也。

多记先儒切病格言，随处皆有警发意。此亦初学之一道也。

教子者不难于严，而难于优游。听其自化，使其不敢玩。欲其如此，非身教不可。

乡村子弟未入塾时，喧乱鄙野，毫无规矩可观。一入塾，则心志收敛，身体顿有检束，意若为师者能教以礼让，相染日久，不且更进乎？以此愈知人不可不得其教。

无一时一事之不敬，非盛德者不能。

人与人相争，只是皆不肯自反。

古人闻一善言，见一善行，便决然行去。今人闻见或十倍于古人，而力行却未及古人一分。古今人不相及以此。

将"道学"二字倒过看，便息人多少争心。

闻人非笑便动心者，固是养之不定，此正见理之不明。人若真明理，则此处固早料到。今适身当其境耳，此处正好用功。

受人诮者，不必问诮我者之人何如也。要之，我之身分与诮我者相去无多，人反以自骄，何哉？

一争一让，化却多少纷扰事？在争者反谓让者之无能，不知己身实深受其赐。试思纷争之事，果由谁化之乎？若非彼之能让，何以至此？然则争者之幸少罪过，皆让者成之也，实让者教之也。

能骄人者能谄人，以观小人绝妙之术。

日以利禄熏心，不陷溺者鲜矣。

诚是为人第一法，敬是为学第一法。

好名之心不退，则求道之心不笃。龙泉先生曰："一是务内，一是务外。"

人有习气，恶之责之，无庸也。盖彼身除习气外，无他可表见也。使其稍有真实学问涵养，自不露此矣。有识者平心以待之可也。

凡事须得其本意。得其本意，则废坠者不难自我而举，未备者不难自我而起。今人坏于不认真，凡事失其本意者多矣。如此安望风俗移易？龙泉先生曰："失其本意之病，在于不留心耳，因循耳。"

善欲人知，我之善即减一分。过恐人不知，我之过即增一分。

无涵养，更说甚学？

道理必由心得乃为真知。若未尝心得，而亦能说出者，非记诵则附会也。因记诵附会，偶有所合，便谓所造已深，而不复用心，久且自以为是，将无贯通之日矣。此学者之大患。

圣贤许大经济，全纳在学问中。圣贤许大学问，全存在经史中。穷经是为学本源。

力戒欲速，仍不免有欲速心，何志之不立如此？

尹彦明见伊川先生半年后方得《大学》《西铭》看。想见古人切实为学，不是做口头学问。今人之不进，只是欲速，欲速则不肯循序致精，徒见其志大心劳，而无所就也。

圣贤断无一蹴可及之理，如行路然，急趋必至倾跌，且不能耐久，惟有一步一步行将去，自然能到。

心偶一定，看如今万事皆颠倒。无识无力，几何不随之去也？真是可畏。

依经求道乃为有据，否则只是空谈。

人不知而不愠，只是看得自家重。

看来小人君子之分，只争一息审几之功，乌可已哉？

为学第一在立品，读书尚在其次。古人云"守身如处女"，最有味。

近来看得自己，实是至重。务外之端，每有不屑为之意。而所谓务内者，又未能十分致力，暴弃之甚也。

朋友之间，规过宜多于责善。

人最怕以上达自期，遂不肯用下学功夫。

《小学》《近思录》《四书》能用十年功夫读之，终生用之不尽矣。

欲亦有清浊之不同。

睁眼就看出人家不好，这就是自己实在未尝用功，借人以省己可也。

知进一层则行进一层，穷理之不可已如是。

日间离不了一个"省"字。

人之恶，闭口不谈可也。若必欲周旋其间以示我忠厚，私心也。

既知学矣，合下便须做明德内功夫。一切词章，皆宜付这末务，凡犹以词章为念者，即是务内之心，不诚若诚矣，更那有闲工夫玩物也。

与俗人商进退，是己已轻了。

惟君子才知君子。若非君子，则其轻我慢我，皆彼所应出，皆我所乐受，何较焉？

《书》曰："虽收放心，闲之惟艰。""闲字"最宜玩。

古人先行而后言，故言皆亲切而有味。今人有言而无行，故言皆渺茫而无著。譬之大路，古人是亲走过来的。今人则以耳为目，其言虽连篇累牍，不如古人之一二语之著明也。

学本无大小之分，其所谓《小学》《大学》者，将以人之所造言之耳。其实止此一事，《小学》所以培《大学》之根，《大学》所以充《小学》之实。如古人教弟子，首孝弟。夫尧舜之道，孝弟而已。古人为学，能先立其大节，由本推末，前后只此一件事，故其成也易而材多。今人之学，前后若分为数节，且只于梢上致力，功虽倍，其成也难，故材少。

以心交人，外可以收人之益，内可以尽己之诚。

立心宜直，待人宜厚，处事宜通。

敬我者其责我者，不以其敬而喜，愈以其敬而惧。

为学之道，能尽其所知而已。

人每乐道得意之事，而失意之事不惟不欲言，亦不欲作是想，此是人心之易向上处，亦即人心之易自满处。能于得意时思失意，则欲易足。到失意时复能思人生不能尽得意，则心自平。

凡事就性之所近者求之，则易成。凡理就心之所明者推之，则易透。可知性之固有心之全量，人人能尽之，人人能充之，人自不求耳。

身外之事，应从大化为小，有化为无。身内之事，宜从无推为有，从小推为大。

君子无争而常胜，小人有争而终败。

看《四书》之法，且勿先看高头讲章，只需细细体会白文，一一按到自己身心上想，久自有得。大抵圣贤言语，皆平正易晓，无艰深刻苦之语，只细求之，则无不包耳。然其实也亦只是我心中所有，特圣贤先代我言之而已。圣贤之言，我亦可道，又何讲章之足云？

人只因有一个心，便作出掀天揭地的事来。人只因不知为我之至宝，便以欲利害了他。夫利欲者，心之仇也，而人多甘心事仇，何哉？

人只一自反，何事不可作？何人不可处？

"本分"二字最难尽，然尽到家处便是圣人。

人必有所以自处，而用心乃专。若庸众自甘，直是有心而不用，尚何望其有所成？

才一循理，便是善。才一思欲，便是恶。善恶之几之严如此。

见欲未能不动于心，第一要不近有欲之地，盖制外所以养内也。龙泉先生曰："到得见可欲而不动，则无不可见矣。"

从嗜欲纷华中走过来，而心不随之去者，乃为大持守，乃为大学力。

惊于外者，必慌于内，验于人，确然不爽。

鸡鸣而起，汲汲于科举者，利之徒也。

所最堪痛恨者，子弟有读书之资，为师者着实不肯令其多读书。至十二三岁，便令其习诗习文。过十五岁，犹专心读经者鲜矣。即读过数种，少长便不能成诵，虚掷光阴，日趋浮薄，风俗之坏，实由于此。其名是成全人之子弟，其实是败坏人之子弟耳。为人父兄者，尚执迷不悟，甘心受害，哀哉！哀哉！

但得名利，虽小人亦有恕辞。不得名利，虽君子亦难满意。世俗之见如是如是。

日亲书册，曾无一点书卷气，其未尝求益也可知。

持之数日，不知不觉便放倒，因思"学力"二字，学全仗此力，无力断学不成也。

为学须想到就办，说了就算。稍有间断，全是自欺。

今人谓童蒙无所谓学，不妨稍纵其性，直是乱谈。童蒙天性未漓，嗜欲未开，正可培养入道之基，即以世俗之学而论，果所读皆正书，所习皆正字，温之熟则省，重温多旷时日，讲之细且多，则下笔无空疏之弊。如是，一日不收二日之功，不信也，与人俱学不先登者不信也。然此全在父兄者与之择师，使之相从久远，乃为有益，不然朝夕更改，见异思迁，其成也盖亦鲜也。

读《四书》向自己身上一设想，乃知从前所为均系务外。人之所以逊于圣贤者，惟此而已。

败坏教化，消磨气节，最是好为圆通一路人为甚，盖彼信道不真，守道不坚，遇君子则饰为道德，遇小人则变为机械。其饰为道德，非出本心也。若曰吾乃可附于君子也。其变为机械，亦非出于本心也。若曰吾乃以不违时也，而为所欺者，而每乐称之，不知此等人，乃圣门所不齿。

进锐者退速，非必有意也，盖有为理势之必然者。朱子注云："用心太过，其气易衰。"何痛切乃尔！又曰："小立课程，大作工夫。"皆当铭之座右。

能分开义利界限，为学乃有入门处。为己，义也。为人，利也。龙泉先生曰："无所为而为，义也。有所为而为，利也。"

自家无一段刚勇之气，徒持格言懿训，以激发志气，能济甚事？

龙泉先生曰："古人务心性之学，非徒求之心性也。必验诸日用间，脚踏实地，研求经传，为学乃有本源。若空谈性理，则是空疏无据之学而已矣。"又曰："余往为此学，病在空疏。盖非穷经，不能致用，故经学不可不讲也。"

近来看养身，是为学头一件大事。

偶穷一理，往往亦有暗合圣贤处，此心同，此理同也，所欠者，扩充耳。

凡事自随自己才力办去，自有水到渠成时候。太有求好心，仍是欲心未化。

看来功夫须从饮食起居中作起，非惟不当远求，亦不能远求也。

遭家庭之多故，不惟不宜愤激，且宜当致力修省。盖世间逆境甚多，磨砺吾学正在此处也。龙泉先生曰："自反自责，最是处家之道。"

持守不定，往往为损友所诱陷。须练到身立当前，人自不肯以非礼相语，乃可自立。然此非自己平时诚敬备至，未易云此。若勉强为峻厉难犯之相，则令人不可终日矣。

日冀日新，试自问温故功夫何在？

朱子曰："知此是病。即便不如此是药。"示人至近至切，座右铭也。

儒者处事能认准道理，便可决然行去。进是道，退亦是道也，不必有顾避心，一有顾避，终是私心未退。

志不立，气不振，学无所进，只是此二病。

人生百年，转瞬间耳。彼争名夺利，自谓有其可乐而不悟，乃至苦也。故人能淡一分心，即是享一分福。

看来心最是我身至尊至宝之物，凡理待他明，凡事待他处，思及此，何忍以利害了他？龙泉先生曰："心就是个天。"

觉人之欺我，未有甘心者，乃终日自欺而不悔。试问将何以为人？

一动即随欲去，欲熟也。若理熟，则一动即理矣。然则同一用心也。与其徇欲而为小人，何如循理而为君子乎？理何以熟？曰穷之而已，曰勉强行之而已。

见圣贤许多说话，都是为着自己。生古人后何幸也！

看来惟义理有安而无危，有荣而无辱，有得而无失。龙泉先生曰："照理作去，危亦安也，辱亦荣也，失亦得也。"

人苟接先哲，当急询当读者何书？当治者何病？与人立己接人处事之道。若徒以闲诗文就正，非善于取师者也。

心有不入时，息思虑，默坐片时，心自清。此古人所以要静坐。龙泉先生曰："'涵'字、'养'字分开想去，最有意味。"

慎独功夫无一处可放下。

欺己之心静思时，比欺人更难过。龙泉先生曰："是慎独功夫进。"

看得读书是终生事，非益之书自不读，自无贪多欲速心。以少年精力，徒记诵烂时文，可惜也。

天下多少可成之材，大半为科第所误。未得急于求得苟且之术，无所不为。方谓求实践，则有所妨。既得则谓已足。并向之所谓苟且，亦不肯为。是未得科第，人为所误。既得科第，人更为所误也。然而果科第之所设不善乎？何亦间有成材也？盖非科第所能误，人自为所误耳。思及此，何胜兢兢？

不能专心去穷理，所穷者不过时文试贴而已。嗟乎！所穷者只时文试贴，此时文试贴所以不至也。

有一番欣跃意思，为学乃能不厌。盖理境自有乐趣，惟因循躁急，人不能领取耳。

无慎独，谨几功夫，更言何学？

乍开卷，便有踊跃意思。甫掩卷，乃仍是自行其是。如此安能免于愚下？

理之不熟，皆因闲事所胜之故。

为诈术者施于他人，甚至施于朋友兄弟，而其身乃往往受愚于子孙，或其子孙亦受人之愚。为强暴者施于他人，甚至施于朋友兄弟，而其身或往往见侮于子孙。或其子孙受人之侮，历观不爽。世人乃不知悟，哀哉！

"四勿"功夫是"九容"实下手处。

天下无论何事，实做去皆难。须是有识有力，只如家常事做出，乃不至力小任重，终于败事也。

无所得便求见于用，此便是务外之心，原其故只是一个不敬不诚。

《小学》《近思录》《四书》一日不可使释手，一刻不可使离心。须穷到无可穷处，然后优游玩味以求自得之，非此不足以言学。须是以十年为期，日日照常思去，到十年后当别是一个人。有谓以十年读《小学》《近思录》《四书》未免过长，且恐行不顾言。予曰只恐行不顾言耳。若谓此限长了，则我方谓我之所限已短。盖此三书是终生所读之书，用心读之自见。

时文习于纤巧，此心用惯了，至于行事所发露，亦是此心，此亦理之必然者。故人要慎所习。

诗文求工亦不易，若专以此教人，正是拘其心，使不得开展有为。究之功用，十分所得者，尚不及二三分人。试细思，我身有多少当为事，今却全抛下不顾，专求在外者。所求者，果可尽得，亦无怪人之为之也。乃十人求之，而得者不过一二人。且就一二人已得者观之，其所失多矣。所得者，仅此耳，则谓之全无得可也。

细思我身皆病，尚未能减一二分，思之何胜兢兢？

恒斋日记下卷终　蓟州门人李长印敬校

于溥暄墓表

溥暄姓于氏，名弼清，玉田人。同治三四年间，余官京师，间以其暇以授徒古寺，溥暄始至京师，从余授学。是时，士子汩于俗学、高头讲章之外，不知有书。帖括之外，不知有文。科举之外，不知有功名。余尝为诸生反复讲论，极言其弊，以力惩俗学之陋。期于读书穷理，求心得，励躬行，而归诸实用。顾闻者或信或否，独溥暄始聆之而悦，继为之而效，终且餍饫于斯，而有以自得也。溥暄于学，既辨其趋向之正，则又搜求程朱氏之书，以及诸家性理之籍。每得一书，必以质余，或多余所未见，而《小学》《近思录》

则尤所服膺焉。在京师，尝见倭文端公仁公许其静好学，为书"居敬穷理"四字，勖之。在家与王君竹舫讲学不倦，王君至目为畏友。溥暄性沉静、简默，不以言语文字相尚，其为文则能畅发义理，直抒所得。所著《恒斋日记》二卷，要而不繁，醇而不杂，质诸当世，闻人罔弗许可。其言有曰："古人之学，新民、明德、止至善而已。今人之学，时文、试贴、志利禄而已。古人之所为，今人之所迂。今人之所为，则古人为所耻。"又曰："诚是作人第一法，敬是为学第一法。"又曰："善欲人知，我之善那减一分。过恐人知，我之过即增一分。"其论之鞭辟近里如此。其与人交，初若不觉其和蔼之可亲，及相接久，则又见其忠厚笃实。与人无忤，于理无违，莫不乐与相处也。其教人则必使之以《小儿语》《弟子规》，继之以《小学》，然后以达于《四子书》，而旁及于《近思录》。

同治九年秋，余乞病归隐于穿芳峪之龙泉园，溥暄时过从问学，尝欲弃举业绝进取，结茅山中，专力正学，以求如古人之所为。顾以痼疾不退，志不得伸，辗转以至于殁。既殁之三年，余乃综其生平，表诸墓道，使后之君子有所考焉。溥暄始应县试，冠其军，遂以补弟子员。后为贡生，尝再应乡试，皆未售，然溥暄固不以浮名得失为轻重者。以道光二十七年九月十八日生，以光绪二年三月十八日卒，年仅三十。以卒后七日，葬于柳河套南河之原。娶段氏，子三：允中、执中、守中，皆幼。

光绪六年正月，蓟州李江表

恒斋日记跋

正学之不明，俗学害之也。自国家以制艺取士，士人率以举业相尚，几若舍此别无可讲之学。间有言及身心性命之旨者，不以为迂，则以为妄。噫，当此学术晦盲之际，欲求二三同志，相与讲明正学，吾乡实鲜其人矣。吾师于溥暄先生，当俗学争鸣之日，慨然以讲明正学为己任。尝曰今之以正学为迂者，因未尝明理，无怪乎其为是言也。庄窃维明理辨、别是非而已。今欲使正学复明，当先正俗学之非。而欲正俗学之非，当真得正学之是。是以先生平日讲学，一宗朱子"居敬穷理"四字。凡所以自课与所以课人者，疑似之际，无不究极其是非。又笔而书之，以为学者法。虽以庄之蒙昧，亦不见弃。而不幸先生早即世矣。庄自同治癸酉岁受业于先生之门，于先生日记寻绎，盖亦有年，尝欲掇其大要汇为一编，以公同志，而未之能也。自先生之亡，乃复取先生原稿，拜而读之，以当亲炙，奈简编散乱，不便观览，于是择其尤要者，订为上下二卷。质诸龙泉先生，先生尝为之序。辛巳冬，吴县袁敬孙先生访龙泉先生于穿芳峪，见此本而善之，携之而南。今年七月，庄与先生之弟小霖馆于津河广仁堂，适敬孙先生自南归，曰《恒斋日记》有关学术。遂商诸震泽盛星杉先生，为之校订，以付诸梓。庄特述其本末，置诸简尾。嗟乎，先生弃庄，已数年矣。庄于正学既未能窥其万一，而又不免于俗学之累，每念及此，真不堪以对我先生也。

光绪八年十一月，遵化门人刘庄谨跋于津河广仁堂之西新塾。

附　录

《乡塾正误》跋

于弼清

《乡塾正误》者，吾师观澜先生悯吾乡学学术之敝而作也。尝闻之先生曰：国家以培养人才为第一，人才以讲求正学为第一，而讲求正学又以先破利禄之见为第一。又曰：学者，学为有用也。今人读书而不获实用者，皆不能就所读之书、所业之文，体之于身，见之于行事之过也。弼清窃维古人之学行而已矣，言末也。今人之学言而已矣，行末也。夫今既重言而轻行，则无怪书自书，我自我。文虽工而无补于世，辞虽切而无涉于其身。举世可造之材，穷年事此，而不获读书之益也。是书出，吾乡必有破其俗见而奋然兴起者，然则是岂非先生倡道之一端而为国家化民成俗之一助乎？弼清亲承先生训，愧未能尽其万一，而于读书之所以然，则未尝不孜孜焉。愿与吾乡同志者共勉云。

同治八年十一月，守业于弼清谨跋。

恒斋记

李　江

同治九年冬十月，余所辟龙泉园成。于生弼清谒余山中，留数日乃去。将行，属余书"恒斋"二字。余既唯其请矣，已而余以事过生之村，至其所谓"恒斋"者而憩焉。见其庭宽以豁，其室明以洁，其几上所置书，皆所以穷理修身之具。舍是则未有以列焉。余因叹生之为学之专于内也。往同治四年，余官京师，以其暇授徒自给，于时生实从余游。余间于举业外，语诸生以切己之学，独生信余言最笃。余因是知生之资深与道近。比及数年，而生之识力顾往往出余上。其沈厚敬肃，友人王竹舫至视为畏友，而深致其推许焉。非生之久于斯道，而能若是乎？则生之以"恒"名其斋也，余盖为生信之矣。顾余尝闻倭艮峰先生言"学问得力于友朋者最速"，生村居荒陋，寡所资益。余惧生之时有作辍，且将无以广其学，畅其天机，而失于滞也。生其不时往来山中，相与切劘讨论，岂惟生之学当益进，而余之因循顽钝，亦当不无所助也。因书而归之，并记其后如此。

书于溥暄论辨王竹舫课程后

李　江

竹舫所著课程及生所辨各条，皆合之儒先则是，而按之世俗，皆不知委曲以行之者也。始竹舫立学馆于其家。予尝力劝其严立规条，期在必遵从我者留，不从者辞。且为书"夫子之设科也"一节为勖。及昨竹舫来书，谓门弟子有辞去者四人。予乃大怪竹舫之不然，寓书痛戒，是岂余前后故矛盾其说哉。盖予见竹舫失之柔和，或至颓惰不能自立，何以立人，故力矫其偏，而有是戒。不谓竹舫矫之太甚，操之过切，以至于学子之不能容留也。夫世俗莫不溺情于利禄矣，莫不以八股为取利禄之具矣。父兄自所以教，师友之所以策，与夫妻子亲故之所以期且望者，莫不恃乎此矣。彼其耳濡目染，日渐月摩，童而习之，长而安焉。盖无一时一事不注念于是矣。今一旦师我，忽欲于十数语之间，一二月之内，革其故习，反其所好，变其所谓有利者，而就其所谓无利者，几何不望而骇走乎？然则如之何而可也？曰其以束脩至者，无论其为何者而来，则尽收之，徐而语之以道理，开其所本明，而励其所未至。其有幡然从事于道义之路者，则资之。上者也，固可喜也。其有不能即变者，苟无扰乱之处，不妨俟其自化，亦不必摈而弃之也。即使终不能变其求利禄之心，然其相从之久，闻教之熟，其言语动作之间，亦必有所荡涤闲制，而不至如前时之流荡纵恣不知点检，则亦不变之变也。无论其他，即以生论，今日可谓知向道矣。然就其初年相从而论，使予之为教，先即屏去时文。子之收纳后进，先即摈其求利禄者，以生彼时尚未知有斯道，推之恐亦裹足不前矣。岂能晓然于利禄之不必求，正学之必宜亟讲。其用功节目之必宜，按序以进，如今日乎？故予向之所谓规条宜严，去留宜审者，为竹舫之不足于严励言也不，谓竹舫行之而过此。虽竹舫见之未到，然亦予有以启之也。是则使是数人者不能闻道而去，竹舫之过，亦予之过也。予意竹舫此课诚善矣，即其中有先后失序，及可以剪裁者，生之所以正之者，亦诚切矣。特宜责之有志向道之人，不宜责之概不知道之士耳。予得之阅历，体之人情，以为如此。望生与竹舫皆有择也。

附哭于溥暄同学 【弼清】

李树屏

兀坐忆君病，噩梦传来惊。欲哭强制泪，疑痛交相并。呕心怪长吉，隐夏无由清。【君病咯血】日昨得佳耗，屡死犹能生。火炽致狂易，徐理应即平。【闻君死晕二次，径致病狂。】岂遽竟不起，行主芙蓉城。孰料二竖恶，狡狯出恒情。一痛无可疑，南望心怦怦。

时学逐卑未，君独探至道。力接闽洛传，理窟恣潜讨。日记饶至言，师门见誉早。【著有《恒斋日记》，龙泉师亟称之。】冉疾痛斯人，颜命惜多夭。赍志苦未伸，更嗟双亲老。赖君叔季优，家学倘能保。遗孤颇秀发，母教预期好。况倚翁冰清，玉润应皎皎。【君长男阿松，适订婚于王季樵处。】持此慰君魂，有知或相晓。

庚午山寺秋，与君始相识。【庚午秋，余随龙泉师避暑鹦哥寨寺，君谒师来山，始得相识。】投分敦古欢，倾吐泻胸臆。龙泉七夕住，移砚共游戏。【辛未秋，假馆龙泉园。君于七夕日，亦偕弟及生徒来园读书。】苦我文字弱，勒帛示绳墨。【与君立文课、字课】规我制行疏，谠言进忠直。虑我性躁率，遇我神静谧。伤我语皆谑，对我意缄默。君也诚畏友，切劘益良得。哀哉遂决绝，俾我鲜矜式。月夜过恒斋，腹痛感何极。【恒斋，君来园读书处。】

吾乡富山水，胜境恣遨游。鹦哥山寺高，奥峪林壑幽。妙沟溅飞瀑，水厂涵清秋。金灵郁佳气，周望罗松楸。蜂洞景深邃，乳窦穿雕搜。雨园更趋视，晨夕共延留。【响泉园、问源草堂】弦诵得馀暇，一一邀吟眸。今兹独登历，慨焉失故俦。触景有余痛，是处成西州。

于弼清《恒斋日记》

陈左高

于弼清（1847－1876），字溥暄，清玉田人。贡生。治理学，主居敬穷理，从李江观澜游。曾颜其居室曰恒斋。事具光绪六年蓟州李江《于溥暄墓表》。其著有《恒斋日记》，分二卷，光绪癸未（1883）八月广仁堂校刊本。前有光绪四年李江序，后有光绪八年门人刘庄跋。日记未系年月，据李江序，称系同治三年、四年（1864－1865）所作。兹录二则，一系论科举之害，一系谈为文之道。

科举之学，我从李观澜先生游，便见得甚轻，何时得脱此厄？朱子尝谓举业是一厄，诗文是一厄，簿书是一厄，只此三厄，埋没了天下多少人材。或问章枫山先生何不为时文，枫山笑曰：末技耳，予不暇也。观此言，可以知返矣。

多读书，多阅历，多涵养，文未有不善者。

【罗按：此条引自陈左高著《历代日记丛谈》，上海画报出版社，2004，第119页。】

李濬集

（清）李濬/撰

哲亭遗诗

蓟赵各庄　李濬【哲亭】

元年闰中秋

曾经遣兴倚南楼，两度蟾光八月秋。记岁应知桐叶闰，邀朋仍著桂花游。
人嫌旧日追欢短，天意多情慰别愁。皓魄重圆能久驻，昂头千古仰芳留。

闰八月二十四日赴万泉县路上口占

最好是山村，尘喧不到门。霞明红叶映，秋冷白云屯。
古树摇荒寺，苍苔湿短垣。要知真乐事，无话不田园。
祷雨到孤山，前游任往还。顿增他日感，忽讶我身闲。
泉注溪岩里，云行户牖间。峨嵋坡上望，秋色老屏颜。

除夕有感

岂真容易到元正，得过残冬喜再生。厌听敲门寻旧债，欣闻爆竹换新声。

鸿禧户对临街贴，大地春回扑面迎。愿此阳和均化育，年来翘首望升平。

灯下即事

安危须仗不凡才，我愧无能伏草莱。风动帘旌疑客至，月移花影向窗来。空闻虎旅纷纷过，无见鹰扬阵阵催。想是深谋难逆料，君当局外漫相猜。

贡生原天与号敬承者时常接济度用有感

冷落稀车马，知音尚有人。劳君周急义，慰我固穷身。世味酸咸异，光阴替代新。大寒将已矣，几日又逢春。

步门生王盛斯【际清】送别元韵

赋别今逢癸亥年，诸生情致亦绵绵。隐归我访陶潜宅，起舞君思祖逖鞭。宦海早知深浅历，名场久许后先连。惊看岁月如斯逝，莫任闲游子在川。

哲亭遗诗跋

吾蓟能诗者，在明季有李潜龙进士孔昭，清有李龙泉驾部江，王问青孝廉晋之，赵竹楼、方粹庵两茂才绅与德醇，蒋石泉选拔熙，李髯翁茂才树屏，卢菊庄孝廉素存。或刊有诗集，或于他人集中附见，或得睹其手抄稿本，此外无所闻也。诗虽小道，为壮夫所弗为，然欲觇其天怀情趣，殆舍此莫由，故每以固陋为吾乡之憾。兹承友人饷我遵化潘子馀君增庆光绪三十二年重订李哲亭先生遗诗手稿，以先生世居吾村三里而近之赵各庄，谨简出当时诸友唱和之作，计得一百十五首，录而存之。至诗之工拙，阅者自有论定，不复赘。及云先生名濬，道光某科举人，出宰山西猗氏县，为龙泉驾部从堂兄。前曾见其所著《略强博弈斋随笔》一册，今俱不知其所归矣。

庚辰正月二日，溪东老圃刘化风树声甫漫书。

附　录

残句

李　濬

无聊故意多燃烛，借影追随作友看。

挽联哲亭兄【濬】卒山西猗氏县任联

李　江

岂真不愿遄归，十数年家运颠连，恨变故多端，回籍定知增隐痛；讵料忽然长往，二千里灵輀濡滞，叹奇荒载路，还乡反觉有余欣。

送哲亭兄之任猗氏

李　江

卅载书生忽宰官，无边禾影上征鞍。沿途搜取奇山水，绘出新图寄我看。行李西风别故关，从今尝起宦途艰。俸钱休作等闲用，还有惠连思买山。

赵绅集

（清）赵绅／撰

竹楼遗稿

蓟八洼庄　赵绅【号竹楼，一名云龙】

复李观澜书

仆不善作文，尤不善作古文。仆不善作古文，尤不善作可传之古文。"传"之一字，戛戛乎难哉！仆非不留心于此一字，第我之所作可传与否，我尚不能自知。人之所传乐传与否，我又奚敢预卜也。难之难者也，虽然，岂可畏难而不思所以传也。且徐图之，且共勉之，以期务抵于传而后已。而至竟传与不传，自有数焉。存乎其中，即可觇生人死后之福量何如耳！近闻纷纷传书者，或倚傍而传，或标榜而传，是以人传书，非以书传人。以人传书仅可传之一时一世，乌得谓之传也。传也者，人死而书不死，书不死而人亦因之而不死也。古之传家，代不过三数人，而此三数人必皆善能读书，善能养气，故其发而为文章，酿而为议论，其理真，其道正，其辞达，其法行。身虽化去，其一缕清刚之气游行于清虚之府，蟠天际地，独往独来，其精神常贯注于字里行间而不死。俾读其书者，一展卷，如见其人，如闻其声，如亲其笑语。悟其旨，会其神，可以歌，可以泣，可以开拓心胸，可以感发志气。遇解人，读妙书，两心相印，值得意之时，真有不知足之蹈之，手之舞之之境至。回忆古人作为文章，原为抒写自己性灵，而与人无与人，而人竞甘之。甘之斯传之矣，岂若宦游集子、兔园册子，拾掇古人之馀唾，剿袭古人之皮毛，多用罕见之字以为奇，多用生硬之调以为奥，木雕之像，泥塑之人，其人尚存，其书已死。读之未竟，使人欲呕。虽欲传也，得乎？仆之所辨，仆知之，观澜知之。仆之啧啧，仆之拙也。仆虽拙于作古文，仆不甚拙于论古文也。勖哉观澜，观澜勖哉，观澜而可传耶！仆亦甘为观澜门下走狗矣。

重修龙王庙碑

云行雨施，品物流形，易之赞龙，德也尚已。盖龙之为灵，可以在天，可以在田，及其泽被万物，人咸异之，而不知合潜与见，而皆能普美利于不言，神变化而莫测者，故称龙焉。郡东距三十里五龙桥西南，旧有龙王庙。夫龙而号之曰王。王者，往也，布其德于人也。龙王，而崇之以庙。庙者，貌也，状其像于神也。然历年多，不无倾圮。董事者金曰宜葺之，俾勿废。可知人之不忍坐视，夫神者；犹神之不忍坐视，夫人者也。遂劝善纠工，以期整饬。补其缺，救其敝，善其规模。虽曰重修，较之从来，弥增壮丽。居人士喜相谓曰："斯庙也，有求即应，无感弗灵。"行将课晴于斯，问雨于斯，歌于斯，祝于斯，久则不知足之蹈之，手之舞之，畴不欲竭诚输力于斯也。后之嗣修者，已可预卜矣。不数月而工峻，何成功之易而好善之多且众若是？夫是必能广龙德于无涯也已。爰乐为之序以志之。同治四年。

意园记

意园者，有此意尚无此园。无此园胡为记？记其意在园先也。距余村五里而近，有水曰龙泉。源来也突，流细而长，遇石子荡摩辄作响。绕溪茂林，倚山争碧。小桥西，地平如席，可二亩许，即意园也。环园皆山也，南山少远，屏其前。园之北可庐，东南可亭。庐以茅，亭以蔓，立木具亭之形，其下遍植蔓生者，若豆若瓜，若荼蘼，若藤萝，引之上覆亭，腰惟留其茎，有叶则剪焉，惧碍风也，名曰蔓亭。亭之隅，列修竹数竿，芭蕉几叶，为收斜阳影，共雨雪声。园不墙，环植小柳，结为篱，窃渠引水。窗外开半亩溪田，稻花藕花，清馥袭床榻。种蔬四五亩，手自锄之。粗粝为饱，家酿为醉。客至，供芋栗满前，则山农所送也。兴酣口号短章，曳履步山巅，看白云出没。归则就灯光月色，著人间无用书。畜一牛，使奚童吹笛放之翠微间，每出游则意园二主人易而骑之。二主人者，余与李子观澜也。既而商之曰："园落成，俗子踵至奈何？"余曰："门外径窄，策蹇犹难。藉非幽人，虽来亦被风泉聒去。"

闺思

日夜望音书，望到秋鸿至。几点在长空，疑是别离字。

桑虫诗为友人鄂小苍【素】作

桑虫虫虽小，而能伤桑根。桑大可十围，虫伤何足论。不知伤其根，朝荣枯于昏。桑枯不复荣，桑虫今尚存。

阿招词为兰阳史潄芳【樽】孝廉作

兰阳才子潮阳客，万里乡心情脉脉。常出风月最销魂，一朵娇花载归舶。阿招十八窈窕娘，不惯风尘送阮郎。入舱忽过潘花县，缱绻情随江水长。与郎相逢恨不早，问郎可识同年嫂。【妓船多桐严人，因讹称同年云】。灯前一语破迷楼，一洗从前风月套。更阑更为谱琵琶，水调声中月影斜。任尔鸳鸯交颈宿，江上应无人妒花。体郎嗜好无不有，兰溪劝进一杯酒。盐豉莼鲈杂笋芽，手自烹调不用母。玉葱时递小金筒，眉目传情不语中。为郎细碾金丝碎，一缕香烟袅晚风。郎说姑苏云髻好，朝来巧挽还斜扫。腊梅花下玩新妆，馀杭一带都倾倒。九日追欢迭唱酬，最难十日到杭州。怪底榜人心太急，橹声催起别离愁。嘱郎一语郎须记，爱侬忍把侬遐弃。异日相思两地时，知侬惟有千行泪。

游龙泉寺

水出台边犬守扉，一声清磬碧山围。道人病坐荆篱瘦，游客贪餐杏实肥。

野菜可容丹井洗，空林不碍白云飞。归途细数鱼苗长，犹自矶头弄夕晖。

游穿芳峪龙泉寺二首

莎护苔延一径青，山家妇女当园丁。西头李生开生圹【观澜意墓】，东张面公抵死亭【道士义纯骨亭】。小草有名花淡冶，古槐无状叶伶仃。囊空村酿谁沽取，那得同人醉不醒。

可喜今夏无苦热，逢友散步谈奇文。古碑倒地字封土，幽士登山鞋挂云。道人抱病懒迎客，村女浣衣时晒裙。太息江南赋未尽，犹有野叟不忘君。

竹枝词十首【存一】

郎来郎去莫匆忙，脂粉丛中细较量。惟恐相逢不相识，为郎仍著旧衣裳。

附　录

同人赌快

　　竹楼与观澜商作同人赌快事。约法三章曰：一不落古人窠臼；二扫去平庸；三间欲其语有关系。观澜难之，竹楼曰："为其难者乃无难者耳。"观澜曰："诺。"甲寅中秋前三日，李江题。

卷　上

渔阳赵绅　【竹楼】著

　　听皋陶坐堂问事。

　　几阵秋雨，洗净石上新旧苔文，苍碧蜿蜒下垂，较人世所传篆书、榻本尤加瘦劲。合天下识字人对之，亦不能识，疑是天公得意之笔。

　　两蝶戏斗，翻飞上下，薰风南来，吹过画阑北角，儿童扑之不得，藏入红藕香中，花光蝶粉，闪烁透露，静中观之，天然一幅活画稿。

　　领略现在。

　　一十二万九千六百年之后再生一个曾点，生我为六七人中童子之一。沐浴春风，舞雩归咏。点也顾而乐之曰："孺子可教！"

　　终日吟诗，苦不得佳句。忽友人携至自著文集数卷，无汉儒宋儒习气，语不落古大家窠臼。字字从性分中流中，始知古之立言者，行先之。岂若后世之文，天花乱坠，口是心非。

　　某年月日时，震雷大作，击破七十二疑塚。得其实葬处，搜出面目如生之死曹孟德，裂其肤，毁其心，化作臭气一缕而去，弃其尸于通衢，观者如堵，一人拊掌称快曰："凡为奸雄，应作此例。"一人争之曰："君以为能诛其心耶？未也！阿瞒所恃以欺世者，假面目耳。今急其缓而缓其急，天工用雷，似有未到处。"语次，天犹清朗，俄而风雨骤至，雷火毕集，操之面目须臾如炭，复还其心，众争视之，形细而长，尖若枣核。

汉初，某掘井园中，甫三尺许，石阻之。石平如砥，上刻古篆四字，文曰"黄金万镒"。某狂喜，归语其妻、若子曰："天与窖金，奇穷无难骤富。居今之世，高枕无忧矣。"偕其子往启，视其金无，惟存未经秦火之竹书若干简，怒曰："嘻！乌用此无用者！"为抛诸园外。好古者闻而捡之，皆人世罕觏书，携之而去。

一士人深信前身后身之说闻，常清夜焚香，私祝阎浮王曰："贱子生平多口孽、笔孽，自反不能无罪。死之日，宁置贱子于刀山剑树上，颇可桥舌，而受幸勿脱，生贱子为后世藏仓。"

用杖拨开白云几片，直造翠微巅，俯视下界，幸喜我不在其中。

吾不知大块何处寄放。有人为我道破。我以信孔子者信之。

用颜渊讽饮廉泉水，滴于未央宫瓦砚上。黑松使者来往走之，借班书佣毛锥子写绿天庵怀和尚芭蕉几叶，和陶靖节乞食诗三两首，然后骑清凉居士驴，上首阳山，问伯夷叔齐采薇若干，可赠我一束不？

观澜曰：竹楼后用长篇骈体易之，几成一本点鬼簿。其警句云"一年不断李笠翁的苋羹，三月不知苏东坡的肉味。"又云："蘧伯玉至段干木何常踰垣庐、怀慎来孔北海颇不好客。"皆竹楼实录也。终不如此，则字句错落，有寄托，有风趣，故删彼录此。

卷　下

渔阳李江　【观澜】著

某素貌为长者而阴附一富室。富室忽谓人曰："某此方之弟，一假人也。"观澜曰："嘻！假人一语出于所附之人之口。吾以知假人之不能终假也。"是日商作赌快，即闻此事，爰列此，为快之首焉。观澜是夜喜而不寐，一夜静坐，忽大悟曰："万事偶然耳！"

聚地下已死之学神仙者，告以无神仙之可作，使学神仙而未死者听之。

我无力为诸般乐事，唆人为之，我不费钱，从旁观之。

掘地得奇书，曰《死人传信录》，凡古来可传而未传者登之，不可传而传者汰之，一洗群书之诬。

屡过富贵之门，且居与之近，富贵竟不识也。一大乐也。

唤起千百年以上之古人，恣问千百年以上之疑难。

常觉我是死人。

朱华山人置意园于龙泉，倩五柳先生来种柳，竹中高士来种竹，绿天和尚来种蕉，东园先生来种茶，甫里先生来种杞菊，则更倩汉阴丈人抱瓮灌之。

玉皇一日命观澜大拘文章中之偷儿，取古人一一作于证，讯其首，从定其轻重，造意偷者斩，偷意者徒，偷势者杖，偷句者罚，而显然奉古人而行，不以草窃为己有者，毋庸议。

道及时文中人名，观澜一个不知。

今之物化者，皆两首握空拳。时步北邙，呼墓中人而哭之，但觉无名氏之鬼，俱愧悔而流涕。

某著一书，置架上，一俗士来，即取阅之。著书者曰："而何人？而试顾而口、而目、而面、而心，可以阅吾书乎？"就其手夺之，仍置架上。

有人将古今来名士佳人之不得其偶者，改配一番，各得其当，然后观澜无愤。

祸善福淫今之天道，何以溃溃乃尔。或曰玉皇春秋太高故耳。观澜方河汉其言，忽神仙至自天上，乃知玉皇已于近年死矣。相传阎罗王亦相继夭，故鬼头鬼脑者，益无忌惮，大行其鬼混之道。

一生不与俗子见面。

观澜为古人白冤曰："刘四何尝骂人？人自可骂耳。纵不骂之，可骂之理自在。有其理即可有其言。于刘四何罪焉？况又可以励俗也。"刘四闻之地下，拍手大笑。

中秋前一日，竹楼、观澜会谈于野。荫柳阴，藉苽麦。天为二人生出几片白云，往来空中，点缀蔚蓝之色，仰而观之，致足乐也。已而言及古人，尽去无一留者，相与悲号。樵者过而问故，大笑而去。二人亦相与哄然，订次日重会于此。手拨暮烟而归。

某乡达出必盛仆从，衣冠丽都，势甚张，自谓福相天授，人亦以此目之。遇丐者于途，叱其径行不避。丐者曰："若等我耳。何遽尔乡达？"怒曰："贱相儿有说乎？释之无，则鞭。"丐者张目曰："若敢与我比乎？"乡达笑曰："何不敢也。"曰："却若仆从，去若衣冠，赤若身，与我同一副骨相耳。何所谓贵贱也？"乡达忽悟向之贵仆从衣冠贵之，今翻为一丐者穷也。自是务问学，终其身不骄人。

一年中见无数人死，是观澜第一乐事。

此先生与赵君竹楼游戏作也。赵君居余村东八里之八王庄。郡诸生。诗古文词皆优。为之故，与先生相得。后竟为宗旨不合，先生遂绝交焉。而赵亦卒以穷困死。子不学，遗稿皆放失。偶有一二诗句流播者，亦皆先生所称述也。今竟附骥以传，不可谓非其幸也。光绪廿四年八月初八日髯补识。

残句

赵　绅

贞节每于村妇见，才情还是冷官多。

残句

赵　绅

量宽始信人无碍，胆小方疑鬼有形。

赠内残句

赵　绅

天长绣罢浑无事，斜靠窗棂倒看书。

游龙泉寺残句

赵　绅

古碑倒地字封土，幽士登山鞋挂云。道人抱恙懒迎客，村女浣溪时晒裙。野菜可容丹井洗，空林不碍白云飞。道人病坐荆床瘦，游客贪餐杏实肥。

方德醇集

（清）方德醇/撰

粹庵稿存

蓟东葛岑　方德醇【粹庵】

莳菊轩诗序

曩于乙未夏，曾得一晤粹庵先生，温厚谨饬，善气迎人，予心重之，知其为笃厚君子也。洎吾友刘树声丛书出阅，有《粹庵养菊说》一则，余又心敬之。以先生之所好在菊，则其人之自甘淡泊，脱然于尘俗可知，然终不知其能诗也。闻树声间与通函，尝以诗问先生，以未学辞，以虽学而不复省记辞。余益信先生之果不能诗，且以其宜能诗而竟无诗，为先生恨。无何，树声来云，从张述周处得诗一册，嘱为选订，将复聚珍版。余讶其清微淡远，迥非俗手所为，询之为粹庵稿也。噫，先生之谦冲，不欲以才见知，固如是乎以视。夫世之略学韵语，遽沾沾自负，惟恐人之不知者，其襟怀之广狭，人品之高下，相去为何如耶！然第恐阅时既久，卒无热心之士，好为义举，为之搜辑而表彰之，将不特其诗之不传，即作诗者之姓名，亦不免有同归湮没之惧。兹得树声为梓而存之，吾知后之读是诗者，即无难概见其为人。虽先生之为人，初不以诗增重，而先生之为人，正未尝不借诗以传也。此树声丛书之印所由，为彰善阐幽之一助也。

光绪二十九年岁次癸卯秋日，遵化李润雨村氏序。

鹦哥寨访观澜先生

遥看孤寺矗云边，一径微茫入远天。行到云低天近处，有人先立翠微巅。

题龙泉园图

夙有烟霞癖，名场此息肩。危机参宦海，胜境觅龙泉。地僻群山绕，林深曲径穿。小溪环一角，矮屋筑三椽。寺近听僧梵，村遥隔俗缘。篱门桃杏护，石壁薜萝悬。傍砌秋栽菊，开池夏种莲。睡馀游目豁，茶罢赏心便。倦读停琴候，花朝月夕天。焚香开画稿，刻烛擘吟笺。所享极清福，谁言非散仙。精修唐李叟，毕竟让君贤。

和龙泉先生响泉园落成二首原韵

不让园林独占芳，雅人风味要同尝。好乘高士看山兴，更筑前贤有美堂。嘉树成阴桃李盛，幽居远市利名忘。闲身最好闲云伴，何必奢心望帝乡。

水绕山环俨奥区，几椽茅屋老堪娱。宅邻佛寺经闲听，园近龙泉德不孤。窗豁对山开四面，松高当户列千株。幽栖似此真清绝，休道神仙世上无。

粹庵稿存跋

粹庵先生诗，自同治丁卯至辛未，为《吟香馆草》，诗凡百九十二首，选存三十九首，词八首选存三首。自同治甲戌至光绪丙子，为《莳菊轩草》，诗凡百四十二首，选存二十一首。共选存诗六十首，词三首，总署曰《粹庵诗存》。云：先生性耿介，精岐黄术，世居吾蓟东葛岑，以诸生授徒终身，故所为多穷瘦之音，性所近，境使然也。当斯世而有人抱残守缺，日耽五字七字之咏，不与俗合，殆亦可贵也已。先生卒于光绪三十二年八月，寿八十馀。

宣统三年闰六月二十有四日雨中，乡后学刘化风识于都门客寓。

按：所选存之诗六十首，词三首，已毁于戊寅之爨，以前四首，系录自

《龙泉园志》。辛巳冬日，化风又识。

养菊说

菊，隐逸之花也，其性傲，其色佳，其香晚，当三秋霜冷之际，独能摇瘦影而挺东篱，真超群绝俗之品也。然形色不一，而性情各异，使养之无法，或未蕚而枝叶枯，或已花而色泽减，将何以尽菊之幽致也哉？余于菊有酷好，至养之之法，每于菊谱究心，然其说多失之简略，使人无可依据。今以先严所口授之术，及累年经历体验者，录其说于左，用质同好，以备采择焉。

同治十二年岁次癸酉十月，粹庵方德醇自识。

养根

于花开罢时，折去其枝，留根三五寸，以水浇足，俟其半冻，用土盖好，置的暖室中。大盆约十日一浇，小盆约五日一浇，不可太勤，水亦不可太多。至春暖时，移晒檐下，每日浇以清水，其芽自然壮盛。有藏于窖中者，热气熏蒸，其芽细嫩不堪栽，不如置之暖室中之为愈也。

择地

于冻初解时，择地宽敞处，挨次掘通，务使土极细。筑长畦，使高平地数寸，更须顺水。遇大雨不使停水，则无淋潦之患也。

栽苗

于谷雨前后，地气通时，取盆中之芽，分载畦中。覆以密帘，勿令见日。每日早晚浇以清水。十日后，已有生机，则不妨见日。至此，每日晚浇水一次。及其苗既活，则频频以锄芸之，不必每日浇水，干始浇之可也。

防雀

菊苗初栽时，家雀最易为害，以死鸷鸟悬之竿头，插畦畔，雀即畏而避去。

养干

夏至后，菊苗已长，须摘去其尖，留干三五寸以养之。干上生枝，于近顶处留三枝，肥壮者留四五枝。俟稍长，用竹木签插干旁，捍之以防风摇。

养枝

干上之枝，至立秋前后，有长五六寸者，有长七八寸者，亦有长至尺者，须摘去其尖，务要平齐，且不可参差高下，或日久枝更生枝。于近顶留三枝以待长苞，馀枝尽数摘去。

留苞

菊花作胎，皆在处暑，一过此节，早者即能见苞，其晚者白露前后亦必见苞。俟如豆大，止留顶上一苞，馀尽数摘去。

养苞

花一旦见苞，须五日一浇粪水，馀日浇清水，不可使干。此际全凭灌溉，不然则花不大，叶亦不润，或卷叶，或癃头，百病丛生矣。

养叶

菊之最难养者，叶也。其叶美，其花必美，未有叶不美而花能独美者也。故养菊者贵养叶，养叶即所以养花也。夫犹是叶也，有由碧而渐黄者，有始润而终焦者，有先舒而后卷者。其故何哉？生粪败之也。盖菊性最喜肥，大抵皆不喜生粪，倘生粪一多，则其叶先黄后焦，自根渐至于顶。有不黄不焦者，其叶亦必翻卷，虽亦开花，而色泽渐减矣。且生粪非独败叶已也，凡菊苗初载难活，及细种载之已活，日久而生机不畅者，皆生粪之故也。若能先宿粪水及血水、鸡毛汤等物，候发过，按时酌量浇之，不惟其叶不败，而倍觉鲜碧异常。然菊性虽喜肥，而更喜洁。生粪不洁，故败叶。凡不洁之水，如净面、洗衣、洗菜及草屋檐滴之水，皆足败叶。又近根之叶，雨后沾泥则难保，须急以净水洗去，或于根下铺以松针、布瓦、秫秸【剥去叶】及蒲包等物。亦可或高搭天棚，晴则卷起，雨则放下尤妙，但多费耳！

宿粪

于冬月拾取冻粪有油性者，置大缸中。将缸埋地下，至春暖时，添以清水，将缸口封固，不使透气。俟发过后，打开缸口，则秽恶澄清，其水纯碧，用时酌量浇之。浇毕，即将缸口盖好，勿令雨水漏入。

晒土

取极细土，于三伏天摊晒之，不使着雨。晒毕堆好，以备登盆时使用。

登盆

寒露节前后，菊花将放蕊时，栽之于盆，以水浇足，不使见日。三日后，渐使见日，晒至不畏日时，即终日就向阳处晒之，傍晚浇以清水。十数日后，亦可稍浇粪水。红紫色及粉色者，以血水浇一二次亦可，但不可必太多。

大抵养菊之法最忌三生，于登盆之时尤忌生粪、生土、生盆，若用新买之盆栽菊，不四五日，则其叶即黄，而后焦矣【惟水则用新汲者佳】。

养菊馀论篇

插秧

于背阴之处，预筑小畦，使其土极细，不时以水浇之。以掐下菊头插畦中或盆中，亦可不令见日。每日早晚以清水浇之即活。立秋后，掐去其头，每头上留三枝，亦能开花。且此菊最晚，他花将残，此花始放，瘦影寒香，别饶风味。

本菊

于菊开罢时，选其壮大之本，根下不使生芽，其本自活。至春，留本上之芽二三头，长至尺馀，即插竹木签扦之以防风折。养枝、留苞，悉按前法，其盆置半阴半阳处，不令着雨，早晚间以清水浇之，隔三五日浇粪水一次，惟三伏天不浇粪水。盖盆中养菊与畦中养菊迥异，其地狭最易旱干，其土少最易伤水，灌溉之功宜急讲也。

捉虫

《花镜》云：虫之害菊者，小满时有菊虎，红头黑身，于辰巳二时专咬菊头，视其咬伤处，可掐去无害。有细蚁，或集枝叶而作腻，以鱼腥水洒其叶。蚯蚓、地蚕，伤其根，以新汲水连浇，虫即引去。黑蚰瘠枝，以麻裹筋头刷去之。象干虫似蚕而青，与叶一色，能食叶，早起以针寻其穴杀之。蚱蜢亦喜食叶，皆当捉去。

余按：以上诸虫，惟黑蚰最多，然不甚害事，且易治。累年所见有虫二种，最害菊。其一青色，细而长，食叶如蚕，每食一叶，不尽不止。其一亦色青，藏叶底，初起细如绵。此虫食叶令人不觉，但看叶上正面处，有黄色斑点，透明如绢者，其虫即在叶底，宜急捉杀之。又黑腻害菊最酷，但此虫之生，多因地势仄狭，浇水不洁所致也。若择地得宜，灌溉有法，绝无此患。

灌溉

《菊谱》云：春用蚕沙水，夏用鸡毛水，立秋后酌用粪水，初次一粪三水，二次水倍之，三次水相半，花蕾既结，始用纯粪。又云：初栽后，浇淡粪一二次，夏至时浇浓粪一二次。

余按：初栽后浇淡粪，所以养其干也。其不浇浓粪者，恐菊苗之过盛也，亦以防菊之不宜粪也。夏至时浇浓粪一二次者，催之使长枝也。其不多浇者，恐其枝之太高也，且以防其笼头也。然浇粪之法，古人虽有成说，但地有肥硗之不同，菊有宜粪不宜粪之各异，是在善养者随时通变而用其中耳。

养菊说跋

尝谓草木之有香有色者，皆不得目为无情，故亦唯人之有情者，始肯栽植而培护之。然类皆逞菲斗艳于一时，先秋槁谢。欲于众芳零落之后，而求冷香秀色，晚节独标而外，实难再觏，此陶隐居所以独爱之欤！予乡方粹庵先生，以名诸生，尝教读乡里，课馀时以养菊为乐，并以累年体验有得之法，著为论说若干条。岁癸巳，由高君云书处假读钞本，觉靖节高风，会心不远，是未可以笔墨工拙计也。爰为粹而行之。

光绪己亥八月晦日，同里刘化风树声甫跋于味虚簃。

附　录

游龙泉寺残句

方德醇

杏子翻风逗浅黄。

跋所书方粹庵楹联【原联"但以农桑为正业；不容子弟作游民。"】

李　江

吾乡事农者多不尽地利，而蚕桑纺绩之事，尤所仅见。粹庵近课家人以此，人笑其迂，不知其力敦本业，实合古人厚生之意。今撰此语，索书。余喜粹庵治生有资，且子弟可以习勤读书，可以有助其益。岂第家计之可以渐足已哉？

七夕寄怀方粹庵【德醇】

李树屏

一别又多日，相思秋夜长。那堪当此夕，同是客他乡。笑我诗成癖，怜君病愈狂。怀人在天末，珍重晚风凉。

初夏寄方粹庵【德醇】

李树屏

天半朱霞日暮云，一帘红雨送残春。落花点点分离思，飞絮飘飘感客身。不饮自惭成半士，择交谁可作全人。南风未解吹愁去，惆怅行吟沽水滨。

与方粹庵【德醇】茂才

李树屏

粹庵足下，日来想已到馆。空斋兀坐，独对遗孤，此时当益念雪崖不置也。嗟嗟！昔日良朋，今成异物。意中人去，独处皆觉伤心。眼底春来，往事何堪回首？树屏代为遥想，犹觉难堪。况足下身处其境者乎？树屏回馆后，历想树屏与雪崖生前交谊，益不胜于邑。因草挽诗八绝，少抒哀思，录尘清览。足下亦未可无一语相吊也。外另寄雪崖一书，祈交立志向坟前焚之，将见飞云乍停，微风旋起，白杨树底萧萧有声。其必雪崖也哉！其必雪崖也哉！

《讱斋诗存》跋

李树屏

先生诗草，余既编刻《问青园遗集》中矣。此则往年先生约屏与寿朋、粹庵诸君结诗社时所录存者。安石碎金，未敢轻弃。时一□诵，犹想见当时联吟乐事焉。后附涌翠泉诸诗，则先生移居穿芳后手书示屏者。翰墨犹存，流风顿渺。对之尤不胜唏嘘云。

王询集

（清）王询/撰

西轩老人随笔杂存

蓟东马坊　王询【问山】

跛狐

　　猎户王某，郡乡民王青云之祖也。善火铳，无虚发，居近堡子山山中，鸟兽见辄毙，狐兔之属，几无孑遗矣。有老狐者，跛一足，父老相传百年前曾为炮伤，故有是病。毛洁白如霜，识者云其皮可售百金。王某利其值也，每负铳寻之。狐行缓，他人遇之，虽老叟可及。王见之，则疾如飞隼。两峰相距百步馀，狐越之若咫尺，发铳则电光一闪，瞬息数里，王深恨之。时届严冬，雪积尺许。凡猎户捕兔，每于雪后寻迹，则易获。王携铳入山，行及半岭，见狐迹甚深，若有倾跌状。王忖曰此狐合死，蹑之行数武，则人迹宛然，非狐迹也。王甚骇，甫欲回身，忽闻咳唾声响彻山谷，回视之，见老翁据石坐，捻髯而笑曰："王某，来何迟也？吾子孙悉为尔杀，今日相逢，肯少贷否？"王素倔强，闻之转怒，曰："尔跛狐耶？"翁曰："是也。"急点铳，屡发而屡灭。翁曰："尔腰间现有利刃，胡不刺我？欲自戕耶？"王急抽匕首，转自刺，血出如泉涌。翁起身曰："可速归，免为豺狼食尔肉！"踉跄归及，至家则肺肝如见矣。乃召子孙而戒之曰："急取我心置廊下，尔辈如再为猎户者，可视吾心。"

东岳庙

都中一贾人妇，夫死，无子女而有遗金。蓄一婢甚黠，能得主人欢，妇亦视之若女。初不识其所从来，稍长始知为城外毛氏女。其父素无赖，鬻女后亦迁入城，贩卖针线等物，往来街巷中。少有盈馀，则恣意饮博，必使一空而后已。一日，婢出买线，疑其貌，凝睇之，毛亦悟其为女也，相对而泣。婢怜其贫，持数金助之，嘱其经营，勿浪费。毛得金骤富，日入醉乡，且纵赌。月馀，金罄，日候其女，婢又助之。嗣为主母所窥，诘得实，唤至家，赐之食，而赠以衣，亦给数金。由是，毛益放纵，金尽质衣，落拓过于昔日。又寻其女，女出见其状，怒诉曰："我以数年积累之资倾囊给汝，主母以我故，亦助汝多金，何了不长进，竟致褴褛如乞儿，我不填此无底壑。况我为主人掌出入，权子母，若任尔纠缠，不疑我监守自盗耶？"毛垂首无一语，婢又曰："尔既以我御穷矣，则父女之义已绝。吾所以恋恋者，耻不若人耳！何命蹇如是？"言已泪下，忿然入。少时，出以钱二贯掷地，曰："持此为路费，丐食于远方，以后再莫登门也。"阖户而入。毛拾钱惭而归，寻思得一计。黄昏后，潜入其门，隐于幽僻处，带肉食以饲犬。妇素俭，惟一老仆司门户，兼司买办之事。中门内，惟厨媪二人而已。二更许，毛轻步至窗外，闻妇已睡熟，婢亦将解衣就寝矣。乃敲门，婢问谁，毛呼女小字，婢知为父，叱曰："尔何来？可速去！"毛敲益急，且称有要事。婢恐惊主母，欲开门，驱使去。毛得便，抢入室中，倾箱倒箧，掠取金银。婢力不能阻，情急而喊。妇惊寤，见灯下一男子与婢格拒，大呼有贼。毛恐不能脱，抽刀连刺之，妇立毙。毛怀金奔至门，拔关而出。婢大号，仆媪皆起。妇宅近刑曹，及晓，婢偕老仆赴控，部司饬差严捕，获毛于败寺中。拘至，一鞫而服。司员李公，素严明，精于律案，定毛父女皆拟立斩。处决已数日矣，李方昼寝，忽闻某王请议事，驾车而往。行数里，至一府，颇壮丽。下车入，则殿宇森严，檐牙高耸，阶上侍立者，或面貌狰狞，或形容和悦。上坐一王者，衣冠皆古制。李跪拜，不敢仰视。上呼曰："有人控尔枉杀，知否？"李答不知。上又曰："原告在是，识否？"李回视之，则所拟毛女也。泣陈被杀之冤，言："我父杀人，非我自首，谁则知之？我为主复仇，自谓无罪，胡为波及于我？"言毕大哭。上命李自陈。李曰："黉夜入人家，非奸则盗，律有明文。尔父男也，尔主女也，非至戚也，非内亲也。尔父之不良，尔所知也。黉夜至尔家，无好意也。尔不开门，则尔父不入。尔父不入，则尔主不死。尔主不死，则尔父不偿，是尔父、尔主两人之命，皆尔一人杀之也。以尔一人酿两人之死，即以尔一人抵两人之命，则尔之一死，且不足以蔽，辜尚有冤之可诉耶？"婢语塞，王叱去之，向李拱手曰："请！"李辞出，登车入城，门上榜曰"朝阳"，行二里许，则东四牌楼也。转辕而南，车行疾，撞路旁一梨案，至家下车入，豁然而寤梦回也。回思适间之事，历历在目前，乃唤御者。御人至，问曰："汝何往？"答曰："今日未出门，但午睡耳！"曰："梦乎！"答曰："梦。"曰："何梦？"答曰："主人命驾车似出齐化门，入一署。少刻出，御轮而归矣。"曰："路中有异乎？"答曰："觉在四牌楼撞人梨案，别无异也。"李惊曰："何梦之同也。"出而视，骠则汗流而气喘矣。命御人持钱往验所撞者，至则卖梨人带怒洗梨矣。诘之，则曰："适为一车所撞，落地而污，是以洗。"曰："何不责其车偿尔直？"曰："转瞬已不见矣。"御人曰："主人命我倍尔价，慎无出恶言。"其人笑而谢之。

梦话

古人云痴人说梦，盖以梦为幻境，与旦昼所为迥不相涉，而痴人言之津津，信之切切，竟以夜间之吉凶，决日间之祸福，而卒之一毫不验，岂非痴乎？又有人云梦由心造，此言尽人皆知之，而以予验之，觉由心造者十无一二，不由心造者常八九。何则？生平身所未历之境，心固未尝欲历。生平目所未睹之人，心亦未尝思睹也。乃梦寐之中，忽现万千之状，其楼阁之雄丽，山川之险阻，不惟心所未造，尤为心所不能造。即天下锦绣才人亦写不出，世间丹青妙手亦画不出来，然则所谓境由心造者，难信矣。若以人而论，非至美也，非奇丑也，亦非鬼怪神妖也。一寻常所有之人，而为素日所未睹，初时见之若此，移时见之仍若此，一处遇之若此，他处遇之仍若此，偶尔交谈，志同道合，为梦中契友。或弹棋饮酒，或联句吟诗，词旨之妙有为平日所难能者，由己出者尚可原，由彼出者又何说？此不可解者也。亦有邂逅相遭，彼此无涉，偶一触犯，忽然怒目相向，甚至奋拳。旁观之人，有路见不平者，有从中排解者，有袖手品评者，语言鼎沸，各执一词。若云心造，为己造则可，安能为人造，又安能尽人而造之，此犹不可解者也，然亦有不可不信者。

春秋时，晋楚相持，晋大夫魏锜梦射月而中，退而陷于泥淖。占者曰同姓为日，异姓为月，射月而中，必主射楚王也。退而陷泥淖，子必不祥。已而果验。古昔，君相之间，类此甚伙，岂以彼非痴人，我辈皆痴人耶？然后，此破麦分梨之梦，未必皆为智人也，抑又何说？予为原之曰：诚也我辈，有固结莫解之端，寸刻难忘，亦有形诸梦寐者，若以之断吉凶，决祸福，未必有验，则仍谓之痴人也可。今岁仲秋之四日三更，酒后倦极而卧，觉与先兄晋亭一车一驴并驾出门。家庄之左，兄马首向东，予牵驴而北，亦不知为何事也。策动甥遣二佣护送，行半里，路狭仅容人，下视汪洋大水，骇极。再数武，前途截然若堑。俯而下，仍须仰面登，道若壁立，宽尺馀。二佣猱而升，力曳驴缰，予勉从焉。既上，则一村在目前，村外短篱中，二三农人露半身操。予诘之，佣人曰："此郭庄也，我二人身无寸缕，如进庄何？"予自视，亦赤身也。殊惭形秽，奈衣服尽在车中，又恐兄久俟心躁，乃促佣仍由原路归。而原路较前尤险且滑，而欲圮。予心益窘，自思梦中常有此况，已属难堪，何堪实有此境也！惊而寤，颇觉不快。及晓，杨家套村有姻伯之丧，与同村李明墀共车往吊，行六里，至沽河，舆梁倾斜而狭。闻数日前邻村人周姓之车，载砖过此。桥圮，车马皆堕，幸未伤人。予思梦景必应不祥，放胆过之，竟无虞。至彼，则天气清和，筵席丰腆，与素识者多人聚谈良久，甚觉愉快，归途心益坦然。观此，则世之好说梦者，不问而知，其为痴人也。观此，则所谓梦由心造者，殊难信也。越日，灯下无聊，爰书此，用为同人破闷之一助云。

悔过吟【以九月二十一日戒烟入字，冠各句之首，志勿忘也】

九载胡堪恶障侵，【余自四十吸烟，方觉有瘾，迄今九年矣，不堪回首。】月增岁益苦探寻。【初时，不过三两日。至三年后，每遇出门，不知检点，任意贪求，日增月盛，可不惧乎？】二更以后神偏壮，【入瘾以后，早晨饮食难进，午饭亦不甚多，二更后精神倍加，饮食大进，岂非反常之事？】十口方休病已深。【近年每月必须六七两，每次非过十口不能过瘾，病已入深。今日之戒，虽有良药，亦不易耳。】一见肌肤消瘦态，【前数年面目未改，肌肉未消，亲友纵有规劝，尚未介意。迨今年始觉消瘦，即无人劝诫，余亦不敢嘴劲矣。】日劳骨肉劝惩心。戒之不可无刚断，【去岁欲戒未果，大哥颇有不恨之讥。今年夏秋，又劝诫二次。三弟虽未敢劝，然一闻忌烟便喜形于色。儿女子侄无不欢悦相庆。予独何心愿，可优柔寡断而贻兄弟亲戚之忧乎？】烟友从今莫我钦。【钦者，敬也。世之有瘾者，谁不是被人敬出来的，因以告烟友曰，从此后，不必敬我矣】。

李德翁之殁三十五日矣墓祭感书

一月相违竟永违，几行老泪不停挥。新灰化作多情蝶，故绕新坟上下飞。

即事【壬辰】

倦卧西轩梦未醒，风声怒发如牛吼。雨师想是羲皇人，点上纸窗尽蝌蚪。

书赠刘树声

世间大好事，唯有兼读耕。耕读不相悖，而乃可并行。有田数百亩，有书积两楹。春则督东作，秋则省西成。闲则阅经史，忙则课阴晴。文能和气血，诗可达性情。佣人察勤惰，粟米验亏盈。勿交无益友，勿结侠游盟。勿为甘言诱，勿受面谀倾。书囊宜检点，耒耜勤经营。岁计有盈馀，乡里免呼庚。为善出无心，足以裕后程。绳乃曾祖武，显乃父母名。有德光前辈，无闻耻后生。出为干城选，处为圣人氓。既为邦家光，又为闾里荣。数言虽鄙俚，聊以当歌赓。老夫刮目待，勉之刘树声。

联语附

挽外舅刘凤翔先生

八十载甘苦备尝，回忆数年前，绪论滔滔，谈及祖父以来，泪沾胸臆；上巳辰阴阳忽隔，可怜三更后，孤灯闪闪，为问儿孙何在，痛断肝肠。

春帖

今世之中无二我；古稀以外又三年。【乙巳】

晚年深领杯中趣；终日浑如瓮底眠。【丙午】

李湘集

（清）李湘／撰

竹汀遗墨

蓟赵各庄　李湘【竹汀】

上家五兄观澜先生书

孟子曰："子路人告之以有过则喜。"弟今告兄之过，兄喜乎？兄品学俱优，无甚过也。惟于吴侍御祠堂写碑一节，则不免有过矣。吴侍御为千古之人，碑即为千古之碑，兄之字亦即千古之字，何谓过也。所谓过者，不在写碑，而在碑后之数字耳！数字者何则？"正命侍侧周嘉惠监立"等字是也。夫书碑，书某人撰，某人书，某人跋，某人立，甚至某人镌刻，皆可也，未有书某人监立者也。即或监立，则绅董应司其事，亦无须道士也。周道士为正命侍侧之人，而又附居祠堂左右，信笔书其监立可也。惟于兄写碑之时，则有不可者也。不可者何？汾弟与德兄、田道士而构隙也。兄无心书之，而伊等则有心视之矣。德兄因此而有恃，汾弟因此而见疑。伊等本不和，自有此书，两人之心愈去而愈远矣。弟闻之人云，兄亦有言，如三弟以此见疑，碑尚未刻则去其字，已刻则磨其文。弟闻之不胜钦悦，以为兄友爱之心至矣尽矣。乃迄今，则碑峙然立矣，而其文炳然存焉。弟又不胜疑惑也。兄如无是言，弟何得而闻也？兄若有是言，则言之胡不为也？吁，弟知之矣。兄虽有言，兄不能自去其字也。兄言之，而众人藐然听之，兄亦空有是言也。然而，兄弟因此而生疑矣，外人因此而观隙矣。兄之心安乎？不安乎？为兄之计，惟有大声疾呼，以耸众听，以解群疑，则兄之心可明，而两人之事机亦可转也。夫以周道而论则周异而我同也。以德兄而论则彼远而我近也，以事体而论则彼屈而我直，彼虚而我实，彼诈而我真也。兄虽无心书之，而伊等之观望甚众，兄尚不自明其过乎？弟思维再四，不能不作冒渎之请。不识以弟言为何如也？谬妄无知，尚希海恕。

九月初七日丑刻，弟湘妄启。

多年笔墨，偶尔检出，觉当日笔下锋芒，胸中才调，迥胜此时衰病情形。吁，吾衰矣，吾岂衰哉？吾亦因病而衰也。噫！光绪十三年十二月初四日，自识。

见情录

余平昔性情豪放，心地又热，每闻亲戚故旧之变，不禁撰联以吊，盖本于心，不觉发而为声也。灯下无事，因将十数年中所撰，总录于后。不必计其工拙，特记其辞，欲以见其情耳。

光绪庚辰七月十一日，竹汀李湘偶书。

挽孙有民表兄

创业数十年，盼诸男文武成名，一世雄心恨未了；得病两三日，看幼子笑啼无识，几番瞑目泪犹酸。

挽温典翁

素志切瞻韩，觌面无缘，百里何山终阻隔；逢人犹说项，遗型宛在，满床书画见生平。

挽内弟张寿萱

君竟死吾先，半生来老大犹存，叹知己何人？自此天涯空怅望；子终随母后，两载间梦魂依恋，痛慈亲安在？从今地下永追陪。

又代令侄联奎作

叔欲何之，廿四年形影相随，音容顿杳；弟将奚赖，两三岁痴顽未化，啼笑皆悲。

挽京都贤良寺和尚

相聚甫三年，常望谈心参佛语；别来才两月，谁知分手即天涯。

挽家叙堂四兄

洒落忆胸襟，游粤岭，客湘乡，壮志早伸，历数遗踪半天下；忧劳添病状，折孙枝，伤棣萼，悲肠欲断，那寻生趣在人间。

挽家竹泉五兄

登第继先声，十数年苦读成名，羡直上青云，幸为吾家光阀阅；入官垂茂绩，廿馀载勤劳供职，喜荣膺紫绶，何斯壮岁赴泉台。

挽家樾庭四侄

世间果有神明，何至如斯结局；此去早登仙界，可慰大众心期。

挽家云农六侄

两事挂心头，叹母老儿孤，泉下谅难无眷恋；一生敦手足，念弟婚妹嫁，年来未得早经营。

挽史又畦兄

津海惨惊涛，秋水长天，万重重破浪归来，念知己增悲，且喜招魂依梓里；广陵思胜迹，春风明月，一处处游踪具在，叹故人何去，从今无梦到扬州。

又

倏尔踏波回，二千里泣血归来，沧海奉晨昏，幸哉有子；翛然骑鹤去，廿四处关心阔别，维扬好风景，何遽登仙。

挽史兰孙孝廉

自此更无兰友契；从今常惜竹孙孤。

挽门子湘襟文

忆昔年，并辔骋郊原，日暖风和，看景忠山色峥嵘，十载韶光成往事；念此际，孤踪弃尘世，儿孤女幼，想故里关河迢遥，几番惆怅倍伤心。

挽内侄张庆彬

魂梦残弥留，两地乡心，最堪怜，北望家园，南萦儿女；经营空跋涉，三年旅况，只赢得，五更残月，一枕孤灯。

挽佟德斋外孙【丁亥】

我犹得抱残生，顾兹百病纠缠，老境蹉跎，幸雪案蕉窗，默契谈心多益友；甥胡为遽作古，只此半年聚会，形骸永隔，叹花朝月夕，谁同抵掌论奇文。

又代族侄子朱作【又】

曩作总角交，书史同攻，想庾岭梅花粤海，昔年浑若梦；今为伤心别，松楸在望，叹夕阳烟树蓟门，何处赋招魂。

挽胞兄伯川【己丑】

危疾惨弥留，不食不眠，恨药石无功，三二日间，竟令我兄长逝矣；同胞共休戚，在吴在粤，叹宦游远隔，数千里外，遥怜两弟尚茫然。

竹汀遗墨跋

予师竹汀先生，镶蓝旗汉军人，性偠傥古傲，学极渊粹，于人少所许可，故世亦鲜知之者。以咸丰乙卯科举人，官内阁中书，旋选云南府同知，及昆阳州知州，部凭已领矣，遽幡然曰："乌用是五斗米为哉！"卒弗就，遂挂冠归里，衣履垢敝，有过寒素，见者咸匿笑，而先生旷然处之，二十年如一日。殆有世之志欤！古文辞不常作，兴到握笔，皆豪迈绝俗，惜散佚无多存稿。工书法，晚撄瘫痪，右手不能举，时以左手作书，尤苍老有奇气。初予未识先生，壬辰春，因王子砚农始获修弟子礼。而是年先生殁。於戏，方遂祛衣，遽抱龙蛇之恸，良可悲已。爰亟取先生手订是编，校其脱误，选存若干联，并节自序中语意，而谨题为《见情录》云。

光绪二十五年己亥中秋前一日，受业刘化风谨跋。

孟昭明集

（清）　孟昭明／撰

篆山耕人遗稿

薊东马坊　　孟昭明【融斋】

易水李氏族谱序

　　余自安砚兰阳始识守府云程李公，恂恂儒者，下笔千言，盖优于文而隐于武者也。渊源有自，家学遥承，矩步方行，动循法度。既而命其哲嗣受经于余，由是交益亲，每朝夕过从，相对忘倦。时而樽酒谈心，述其家世甚悉。其先祖之积累也厚，其父兄之教育也严，其子弟之率循也谨。其富者不以财耀于乡，其贫者能自立其秀，其温文者惇诗书说礼乐，其朴拙者亦安耕凿之天，盖易水望族也。

　　壬辰岁暮，余解帐旋里，将束装矣，则以续李氏族谱示余，且请加序。余维氏族之官废，而所以崇根本，明世系，别尊卑长幼之分，敦睦娴任恤之谊，端赖乎谱。仁人孝子，以祖宗之心为心，上溯所自出，下推及于旁支，祖宗之气脉，散布于子孙者，由是而一聚。而先人之一言一行，精神意象，亦即借此以传。至家法源远而流长者，千百年如一日也，百十世如同堂也。海角天涯，素不相识，按谱而稽，或骨肉也。所留贻，至累世所训诫。一家所崇尚，期世世守之，俾族姓人人意中，无时不有祖宗之矩矱者存。即后世子孙于代远年湮，而后亦各有祖宗以来相传之家法者存。故观于谱，而门庭之盛衰，福祚修短，可验也。

易水李氏为山西兴州巨家，世初公迁直隶保定省城。又阅五世，而迁易水。迁易水后，公以武功起家。顾旧谱散失，事实待考，绵绵相续，代有传人。公有修谱之志，未葳厥事，即云程先考也。公乃缵述其事，依木主，稽家乘，暨亲戚故旧之流播于口者，而谨志之。子孝孙贤，庸行必录，母德妇节，大义不磨。噫，公之志竟，而公之有功于族人也伟矣。抑余闻之祖宗之佑其子孙也，甚于自爱其身。子孙之敬宗收族，以报其祖先也，又捷于自求多福。公冢嗣年未及冠，亭亭玉立，公期以文途进，诗才字学，造就也大可观，而族人之继起者，亦均不乏后来之秀。且其仲男方周岁，相貌魁梧，声音朗彻，可预卜绝非凡品，将来绵绵翼翼，则所以光前而裕后者，是又乌可量者耶？余家所存旧谱，略而弗详，且未续者已三世矣，余欲续而未果。喜公是举，与余同志，且先我而为之也，因援笔序之。

拟李龙泉先生传略四则

一

先生至性孝友，幼年失恃，继而失怙。失怙时，年甫十一，米浆不入口者八日。其事继母，无异所生，又推所以事母者事伯母，尝曰："先母早下世，伯母抚予，恩未及报之万一也。"又推所以事父者事伯父，事姑母，每曰："余五岁失恃，十一岁失怙，兹见吾舅如见吾母，见伯父、姑母如见吾父也。"喜与诸兄弟小聚，叙天伦乐事。兄某某不在座，又戚然曰："某兄饥驱某处，某兄宦游某处。"友于之爱，几于每饭不忘云。又四兄卒于任所，迎取枢眷，布置艰难，均一身任之。又念二兄、三兄及族中贫苦者，常思济之，而每歉于力。又子侄读书，期望綦切，或自课之。其诸侄中，读书无成者，虽为别筹谋生之路，而心终弗慊也。又创修家谱，访之同宗，考之碑记，从事数年，始葳事。又欲历年积资作家庙，初创其端，以族人意见不同而中止。其从弟孝廉某，有不可一世之概，而独心折于先生，曰："观澜五兄，人中之杰出者也。"立品之高，居躬之约，经济之宏，文辞之敏，尚为其显而易见者，亦可谓倾倒之至矣。

二

先生为学，以身体力行、不尚空言为主，自幼厌举业，曰："八股所以存四书也，天下事当不在是。然不得不为科名计，则以身心体验有得之语发之于文。"十九岁始治理学，性酷好山水，戚友间高年之有德者，皆乐与之游，游有诗有记，而于一花一木、一水一石，必印证圣贤道理，浃洽少间隔。间遇田夫野老、樵子牧竖，每近与语，语出与诚，故人皆爱敬之。迨至登贤书，成进士，官部曹，与当代之钜儒大老，益切劘濂洛关闽之学，月异而岁不同。嗣主讲渔阳书院，就题批文，即以谈道讲书，必拍到身上，士风为之一正。然每论一理，必实事求是。尝发前人所未发，而有与西学冥合者，如论日月食，论泉之候雨，论天河白气当是小星，论地圆，论天之降雨。又尝语及门曰："春秋时是小列国，将来是大列国，外交之术，尔等宜留意也。"又曰："古制除井田、封建、肉刑外，惟学校可复。"其时，中国西学输入者甚鲜，先生所见如此，使天假以年，何尝不与泰西哲学颉颃哉？

三

先生淡于进取，先生素有山水之好，环蓟数十里，林泉胜迹，盖无不游。尝拟一山水最佳处，辟而为园，以地非己有，谓之意园。嗣二十三岁登第官京师，至三十七岁将补官矣。卒以病乞休，买山筑园，奉母偕隐。诸兄皆力斥其非，旁人亦群相骇怪，先生终不少易其志。虽复有荐者，不起也，曰："以退为高，固失圣贤悲悯之意。以退为进，反贻终南捷径之讥。惟有养拙山林，读书谈道，苟如是，是亦足矣。"先是，先生乞病时，本部堂官夏子松先生枉顾曰："时事需才子，不宜退。"先生具陈所以不能仕者，反复数四，卒藉万文敏公以养亲事毕再议之言解围，且曰："此茅庐初顾也。"先生终虑堂官再疏荐，乃转属崇文正公，再致绝意仕，进于堂官，而终隐之志乃遂云。

四

先生好为义举而力苦不逮，其首创宗祠之举，既因族人意见之参差而未竟其事，先生每引为遗憾。迨入归隐，适值州尊办里仁仓，吾蓟各村每有不喻其事之有益者，先生乃于本村亟商而首建之。其法，每田一亩，出谷一升。

有田者，量地出谷积于仓，择村中贤者典之，夏散秋敛，略取什二之息，以为日增月衍之助。然又念有养不可无教也，则又商之村人，改寺观为义学，与村人谋曰："凡二氏之徒，去者勿复，绝者勿续，其所造田以十亩，畀村中鳏寡孤独居寺内奉香火，馀则分为二：一归于社，凡村中公费，皆给于是；一于村中之寺，立义塾。"又悉籍村中徭役之费，祈本州悉蠲之于义学，而学之基乃永固。先生既不仕，其经济无所实其施，而每小试于村中，尝拟于里仁仓卖粮变价购棉，散之村中妇女纺线，仍由仓中加价买回。觅人织布，令村人从之学习，别给以食粮，其布则由仓中买回，减价卖之村中，则本不折而艺可成。期以三年，而事集也。其事虽未实行，亦可见先生好义之一斑矣。

蕉雪轩之诗跋

蕉雪先生，余师也。师幼具异禀，读书若不经意，而过目成诵，故学极博，才极鸿。所为诗、古文词，沉博绝丽。又如天马行空，不可方物。一稿出，虽嬉笑怒骂之作，见者无不倾倒。兴之所至，间为小诗，风水相遭，自成纹理，过则置之，不求工也。先时，曾以笑话自题其册。今年夏，刘君树声寄一编示余，云得之友人家，将梓印行世。噫，吾师殁十余年矣。向之人人艳称而乐道者，今乃无人齿及焉。树声独辑是诗，是虽不足见师之全，然没世后，因读是诗，而想见吾师之为人，亦吾师偶吟时所不料也。师素不计生产，而血性过人，故家极贫，而孝友最笃，往往力所不及者勉为之。生平睥睨一世，遇人则无尔我，故旧中单寒者，推食解衣，毫无吝惜。诗文甚富，当日脍炙人口，几于家置一编。异日傥遇有心人如树声者，搜辑之，得窥吾师全豹。是又后人深幸也夫。光绪二十七年八月。

约同人立会研究演说报章六启

敬启者，窃维种族之存亡，视乎国家之强弱。国家之强弱，在于民智之有无。然欲开通民智，以日增其材力精神，而保全我国家种族，则除多立蒙养高等各学堂，肄习普通专门各种科学外，其在多阅报章乎！欲图教育普及而能深造，其在有人立会研究报章，轮流演说报章乎！何则？国家腐败之原因，列强环伺之现象，不阅报不知也。中国完全无缺之土地尚馀几，皇上完全无缺之主权尚有几，不阅报章不知也。旧法之裁革是否合宜？新政改行之能否收效？补救应用若何之方法？吾民应担何等之义务？不惟不阅报章者不知，即阅报章而不相研究演说，亦恐不能尽知也。

吾闻泰西灭国新法，是灭种也，非伐暴也。列强莫先发者，非不敢也。是有待也。一线生机惟赖吾民团体耳！报章则主合群爱国，有闻必录，无事不详，朝政街谈，班班可考。悲歌以当哭，大声以疾呼，诚开智之津梁，聪学之针度。欲保我四万万人民不流为奴隶，固我两万万方里不再割膏腴，结固结莫解之团体，而不阅报章，是犹瞽者争胜于剧烈之场，欲其不底于败，不待智者，知其必不得也。然人人肩此重任，必先人人明此大义。今试问吾中国百常人中识字者有几人？百识字中通文者又几人？使少数识字通文者，人尽阅报而不研究，一任多数不识字不通文者黑暗无睹，而不为演说，又乌重有此识字通文者为哉！国果不存，家于何有？家不能有，身何以存？不国家计，能不种族计耶？不种族计，能不子孙计耶？是则立会研究演说，诚不可须臾缓也。昆山顾氏有曰"国家兴亡，匹夫有责"，蒙等故不揣谫陋，僭拟章程，布告同人，勉襄斯会，傥不视为迂缓，幸即署列衔名，蒙等幸甚，同胞幸甚！

光绪三十二年正月，李涛、李豫乾、孟昭明、陈润、李长印、李炜、邓福谦、王鸿春、李光耀、孟昭曦、孟立本、卢一新、刘化风、马式融、顾芹、李勤、李锴、李连芬、尹俊、陈志德、田广恒等同启。

愿为小相图题语

申辰岁，余赋闲，刘子树声约余来课女。树声少曾从余学，及是昕夕与共，时启予。予每叹弗及。八月四日，杜翼周来。翼周，树声姑子，幼与同笔砚者也。翌日，邂逅余舅王问翁暨顾泮生侄于桥上。问翁为树声祖姑丈，泮生又问翁外孙，树声曰："是可图也。"遂按序拍照一影。噫，三世戚谊，虽所居距不远，然一岁中能得几回聚？兹缩于一纸，所以结不解之缘欤！后之览是图者，将历数其人，而指之曰：精神矍铄是翁者问山公也，英姿飒爽者树声也，少年潇洒而静气宜人则泮生与翼周也，不衫不履不甘自居腐儒者，则篆山耦云主人也。

光绪三十年中秋前五日，耦云主人题于了间书室。

寅旭跋【丙午】

旭日初升，容光未普，先上东窗，殊有文明，乍启万物维新之象。榻上人推衾亟起，朝气勃发，遂亦忘其老之将至也。适树声乞撰额语，爰为书二字并志之如此。

手抄《三字鉴》弁言

鋈，学生，原读韵史，放学归内后，灯下必夜读，间以馀功于其妹钿。所读《三字鉴》者，就其本，窃读之，竟能背诵。余闻而嘉其好学，亟录一本畀之，令卒业。夫三馀读书咕哔，士据为美谈久矣。然就夜为日馀论，则又馀之馀也。惜寸惜分，隐符圣训。余今年五十有八，教读者且更四十寒暑。所遇学子聪颖者，固自不乏。而能如是之专且勤者，有几人哉？况得之女学生乎？爰叙其事，而弁是书之首。

时光绪三十年十月十四日，篆山耦云主人识。

自题照像

环球五洲，尔生何国，不红不棕，黄中特色；【自嘲】这个冬烘，闭门思过，以退为进，知白守黑。【自供】

人皆昭昭，我独昏昏。岂生平八股欺人，特假照相者之手，置我于黑暗地狱中乎？【又跋】丙午十一月廿八日。

寝馈馀闲录一【笔记】

一

刘琨祖逖闻鸡起舞，大概心所郁积而不出者，耳之所入皆足应其奋发之气而不能自止，盖不知其然而然。邵康节天津桥闻杜鹃声，曰"必有南人入相者"，此则气机所感，惟声入心通者能默契之。人家兴败气象，未尝不极力掩盖回护，但偶尔闻声，其家所蕴已足了然，而勃谿诟谇不与焉。国家将兴，必有祯祥，将亡必有妖孽。诚于中，形于外，非言语所能粉饰，亦非虚伪所能矫拂也。

二

宋太祖遵母命以传弟，亦患失之心。况其后仍传德昭，不过晚数年耳！较周之失天下于妇人、孺子，不尚相去万万哉？而不料所托非人也。若太宗、赵普，都身历目睹五代之弊，视君位如传舍，则所畏者，势耳！富贵萦心，岂真知君臣大义者哉？后之光美、德昭不得其死，非赵普不能决。前之斧声烛影，则光义所无所顾忌者也。又何疑焉？

三

太平兴国二年日食，既春秋桓二年亦食，既日君象弑，兄篡立。宋太祖与鲁桓同至二年，而臣民无讨之者，故天见象以为人可欺，天不可欺也。乃春秋以为荆楚借号，郑拒王师之应，而宋又以为伐契丹师，徒挠败之应。且以为其应，与春秋无异也。何其迂而谬哉？

四

赵普非与廷美有仇也。其借察奸变进身，以廷美为进见礼耳！虽太宗非人，而赵普间人骨肉之罪，固上通于天。宋寇莱公准与唐李文饶德裕，才品相埒，其前后祸福亦相似。

五

端木氏以贫谄富骄为病，犹见春秋人心尚存古道。以予今所遇计之，贫者不谄也，富者乃谄耳！富者见尤富者，其语言笑貌，几令人不忍目睹。即见其富而平等者，其巧言令色，亦颇自觉胜人一等。而见稍不富者，则又吝啬形于口角、呼吸之间。及遇贫者，则斥骂随之矣。呜呼！此其所以富也，恐尤富者不下就，则无所希冀，则不禁以生平技之所能者悉献之。恐富而平等者，我不能占其便宜，又不能不工于应酬联络之。其见稍不富者，则以为无所求，而恐人之求我，则其本形现矣。然不谓非谄之故态也，而遇贫者则以财主气魄而大施其伎俩，是又谄之，反而用以伸其龃龉不平之气者。予不以贫自任，而不敢以富自居，故所见者皆吝色形于口角呼吸之间，日日验之，毫厘不爽。

六

食之无味，弃之可惜者，鸡肋也。此杨修测曹孟德语也。然食既无味，弃则不可惜矣。德祖非达者也。余向不套文字，今偶行一论语套云：午而无肉者有以，夫未有晓而有肉者也，乃至食肉之变屡食鸡肋，则不论其有味与否，而直弃之。余将以此傲汉末之古人。

七

世间多伪道学，则道学之名不必居也。何则？历历可数素自居道学名者，皆财迷也。不道学之害财迷，其求财也每在情理之中。伪道学之害财迷也，其求财也，多出情理之外。借"谋生"二字往往为其所不为，经济勤俭诸多名目，又往往欲其所不欲。及至无所不至之后，方且瞒头盖面，以为人决不能见其肺肝。是则真道学吾不能为，假道学吾不肯为，背乎道学而以风流自命，大溃防闲，吾又不敢为然，则吾道穷矣。道学而外，有学神仙者，吾更不以为然。然意其必清幽淡远而抑知不然。近见其汇缘趋奉，一势利人耳！大凡人子臣弟友，脚踏实地之行，舍四书五经实事求是之理，馀皆伪途也。道学者，嗜欲之护符也。神仙者，势利之捷径也。

八

凡人皆曰今年必水，神仙亦曰今年必水，其以去年之旱卜之欤！抑确有所见欤！果有所见，凡人何由而见？果无所见，神仙不应附合凡人。然今年水与不水，究竟不能预知。凡人者，以去年忧旱之甚而恐今年又水。其云水也，由畏惧过甚而生也。神仙者，以凡人皆云水，我独云不水，倘后日果水，是神仙之智不若凡人也。或曰某日雷发声数至百日，则必水。倘雷发声晚，则数至百日，大雨时行日已过，则或不水。今年三月十日后某日，发头雷数至百日，则正大雨时行。人云必水者，岂有鉴于此欤！余先师李观翁有言，凡事太过，必有不及者以当之。凡事不及，必有太过者以补之。雨泽亦然，大旱之后必有大水，大水后亦必大旱。天运循环，或一二年，或三四年，或前半年雨多，后半年旱，或前半年旱，后半年水，非谓去年旱，今年必水也。

就是观之，谓今年水亦容或有之事，谓今年旱亦非不尽然之事。凡人之言吾不必听，神仙之言尤吾所厌闻也。

寝馈馀闲录二 【述闻】

张聋子

夏末秋初之际，风清月白之辰，阶净如洗，花香袭衣。煮苦茗一器，与友人杂坐檐下，各谈所闻，张聋子忽至。张聋子者，目有见而耳无闻，余友雨亭门下仆下也。适雨亭在坐，曰："聋子粗人，实趣人也。性素憨而胆最宏，请令言其所遇，以佐清谈，可乎？"佥曰诺。聋子曰："曩与数人夜行，忽大风起于天末，扬尘裹沙触天，旋转中，有一物御风而行。其为状也，无口无目，无手无足，大如车轮，势若噬人，而数人也者，足欲进而趑趄，口将言而喍嗃，牙战有声，相向而伏。余胆虽壮，亦三复战战兢兢之章矣。辗转间掠予而西。西有丈许干坑一，风过坑旋少许，则风起而是物杳然矣。始各踉跄归，窃意怪必坑其宅也。天明，往视，则一寨不冷【草名】裹草柴树叶，为风所卷者也，为失笑者久之。又一日，在某村佣工，其村适无素识，天晚偶宿于村外小庙。庙内故有空棺，余卧棺盖上，蒙眬睡去，意甚得也。夜将半，忽听哭声甚喧，开目则窗外火光闪烁，有嚎呼而父者，有嚎呼而翁者，有嚎呼而伯与叔者，约男妇六七人。余无意偶嗽，哭声顿止。男妇哄然而散。余出视之，烟消火灭，星河在天。入庙复睡，不知东方之既白矣。数日哄传某村某庙有鬼显灵，某人父，某人伯与叔也。庙前为十字路口，日暮至相戒，无人迹焉。有老塾师闻之曰：'人间乌有鬼哉！是必耳鸣耳！否则疑心误听耳！'然质之某人，是夜庙内，实有是声，七八人同听，七八人齐走，是又何说？岂有物凭焉者乎？抑真伊死父有不了心事，在此显灵乎？但惜伊胆怯未禀命耳！余闻是说，反不敢自露真迹，是前风草以伪怪嚇，于此又以假鬼嚇人，知古来鬼怪之事，大率类此矣。然以予所遇，又非实无所见者。记某年某月，从某老爷住班老厂署内，正室东间，数见怪异，众皆知予胆，皆曰张官副请独住此屋，余漫应之。至夕，诸人皆赴西间，任其拥挤，东间仅予一人。予意必有异，然素性好强，又恐为诸人笑，即亦不辞。甫三更许，门忽开，有嬲嬲婷婷而至者，附榻根而立，意必见有人故也。余偷睨之，红绳了髻，黄金耳环，衣月白色，十七八岁女子也。但面白甚，不敢逼视，立更馀不去亦不前。予不敢睡，而亦不敢动也。久之，余心焉默计，恐伊好意，思有以擒之，即暗中用力将所盖被条猛翻蒙之。但闻惨啸一声，被内固虚无有也。下地摸门，门实未开，始安然而寝。至天明，遍告诸住西屋者，皆曰某人爱女死此屋有年矣，意鬼魂尚未去也。然自是晏然，绝无影响矣。又某年，在某汛住班，同伴皆有事去。时二更许，解衣姑卧，时月光穿射，席纹缕缕可数，窗外忽窸窣声甚厉，始而声，继而影，久而形，拉杂一声，窗落地矣。仓皇之际，瞥见之白毛三寸许，非鸟形非兽形并非人形，但觉眼光如电逼人，毛发不辨何为头，何为身与两足、四足，直向余攒而过。余身无寸缕，手无寸铁，以被御之。物起则余伏，物落则余又起。久之，被条条破，余气几不续。物之扑也，亦暂缓。忆堂屋大石固在，幸子门未闩，蹈隙跳出，携石向物狠击之，物大嗥，仍由窗遁。是役也，较前俱险，则是天地间真有是鬼，真有是怪矣。"聋子兴复不浅，方欲再进一词。雨亭曰："夜将阑矣，留有馀不尽，备他日顾问可也。"于是，收茗具，燃灯笼，拱手各散，余乃就睡。

北京某氏婢

老吏断狱，斩钉截铁，非惟律熟，亦理胜也。余母舅闻何某言，有益于刑名者二事。其一则，京都有孀妇偕婢而居者。妇四旬馀，婢已及笄，家资少有，门鲜丁男。婢事主母若母，妇亦视婢若女，主仆相依甚相得也。婢父，故博徒，闻女得所，屡至门求女助，婢时周恤之。继为主母所窥，亦以爱婢故，唤入室，赐之食而给之以钱。顾赌资屡罄，赌兴益豪，每至妙手空空，予取予求，重寻旧路。婢苦之，当授受之际，必斥之勿再来，而其迹卒不能绝。忽一夜三更许，妇已睡熟，婢亦欲就卧。门外有呼婢名者，宅故不甚深，婢细察若音，则其父也。出而隔门问故，则曰有要紧大事，开门细细告汝。婢开门方欲就问，其父乃直入妇寝室，翻箱倒箧。婢惊惧，力与撑拒，间以哀求。其父不听，声渐大，婢声亦见急。妇惊寤，开目见衣物满地，一男子与婢支格，大呼有贼。婢父恐不得脱，遂抽随身小刀，乱戳妇身数下而逸。妇伤重，须臾而毙。婢既恨其父之凶，又悲主母之死，天明报官，指名将其父捉获论抵。婢亦以主母被戕有罪，陷大辟。抵法后，问官某，一日午睡，忽有人来请，云某王请议事，急令车随去。途皆非素所经，数里许，至一大署，进则主人冕旒南面坐，拱手曰："来乎！有人讼汝矣，足下自讯可也。"见墀下一婢，则即前陷大辟者也。乃问曰："尔讼我乎？尔必以我枉杀也。尔何辞？"婢昂首曰："主仆之义，父女之恩，孰重孰轻，奈难轩轾。婢不幸值万难两全之时，大义灭亲，自谓无负主母。我父非人，孽由自作，波及于我，窃所未甘。且杀人者死，是一命偿一命也。以二命抵一命，朝廷无此滥刑，阴律亦无此重遣。冤魂不散，呼吁九天，今日始见天日矣。"问官曰："尔尚冤乎？吾以尔为罪魁也。黉夜入宅，非奸则盗，主母孀妇，尔父孤男，时已三更，人无别个，纵无他变，亦宜远嫌。乃不自提防，遽尔开门揖盗，是主母之见杀，几出意外。主母之情急，事在意中，况恶机所触，何事不为？主母因奸而死，因盗而死，俱在呼吸间也。然则，尔死有馀辜矣，匪值此也。尔父初意不过得财，尔如隔门责以大义，何患无辞？即不然，嚇以大言，亦当急遁。彼固非能走壁飞檐，取物如寄者也。尔不开门，尔父不能入，尔父不能入室，尔主母不至见杀，主母不见杀，尔父不能罹法，则是主母之死，由尔开门，尔父之死，亦由尔开门也。然则，尔不但宜偿主母之命，亦宜偿尔父之命矣。议纵从轻，罪难未减。"冕旒者曰："极是，极是。吾亦以婢当死，特为慎重人命起见，故须烦阁下一来耳！"乃下问婢曰："尔仍有何说？"婢大哭曰："婢死晚矣，是婢一人罪也，尚何言？"一鬼遂牵婢而下。冕旒者拱手目送，问官辞出，升车仍由原路回，恍惚其地为东岳庙。回路所经，似由东四牌楼转而南，顾车行甚驶，仓促间将道旁梨案撞翻。须臾至家，则一梦也。以梦境甚奇，急唤御人至，问何所作。御人睡眼惺忪，曰："适假梦寐，与老爷御车赴东岳庙。老爷入庙半时许，复坐车归也。"问路上有何事，曰："别来无他事，惟撞翻一梨案耳！"命出视其骡，尚喘息未定。命出视梨案，则卖梨者刷梨未毕，犹申申詈曰："何处一送路车，转瞬不见，偏撞我梨摊也。"问以坏梨多少，偿以钱而报主人。

京师某

圣王制律，议贵议亲。惟有关伦纪者，无可假借。而不知阴律于伦纪中，为尤无可倖避也。卢四伯向余言：京师某者，性情慨爽，和易近人，素为友朋所重。一日早睡初醒，门内忽来骏马一匹，拂视之，名马也。欣幸之甚，以为天赐。至下晚，则九门提督衙门大班数人到院内，口称拿盗马御犯。某辩之，不听，牵马絷某以去。至则严刑逼供，竟以巨贼盗马定案。缘是晓上驷院马，偶逸出，人未及见，信步来某家，主管者以夜间失马，报妆点出路，非巨贼莫办，遂派九城严拿也。脏贼并获，有口难分。某亦认孽由天作，延颈待毙而已。有友人某，深为不平，以为若人者，绝非盗马之人，亦并无盗马之技，何至遂以盗死？且平素性情品行，佥谓无疵，何至竟以冤死？然铁案已成，无从而昭雪之，乃诣东岳庙，焚香上诉，假寐神案旁。梦神语曰："汝以某因盗马定罪为冤耶？某以盗马定罪诚冤矣。汝试问伊记得某年中秋夜间事乎？则此案了然矣。"友人醒，记是语，急诣监中，问某中秋夜间何事。某闻之愕然，徐曰："我真该死矣，事已至此，且无须问。"卒如盗御马律抵法。某死后，乃有知是事者。某有寡婶，某年中秋夜，某邀饮酒赏月，寡婶不胜酒力，就榻卧熟睡，某亦酒深性乱，乃乘寡婶睡而潜污之。寡婶醒，自知失节，无言而缢。其事最秘，初无人知。然则神目如电矣。上驷之马何至逸出？即逸出，何至竟无人见？竟至某家？即逸出，即至某家，是亦何难辨白？不过多一番轇轕，亦何至遂以盗马抵法也？天网恢恢，疏而不漏。无端而有一逸出之御马，无端而遇一失入之问官。质之本人，自认该死。断乱伦之胆，隐失节之情，孰谓人事迩而天道远也。

钱龙小说

钱，呆物也。张延尝语："十万则通神，谓其贱可使贵，贵可使贱，生可使死，死可使生，贫可使富，富可使贫，辱可使荣，荣可使辱也。"余则谓："不必十万，一钱亦然。但自达者观之，殊觉萦萦扰扰耳！然此究谓钱之用能通神，而非钱之自能通神也。"有霍姓瞽者，言其女适在院坐，闻头上钱磨荡声，行甚疾，自东而西，其西邻亦闻之，西邻之西邻亦闻之，但不解何物。既而，郊外牧羊者闻声挥鞭，乃纷纷落，视之，钱也。则群牧沓至，争拾之。有拾至百千者，有数十千者，十数千者。老年者曰："此钱龙也。"门人王定之问余曰："钱，呆物也。何以能飞？"余亦曰："钱，呆物也。何以能飞？"赵遇之适在坐，曰："是诚有之。余乡某妪，夏日扫院，闻声以帚挥之，落钱数百文。是不虚也。闻之是适击其尾，若击其身则银也，击其首则金也。"余闻是言大悟，天下有因一钱而分成败者，何况金银呆物也。使天下万世、古往今来、富贵贫贱、死生荣辱，俱以性命争之，而命与数亦即转移于冥冥之中，而丝毫不可假。是谓之无神可乎！有神则有灵，有灵则千变万化，不可方物，何况乎飞！

信手拈来

　　此乙巳年作，计于今，已六易寒暑，而吾尚存。虽信手拈来，而吾之家世与吾一生之境遇，并将来之结果，悉可于此文征之。且自十一岁，从家大人学为文五十馀年，而今只存此原本，犹草稿，特命门人蒋梦龙誊清。冀后之阅是文者，有以知其为人。自序，时在庚戌。

　　乙巳五月念二日，午饭于了闲书室，咀嚼间，漱一齿出。噫，余又落一齿矣。山左张先生者，精星命，前偶介荣轩评余八字。大抵谈星命者，以月支为提纲，冲动提纲于法为数尽。予月支为巳，今年五十有九，运行在亥，巳亥相冲，寿尽于此。姑妄言之，亦姑妄听之耳！然予齿去大半矣，今之齿落，心怦怦动，得毋张先生之言欲验乎？噫，予果老矣。夫老亦何足畏？其高不可攀者且勿论，姑就吾分能及者言之。

　　遗书数卷，子若孙可读也。遗田数亩，子若孙可耕也。布吾衾，柳吾棺，择日而殡。生前一二知交，柩前一恸。次则骨肉任意哭，予愿足矣。且所谓身后之子若孙也，不必其亲生也，兄弟之子为犹子。夫既曰犹子，则去亲生者一间也。况予所谓子若孙之读遗书，耕遗田，亦非厚望其为孝子慈孙也，衡以乡人，不必其上焉者，但使性情知识能颉颃于乡人中之中人，吾愿毕矣。吾愿若是之易盈，老又奚足畏？且夫老不足畏，而不能不介。介者，非不达也，心诚有所不能忍置者也。人即无子，不能禁其并无妻无女，果身后而妻有母之者，女则有姊之者矣。其母之而力不能以母奉事之，常也，无足怪也。其母之而心不解以母奉情之，常也，不可言也。不得其所，在意中不得其死，在意外岂生前无子，即有此应得之罪乎？老夫而无子，无告之穷民，非罪人也。老而无子，更老而无夫，则民之穷而又穷者，不怜其穷而更欲加之罪可乎哉？此则不能忍置者也。

　　予父少时即失爱于大父比肩者，复时从而媒蘖之。大母逝世后，其祸乃至不可解。予母孱弱，每为妯娌鱼肉，渐而成族中不肖之妇，相与鼓和。甚而外姓无耻之妇相与合攻。极之内外勾连，毒手老拳，间不容发。余妻力莫能抗，惟相与排解之，弥缝之，婉劝之，至无可奈何之时，呼族中不肖者，以母之名谕外姓无耻者，以亲之昵而事从此息者，亦不一而足矣。余父尝曰："妇人最忌多言，最忌小惠，吾夫妇日在荆天棘地中，而每获安全者，则吾媳多言小慧之力。岂非吾之功臣哉？"盖大父怒余父时，亦间有以其言得解者，故云。至今思之，言犹在耳，痛何如者？然则吾父母之功臣不怜其穷，而更科之罪，可乎哉？

予迁马坊时，三弟尚孩提，二弟亦仅十馀岁。予之买宅马坊也，为避家难而养父病也。乃居未移，而父已殁，仅扶父榇奉母偕妻与两弟一妹，以东迁。然而，甚堪告慰先人于地下者，惟两弟俱能自立耳！三弟文名藉甚，食饩有年。二弟亦教读行医，为人推许。而余所抱愧于两弟者，一则不能为三弟力就明师，致今日犹未发达。一则不能令二弟一意就读，致目前不免奔驰。是其尚能自立者，两弟天资之高而其不能大成者，则予人事不尽之咎也。然使两弟之子俱如两弟，则予父有孙，而予之无子者亦不忧。无子夫何？二弟之子二，既难期无忝所生。三弟之子一，亦难望步尘其父。噫，余何足算，而上溯祖宗所谓水源本木者。深叹夫泽之将竭也，大惧夫气之已尽也。今夫兄弟之子犹子，岂必待为之后，而乃为之子哉？其必待为后，而乃为子者，非为无后者计，为人后者计也。假今无后者不能自食，待有为后者而后食，不能自衣，待有为后者而后衣，谁复舍本生而父母他人者？故夫汲汲为后者，不过因据他人之物可为己有，且视他人之物宜为己有者也，夫他人之物已为己有矣。其天性甚厚，甚于所生者，或间一过之，否则不视无后者为赘疣，必去之而后快者几希，故国家律例，长门过长之外，更有继爱之条。所以予无后者以权，令无告之穷民，于绝无生路之中，而网开一面者也。乃今所谓过长者既窒碍难行。而所谓过爱者，又犹疑莫释。而人有恒言，皆曰请择斯二。是乃绝无后者之生路也，是终欲科穷民之罪也。或曰："近无可继，然则将择远门乎？"曰："余子父后，奚可使非余父后？"后曰："然则将如之何？"曰："余夫妇殁后，犹子皆余子，余产皆其产。朽骨何知其以余为伯父母者。孝子也，幸也。其不以余为伯父母者，不孝子也，亦听也。"难者曰："然则竟无执幡人乎？"曰："流俗所视为万不可缺之事，皆反叩诸其人，而亦无从索解者也。"问执幡出何经典？于殁者存者有何关系？不过为俗人设一争产执照耳！予夫妇死无多产，何争？不用幡，夫何执？

生寄死归，已近花甲，不算短命，惟贫贱糟糠，四十余年，患难与共，一旦失倚，非望望然去，则睨而视之耳！当气杂言庞时，据理者似是而非，持重者见死不救，蹯蹯老妪，除叫皇天无馀策也。拉杂书此，权留作护符，倘天假我以年，则犹非定论。【自注】

篆耕山人遗稿跋

此余师孟融斋夫子课余女鋠、钿于寅旭【斋名】时作。当时余及石渔师与李荣轩、孟晖三、杜翼周，各有赘语。后壬子张捷卿复跋之，惜无存稿。兹翼周由夫子处取阅，爰录存而省其跋语焉。

乙卯六月三十日，刘化风记。

联语附

春帖

臣本布衣焉能事鬼；我有斗酒何必读书。

此生原不随流俗；他日何须有后人。

明经存硕果；新学启蒙泉。

鬓毛秋白；头脑冬烘。

读有用书不求甚解；饮最醇酒何必独醒。

【以下丙午】

年值六旬未能免俗；书破万卷亦何常师。

问国民何为国粹；完人格不外人伦。

远派延邹峰；群峦拥篆山。

揽镜忽惊秋发白【揽镜偶成】；开窗最喜夕阳晴【示蒋翼昆】。

代段龙图挽徐母

四旬以前克娴闺训，四旬以后母忝姆仪，贞静享遐龄巾帼，仰泰山北斗；九族之外咸慕徽音，九族之中同沾馀润，慈祥绵后嗣孙曾，延一线千钧。

代人挽舅母

内涵姆德，外秉母仪，葭莩均一视同仁，而戚属益可知也，只兹善果无穷，直行到八旬又八；笑看孙男，欢承孙妇，乌鸟方情深终养，何仙游竟不返乎，想是蟠桃大会，恐误了三月初三。

代人又挽

福寿本无疆，倘再看十二年，便成百岁；风寒原小恙，何甫经三四日，即诀千秋。

代人挽岳祖母

孙女虽亡，视孙婿如同孙子；封君又逝，睹封轴兼忆封翁。

代人挽内嫂徐

乃翁乃姑，乃弟妹乃子侄，承重乃孙，九十年来是徐母一生之事；曰寿曰富，曰康宁曰攸好，考终曰命，三千世界集箕畴五福而归。

代人挽姑母

抚子易，抚孤难，者位老菩萨，咸称众母；佳儿殇，佳妇逝，半生多蹇难，谁似吾姑。

代人挽姑媳同殡

两世游仙，姑前妇后；一门孝子，叔痛侄悲。

挽母舅王问山先生【庚戌】

永感以来，唯一舅告存耳，乃又山颓，虎吻馀生此后颠危谁恃；再期之外，即八旬称庆矣，竟难天假，龙钟老态而今灵气安归。

代李明墀丹崿昆仲挽同村王问山先生

儒而神于医，更以馀力删改诗文，吾党后生，凡卜狷曾狂，大半入门称北面；艺兼通夫武，常具热心保全乡里，他人急难，至棋危柁险，终须指路仗南头。

先生精医学，远近诸险，证多应手瘳。又尝习拳技，当咸丰庚申之乱，奉州谕行坚壁清野法，村中无赖阻挠之，且纠众寻殴。先生只身往，虽受数创而无赖亦受伤，如鸟兽散，终岁厥功，又先生所居，在村之南首，村人遇急难，多日何不赴南头求指引。南头，即指先生居也。庚戌十月二十八日，刘化风附志。

代人撰贺因劝办树艺蒙奖

手植尽国民义务；头衔增阅里光荣。
奖励头衔阶五品；经营手植树千株。

拟题刘氏宗祠

有武备必先文事，弓冶箕裘克绳祖武；惟祖德乃贻孙谋，琴书剑戟一振家声。

代人拟赠刘君树声

树立能先乎其大；声称则各以所知。

诗

自嘲

五十年垂至，回头苦辣酸。二毛惊老易，八股见知难。白菜连根咬，黄花带叶看。幽斋孤榻惯，犹忆昨宵寒。

王翼之集

（清）王翼之／撰

敬斋诗文杂存

蓟穿芳峪　王翼之【季樵，号敬斋】

虫斗

薄暮，偕葆君燮臣暨仲和、预华二生，饮于酒楼。余与燮臣剧饮至醉，月上始返。余旋馆，即酣睡榻上，恍惚至勺儿峪。墓侧松楸丰茂，幽草没人。觅径北上，缘山脊行里许，景致与平时迥异。迎面奇峰陡立，峭拔奇峻，为余平生所未睹。旋转东下，入沟，怪石嶙峋，林木蓊蔚。沟侧有物大数十围，隐约杂丛木中。初疑为石，迫视之，则大木之干也。缘树仰视，高可极天，有无数异鸟巢其上。偶见有五色者，羽毛鲜美，鸣声若笙簧。行行复见虎豹麋鹿狐兔之属，同饮涧中。或群或友，略无贼害。余西行，由虎侧度小溪。虎反却步，转身大吼而去，声震山谷。麋鹿皆延颈伫立，不为之动。余西北行，见路旁红果缀枝，鲜艳可爱。方欲摘食，俄由林麓来猿百馀，升木摘取，一时净尽。余长啸一声，猿始遁。逾岭见西岩，有悬水三，高可百馀丈，下注为潭，声如雷震。俯首下视，深黑无底。循径下行，悬岩陡绝，攀藤葛而下，俯仰上下，踵顶相摩，咫尺万转。数经险绝，始得一岭，缘岭下行，复得石梁，潭水澎湃，奔流出石梁下，汇为川，宏音寒谷，众声响为减。度石梁，得一石，平如砥，方广不可以尺丈计。有老松覆其上，余就止焉，情大适。俄一道人，徐步自山阴下，芒鞋竹杖，衣蓝衣，修眉隆准，阔口长髯，岸然立丛篁下，不闻其声，但见其作言笑状，以手招余。余与之言，彼亦似无闻者。余往就焉，道人促余行。披荆榛，拨茂草，约里许，乃得一径达悬岩下。路甚平，一似经凿者。稍北，即见似烟非烟，似雾非雾，著衣皆湿。至此，水声愈大。再北，即见悬水，自内外窥，如帘之隔。爱玩久之，乃北过悬水。不知凡几，岩下题诗殆遍，字迹没灭者多，其存而可辨者，皆古篆隶。音韵高古，惜皆忘之。极北，有石刻篆书"龙渊"二字，字约丈许，傍刻"汉延熙四年春三月"。以下石面剥落，不复能辨矣。潭水甚宽，隐见蛟龙出没。余与道人疾行二三里，乃达北岭。岭圆润多土，路极平夷。逾岭下行，如梯磴，历数弯环，路入山腹。洞外刻"澄缘"二字，道人导余入，初极狭，黑暗无所见。继则若有光烛之者，境亦宏敞。石有如蛇之盘者，鸟之飞者，群龙拏空而升者，人之卧者，老僧之面壁者，更有如鬼怪伸颈看人者，形状万端，不能笔述。旋转而东，不半里，即出洞。洞外路绝，惟有朽索垂地约数丈。道人飘然而下，余一手执索，一手攀荆榛，徐徐乃及地。北行里许，复入山口，隐见村舍畸零，牛羊往来。正驻视间，忽闻人声鼎沸。寻声而往北，过溪桥，见平原上张布帏一。帏外观者如堵，帏内二木桶倒置于地。俄一人虬髯紫面，衣古衣冠，登高阜鸣锣。须臾，桶中各出一虫，长二丈馀，大首细颈，阔腹，四足，身有鳞甲，青色，形如蜥蜴。初行甚缓，两虫既近，相向而伏。此虫举首张口扬左足，彼虫亦举首张口扬左足。此虫扬右足，彼虫亦然。两虫忽相向，象人立而吟者再，复相向点首者三，乃徐徐向后，蓄势张目相顾，继则挺身而前，张牙伸爪，摇尾而斗。斗多时，一虫败北，一虫作追逐状，绕帏而走。前鸣锣者，置锣鸣鼓，虫乃各入其桶。少时，乐声作，桶中各出一美人。二人身披霞锦，鲜丽无有与俦，相向持扇而舞，且舞且歌，皆极风雅。少时，各以扇遮面，跃身者再，去扇则皆成髑髅状，身披乱麻，破东帏而出揄挛。观者人声大哗。道人拉余急奔而西，约半里许，人声始寂。回视虫斗处，布帏、木桶，一无所见，惟一片荒冢而已，余至为诧异。行行得一泉，洁而清，旁多大石，可坐卧。余与道人蹲据其上。余曰："适虫斗处，一时之中何竟变换如此？"道人曰："君何痴也。且道世间甚事不如斯乎？"余因大悟，一似得禅机者。道人又曰："此水名圣泉，饮之可却人欲，而长禅智。"余以手掬水饮之，甚甘美，腹中汩汩有声，胸臆间若冰释然，万虑消灭，惟见真吾，神思为之顿清。坐少时，道人乃引余而西，路转入市廛，人语喧阗，车声辘辘。又入僻巷，见一道士，披发赤足，衣敝衣，鹄立街头，喃喃而语，旁置一筐一筥，求观者于于而至。少时，道士由筐中拾取朽木向地乱掷，初不知其何意，细辨之，乃成四行绝妙篆书，字体奇古，直为书字所不到须臾，由筥中出二物，形状亦与蜥蜴同，长三四尺，地上朽木皆衔入筐。道士斥之退，乃悉入筥。转瞬间，市肆咸没灭，道士更不知其处矣，同行道人亦弗见。余急趋入松林，见道人笑立石上，谓曰："微余，其孰导君游？去此不半里即荒庵矣。"出林，菜畦，药圃，所在多有，泉水回环，自饶灌溉。过小桥，乃入寺门。院宇峻洁，正殿三楹，甚高敞。寺后奇峰环峙，松柏交横，杂以乌柏。寺西北隅，有室二楹，意即道人之居室。四面藩以修竹，清洁可爱。道人延余入，急燃松枝煮茗，置乃榻上，与余对啜。道人开轩南望，乃知寺据众山之巅，峰峦回合，罗列眼底。东南水波荡漾，宛如江海，夕阳明灭间，帆樯林立，洵大观也。道人置纸笔几上曰："不有佳咏，不负此胜境乎？"促余吟诗。余草成二绝，语鄙俚，不足志。道人立成古歌一篇，语语豪迈。记其中联有云"扬帆容易收帆难，幻海风波良可惧"。其末二语有云"世间多少乘除事，付与茫茫万顷波"，语尤雄奇，余极加叹赏。相与剧谈久之，相得甚欢，恨相见晚，因谓曰："如早与仙长遇，俗鄙之心当久释然矣。"道人曰："识君久矣。十年前为君疗疾，独忘之耶？"余愕然良久，因忆丙戌冬，余曾患怔忡之疾，初家君为余疗治，继则延同里赵承之先生医之，未尝延他人。道人云曾为余疗疾，何也？继思余病中，小女葆贞知吕仙灵异，曾昕夕焚香祈祷，月馀余馀病遂瘳，此或吕仙梦中示警也。道人又曰："君以为梦耶？"余应声曰："非梦而何？"道人以手拍余肩，余惊悟，睁目视之，道人已渺。少时，闻人启门出，余整衣趋视之，门扃如故。余大惊异，抚案濡毫而志梦之巅末。时光绪癸巳秋九月十三日，识于都门寓斋。

涌翠泉

结伴访名泉，一路山风冷。水面平不波，浸入千峰影。

拟游二闸用吴君云皆原韵

　　云树苍茫拥帝城，秋风初至一身轻。两堤柳映一溪绿，正好中流打桨行。

　　卅年滚滚水东流，村舍依然到处幽。前度儿童今白首，【忆丙寅岁，曾侍先师李观澜先生、先兄竹舫先生偕诸同门游二闸，屈指计之，殆三十年矣】伤怀懒上酒家楼。

　　河风习习雨潇潇，画意诗情锁短桡。记得当年斜日里，振衣曾上寺东桥。

　　风曳荷香馥水隈，酣游那便挂帆回。远山近树情无限，似约诗人后日来。

卢素存集

（清）卢素存/撰

侣砚山房文稿

蓟杨家套　卢素存【菊庄，谱名朴】

侣砚山房征诗文启

昔汪子尧峰之记屡砚斋也，曰："古人之物之流传于人世间者，患夫有力不能好与好之而无力耳！"余无力者也，而生平所好，凡三变：早年好书，中年好花，近年复好砚。书之好，增长学问。花之好，怡悦性情。砚之好，则惟工书法、勤著述者乃为有用。二者非余所敢希好，砚何为乎？且好书者，书愈多则学愈充。好花者，花益多则情益适。若夫砚之佳者，得其一而已，足于用，岂如书与花之必以多为贵哉！

乃己亥之春，余既购得朱竹垞先生跋阴砚，复购得五眼巨砚一方。余甚喜佳砚之与我成侣也，遂于吾所居室颜之曰"侣砚山房"。自山房有侣砚之名，而砚之好也愈笃，则夫不必以多为贵者，觉多多而益善矣。然余固无力者也，佳砚何能多购，而因好成贪，因贫成乞。顷与刘树声、李松亭、卢豁亭、王砚农、李慎如诸同人聚谈，曾面约以各赠我佳砚一枚。诸同人皆笑诺之，而松亭且即以一砚见馈矣。从此，吾力能购者购之，诸同人亦渐次践其昔日之诺，则吾山房中之砚，将如我箱存之书、盆养之花，未易更仆数矣。岂非侣砚者之大快哉！顾吾观古士君子于生平惬意之事，必广征文人学士，乞其诗歌文词以为矜宠。余何人？斯而敢希此雅人深致，然鸿才博学读破万卷，往往乐有题目，一吐其胸中之奇，则吾侣砚一举，亦正鸿篇巨制之招也。斯世君子果不以贪痴鄙我，能诗者贶我以诗，能文者饷我以文，渐而裒然成集，以为艺林佳话。安见不可与曩之以厕砚名斋者先后媲美欤？

张雪蕉先生传

先生姓张氏，讳鹏翼，字若云，晓蓉其号也。原籍武清人，今居玉田县老宋庄。先生父鼎勋公，字紫镕，副贡生。家赤贫，然性极严正，工制义试帖律赋，教生徒，循循善诱。历馆于遵蓟诸钜族。遵化史兰孙孝廉竹孙进士，蓟州李海楼进士星垣孝廉，皆出其门下。惟平生厚自奉，不屑家人生产，以故贫如故。先生幼禀异姿，眉目含秀采，顾贫不能延师，父又馆他郡，乃出就外傅。入塾读至十四五岁，通诸经大义。教者乃授以汉唐文，过目辄成诵。读数首即私效为之，纵横踔跞，动数千言，观者舌挢不下。为小诗，辄有奇句，惊其长老。惟国家方以经义取士，士多急功近名，以词章、古文为迂阔，甚且非笑之、疵议之，以为狂怪。否则绝口不谈，若恐妨正业者然。故先生虽有所作，无从就正，辄弃去，遂稍稍学为声调排偶之文。年十七，就童子试，纳卷赍，学使即于堂皇阅其文，叹为异才，榜发，冠其群。自是，遇科岁试，每以经古学列优等，文名大噪。同试京兆属数千人，盖莫不知有张晓蓉者也。同治甲子，先生二十四，举于乡，后因试礼部，屡荐不受，不得已就。庚辰大挑，列二等，例得学宫官。然又限于格，不得遽补，乃投省垣自效，兼积海运，劳历八九。戊子，始选沧州学正。又四年，卒于官，年五十二。

闻先生少年不可一世，与遵化孙丹五、陈韵珊、史兰孙昆仲及蓟州王竹舫、李观澜诸人，文酒风流，互相唱和，坛坫数十人皆叹为弗及。一日，大醉行墟墓间，口占吊古诗十九首，涕泪纵横，声振林木，草露沾衣不顾也。及素存从先生游，其时授业者，户外屦满。而寄文求正者，亦数十人。先生勤点勘，斧藻甲乙，无暇晷，然酒酣耳热，犹时复吟咏，慨然曰："大丈夫不能有为当世，乃唧唧作草虫吟，无谓甚矣！上当建策天家，否则鸣琴百里，安能郁郁久居此乎？"及就挑，非先生意。用为司铎，犹非先生意。数年间，公私奔走若津若潞若京师若保阳，舟车之往来，时事所见闻，及夫山川，感慨世味炎凉，凡有枨触，皆发于诗，特以寄其牢骚落拓而已，非欲借是以传后也。向先生将赴沧，时素存往谒，时年未五十，然窃窥先生齿发虽稍衰，兴致不减。庚寅犹赴春闱，而不意先生之遽止于是也。岂其中不自得而抑郁过人，故致此耶？余后春明赴礼部试，闻沧州人士言及先生，皆曰先生在沧日，每值署试院课，辄拟作以为多士式。每一篇出，人争抄诵之。刺史袁公，尤重先生士之才俊者，亦往往踵门乞正其文。先生无倦色，盖先生教泽深矣。素存今具五十，所遇尤多轗轲，且不学无文，乌足以传先生，然义不敢辞，谨述梗概如此，以待后之采择焉。

卫武公论

古人君有质美德，优能文章，而喜规谏，通国欣戴，为赋淇澳，志勿喧焉。其他悔过自儆诸作，如《宾筵》《抑戒》等篇，圣人悉取之，以著于《雅》，而定为经，则迹其生平操行，殆贤君而纯儒者也。金锡之方，圭璧之拟，不虚矣。乃观《史记》世家，述其得国之由，篡兄夺位，与古来穷凶极恶无以异。呜呼，吾儒尚论古人，据经之信，斥史之诬，所急当辩证焉，而决天下之疑，平千古之憾也，则如卫武公者，可论焉。夫武公，以其学问自修之功，致瑟僴赫喧之美。曾氏之门传《大学》，至取以为明明德者，止至善之证，使其人而稍有遗行也。则传道之书，岂肯标之以为万世法？况武公即位在宣王之十六年，前有无道之厉王，武公刺之，后有无道之幽王，武公刺之，使武公躬蹈大恶之行无论，以周宣王之明，必声其罪而致讨，且临文而作，乌能作诗以刺人耶？或曰武公袭攻其兄共伯，终得世人褒美者，美其逆取顺守，德流于民。齐桓、晋文皆篡弑而立，卒建大功，此其类也，是大不然。夫桓、文之功虽大，传记所载，多有微词，况仲尼之门，虽五尺童子，于五霸且羞称之，夫岂若卫武公之嘉言懿行，迭为大圣人删订所取耶？然则共伯之自杀于墓上，岂竟无其事欤！是又不然。意共伯之谥为共，殆犹申生之谥为共世子也。春秋之时，子多愚孝，申生惧伤其父之心而自杀，死得谥为共。共伯盖欲从亲于地下而自杀，死亦得谥为共，是即所谓以死伤生者也。若谓共伯之杀，由于武公之赂士而攻之，则过矣。不然，吴公子季扎固甚慕夫曹公子臧，而以让位为节者也。彼既慕让位之公子，必深恶夺位之庶子。当其观周乐也，直以武公之德与康叔并称，盖心折之至矣。夫以武公之德之粹，历大圣大贤之论定而毫无贬辞，而太史氏择言不精，直被以大恶之名，斯岂武公一人之憾，而古今千万世之憾也。吾儒旁参曲证，力白史氏之诬。夫而后千古之疑案定，即千古之遗憾平矣。

江汉朝宗于海

昔禹会涂山，执玉帛者万国。防风后至，禹则戮之。此可推中天之世，天子定五载巡狩。群后四朝之制，每逢敷奏明试，则秉圭执瑞之伦，莫不晓暮征行，车奔马驰，惧以后期获遣，而不谓此象也。禹因治水至荆州，见江汉之争流，竟恍惚遇之。夫江汉之入海也，实在扬州，何以征之？《扬州记》"三江既入，惟南江不见于《禹贡》"说者，以为入于彭蠡之豫章江是也。若岷江为江流之经流，称为中江。汉自入江，而后与中江均汇于彭蠡，称为北江。其言既入，谓入海也。江汉既于扬州入海，而荆州在扬州之西，距海甚远，然则禹于荆州第志之入江可耳，言海非其实矣。抑知海为百谷王，本为众水之之所宗。江汉乃四渎之二，以其能独流入海，故谓之渎。是海乃江汉之所必入矣，况古之秩山川者，五岳视三公，四渎视诸侯。虽去天子绝远，然于三年聘，五年朝之制，不敢或忽焉。今荆州之江汉，虽去尚远，然试登大别而遥瞩见。夫汉既入江，渺弥奔泻，殆如人之注精神于所往之地，意专行速，不遑他顾，则拟以天子当阳，诏五服之诸侯朝于王，将见赤芾金舄，会同有绎，其孰敢不载驰载驱，期朝发夕至哉！故江汉之在荆州，虽去海绝远，而当其合流以后，竞赴争趋，汹涌浩瀚，殆有似群辟朝王，路愈远而行愈不敢不速耳！然而，江汉之由地中行，一往无阻，实由扬之三江入海无壅。故禹于荆州疏江决海，迨其既合，遂一泻千里，而成此朝宗之势。然则，神禹治荆之功，实于治扬时预之也。今之人有欲觇禹之功者乎？试与至武昌夏口一眺望焉，当知汉既入江，箭激奔流，盖五千年如一日也。

附　录

卢吉士《事物类考》跋

李　江

　　有人持钞本书一函来售，阅之，其书名《事物类考》，则郡人卢有猷吉士所辑也。书凡十六本为类，凡若干卷，末则附之以图。其采择精核，缮写端正，乃吉士所手录者。先是于张子方茂才得吉士所辑《四书遵注》《知言集》十四卷。今年归之吉士裔孙素存茂才。至是乃为书属正，其仍畀之素存，而酌助之意。素存必谨藏之，不令其遗失也。是时，余方修州志，而此书适出。艺文志内又增一书目。吉士为不朽矣。

孙盛平集

（清）孙盛平／撰

蕴山诗存

蓟西下庄　　孙盛平【蕴山】

游金云峪晚归穿芳峪

晚云低绕路弯环，细雨潇潇送客还。行过石桥回望久，隔林遥认宝瓶山。

留别龙泉园

住久龙泉榻懒移，临行兀自绕疏篱。园花似亦知将别，向晚犹开三两枝。

穿芳峪晚望

孤村斜日起炊烟，西望依稀月一弯。好是课馀来水次，柳阴闲立看秋山。

游桃花寺

风景浑如画里看，松阴坐久暗生寒。游人知是初归去，石上题诗墨未干。

张膺集

（清）张膺/撰

次拳诗存

蓟穿芳峪　张膺【次拳】

东石桥晚步

闲游当课罢，因过石桥边。溪犬吠生客，林鸦噪暝烟。钟声村外寺，云影水中天。即景诗情动，行吟皓月前。

东石桥步月

四山云散雨初晴，散步聊为月下行。行近小桥流水畔，槐阴风送读书声。

于弼勋集

（清）于弼勋／撰

于小霖诗

蓟七百户　于弼勋【小霖】

龙泉园春夜

东风料峭夜凄其，犬吠声声隔竹篱。残月半窗人尽睡，挑灯闲坐自敲诗。

附　录

论官人习农

于弼勋

于小霖言："作官人，变而习农，最为难事。农人而染官派，则更不足言矣。"【罗按：此段见于李江《龙泉园见闻录》。】

叙于小霖刻书

李　江

玉璇归自天津，于小霖以广仁堂新刻之《丰豫庄本书》《蚕桑实际》《恒产琐言》等书见寄。予读耿嵩阳先生《种田说》中亲田一则，颇欲试办。亲田者，就所种田抽出若干亩，格外加人工粪力，若私相亲厚者，输办数年则瘠壤亦变为膏腴，费工少而得力多，诚良法也。又新刻之《四礼翼》亦皆要紧之书，序中谓可与六经并存，殆非虚赞。【罗按：此段见于李江《龙泉园见闻录》，题目为整理者所加。】

赵春元集

（清）赵春元/撰

赵春元诗

蓟西下庄　赵春元

龙泉园即事

芭蕉摇影上窗纱，风送前村笑语哗。傍晚课馀无个事，半肩斜日自锄花。

李九思集

（清）李九思/撰

李九思诗

蓟果香峪　李九思

春日独过龙泉园

环窗修竹绿侵纱，小院无人绝俗哗。赢得朝来新雨足，山前开遍碧桃花。

吴湘集

（清）吴湘／撰

汲青诗仅

蓟台头庄　吴湘【汲青】

偕友游桃花寺

联步登山寺，山高步亦高。涧泉喧暮雨，岩水协寒涛。读碣摩苔藓，寻源拨莽蒿。晚蝉吟处处，披雾下层皋。

王塾集

（清）王塾/撰

朱华痴衲遗稿

蓟育英洼　王塾【砚农】

芙蓉居士传

芙蓉居士，不知何代人，亦不详其姓字。其挚友管城君，知居士历史甚详，恒宣布于世云：

居士生于元始，附籍群芳，无父母邦族可考。其体亭亭玉立，貌若芙蓉，而有异香，人多以芙蓉居士称之，因亦自号焉。复博通书史，兼工化学，凡一切兵刑农政、诗古文词，以及俳优末技，罔不研究其妙。而其广交游，亦称是。上自公卿士胄、墨客骚人，下及舆台走卒，无智愚贵贱，一与之接，皆大欢喜，无不竭诚款曲，极尽缠绵，盖其积学已富，而因应固咸宜也。

居无何，其国秉钧者觉之，乃下令逐居士，并通告人民曰："何来尤物？误天下苍生，必此人也。敢有与之往还者，杀无赦！"令一下，昔日冠盖往来于居士之门者，咸绝迹，而居士亦无立足地矣。

乃潜与管城君谋曰："吾道穷于此，将迁地为良，吾其与子东渡乎？"于是，偕管城君浮海来华。至则寓不夜之街，住氤氲之室。适华之人士病脾，日昏昏于睡乡，得管城君接引，望见居士颜色，皆谓其吹气如兰，一接呼吸，即精神健爽，自是瞆瞆之民，耳居士之名，求起沉疴者接踵来谒，而居士竟苦于迎接矣。

居士门户履舄交错矣，来者多鸳肩鹤背之客。然荷居士优渥之礼，遇即萎靡形态立化为活泼欢颜，言笑晏晏不倦，终日更继之夜至宵分，始恋恋别居士而去。诸客之与居士结欢喜缘者日益众，而居士与管城君接待之劳亦甚矣。一日，居士之寓，宾客如云，不夜街与氤氲室几无隙地，皆一一与居士浃洽而去。然已漏尽更残，万籁俱寂，居士之津液已竭，管城君亦气闭血热。一灯相对，居士与管城君喘息而言曰："以我两人之精力，安能与多数人相周旋？吾今欲化，吾两人之身，以酬答亿万知己。"管城君难之，居士曰："予不谙理化，固无怪也。凡天下有形之物，皆可取本质，剖析其分子而化分焉。如君资格更不难。以本质造就无量数新材，子共俟之。"居士乃役身玉液之鼎，焚大冶之炉，几度煎熬，始易初相，遂不胫而走万方。惟居士如花如玉之身，一变为黧黑之貌，而蕴藉温存、水乳交融之性体，不减曩昔。管城君为一时模范，肖形之士转瞬即随处皆有，物即供过于求，而求则日益增进，以亚东大陆仅数十年，人民已几半受管城君之吹嘘，被居士之膏泽。呜呼，盛矣！

日盈则昃，月盈则亏，讵居士厄运遄临，而皇权帝力又相迫矣。是年月日，皇帝令下，不独夷居士之族，并欲铲其根芽。凡与居士有染者，悉为法律上逮捕人。至是，居士与管城君慨然垂泪曰："我生不阅，既不容于祖国，他邦又罹虐政，相苦抑何酷耶！然天生我材必有用，吾已驰声宇内，亦云足矣。况吾已得自处之道，纵目前聚吾化身，或付之一炬，或投之江河，与吾何害？吾从此返璞归真，仍得挺秀于众香国中。"管城君亦曰："吾更不惧刀锯之加，吾身不过流一腔黑血，还吾本相，仍与七贤为伍，岂专治淫威能施诸我二人隐身高蹈者哉？"协议既订，谨守秘密主义，政府虽网罗四布，一时亦莫得其踪迹。而其馀党仍有与居士暗相往来，及潜通消息者。后数年，有白公子其人者，宗居士博爱之苦心，以针灸之术行于世，而居士与管城君遂无闻焉。

诗

山村即景

　　山村宜夏日，随意步高原。绿柳环场圃，清溪对里门。石桥通古刹，苇岸障颓垣。行到树深处，扶筇看灌园。

孟昭曦集

（清）孟昭曦／撰

晖三文稿

蓟东马坊　孟昭曦【晖三】

五龙山栖贤庵碑文

栖贤庵，旧名桃花堡。五龙山蜿蜒六七里，至此而山停水注，耸然特峙焉。山之巅，旧有大士庙三间，荒草铺茵，佛形鸠鹄，院墙基址没于堆云乱石间久矣。吾乡前辈李观澜驾部有句云"岂有桃花开堡上，空留钟韵到人间"，盖纪实也。光绪十三年，监院刘林泉道士，自东来睹斯山之胜慨，动极思静，慨然有终焉之志。然一肩明月，两袖清风，鸠工庀材，大非集资不可。林泉非求安乐窝者，顾肯为是琐琐得已而不已欤！然唯林泉所以能得已而不已也。于是，托钵燕赵六七载，以集腋之事，成经始之谋，掷瓦抛石，躬与其劳。又三四载，举凡向之云低山矮、蒙茸不分者，从而正殿焉，配房焉，墙落焉，丹楹垩壁，犁然焕然，而斯山之胜，乃与观宇俱新，而林泉终焉之志，亦借是以遂云。林泉雅不欲居创建名，亦足见功成不居、道心静定之候。乃为铭之。铭曰：

酒之酿，唯其醯。树之滋，唯其植。鹤之寿，松之年。以居以游，无终极。

秋闱黄花录

士生今日，上不能黻黼皇华，濯声名于万里，次不能维持社会为自治之模型，顾乃嚼文数字、摘句寻章津津焉，惟策论之学是讲，毋亦有志之所不肯为，大雅之所不屑道乎？然人各有学，学各有至。自其至者而言之，物各有理，理非论不明，治各有道，道非论不著。通古于今，合中于外，亦视其胸襟气象以为论之大小精粗何如耳，乌有论理而分新旧者。自其不至者言之，无论识见狭陋，语不中肯者不可以为学，即彼负笈瀛环，书读蓝皮，字习左上，年经毕业，学证文凭，博青紫则有馀，代三家村写一纸书，则或辞不达意。若此者，虽高车驷马，亦学其所学，非吾之所谓学也。

余性嗜文字，而阨于运，奇于数，乡举不遇，卢陵长叹刘黄之下，第游学未逢大厦，几同吴市之吹箫，文字之缘亦云尽矣，其亦可以已矣。乃己酉夏，羁旅津门，适值同人褚君仲青，入选佛场，复不自揣，朝夕辄拟作，以助其攻苦，辑之凡数十篇。今仲青翼而去矣，屈指二年，忽忽若梦，因复手抄，前后数年所为策论义，及与人捉刀之作，凡五十七篇，并以质于同人，以作异日之雪泥鸿爪。则文字之缘或有尽，而仍无尽也。因叙当日之情形，而并书所遇。时宣统己酉三月下旬，自叙。

吴汉愿光武慎无赦论

汉崔实有言"文帝以严致平，非以宽致平"，尝谓其言过于偏激，非通论也。及读《光武帝纪》乃知，无赦之对，吴汉已早言之。实之言，犹其绪馀耳。夫法者，立国之大防也。君子守其防，持正足以驭小人。小人溃其防，恃强有以凌君子。赦者，恩及于小人而不及君子，及犯法之人而不及守法之人，且累及守法之人，此方脱械而出，彼又跳梁而起。驯至赏不加劝，恩不加荣，胥一世而肆意妄行而祸乱不可以收拾。古今以无法亡国者，大都类是，而其始，未必不由多赦基之。善哉！吴汉之对光武，而以慎无赦为言也。汉盖目睹西汉之衰，纪纲废弛。哀平之季，赦典非不屡行，而伏莽丛戎、豪猾奸盗之徒，伺隙而起，小者扰及民生，大则忧贻国祚。此非恩之不下，究实上之自坏其法使然也。故曰："法者，国之大防也。"水有防，虽巨浸不至于横流。人有防，即下愚不至于放泆。为国者，必治具毕张，而后教化以兴，百度以举。王猛不废法而赦近臣，武侯不废法而赦失律。历观今古，国祚之长短，国势之盛衰，莫不以法治之成否为正比例。未有纪纲去而国能久存者也。或曰圣人之道首贵德礼，不必于法，是赖不知，法者正以维国之秩序，而跻其国于德礼之域也。苟徒博宽大之名，不成法治之国，吾不知其所谓德礼者何若也。语云："无赦之国，其刑必平。"余则曰："无法之邦，其国必乱。"吴汉之言，凡为国者之良箴也。独光武宜然哉？

持之有故，言之成理，言明且清，气疏以达。【宋玉山夫子原评】

汉高祖诏郡国求遗贤论

才足以取天下，未足以治天下。智足以谋天下，未足以安天下。然则语治安之效，规永久之图，舍求贤奚以哉？汉高祖诏郡国求遗贤，其知此意矣。或曰高祖非能求贤也，观其轻蔑诗书，诛戮功臣，半皆侮慢自贤之意。不知高祖正激于此辈，而心目中别悬一的以注之，而求贤之心愈急也。当其蹙秦灭楚驰骋中原，所与共事皆一二才，智及椎埋屠狗之流，以急功近名之心，为附凤攀龙之举。初未尝以道德之心易其功利之念也。则此日借以成功者，安知他日不因以致乱？故韩、彭、英、卢之属，自高祖视之，固非少主得而臣也，不得不诛，斯不得不求天下。事有相反而相因者此也。或又曰高祖此诏，亦徒慕周文、齐桓之名耳，未闻有太公、管仲其人大书特书为圣主得贤臣之颂者，不知《史记》书法，除孝武之世，董仲舒、公孙宏直书姓氏外，馀则半以他事互见，不得以无贤而訾之也。且吾意帝之所谓贤，有非世俗之贤所能当者，必其道足以济天下，德足以正人心，抚少主而不疑，立危朝而不动，达则为太公、管仲，逸则为颜渊、子奇，始足当其一盼，否则虚声是盗，无补时宜，固反不若武力之臣、才智之士能左右世界也。则高祖求贤之心，岂徒然哉？意秦以坑儒亡天下，汉即以求贤兴天下，地义天经，百年一致。求贤一诏，学者所谓欲继汉于周也。

每遇一题，耻为陈陈相因语。驳去一层，即勘入一层，是以无穷出清新也。【杨太史慰农夫子原批】

韩信召用辱己少年论

圣贤之待人也以诚，豪杰之待人也以术。自圣贤不概见，而豪杰之能用其术者，遂为世所艳称，而不暇计诚伪。读史至汉韩信召用辱己少年一节，而叹其豪杰，非圣贤也。夫人不贵忘情而贵有以用情，不贵用情而贵有以平情。今试问韩信之于少年，其爱之乎？恶之乎？人情虽包涵大度，固未有爱辱己之人者也。不爱则出于恶也明矣。恶之而待以不死，已足征特别之优容。恶之而召之而官之，务出于人情之所不及料，在他人以为荣，在少年无地自容矣。虽然信之心亦不过借少年为傀儡，以寓其用人之术尔。人情当富贵归里之际，亲戚闾里每多引为光荣，反之而睚眦之恨，报复之私，又每易生种种之嫌隙。信以壮士用少年，一示以大公无私之见，既可杜亲里无厌之请，又可安小人反侧之心，更可泯结党营私之迹，而远朝廷之嫌。一举而数善备，信亦何乐而不为哉？必谓其以今日之荣，形昔日之辱，使少年日见高牙大纛之尊，以自悔前之无识，则为齐王时权势赫弈，远过淮阴，何不可召少年？即其拜将登坛之日，挥三尺之剑，提百万之师，重若太山，威如雷霆，亦胜于淮阴侯之食邑万家也，又何不召少年？则以此度信，信不若是之小也。且信之用少年也，何异之有？亦师汉高之故智尔！汉高之斩丁公，用季布也，尚以不患其主为借口。至其不问蒯彻之罪，欲用贯高为官，则全反仇为恩，近于以德报怨之道。信之用心，与高祖之用心同否？诚未敢悬揣。我所疑者，在少年与漂母同一用情尔。漂母之激信也，曰"丈夫不能自为食"。少年之辱信也，曰"中情怯"。信之功名一若玉成于此二人者。而二人之遇，皆在淮阴，又皆不著姓氏，岂少年即漂母亲属，于一饭之后，仍恐其放浪自弃，故属少年以辱之者激之欤！若然，则信之用少年，即以酬漂母，未为厚也。然信豪杰，非圣贤也。以诚许之，毋宁以术窥之为当云。

明宣宗迁开平卫于独石论

洪武初，李文忠克元上都，设开平卫守之。置八驿，东接大宁、古北口，西接独石，抚龙冈之山，据滦河之水，边备之固，绵亘三百馀里。盖统塞下之险，东起开铁，西暨偏头，二千二百里之遥，而以开平为中坚焉。是开平者，居庸之屏障，而北京之藩篱也。重北京不得不重居庸，重居庸不得不重开平，盖不第对元之塞外有无二之价值，即在明之燕京，亦有至钜之关系焉。设卫于此，不綦当哉？而宣宗世，迁开平卫于独石，则何以故？考其时，用兵之路多在西北，而东北一带兀良哈之地，分置三卫以处。元辽之内附，使部长各领其地，曰大宁，曰朵颜，曰福馀，自太祖以来，虽为政治所及，羁属而已，不复重加经营也。其因一也。成祖起自北平，急于南下，不遑北顾，徙大宁都司于保定，而辽东、宣府之声援遂隔。东北失一重镇，开平之势益孤而难守矣。其因二也。秋后鞑靼阿鲁台、瓦剌、马刺木，迭出为寇，逐之则北，释之又来，叛服靡常。迹其出没，总不离斡难河一路，而开平之险要尽失。是开平在成祖时，已有弃之不可，守之不能，进退维谷之势。至宣宗征兀良哈，用兵宽河以后，巡边阅武，再至洗马林，终岁用兵，由东而北而西，逼近宣府，独石口之关系顿生，而开平渐为朵颜卫所索掣，自由之权无矣。其因三也。有此三因，而开平卫之迁，遂不容不在独石，而边患日长矣。虽太祖应昌之捷买的受俘，武平之战思储归命，而开平不加扼守，故元遗孽散而复聚，终贻土木之变，则迁独石为之也。或曰独石一口，距燕京四百八十里，万山壁立，险据长城，一夫当关，千人莫过，守得其人，则与多伦、张家口互相犄角，况设卫之初，原以自守，非以攻人也，则与其远镇开平，劳师久戍，何若近据独石，以专一方面之为愈乎？曰今有御盗者，御之于门外乎？抑御之庭户乎？御之于庭户，无论其不胜也，幸而胜焉，蹂躏之馀，其伤也多矣。英宗时，瓦剌诸部入寇，潜伺暗逞，东备榆关、卢龙，北守居庸，西警云中、雁门。始不得已以指挥佥事杨洪守备独石，为御盗庭户之计。至景帝用兵，又有弃独石之议，非于忠肃力倡保守，不又以弃开平者弃独石乎？嗟夫，宋余玠城钓鱼山，而蜀之合州以守处元史天泽，筑万山城，而宋之襄樊道梗，一开平也。明弃之而累及独石，元乘之而扰及大同。统观明之边患，有天下者慎无误以退为进之说，而轻以险要资敌也。

明郑雒经略边防论

防寇之法，若治水然，流则堵之，住则围之，重堤防以制其泛滥，守冲要以遏其声援。盖必我之边防，固无间可乘，而后寇之气焰衰，可击而走也。明神宗十八年，青海酋火落赤等犯边，命兵部尚书郑雒经略边防。夫明之边防，由东北以至西南，防不胜防，其尤要者，更在西北之河套与西南之青海、土蕃。此延绥、甘肃、宁夏一带言边防者有戒心焉。即此次火落赤等之蠢动，其敢于猖獗者，实恃套虏为声援。套虏之敢于深入者，更倚青海为缓急。蕃虏交通，南北并举，而洮河以内之蹂躏，不堪设想矣。乃郑雒经略之策则有三焉：一在隔其势。雒之诣甘肃也，不急进攻青海为捣巢穴之计，而先下令曰北部入青海者拒之，使虏进无所掠，而退无所归。然后，进攻卜失兔军，以徐图进取。其势易于扫秋叶矣。一在疑其心。自套部庄秃赖等据水塘势力之披狂，俺答且为所胁，其他更可知矣。雒下招番之令，恣其归附，其众始有二心，莫肯为抵死之抗，青海如在掌中矣。一在操纵其法，而以夷攻夷。雒自督宣大军以来，顺义王夫妇久为所抚。此次扯力克虽为虞诱，而火落赤诸部既逐，则悔不旋踵矣。谕以缚献要贼，阳以开彼自信之路，实阴以固我善后之谋。善哉！雒之老于兵事，而熟于戎机也。或曰雒之经略虽取胜于一时，而宁夏一带迄明世而患不少衰。不知御外之略，消息于内政者居多，非可责一将之始终也。读史者审时度势，其无以郑雒之经略为少哉。

明景帝立团营论

于忠肃之以军事自任也，败瓦剌，走也先，定景帝，还上皇，却南迁之议，固城守之谋，转危为安，绰有馀裕。论者谓立团营之效居多，然吾考团营之法，五十人为队，队有长，百人两队，有领队官，推之，千人有把总，三千五千有都指挥，与夫旧日之五军营，分中军、左右哨，左右掖者，递相统属之法无大差异，不过易其名而已。然则胡为而变？变胡为而胜？曰忠肃之意，固别有救弊之见，而特以立团营者，属其用也。何言之？人情莫不厌故而喜新，矧营政久弛之下，彼方军书之告急，此为河上之道遥有之矣。唯别之以团，斯觉察易周，功罪难逃，于所长耳目新斯，精神一振。其敢以旧日之习气，尝我方锐之军规乎？而人心之涣者，萃气之惰者，奋矣。其益一也。且为将之道贵行吾所明，不行吾所疑，孙吴之法所以不行于后者，非兵之不齐，将之不勇也，不明之过也。昔日之五军，其初何尝不令行禁止哉？浸至君有急而将不知，将有急而兵不知，将兵不习，则其情隔矣。团营之立，大小相维，而兵将如家人父子，则申其法，即以联其情也。其益二也。况对薄有兵而调发无兵，扰民有兵而御敌无兵，此季世之通患也。借立团营以汰老弱，而后一兵之名，得收一兵之用，机关既捷，斯号召悉宜，而无废事之虞矣。其益三也。苟不知其变通之意，而以团营为必胜于昔日之五军，迨其弊更有甚于五军者矣。后之讲军政者，其无拘立团营之法，而忘忠肃因势制宜之大也。

明英宗罢保举论

天下事，有明知无弊而不能即行，即行之而亦不能久者，选举是已。有明知其弊而不能即罢，即罢矣而旋复行者，保举是已。何言之？选举必公诸舆论，而每格于野老村夫智识疏斯，是非难定。保举虽私之一二人，而既出于左右近习，声气感斯，汲引易成。三代下取人之法，二者互相为用，而势力之伸长，则保举恒较选举为优盛焉。《明鉴》称：宣宗朝，保举之法得人最盛，至英宗时，渐成奔竞之风，乃以御史涂谦等言罢之。呜呼！明室之患，果在保举耶？即英之隐忧，亦岂莫大于保举耶？夫保举之人，容有贤否，而保举之法，则本无是非，亦曰为政在人而已。综览正统之世，阉宦用事，权右人君，固罔不拜爵公朝，谢恩私室。其犹有仗气节，绝请谒，若翰林院刘球、大理寺少卿薛瑄之辈，犹赖以保举一途，不尽出奸珰门下，存公道于几希。英宗不能复选举以清奔竞之源，乃并保举而罢之，而天下之目的一变而尽归中官矣。是何异为渊驱鱼，为丛驱雀哉？吁，何其慎也。虽然此未可尽责英宗也。古者，乡举里选之法，递升于司马、司徒，其始莫不由学。太祖虽设科取士，州县立学，不过借选举之面目，为科举之精神，与三代造士之法迥异。故保举之法，过度二者之间，所必不能无者也。使当日在廷诸臣，溯而上之，导以选举之道，返斯世于大公，为普通之兴学，将见智识开而樵夫亦谈王道，嫌疑泯而朋党犹是良臣。奈何保举既罢，选举无开，而科举复不面人材之蔚起，而春官之桃李胥列阉寺之门墙矣，抑独何哉？此吾于罢保举一事，而深咎当日之失计也。

明英宗复开福建浙银场论

天下事，有本为利国而反以病国，名为养民而实以厉民者，开矿是也。谓矿不可开乎？何以解外人觊觎也。谓矿可开乎？何以解明世之交困也。无已一言以蔽之，亦曰为政在人而已。明英宗初政，诏封坑冶，天下便之，而福建、浙江两参政独以矿盗日多，开银场为请。虽阻于按察使轩輗之言，而矿盗叶宗留、陈湖鉴等，益猖獗而不可治矣。朝廷不得已，复开福建、浙两银场，岁课福建银二万馀，浙江四万馀，而岁费供亿过之，民困而盗乃益炽。夫其始之请开银场者，非欲以戢盗，而恐其扰民乎？乃银场开矣，非第不能不扰民，而反若殴民为盗，是银场不开不可，开之亦不可也。然则当何所适从乎？夫天下之大患，莫大于有名而无实。有名无实者，是拱手而待乱也。上富国之书，人皆管晏。条利民之政，臣尽龚黄。及起视其民，按察其政，直不啻与其言为确当之反比例者。吁，此季世之自蠚国脉，不期然而然者也。岂独一银矿哉？使当日循名核实，使得其人，即矿质之盛衰以定岁课之多寡，即由岁课之多寡以定供亿之简繁，又何至损上而不益下，瘠国而反以病民乎？乃不计利息，徒费供亿，即所谓岁课定额，亦半皆勒派小民而致。况宦囊中饱之费，昏夜包苴之费，又无论矣。土木之变籍王振家，得金银六十馀，库珍玩无算，而请罢珰使临矿者，尚留中不报焉。英宗矿政之善，抑可知矣。人情不平则鸣，民欤盗欤？必有能辨之者。

明宣宗诏赃吏不得赎罪论【其一】

明宣宗丁未二年，令官吏军民入米赎罪，自死罪至笞四十分十七等，纳米有差。己酉四年，诏赃吏不得赎罪，悉依律治。何前后宽严不同而无一定之法也？不知此正宣宗善于立法而得致治之原者乎。夫赎者，圣王不得已而设之，所以曲行吾法于斯民也。夺其所甚爱，而予之以自新夫。而后法之效力，不第有以箝束其身，而使之无过，并可以愧悔其心，而使之为善。苟一按之律，而无设宥之方，则蚩蚩者氓，讵必无投机触罟者，则法或有时而穷。至于赃吏，则非军民所可同日语矣。且夫国家之设官分吏，固将畀之以司法之权、行政之责者也。有其权而乱之，例之以监守自盗，而何异有其责而弛之。比之于弃军从敌而非苛。况既以赃闻，其舞文弄法，破坏国家之秩序，攘夺小民之生存者，又在所难免。揆诸立法之原理，护民者不反以厉民，爱民者不反以残民乎？善乎，宣宗之言曰："纳米乃一时之权宜，惩贪为立国之大法。"明诏以不得赎罪，不与宋艺祖之不赦赃贪同一仁术乎？或曰明自仁宣以后，瑁宦煽权，矿使四出，搜抉诛求，其赃罪更仆难数，远出官吏之上。不知此非立法之咎？无真确之内阁以为行政之本根，法遂不行于若辈尔。盖自太祖废丞相，而以立法、行政之权分寄六部，其目的固有执行之官吏，故其为法也严而密。至预内阁之机务，历代虽不乏老成，而不能完全独立，事多仰命于中官。故其权衡不足，一任其脏贪，而不能过问焉。虽然终明之世，为循吏者笔不胜书，而官官若东汉之吕强，后唐之张承业，则一无闻焉。法之所及则如彼，法之所不及则如此。味脏吏不得赎罪一诏，固不得以善立法多宣宗也。

明宣宗诏脏吏不得赎罪论【其二】

统万有不齐之人民，拥万里无垠之土地，云集响应，惟命是从，乃力能左右世界，而不能成一朝之法治，以昭一代之文明，徒见贪官脏吏起而复扑，蹶而复兴，辗转夤缘，占青史一大部分，而有国者反若借赎刑之名，以为吸收财货之具。噫！此元政不纲，后世名为无法之国也。明自太祖崛起以来，逮至仁宣，官方之肃，远越前代。然矫枉过正，立法几近残刻。及观宣宗乙酉四年脏吏不得赎罪一诏，而后即有明家法之严。恍而然曰无伤也，是乃仁术也。何言之？国家立法之原则，本以保民之秩序，护民之生存，而吏者，有司法之择，行政之权者也。今焉以脏闻，不但不能保民之秩序，必将破坏民之秩序，不但不能护民之生存，反以扰乱民之生存。纠纠以溺职，是为有心绳之以漏规，是为劫夺，比之以监守自盗，残害同胞，虽未足尽其倾险之心，差足拟其凶暴之象。此而可赎，孰不可赎？且赎之与贼，常处于相溲之地。脏可以致罪，亦可以赎罪，一取一予，不过一转移尔，于脏吏何损焉？是教民也。宣宗二年，曾诏官民纳米赎罪，此独揭之曰脏吏不赎罪。其限制脏吏，正其迫于爱民也。其忍于脏吏，正其不忍于民也，故曰仁也。或曰赎刑之设，肇自有处，本无伤于法治。今独不许脏吏之赎，其法得无偏激？曰是不然。吏者，法之本位也。吏治坏而民俗随之，举凡豪右之兼并，盗贼之盘踞，其源莫不起于脏吏之奸法。驯至遏抑民气，壅滞上闻，糜乱其民，而不顾其有碍于国家之进化，阻一代之文明者：讵浅鲜哉？有明法制，前既伤于残刻，后又坏于宦官，本不足语于完善。独其官箴之肃，节气之崇，为两汉以下不可多觏。其亦祖若宗慎之于先，而后历代食其报耶？此吾读脏吏一诏，而韪宣宗立法之善也。

明孝宗命两京五品以下官六年一考察
四品以上自陈著为例论

　　明孝宗之政，兴利除弊，笔不胜书，而不无憾者三事：一不能复古朝参之礼而堂廉隔；二不能预政之失而瑠患炽；三京官不与三载考绩之常而立政之本疏。虽十七年以给事中许天锡言，定两京五品以下六年一考察，四品以上自陈之例，较前此之两京堂官不加考察，五品以下十年始一行者，其制加密而于澄叙官方之道，究不若三载之久速合宜，有百得而无一失也。或曰古者，诸侯六年一朝，时乃黜陟。孝宗之命，盖亦有所鉴欤。不知封建之世，天子与诸侯分治而以近制远，朝廷有监督侯服之权，故定以六年而不嫌其迟。郡县之世，天子与大臣共治，而以上临下，庶民无监督政府之权。必限以六年，将不胜其弊。孝宗之为此例，去前此之制，固不能以寸耳。虽四品以上令其自陈，轻其考察，即以重其廉耻，尚近先王贵贵之意。然吾益叹明之不振有自来矣。古圣王之治天下也，正朝廷以正百官，正百官以正万民。京官者，外官之表。四品以上，又五品以下表之表也。今外官以三年而京官则另著为例，其不得已迟之又久而后定者，岂不以京官近君考察人之人。今以考察人者而考察于人，匪独贵贱之倒置，恐亦非敬君之道所宜。然吁何其慎。夫镜必莹也，而后可以鉴物之妍媸。线必直也，而后可以量木之邪正。京官必黜陟得所，而后可以造完善之政府。未有考察不勤，举措不当，而能治天下者也。而原其始，莫不由于堂廉远隔，尊卑太悬，所致而其极也。外官附于京官，京官附于宦官，宦官盛，而以意为去留矣。六年自陈之例，不亦徒具一虚文哉？惜孝宗聪明天亶，不能复三载考绩之常，而在廷诸臣所谓李谋刘断者，亦不敢率然以请，则太祖自处太尊，而草芥臣下之习，有以贻之也。又何咎于孝宗哉。

明神宗诏减均徭加派论

　　当国家需款孔亟之日，不得已而有求于吾民而不乐输，恐后竭力以纾君父之难者，必非人情所虑者，损民而无益于国尔。甚至朝廷施蠲缓之恩，而民不加劝，百姓罹勒输之罪，而库鲜盈馀，国是尚堪问哉？读《明鉴》至神宗诏减均徭加派一节，而叹明之民至此殆无望有复苏之日矣。奚以言其然也？明初，赋役之法凡三变。最先黄册以人户为经，以田为纬，凡征徭役，定赋税，准焉。后又以国子生分行州县，因田方圆为鱼鳞册，以田为母，以人户为子，凡分号数，稽四至，悉用之。其役法有里甲均徭、杂派三等，至日久弊生，头绪繁冗。嘉靖初，始改为一条鞭法，量地计丁，丁粮毕输于官，岁役则官自招募，法为简便，乃民已输丁费，而诸役冗费之名罢实存者，有司之追征如故焉。堂高廉远，谁闻呼吁之声。竭脂奉膏，莫解诛求之急。盖自仁宣以后，爱民之诏累匦盈箱，而实惠之及民者，大都如是焉。然此犹曰有司奉行之不善，非朝廷意也。至神宗之诏下，而后知朝廷之知而不知也。虽然其诏减，不犹愈于向者之不减乎？曰神宗中才以下之主，非真能兴利除弊之君也。其减也，张居正为之也。考其时，居正以丧起复，颇建立一二大政，冀闲执谗慝之口，以自广声闻。彼神宗者，特其傀儡尔。然止及均徭加派，而里中犹存减其二而存其一。存其一，即不难复其二矣。况不曰去而曰减，尤留贪狡者以投足之地，扰民之政何其易，仁民之政何其难哉？或曰居正之政即神宗之政也。不知居正亦非真爱民也。其减徭派也，方在己卯七年，越一年而有度民田之举。有司窥居正意，缩短弓尺，以求赢按益额，以增赋田多至三百万顷，而民益不堪命矣。减于此而溢于彼，且什百焉，则何若不减之为愈也。故曰明之民，至此无望有复苏之日也。厥后，以倭营需饷，加淮扬田赋；辽左用兵，加天下田赋；播州用兵，加四川、湖广田赋。而遣中官开矿，掘坟木，坏室庐，按户取盈，无一非勒派小民之事而徭役更无论矣。故吾于神宗之诏，自后世观之，虽仁民之政，而转叹民生之艰焉。

汉文帝因大旱蝗诏弛利省费振民论

自汉文帝有弛利省费振民之诏，后之言荒政者引为美谈。虽至愚极闇，罔弗知以爱民为词矣。而民之受其赐者，终不出汉文右，岂汉之民易为功？后之世难为继欤！曰非然也，所施之道异也。夫为治之大患，莫大于损上而不益下，瘠国而不肥民。朝下一令曰弛利而吏胥之追呼如故也。暮下一令曰省费而土木之兴作如故也。君以为吾民已振矣而旱蝗可无忧。臣亦曰小民既振矣，即饱暖可立待。观其文，轻徭薄赋，仁人之言也。考其实，减膳撤乐，仁人之为也。其君何遽不汉文若？其政亦何尝不汉文若哉？而其民之流离无告，反若视幽厉之世而加甚焉。是不得不剧论汉文也。且夫汉文之所以振民者，岂尽解衣衣之，推食食之哉？亦诚于所施而已。重本业而田租屡赐，则山泽鱼盐之利不尚桑孔之臣。敦节俭而露台中辍，则宫廷园囿之费不崇将作之官。念念在民，事事在民。粟红贯朽之下即当旱蝗而不振，民之仰事俯畜者早以已耕九馀三，忘饥馑流离之苦。后之人但美其荒政之善，不知其平时之政，固无一非为民计者也。孔子曰："百姓足，君孰与不足谅哉！"斯言微，汉文其孰与于斯。彼徒慕其名，而不务施其爱民之实者呜呼知？

为泰东西各国利用说【大公报征文题】

　　查各国税法，多取累进税，故加捐重税，虽稍损于富豪，实无损于贫民。然若以所加重之捐税，移办各种实业，则非惟无损于贫民，并有益于贫民。应如何参照各国，权衡缓急，审量轻重利害，以出为入，勿拘旧日学说量入为出之言，致陷中国于不可救药，为泰东西各国利用说。【罗按：原文无题，为区分节目，据序而题之如上。】

　　人之行远也，必计程以为粮，而后可恣其至。执炊者必按人渐米，而后不乏于供。此各国以出为入者随在，可以集事，而旧日量入为出之说，不适于有为也。二十世纪之时代，非有为不能有守，故世界所公忍，而亦我中国所不能独外者。乃中国自维新以来，各种实业同时待兴而每以款之难筹，为新政一大阻力。各国承我国之乏，遂利用财力之发展，扩势力之范围，而中国之困益甚。此实在情形也。故欲救今日之中国，以善筹财政为先。而中国重农主义，田赋所入有定额，有事加捐视为非常。此参照各国成法，有未可一概论者，则权衡缓急，审量轻重利害，又为筹财政者先之先矣。各国税法以英为最著，无人不税，无地不税，无事不税，即上至官俸君禄，亦所不免，故每有一人而税之三四重者。盖事业累进，则税亦累加，功名累高，则税益累重。取之虽烦，亦富豪惟然尔，于贫民无与也。其税目有明税、暗税等名，不胜枚举。又有所谓奢侈税，富室所畜车马，每一车岁纳五镑，一马岁纳三镑，犬岁纳一镑，即指环、手钏之类，亦岁纳十元五元不等。居民每岁所入至一百镑以上，按每镑三辨士纳税。每岁税入纳七千数百万镑有奇，而遇大工程、大军旅，则增税，寻常三辨士，增至四五辨士，或径至七八辨士。既免追呼又无废事，以所捐者富豪，所兴者实业故也。今欲仿而行之。近年创设巡警，督设学堂，半皆就地筹款，摊派平民，则所谓明税、暗税，直接，间接，以取之民者，姑勿论。印花税既已仿行，即其所谓契税、王面税，用以征信民间者，亦名异情同。他若邮电、关、船，向已立有成规者，只须认真，力剔中饱，无取变更。若夫官吏之税，自宰辅以至吏员，计其所入，二十四而取一。以中国积习论之，似亦未能骤尔施行。惟奢侈税一项，宜急仿行，富商大贾、仕宦、纨绔子弟，花天酒地，浪掷不赀，为父兄者曾无吝色，而捐以办公益，则情有不甘，人之恒情也。不知烟酒赌局以及金银器皿，尚重税无算，今乃官界、学界、商界，恣行无纪焉。加捐重税，于情于理，均不为苛。查英国奢侈税一项，岁入三百五十万镑，以之兴办实业，随事之巨细而轻重其捐，在此不无小补，而在彼则诚有多取之而不为虑者，岂不胜于计亩摊派，忘"汗滴禾下"之苦息，借他人为水流不返之计哉？夫处今日罗掘俱穷之际，审量轻重缓急利害，而仿行各国成法，其可重捐者，惟富豪耳。况以出为入，各国之行累进税，已有百利而无一害乎。愿以质诸热心公益而有兴办实业之权者。

女学堂服制即以满洲为标准，以为文明
各国之先遵议【大公报征文题】

世界服制以满洲为最适，而有女子服制尤为得男女平等之意。拟请分饬写学部厘定女学堂服制即以满洲为标准，以为文明各国之先遵议。【罗按：原文无题，为区分节目，据序题之如上。】

尝谓服制一端，虽属外界之瞻视，而可以起种族之观念，固团体之精神。世界号称文明各国，表面之形式几于大同。而究之，英不同于法，法不同于美。他若俄、德、意、奥、日本，莫不有特异之点。或以同教而异，或以同洲而异。凡立国东西洋岸者，举目可辨为某国族、某种人。凡以齐一其观念而唤起其仔种爱国之精神，而其不能不同者，则以适于卫生、便于作事二者，为各国普通之所不能外。所异者，我朝服制，漫无标准，匪独满与汉异，即彼省与此省又异，而女子服制尤为世界各国所独无，绝少相同之点。以云卫生，既无取义，以言作事，又不胜其劳，徒启奢华之渐，为民生日用，添一

莫大漏巵耳！惟满洲服制，繁简适中，男女虽亦有分而尚不至大相悬绝，乃近来肇兴。女学吸取各国文明，而服制界于中西之间，略无一定规制，徒为外人所讪笑形式、精神两无所取，抑独何也？往者，厘定服制之议，诸先达亦曾见及，而迄未衷一是，莫能见诸施行。倘能取法满洲，由女学堂服制入手，逐渐推行，本我固有，无待他求。窃以为其益有三：一以见春秋尊王之意、一统无外之规，异言异服，必在所禁。议礼制度，固非天子不能有事也。服制准以满洲，而后车同轨、书同文，行同轮之下，尊王之观念有感皆通焉；一以行天足之实而女子受体育之完全。夫肢体之残，同于痼疾，病民弱种，贻害无穷。而慈父母必以施之爱女者，非结习牢不可破。以服制所在，非此不美观也。满洲反是，故服制易而天足行天下，事有注目于此而收效于彼者，此类是也；一以破满汉之界限，而复可以通婚姻。英美等国半集外族而成数十载后血统化合，即不复有畛畦之见。满洲入关已三百载而每以满汉之嫌上烦圣虑，无他，服制两歧，形迹未泯故也。今通行以满洲，同覆载即同种族，同血统即同祖先，而人群不期合而自合矣。况各国以男女平等为主义，而满洲服制不期而然者，独得风气之先焉。故曰服事虽属外界之觇视，而影响之大，实政治家视为难忽之图也。夫事无古今，义无中外，唯其适而已。谨条拟之，以俟诸五大洲大同之世。

叶向高七十上书请补阁臣论【丙午考职】

万历阁臣，前有张居正，后有叶向高，老成硕望，鼎重一朝，而其得君之专，则迹相似而实不同。居正辅少主，政由己出，雷厉风行，故其效多可观。向高事长君，权倖盈廷，孤立而无助，故其政鲜成绩。尤有同而异者，居正请置阁臣，意在阻高拱之进用。向高疏补阁臣，意则专为朝廷之得人。以公私论之，向高弥有足多者，而惜也向高之遇而不遇也。《明鉴》称，向高以宿望入阁，颇为帝所重，故朝上乞退之疏，夕下优留之诏，而于其所陈请则十，不行一二焉。呜呼！是岂向高所望于神宗者哉？观其上书所陈五弊，皆明所以亡者。向使内阁得人，举积年之废弛而振作一新，未必不可延有明数百年之祚。惟其政出多门，中书虚设，权瑞内煽，治丝而棼驯，至乱亡而不救。向高之请补阁臣，其心亦良苦矣。乃论者以其即家拟旨，斥为非体，且庇门生王化贞，致误封疆大事，遂谓其晚年刓方为圆，与时俯仰。不知向高固靡日不以天下为心者也。其疏曰："今章奏不发，大僚不补，起废不行。臣留何益？"以七十老翁而痛言国是，苦口直诤，固知其非为身谋也。乃其再入相也，白首重来，无补衮衣之缺，丹心谁谅？徒来煬灶之讥，时势所趋，几难自白，终与居正之夺情起，复为白璧之微瑕焉。吁亦足伤矣。然向高不退，魏璫不横。向高去，忠贤恣，而明社墟矣。追原勋业，固不当置向高于江陵之下。

　　不矜才，不使气，珠圆玉润，水净沙明，是得天地温和之气者。褚仲宣评。

必有忍其乃有济有容德乃大义 【丙午考职】

　　成王之于君陈也，既戒之曰："无依势作威，无依法以削。"又曰："狃于奸宄，败常乱开，三细不宥。"又曰："必有忍其乃有济，有容德乃大。"夫对顽民而言，亦惟有不宥而已，奚贵乎忍？又奚贵乎容？窃尝反复绎之，而知古贤王之意，欲以法制天下，不欲以势力威天下，欲善法以为合群之具，不欲淫威以行压群之权也。盖法制之渊源出于公共道德之心，而法律之形式，必要以国家强制之力，二者之义虽若相反，而效力实相因。成王之于君陈，既与以制群之权，复杀其压群之势，而曲以施其合群之法。若曰周公之训但以维民之秩序，未尝以法禁民之自由也。但以法听人之服从，未尝轻法而任人之破坏也，故止曰有忍而事不济则忍同于姑息而顽者常顽，止曰有容而民狎其德则容近懈弛，不顽者且将以有所恃无所忌而驯至于顽。此不第不可治东土之顽民，且不能安西周之良民矣。然则以有济为忍之效，以德大颂有容者，此其中固含有教育普及之意。法制之完善终与道德同出一途焉。彼因姑息而致乱兴，因操迫而生变者，谓为无法之国可也。善制法者，有止辟之能力，有不宥之专报，更有可忍可容之分别区处焉。吁，此周公之法所以能制群，能合而无背群之弊者。于《周书》见其全，于君陈尤会其微焉。

　　就上文法字生意，不脱不沾，题外圆相毕见，是熟于《天演论》者。卢大宗师原评。

诸葛亮王猛合论

自古成建国之伟业者，必统筹内外之全局，以先定伟大之目的，而后此一切政策皆纡回曲折，以达其目的者也。闲尝执此以论诸葛亮、王猛之异同。亮，琅琊人也，寓居襄阳，与伊尹乐道耕莘无异。既蒙昭烈之三顾，而遂许以驰驱，一一与隆中之言相吻合。虽出师未捷，未悬汉贼之头，嗣主不才，空洒老臣之泪，而要其出处素定，固伊尹逸一人也。数十世后，而有北海王猛之隐华阴，无异亮之卧南阳。史称符坚初见猛，大悦，以为昭烈之得孔明。二人之得君，又似一致。秦有猛，而燕雌伏于东北。蜀有亮，魏并不敢雄视夫西南。二人之政略有无容强为轩轾者，盖以进取为保守。猛之勋名赫濯，犹是亮之宁静致远也。若夫亮出师而先正君侧，猛北伐而先虑内忧，其治内同也。猛伐燕而欲存晋，亮伐魏必先和吴，其外交同也。存晋出于诚，和吴迫于势，二人之方略似不同，而其婉转曲折，以必期达其目的而行其素定之主义者，则又不同而同。所异者，桓温入关，猛尚被褐见。曹操在许，不能得亮一纸书。非操之轻于温，亮自不为猛也。斯亦可略见古人一斑矣。至以亮之明而不及诛黄皓。以猛之明而终漏夫慕容垂。是则天，而非人之所能为也。《传》曰"无滋他族，实逼处此"，王猛有焉。诗曰"夙夜匪懈，以事一人"，诸葛亮有焉。盖王猛社稷之臣，以社稷为悦。诸葛亮则达可行于天下，正己而物正者也，其在天民、大人之间乎？

元太子真金却献论 【小试补遗】

能却奸之谓仁，能察奸之谓智，未有不智而能全其仁者也。不智而仁，其仁纵全一己，未必能及于天下。昔元太子真金之世，江西行省以岁课羡钞四十七万贯来献，太子怒曰："朝廷但令汝等安百姓。百姓安，钱粮何患不足！百姓不安，钱粮虽多，能自奉乎？"尽却之。余每读史至此，未尝不肃然起敬而叹其为仁人也。所惜者，仁于一己，未必仁及于民耳！何言之？贡赋之则，岁有常经，其供于上也若何数？其解于部也若何数？其存羡馀于行省，以待有馀，补不足也若何数？立国数年，班班可考，安有一岁之中羡馀至四十七万贯之多乎？元之政事，漫无纪纲，吾意其时君若臣，必有以多献讽其下者。故下以能献为忠臣，且以多献为能臣也。惜乎！其遇太子真金也。真金，仁人也。仁人，以安百姓为心者也。虽然太子之却献，果足弭诸臣之贪墨，而百姓借以安乎？有以知其未必然也。夫杀人死抵罪之例，国有常刑，使但非其杀人，而不治其罪之所在，未见其果有艾也。使真金于献羡钞之人，察其羡钞之虚实，责以掊克之乱法，罢其官，抵其罪，使他省皆有所惩，而不敢犯，仁之所及，百姓安焉。今乃不问其情，不追其往，而但却之而不受，安知献之我而不受者，不转而献之他人乎？且即其不转献他人，其能还之百姓，而不干没于己乎？是教之也，故曰仁而不知未有全其仁者也。终元之世，货贿公行，百姓困苦。此类之仁，固不足以救之。然如真金者，亦贤矣哉！

　　用笔透剔，云动秋风，水月仙露，明珠此篇。本系小品用之重试者，然即以应制科，亦是有馀之作，故补录之，以为子孙学此道者模范。【自记】

汉通西域宋弃西夏孰得孰失论

　　为国之道，必内度己国之虚实，外审敌势之盛衰，而后相机而动，以战以和，两利相形则取其重，两害相形则取其轻。苟不度德量力，慕开疆拓土之雄风，惩弃地求成之奇辱而轻于一发，必有难善其后者。此书生之见，所以每足误人家国事也。窃尝即汉通西域、宋弃西夏二事而细考之，其得失有未可概论者。查汉袭秦基，土宇宽广，西极临洮，北至沙漠，东萦南带皆临大海，卧榻之旁本无外人鼾睡。加以高、惠、文、景数世之民安物阜，所云外患，不过匈奴一部。然高帝困白登以来，未遑及也。至武帝雄心大略，始务通西域，以断匈奴右臂。然历数世，西域叛服靡常，恒视国力为消长而财困民疲，影响至于卖官鬻爵，天下骚然。轮台之诏，武帝及身已悔其失，则通西域一事得不偿失，可断言也。若夫宋则不然，承五代凋敝之馀，大河以北，久已沦为异域，开国兵力已不能取燕云十六州之地于契丹，而西夏赵德明父子窃据，已至再传，根深蒂固，绥则扰及关陕，急则乞援契丹，宋之弃之，虽为失计，亦其势不得不然也。然则汉未为得，宋未为失，必如何而后有得无失欤！曰自来外患之起灭，必准国势之盛衰，而国势之盛衰，必视内治之良窳。文景富庶，则匈奴求和亲。宣帝励精，则呼韩邪内附。向使武帝专心内治，西域讵不闻风而降服？绍圣务殷民力，西夏敢不奉令而来朝哉？

乃汉则疲，中国以事外夷。宋则立中朝而分朋党，内政之失已非一端。此西域所以三绝三通，汉驭之，几无良策。西夏或和或绝，宋持之，终与俱衰。苟不揣其本，而齐其末，以为宋不如汉，不知汉之得不在通西域，宋之失不惟弃西夏也。愿以质之与人国事者。

卜式以牧羊为官论

汉武帝穷兵黩武，财用耗竭，卜式乃得以牧羊入粟为官。予读史至此，未尝不慨然叹曰："坏汉朝铨选之法，开后世倖进之门者，卜式之为官也。"虽文帝从晁错言，令民入粟边以得爵。景帝因上郡以西旱，复修卖爵令如卜式者，当复不鲜，而独详卜式以牧羊为官者，盖至是而始，帝之置赏官武功爵，殆无虚日。高、惠求贤，重道之实，湮灭无复存焉已。何则？自乡举里选之法，不行于后世之取士者，虽科目繁多，约而言之，大率不过资格以限常人，防其倖进之路，辟召以待贤士，宏其登用之门，二者并行而已。卜式何人哉？问其职，则牧羊也。考其资格，则牧羊以外，未闻有他可称也。即待之以贤士，并未尝策对大庭，如董仲舒之学贯天人，公孙宏之识穷今古也。即其牧羊之对，去其害群一言，隐含除暴安良之旨，亦小人窥伺上意之通技，无足异者。不然，卜式以牧羊而得见武帝，其术足以结人主之左右，其财足以供人主之取求，概可知也。岂召对一语而不能预为拟定以备咨询哉！或曰武帝罢黜百家，尊崇六经，盖为千古养士之极轨。在庭诸臣，非老学宿儒，即贤良卓著，即以纳粟进如卜式、黄霸之类，亦不多害为名士者。曰式非霸比也，霸以财进，犹尊毁家纾难之诏书，式以牧羊进，只迎入粟实边之意旨。是霸以例进，而式为巧合也。以霸、式并拟，非惟武帝之意不及料，恐亦卜式所窃笑矣。嗟夫，处群雄崎嵚之秋，立国之强弱，恒视人才之进退以为衡。文王之于姜尚载以后车，秦穆之于百里奚委以重任，古有之矣。不知举士之法，至汉武而大备，式之官不以科目进，不以征辟进，不以山野之遗贤进，其可称者只牧羊一事而已。故曰坏汉世铨选之法，开后世倖进之门也。

金凤翥集

（清）金凤翥/**撰**

金凤翥文稿

蓟三岔口　金凤翥【粟山，一字叔翔，号步迟生】

渔阳志略

今天下一郡县之所积也，约而小之五洲、五郡县也。反之，掌中图可作全球观。其间之山川、人物，种类，无甚悬殊。所异者，小大寒暖之差耳。且蜂知房而蚁知垤，燕知垒而鹊知巢，马也循途以返，犬也嗅溺而还。物各有知，不迷方向，而其良能尤觉乖异，人可漠然无睹乎？夫夏官司险，图掌九州。高丽来庭，唐开封域。萧何收图籍而阨塞以知。冉琟绘山川而蜀始可守。外此《元和郡国》，季卿《寰瀛》《剑南》二卷，东西两京，已难更仆数矣。况际此群雄竞胜之场，莫不以舆图为要，而方舆嘉本，不下数十百家。图绘者，尤难筹计。则裴秀之方丈，充国之金城，盛度西域，虔州八境，要不能擅美于前也，第注意或在全球，或在直省，曾未有以一郡一邑为言者。窃以为《坤舆》基于郡国，幼学基于孩童。蓟土虽属弹丸，为神京左辅，皇陵右翼，去京百八十里，为首善之区。视蚊睫巢蟭螟娲角国蛮触，不犹大于数十万倍哉！余欲以坐井之观，俾儿童为管窥之见。古人登高自卑，行远自迩者，原非以卑迩限也，愿我蓟有志全球者，请自隗始。幸勿为举百钧、察秋毫之末者之为也。光绪年，自序。

蓟州疆域，古本幽燕。地方百里，今隶顺天。北平南宝，东遵西三。
犬牙相错，玉田东南。蓟本土城，洪武始甃。南滨沽河，北环山岫。
东门威远，西门拱极。南门平津，惟缺其北。蓟州星野，尾七箕五。
同为后宫，八风是主。距离其准，百二十度。北纬四十，城垣巩固。
蓟之属幽，唐虞夏周。武封帝胄，燕置渔阳。陈胜遣戍，汉祖封臧。
公孙是据，袁绍继亡。三国渔阳，晋名燕国。燕秦而还，魏晋是得。
隋文立府，炀帝复变。唐高入幽，开元领县。天下分道，蓟属河北。
置静塞军，禄山反贼。卢龙节度，守蓟怀仙。梁刘仁恭，据而称燕。
晋赂契丹，辽为尚武。宋名广川，仍为金取。元隶大都，属县有五。
明永乐中，隶顺天府。康熙壬午，城垣重修。乾隆八载，遂为散州。
军门公署，改为考院。在州治南，考五州县。雍正八年，考棚焚毁。
今日空有，仓廒旧址。明兵备道，户部分司。通判州判，今尽裁之。
蓟州镇朔，营州三卫。大使驿丞，均行剪薙。蓟十六里，二十八保。
九百七十，二村可考。俗朴纯良，性沉而挚。慷慨悲歌，文雅杰智。
北境诸山，来自太行。东抵海岸，形势昂藏。州城西北，有渔山焉。
高百馀丈，翠秀行圆。城北崆峒，黄帝访道。周封其后，礼云可考。
五名牛头，甘泉岢岚。至段家领，东蓟西三。西北盘山，去城廿五。
四正徐无，田盘名古。李靖舞剑，太宗晾甲。石井龙亭，古迹不乏。
翠屏有塔，曰文笔峰。问谁猎此，金之章宗。燕山叠翠，燕国名踪。
蜿蜒而西，空谷五龙。东南别山，原名截龙。又东梯子，阶磴重重。
螺山似螺，别山十里。金之世宗，曾猎于此。州东七里，有凤凰山。
宋时赵普，读书其间。崆峒山下，岭名锁子。城之龙脉，发源于此。
恒王园寝，山名钟灵。行宫山上，桃花早馨。端慧太子，园寝朱华。
五王园寝，山是黄花。峰山龙山，北堡其间。川芳爨岭，诸峪山环。
沽来塞北，流至嘴头，二百六里，沽沟合流。三河沟水，出黄崖川。
宝坻交界，沽水合焉。紫金洴者，故辽运河，南入沽水，淤塞为多。
白龙港水，沽沟下流。东南入海，路过泉州。淋河东界，梨字传讹，
至三岔口，流入沽河。有龙池河，一名渔水。阳泉下流，州南一里。
州西阳泉，鹅毛台下。郡后两泉，黑马白马，凉泉而外，花园绿泉。

合入沽水，五里桥前。盘山龙口，段岭沙沟。瀑水白涧，限渠合流。
桃源黄黑，大驮隅头。天心龙泉，定福同流。峰山豪门，亦有二泉。
隅头沽水，下与合焉。下庄黄马，及高家洼。洗心亭北，池养莲花。
神仙老庙，梯子山坡。泉分南北，俱入沽河。蓟之关隘，北有二关。
边楼守望，九十二间。总计边墙，百九十里。卌七墩台，而今已矣。
州东北平，李广射虎。禄山峙兵，城名雄武。西南博陆，汉封霍光。
洪水守捉，始置于唐。唐末置军，在安远城。乌丸遁去，操救犷平。
有药儿岭，克用破韩。渠穿平卤，姜备契丹。鸡苏寨地，守光获兄。
元枣林淀，战杀太平。元拒辽东，于两家店。黄蜡溆流，明宣始捻。
蓟门石鼓，留于唐太。医无闾碑，平津门外。圣宗钓鱼，滦名曲水。
明宣驻跸，郡西五里。金章避暑，燕昭有墓。积骨名墩，莫明其故。
碑祠街坊，更仆难数。古墓甚多，义冢四五。青池春涨，白涧秋澄。
采村烟霁，铁岭云横。盘山暮雨，独乐晨灯。崆峒积雪，瀑水流冰。
蓟之嘉种，稻粱黍麦。谷稷糯粳，早稻红白。蔗稗芝麻，荞麦薏苢，
蜀秫诸豆，何麻苏子。蓟之蔬菜，王瓜最宜。又分甜苦，东南倭丝，
蔓菁莴苣，葱蒜方蒲。芹韭菘芥，莙莲葫芦。萝卜五种，各色蘑菇，
潦藜苋菜，虎爪龙须。羊眼云豆，菠菜紫茄。蚕豆诸葛，苦益坐窝，
秦椒芫荽，杏叶豆芽。薯芋山药，蕨菜苦麻。慈姑箭杆，笔管黄花。
匏瓠而外，有木兰芽。蓟之花卉，芍药牡丹。玫瑰金雀，狗尾鸡冠，
梅兰茉莉，蜀葵杜鹃。碧桃秋菊，夜落金钱。有敷地锦，及半枝莲。
兰枝罂粟，地裳凤仙。卷丹萱草，木香玉兰。晚香玉晚，月季山丹，
探春石竹，莲荚葵榴。又十样锦，姊妹绣球。玉簪金盏，蔷薇海棠，
八仙夜合，紫白丁香。有江西蜡，有剪秋萝。百日红落，万年春多。
蓟州瓜果，西瓜甜瓜。沙棠苹果，文官无花。柿枣榛栗，松子胡桃。
羊枣桃李，槟荼葡萄。郁李林檎，荸荠地栗。花生白果，莲子芡实，
金杏荬荬，橘子木瓜。樱桃桑葚，赤萝梨植。蓟之树木，松柏槐榆。
槤萝桑柘，暖椴秋樟。梧桐杨柳，木兰芽柽。杜梨山葡，椷棘椒荆。
白檀苦梨，山荆驳橡。竹与椿樗，均堪培养。蓟之草类，葛苇荻芦，
芭蕉蒿艾，萍藻孤蒲。油麦莎茅，马兰蓼莠。帘子蒺藜，及铁扫帚。
蓟之药品，人参麝香。鹿茸熊胆，虎骨牛黄。黄精百合，知母南星。
苍术乌药，益母威灵。黄花地丁，紫花更好。地黄门冬，红花紫草。

双花瓜蒌，紫蘖黄柏。桔梗紫胡，防风狗脊。天仙萆麻，车前枸杞。五味兔丝，俱皆用子。若夫用仁，杏桃郁李。柏子胡桃，酸枣薏苡，有天花粉，有地骨皮。有牛蒡子，有木灵芝。莳萝芍药，葶苈菖蒲。芎劳荆芥，豨签藜芦。葛根商陆，细辛黄芩。大蓟小蓟，元参苦参。有老鸦嘴，升麻乌头。又猫儿眼，黑白牵牛。蓟多喜鹊，雉绶鸽鸠。乌鸾鹁雁，翠雀秃鹫。鱼鹰水鸭，地鹔天鹅。鹭鸶鹰鹞，沙燕淘河。鹄雕锡嘴，画眉松鸡。沙鸡紫燕，火燕黄鹂。有虎伯劳，乌鸦啄木。红颔窝颔，杜鹃布谷。号寒铁雀，瓦雀山雕。白玉黄雀，狼虎鸱鸮。若夫走兽，虎豹豺狼。狐貉獾鹿，兔獭麅獐。獖鼠松鼠，家鼠羺羊，松狗臊狗，猸狸鼠狼。蓟之虫介，蛇蝎蚰蜒。蟪姑蟋蟀，蜂蝶蜩蝉，有布云虎，蝙蝠虾蟆。蝎虎蜥蜴，蚯蚓青蛙。蛭蟥蚱蜢，果蠃螟蛉。蠨蛸蛛蟢，螳螂蜻蜓。流萤鼠妇，蛩蚤蜢鹰。蛣蜣蜗牛，蝼蚁蚊蝇。若夫水族，鲤鲫鲂鳊。鳜鲇鳗鳝，黄果石鲢。白黑黄鲚，虾蛤螺蛳，汪刺鳖蟹，蓟皆有之。蓟土豢养，牛羊马骡。驴猫犬豕，鸡鸭蚕鹅。蓟之用物，菸布棉花。蜜蜡油靛，石灰苘麻。煤硝木炭，玉石金砂，柳器草笠，果芽为茶。有不灰木，砖石瓦缶。红土白土，青酱醋酒。刘琨啸月，都督三州。忘身赴难，厥志未酬。唐之张说，表上论戎。梁公仁杰，金字旌忠。南和宋璟，甚有威名。孙佺以悌，默啜残生。守珪果毅，破贼立功。元之张滋，扶善惩凶。徐达有庙，赐额显功。关中阎本，执法从公。肤施杨兆，悉心边务。徐怀恤荒，疏请仓库。洪钟抚蓟，筑边减兵。杨博破寇，募士惊营。谭戚总兵，边防大饬。吴兑训蛮，智计莫测。张琏兵道，士庶归心。钱公承德，御下严森。何琛清俭，宽猛相济。朱壑公明，学古风励。中明刚直，给牛垦荒。邵公可立，前后颉颃。继谟通变，性鲠量宏。均徭厘弊，更有士容。王楫端直，筹谋无弊。王勒刘乾，军储克济。刘悦明断，加意军民。地方无扰，李绯曹麟。于陛作人，乃兰花雨。曲周元猷，筹储志苦。彭宠吴汉，同应光武。沛国朱淳，士心归附。张堪为政，乐不可支。扶风郭汲，盗靖恩施。张显阵殁，邓训民归。李膺迁守，人皆畏威。王畅公正，鲜于见忠。范迁田邑，捍御多功。东海刘虞，节俭臣顺。感化民夷，务广恩信。段氏匹磾，誓讨石勒。疑杀刘琨，是其失德。张平为守，卓有政声。慕容寇扰，王他守城。北魏李崇，子诉高位。

金赛典赤，除害兴利。蒲察糺舍，与十方奴。树碑时祭，兵溃捐躯。

元韩若愚，尽策中机。耶律有尚，性理研几。密云伯敬，仁义敷施。

法都忽剌，百姓树碑。萃光史素，民安其生。绩溪汪溥，为政清明。

刘恺刚断，威德兼施。冯琨清慎，遇事敢为。王浚德政，民称弗忘。

士元良知，清介慈祥。吕公继梗，雅饬温纯。贾璇一史，政在为民。

爵魁敏捷，吏弊更新。王公宏祚，重土惜民。国朝王暐，果断精明。

兴利除弊，于公际清。古之遒直，黄公家栋。启运国佐，士民奔送。

简清时进，和蔼廷恩。张公朝琼，民留攀辕。梁公肯堂，政务简易。

赵公锡蒲，重守称治。廉静方昶，爱民梁诚。蒲州杨通，令出必行。

懋勋仲宣，均称良佐。万里张麟，人莫能过。马瑾静清，操同冰蘖。

李公振芳，温良简易。戎深武勘，时多科甲。张焕因材，言行足法。

守为尊严，鸣凤博洽。敦大雍容，庆都宏业。天麒为悌，议论涛来。

学识深邃，门公洞开。陈溥吴化，陈瑄王昊。海迪殷勤，均堪称职。

法章秉乾，养气李乐。善诱作人，无愧司铎。卫清斩贼，玺书褒美。

果敢马麟，善抚军士。刘勉廉介，毛胜平倭，黄宁除暴，刘辅疏河。

连真刘荣，政声卓异。胡玉李仁，读书敏事。戴廉全材，袁衮果断。

成勋机警，士显敏干。应兆技勇，李时将略。黄升承基，士同苦乐。

王梁盖延，辅汉封侯。凶贼珍破，劲宦杨球。徐邈高洁，百僚惮敬。

博学刘沈，袭颛尽命。高闾能文，明辨忠佞。有皮豹子，击攻悉胜。

怀喜布惠，讨平叛羌。平恒多学，平鉴败阳。掷杯不屈，鲜于世荣。

鲁炅城守，诸贼悉平。王适能诗，崇文擒辟。赵玉保孤，姓名变易。

儒学赵凤，忠节思同。民留承约，诏美希崇。归谠上言，禹钧阴德。

丹桂五枝，俱登显职。赵公文度，三镇频徙。讨全师雄，彦晖战死。

全义拔城，知节防御。赵普封韩，一部论语。周祖称师，好学李琼。

功封魏国，赵赞治兵。许骧长者，二宋齐名。崇勋备边，重进忠诚。

知古定礼，知敬鲜伦。折衷默记，佐命功臣。修拚少监，匡嗣招讨。

德襄扬名，威仪肆好。修玉能文，尤工辞赋。韩锡从征，累拜节度。

左公光度，善书喜诗。木甲法心，城破死之。元鲜于枢，甚精书翰。

博学多能，李公修珩。崔富撰修，退隐策塞。毛胜守边，李素政善。

谷公大用，疏救时勉。尚书贾斌，尝赉荣显。抚字王鸾，去思史俊。

上章刘聪，典狱欧信。人称包赵，刚正良臣。豪右敛迹，张宾爱民。

功在社稷，异政李庄。杨臣朱昭，德重于乡。思诚慤直，招抚思贤。

铁面王极，风猷莫璇。李秋贤绩，好士侯东。崔栋保障，御倭有功。

除矿弭倭，毛纲修豁。崔接高思，多方抚字。成宪博洽，倡修鼓楼。

道东政善，豪宕维驹。张公文炳，两袖清风。一诚政美，筑河有功。

多士景附，博学士英。忏时养浩，吟咏怡情。镇方恺悌，平易近人。

致和孝母，一龙爱民。可愿潇洒，气局璘珣。元方执法，独立遗尘。

王洊退倭，孔昭潜德。宗德俭勤，捐资助国。屈伸孝友，维鹰好施。

李公邦彦，勤慎有为。蓟之孝义，芳名足记。鲜于文宗，曾德宋记。

敩本杨景，杜辅孟振。张广割肝，尝粪欧俊。马奇李秀，志子致中。

育学时可，贾钺镇雄。国宾端厚，俱属可风。无愧百年，王羡寿终。

成秀蟠蟠，不纳幼女。乐善何暄，首倡义举。蓟之节烈，尤难指数。

蓼苦兰芳，足传千古。宏皼彦实，姑媳双节。赵元亨妻，建坊贞烈。

王振逵妻，冰雪比洁。陈殿阁妻，志坚饮蘖。周希孔妻，雪柏霜筠。

有田王氏，白首完人。卢琮于氏，苦节坚贞。王惠妻张，冰蘖双清。

崔接继室，节凛冰霜。李直妻潘，节孝联芳。王氏贞女，抱璞完贞。

李士铨妻，名媛芳声。蔡瓒屈伸，两妇贞节。国俊妻姚，履清怀洁。

柳氏有女，未尝于归。范门王氏，阃节流徽。刘炳妻许，媲美孟陶。

又刘王氏，松筠节操。宋让一门，赴井捐生。清臣妻子，俱死于兵。

文礼自驯，贫而无子。有白孙氏，誓心天只。闭户自经，杜蕃继室。

邵思明妻，志贞从一。惠家双冢，刘氏殉夫。杜氏纺绩，傅氏抚孤。

丸熊懿范，巾帼须眉。清标彤管，尽是贞姬。蓟之仙释，首广成子。

进士薛昌，饮酒不死。蓟子训者，毙驴鞭起。宝积诸人，无暇备记。

蓟之流寓，汉有田畴。薛嵩豪迈，治绩无俦。永宁李锴，世外交游。

梦熊锡衮，我蓟名留。

俪左韵编

【老圃按：是编原颜为《左氏韵联》，嫌其于名实有欠完密，为易今名，庶于俪妃左氏事语，依韵编行之，旨为近云。辛巳冬日。】

楚人上左【桓八】，秦师遂东【僖三十一】；

齐归卫室【庄六】，郑祀周公【隐八】；

浞因羿室【襄三】，襄作楚宫【襄三十一】；

孟速好勇【襄十六】，狐突教忠【僖二十三】；

乌枝用剑【昭二十五】，公若献弓【昭二十五】；

宠灵楚国【昭七】，徼福周公【哀二十四】；

懿公好鹤【闵元】，卫献射鸿【襄十四】；

楚不京观【宣十八】，鲁立武宫【成六】；

州邢栾勇【襄二十一】，殖郭齐雄【襄二十一】；

吕锜射月【成十六】，郤至趋风【成十六】；

虢公请器【庄二十一】，吴人争宫【定五】；

邾非自爱【哀七】，楚耻无功【昭二十一】；

子家怀鲁【宣十四】，魏绛和戎【襄四】；

范鞅弃礼【哀元】，子然不忠【定九】；

卫大鲁小【宣二】，郑昭求聋【宣十四】；

萧子笑客【宣十七】，蔡姬荡公【僖三】

齐献戎捷【庄三十一】，梁好土功【僖十九】；

之侧为殿【哀十一】，巷伯徼宫【襄九】；

王孙如卵【哀十六】，寡人之雄【襄二十一】；

赵衰冬日【文六】，晋臣下风【襄十五】；

孟献美室【襄十五】，公阳穴宫【哀十六】；

私贿巩朔【成二】，不义宋公【文十四】；

淮夷病杞【僖十三】，秦晋伐戎【僖十一】；

莫放必败【桓十三】，郑忽有功【桓六】；

燕贿瑶瓮【昭五】，虎窃玉弓【定八】；

楚必道敝【昭三十】，晋以德攻【僖二十八】；

齐表东海【襄二十九】，秦霸西戎【文三】；

盾如夏日【文六】，慎识融风【昭十八】；

晋获秦谍【宣八】，季铭鲁功【襄十九】；

伯有窟室【襄三十】，崔氏堞宫【襄二十七】；

札见南籥【襄二十九】，旷歌北风【襄十八】；

为云若厉【襄十三】，以相易朦【襄十五】；

犁弥让左【定九】，阳虎愿东【定八】；

以上东。

楚子问鼎【宣三】，右师击钟【定九】；

三舍避楚【僖二十八】，七遇骄庸【文十六】；

梁命新里【僖十八】，宋城旧廊【昭二十一】；

崔不辨姓【襄二十五】，癸焉辟宗【襄二十八】；

子洩圉马【哀十四】，董父好龙【昭二十九】；

光有他志【昭二十】，孙无悛容【襄七】；

子西掩面【哀十六】，魏犨伤胸【僖二十八】；

穆姜取恶【襄八】，桓魋不共【哀十四】；

晋赦丑父【成二】，围戮庆封【昭四】；

豹获五善【昭四】，舜去四凶【文十三】；

唐侯弄马【定三】，刘累扰龙【昭二十九】；

王泣弃疾【襄二十一】，妻戒伯宗【宣五】；

佐恶而婉【襄二十六】，昭迷复凶【襄二十八】；

隐献六羽【隐五】，郑铸三钟【僖十八】；

以上冬。

阙秦利晋【僖三十】，伐楚救江【文四】；

顷不介马【成二】，赵乐安庞【昭元】；

谗慝黜远【襄十三】，民生敦庞【成十六】；

以上江。

郑忽诬祖【隐三】，蹇叔哭师【僖三十二】；

定姜巾栉【襄十四】，归父坛帷【宣十八】；

平公入夕【襄二十六】，鲁庄待时【庄三】；

臧会不对【昭二十五】，哀姜与知【闵元】；

齐姜醉遣【僖二十三】，晋侯报施【僖二十八】；

宋虐三国【僖十九】，楚尽诸姬【僖二十八】；

黄帝云纪【昭十七】，共工水师【昭十七】；

珠问赵孟【哀二十】，锦馈左师【襄二十六】；

使段薄祭【襄二十二】，耴佐过期【襄二十六】；

文思楚惠【僖二十八】，怀背秦施【僖十四】；

孟僖讲学【昭七】赵武多辞【襄二十七】；

灵献乘马【昭二十九】，会窃宝龟【昭二十五】；

仲杀雍纠【桓十五】，癸刺子之【襄二十八】；

之仲不朽【襄二十四】，郤子无基【成十三】；

叔孙不食【昭五】，师慧将师【襄十五】；

简子问礼【昭二十五】，鲁昭习仪【昭五】；

侨如再罪【成十六】，晋侯三辞【僖三十】；

孟阳不类【庄八】，单献用羁【昭七】；

晋楚暴骨【宣十二】，蔡卫不枝【桓五】；

瓦炮郤宛【昭二十七】，鼙燕负羁【僖二十八】；

出再在孙【哀二十六】，昭三易衰【襄三十一】；

豹诵相鼠【襄二十七】，封昧茅鸱【襄二十八】；

御宝国蠹【襄二十二】，宾喻人牺【昭二十二】；

展氏隐慝【僖十五】，孟明惧思【文三】；

考叔纯孝【隐元】，秦缓良医【成十】；

宋用蜃炭【成二】，郑获蜂旗【哀三】；

齐归卫宝【昭六】，秦封殽尸【文三】；

晋不足与【宣元】，郑何能为【隐六】；

齐楚多难【昭四】，秦晋交绥【文十二】；

员命树檟【哀十一】，鲍不如葵【成十七】；

国人耳目【成二】，子彊须眉【昭二十六】；

竖牛奉雉【昭四】，乐伯射麋【宣十二】；

杀宰置畚【宣二】，视君如棋【襄二十五】；

白皙武子【昭二十六】，黰黑玄妻【昭二十八】；

建负季芉【定四】，哀绳息妫【庄十八】；

虔虽汰侈【昭五】，围无成仪【襄三十一】；

司铎贿守【昭十三】，宁俞化医【僖三十】；

友文在手【闵二】，息射中眉【定八】；

五父不免【隐七】，去疾何为【宣四】；

晋人假道【僖二】，包胥乞师【定四】；

晋灵厚敛【宣二】，商人骤施【文十四】；

孙子犹燕【襄二十九】，楚灵投龟【昭十三】；

履士曾足【文十三】，戮崔杼尸【襄二十八】；

长万辇母【庄十一】，弦高犒师【僖三十三】；

虢不五稔【僖二】，楚有三施【僖二十八】；

秦国无陋【文十二】，子产有辞【襄三十一】；

鲁昭不盛【昭十一】，单刘赞私【昭元】；

子哲盛肴【昭元】，陈氏厚施【昭二十六】；

蔑毁乡校【襄三十一】，卫殿国师【襄十八】；

渊捷改驾【昭二十六】，子良授绥【哀二】；

鸣请用剑【昭二十五】，懿不去旗【成十六】；

范氏世禄【襄二十四】，子产国基【昭十三】；

郇瑕近盐【成六】，汉水为池【僖二】；

以上支。

杞鄫何事【僖三十一】，晋郑焉依【隐六】；

楚子投袂【宣十四】，叔向拂衣【襄二十六】；

后子惧选【昭元】，鄫下无讥【襄二十九】；

梁亡自取【僖十九】，邢迁如归【闵元】；

莲凭甚瘠【襄二十一】，郭重何肥【哀二十五】；

子颓乐祸【庄二十一】，温季逃威【成十七】；

晋独无有【昭十五】，蔡必速飞【昭十五】；

星出婺女【昭十】，岁在豕韦【昭十一】；

敬嬴葛茀【宣八】，季孙麻衣【昭三十一】；

齐侯下拜【僖八】，子围逃归【僖二十二】；

杞与缟带【襄二十九】，侨献纻衣【襄二十九】；

孟马不进【哀十一】，宋鹢退飞【僖十六】；

纪侯大去【庄四】，费人无归【昭十三】；

夏姬袓服【宣九】，申生偏衣【闵元】；

祭仲知免【桓十三】，齐侯脱归【襄十八】；

以上微。

平子贾马【昭二十九】，隐公观鱼【隐五】；

邾人辞顺【文十三】，单子言徐【昭十一】；

郑惊伯有【昭七】，厥梦子舆【宣二】；

哀用田赋【襄十二】，季戒都车【定八】；

子产遗爱【昭二十】，栾氏戮馀【襄二十一】；

闵靳长高【庄十一】，灵右伯舆【襄十】；

朱云当御【襄二十六】，黑恐杀余【襄二十九】；

会求典礼【宣十六】，谷敦诗书【僖二十七】；

胥克蛊疾【宣八】，苟偃瘅疽【襄十九】；

齐人馈饩【桓六】，竖牛置虚【昭四】；

南史执简【襄二十六】，子产寓书【襄十】；

伯封封豕【昭二十八】，南子娄猪【定十四】；

兄弟致美【文十六】，母子如初【隐元】；

斫丧公室【哀十四】，粪除敝庐【昭三】；

木加子皙【昭二】，幕蒙意如【昭十三】；

子罕执朴【襄十七】，杜洩投书【昭九】；

左师短策【襄十七】，申丰敝车【襄二十三】；

得梦为乌【哀二十六】，庄卜如鱼【哀十七】；

齐鲁唇齿【哀九】，虞虢辅车【僖九】；

庄设勇爵【襄二十一】，郑铸刑书【昭六】；

展视瞀井【宣十二】，解登楼车【宣十九】；

阳虎锲轴【定九】，魏书毁车【昭元】；

以上鱼。

莒子无备【成九】，燕人不虞【隐五】；

雍门杀犬【襄十八】，楚幕有乌【昭二十八】；

桓王失郑【桓十一】，鲁僖卑邾【僖二十二】；

楚师退舍【僖三十三】，歇犬前驱【僖二十七】；

虞不猎矣【僖五】，鲁无鸠乎【襄十六】；

楚子求鼎【昭十二】，齐晋投壶【昭十二】；

韩子辞玉【昭十六】，宋公求珠【哀十一】；

伯舅耋老【僖八】，臧纪朱儒【襄十】；

燕人谢罪【昭七】，郤氏伏辜【成十七】；

郤来求妇【成十】，施不字孤【成十】；

负甲袭鼓【昭二十二】，假道灭虞【僖五】；

王室蠢蠢【昭二十四】，宋国区区【襄十七】；

蔡侯子祸【襄二十八】，南蒯君图【昭十二】；

陈氏始大【昭十】，由于徐苏【定四】；

宋虐二国【僖十九】，鲁堕三都【定十二】；

淮夷病杞【僖十三】，越子雜吴【哀十一】；

郇人借稻【昭十八】，臧妾织蒲【文二】；

侨如命子【文十一】，臾骈送帑【文六】；

社用鄫子【僖十九】，庙祀安于【定十四】；

如夫人者【僖十七】，是藐诸孤【僖九】；

叔向反锦【昭十三】，吴王与珠【哀十二】；

声伯外妹【成十】，棠姜先夫【襄二十五】；

熏莸有臭【僖四】，蔓草难图【隐元】；

鼷食牛角【成七】，岁害乌帑【襄三十三】；

郑知亡矣【文十七】，宋其兴乎【昭十六】；

瘠鲁肥杞襄【二十九】，弱晋远吴【哀七】；

绕朝赠策【文十三】，张句抽殳【昭二十二】；

民为土芥【哀元】，兵攻萑苻【昭二十】；

曹其首也【僖二十二】，狄可尽乎【闵元】；

子尾欺晋【昭三】，鲁德如邾【哀七】；

胡淫楚邑【定十五】，龙杀卢蒲【成二】；

以上虞。

鲁襄欲楚【襄三十二】，晏子忧齐【僖三十三】；

楚昭燧象【定四】，季氏介鸡【昭二十五】；

鲁师昼掠【哀七】，晋军宵迷【哀二】；

宋襄伤股【僖二十四】，邓侯噬脐【庄六】；

庆虑易内【襄二十八】，巫臣窃妻【成元】；

向姜还莒【隐二】，蔡姬绝齐【僖三】；

坐不乡卫【襄二十七】，非将在齐【昭九】；

兼高厚室【成六】，夺堵狗妻【成元】；

以上齐。

莒卫外主【昭十三】，晋郑同侪【僖二十三】；

乞食与块【僖二十三】，有酒如淮【昭十二】；

老人结草【宣十三】，锄麑触槐【宣二】；

封对御雹【昭四】，程问降阶【襄二十九】；

婼惧怨府【昭十二】，轸为厉阶【昭二十四】；

楚人衷甲【襄二十七】，栾枝曳柴【僖二十八】；

以上佳。

贿秦求入【僖九】，善郑劝来【隐六】；

齐勤远略【僖九】，伯是良材【哀十八】；

楚相长鬣【昭七】，郑讴于思【宣二】；

子文大慼【宣四】，宁喜可哀【襄二十五】；

州公不复【桓五】，柴也其来【哀十五】；

彊献白雁【哀七】，彪梦黄熊【昭七】；

文盟践土【昭四】，启享钧台【昭四】；

子颓乐祸【庄二十】，晋人幸灾【僖十四】；

伐原示信【僖二十七】，败楚忧灾【宣九】；

息五不疵【隐十一】，鄑三隽才【宣十五】；

夷吾多怨【僖九】，无忌不才【襄七】；

许伏罪矣【隐十一】，姜其危哉【昭三】；

宋文用殉【成二】，蹶由卜来【昭五】；

臧孙多涕【襄二十三】，卫衎不哀【成十四】；

万赏天启【闵元】，偃祷神裁【襄十八】；

隐为请籴【隐六】，许不吊灾【昭十九】；

子展廷芳【襄二十八】，卫侯缓来【襄二十】；

惠叔犹毁【文十六】，悼子不哀【襄十九】；

多麋害稼【庄十七】，有蜮为灾【庄十八】；

吴不告庆【哀元】，晋能骤来【襄十一】；

以上灰。

董狐良史【宣三】，石碏纯臣【隐四】；

赵孟为客【襄二十七】，凡伯弗宾【隐八】；

夫差报越【定十四】，楚子县陈【宣十一】；

伍员谋楚【定四】，吕相绝秦【成十三】；

大夫拔舍【僖十五】，天子蒙尘【僖二十四】；

荀偃藏首【襄十七】，司马藏身【定四】；

宋征于鬼【定元】，虢听于神【庄三十二】；

屯蔡九日【哀元】，城沂三旬【宣十一】；

国高内主【昭十三】，陶唐遗民【襄二十九】；

齐子仕楚【僖二十六】，随会在秦【文十三】；

宋郑甥舅【哀九】，刘范婚姻【哀二】；

隐将略地【隐五】，婴重卜邻【昭三】；

施氏失俪【成十一】，后缗方娠【哀元】；

薛焉得旧【定元】，孺不食新【成十】；

齐楚用我·【成二】，惠怀无亲【僖二十四】；

岁在鹑火【昭九】，星孛大辰【昭十七】；

秦周伐狄【襄十八】，孟庄斩橧【襄十八】；

庆封又富【僖二十八】，伯张能贫【襄二十二】；

苏子无信【僖十】，文仲不仁【文二】；

籍父无后【昭十五】，子旗不臣【昭二】；

季隗就木【僖二十三】，穆姬履薪【僖十五】；

数典忘祖【昭十五】，大义灭亲【隐四】；

潘射七扎【成十六】，颜弓六钧【定八】；

辄复宗国【哀八】，吴弃海滨【昭三十】；

曰夫己氏【文十四】，曰若而入【襄十二】；

子皮与我【哀三十】，桀纣罪人【庄十一】；

韩起君子【昭二】，武仲圣人【襄二十二】；

泽弱公室【成十五】，元靖国人【成十五】；

文姜爱子【昭三十二】，杜回力人【宣十五】；

齐未得志【襄十七】，楚能官人【襄十五】；

折公谋主【襄二十六】，无极谗人【昭二十七】；

弃疾宠子【昭十三】，剧瞆妇人【哀二】；

晋饬疆吏【桓十七】，越使罪人【定十四】；

维称姻娈【哀十五】，克冒妇人【成十七】；

猛如骖靳【定九】，武侪隶人【昭元】；

郑国多盗【昭二十】，子干无人【昭十三】；

闭门索客【成十七】，尤物移人【昭二十八】；

郓异他子【哀二】，简用远人【定元】；

伍员求土【昭二十】，叔服相人【文元】；

意如罪己【昭十四】，宋宣知人【隐三】；

京城大叔【隐元】，颍谷封人【隐元】；

季孙赏盗【襄二十一】，子木祸人【昭元】；

戏女公子【庄三十二】，楹文夫人【庄二十八】；

征叔似女【宣九】，羊斟非人【宣二】；

卫多君子【襄二十八】，黑为凶人【昭二】；

乐干盟主【昭二十五】，虎用善人【昭五】；

獳货筮史【僖二十八】，吴用罪人【僖二十三】；

考叔纯孝【隐元】，赵孟良臣【昭元】；

救火顾府【哀三】，筑城置薪【僖五】；

晋去富子【庄二十三】，鲍礼国人【文十六】；

参肉在晋【宣十二】，晋盗逃秦【宣十六】；

去吴剪翼【昭十五】，为夷执亲【昭十三】；

林楚怒马【定八】，锄商获麟【哀十四】；

宣子汲汲【襄二十四】，赵孟谆谆【襄三十】；

子公染指【宣二】，仲雍文身【昭七】；

以上真。

孟明不解【文三】，文王犹勤【宣十一】；

晋穆兆乱【桓二】，梓慎望氛【昭二十】；

孟孙药石【襄二十三】，陈氏斧斤【哀十五】；

宋襄失问【僖十六】，季氏弗闻【宣十六】；

寿馀夜逸【文十三】，子罕宵军【成十七】；

孟孙偷甚【襄三十一】，子之言云【襄二十八】；

侨如再罪【成十六】，子朱三云【襄二十六】；

申舟鄙我【宣十四】，鬻拳爱君【庄十九】；

鲁昭梦祖【昭七】，丑父代君【成元】；

栾高信内【昭十】，平子逐君【昭二十五】；
昭公无道【文十六】，晋录不君【宣二】；
蔡侯不父【襄二十六】，宋督无君【桓二】；
厉外多嬖【成十七】，宿毁中军【昭五】；
后羿恃射【襄四】，桓王能车【桓元】；
以上文。
晋锢栾氏【成十八】，宋赎华元【宣二】；
子产博物【昭元】，裨灶多言【昭十八】；
惠埋马矢【文十八】，宪请熊蟠【文元】；
展氏隐慝【僖五】，华督宣言【桓二】；
瓮人更鹜【襄二十八】，宰夫解鼋【宣四】；
晏子三踊【襄二十四】，太叔九言【定十】；
崔明辟墓【襄二十七】，祝龟当门【襄三十】；
衎怨太叔【襄二十六】，厉憾原繁【庄十四】；
张侯旗鼓【成二】，晋文櫜鞬【僖二十八】；
楚氛甚恶【襄二十七】，陈政多门【襄三十】；
齐责稽首【哀二十一】，胜好复言【哀十六】；
首嗣宗职【成十二】，忽无大援【桓十一】；
晋侯妖梦【僖十五】，郑人楚言【庄二十八】；
鲁筑鹿囿【成十八】，敝与犀轩【定九】；
献子分谤【成三】，郭重食言【哀十五】；
文不告朔【文六】，郑与执燔【襄二十一】；
札观周乐【襄二十九】，辄效夷言【哀十二】；
晏婴枕草【襄十一】，鄫人沤菅【哀七】；
羽父反谮隐【十一】，郑息违言【隐十一】；
婼葺墙屋【昭二十三】，侨坏馆垣【襄三十一】；
不狃徐步【哀十一】，伯宗直言【成十五】；
胜臧通室【昭二十八】，椒举请昏【昭四】；
郑门蛇斗【庄十一】，魏榆石言【昭八】；
屠伯篋锦【昭十三】，负羁盘飧【僖二十三】；
鲁君两失【哀十六】，晏子一言【昭三】；

头须窃藏【僖二十四】，重耳踰垣【僖四】；

季孙失色【襄二十三】，子囊遗言【哀十五】；

狐突登仆【僖十】，韩起为阍【昭五】；

霄死牛肆【襄三十】，栾败鹿门【昭十】；

卫侯虎幄【哀十八】，夫人鱼轩【闵元】；

齐桓东略【僖十六】，令尹南辕【文十二】；

晋有借口【成二】，楚使反言【宣二】；

辕喷稻醴【哀十一】，赵衰壶飧【僖二十五】；

以上元。

彼重我寡【宣二】，唇亡齿寒【僖五】；

周郑交恶【隐三】，宋卫实难【隐六】；

向戌请赏【襄十七】，伯华得官【襄三】；

知伯好胜【哀二十七】，子午怀安【襄十八】；

随不量力【僖二十】，楚愿结欢【昭四】；

子圉西质【僖十七】，钟仪南寇【成九】；

吴未有福【哀元】，楚仪自完【昭十九】；

定姒无椟【襄四】，孟氏饰棺【文十三】；

寤辨舍爵【定八】，灵观辟丸【宣二】；

懿氏卜凤【成十】，燕姞征兰【宣三】；

五战入郢【定四】，三败及韩【僖五】；

季能外事【文十三】，姜备内官【昭三】；

华氏知困【昭二十一】，齐侯请安【昭二十七】；

惠后击鉴【庄二十一】，季孙练冠【昭三十一】；

藩卫侯舍【哀十二】，处父侵官【文六】；

桓王求赙【隐三】，范献请冠【昭二十三】；

楚众素饱【僖二十七】，晋侯少安【昭四】；

三臣始祸【定十三】，五叔无官【定四】；

景梦二竖【成十】，昭去三桓【昭二十七】；

楚灵豹舄【昭十二】，子臧鹬冠【僖二十四】；

以上寒。

杞子掌管【僖三十一】，仲壬佩环【昭四】；

裴豹逾隐【襄二十三】，臧孙斩关【襄十三】；
成子骤顾【哀十四】，魏人噪还【文十三】；
酆有五罪【宣十五】，狄则四奸【僖二十四】；
灵犹在觉【昭十二】，盾未出山【宣二】；
邑与莒仆【文十八】，门赏酛班【文十一】；
许男衔璧【僖六】，宣子求环【昭十六】；
魏颗从治【宣十五】，荀寅法奸【昭二十九】；
围未出竟【昭元】，息辞无山【昭七】
以上删。
齐楚结好【成元】，吴晋争先【哀十三】；
鲁宣税亩【宣十五】，晋侯好田【襄四】；
齐疾我矣【成二】，郑有人焉【庄二十八】；
郑庄缺地【隐元】，楚灵诟天【昭十三】；
孟任割臂【庄三十二】，阳虎息肩【定六】；
鲜虞仆赁【襄二】，行父周旋【文十八】；
包胥逃赏【定五】，冉孟伪颠【定八】；
舍援庙桷【襄二十八】，围席几筵【昭元】；
女乐二八【襄十一】，遣守四千【昭五】；
楚人谋徙【文十六】，邾文卜迁【文十三】；
乌鸣亳社【襄三十】，龙斗洧渊【昭十九】；
晋师馆谷【僖二十八】，宁子橐饘【僖二十八】；
成子弃命【成十三】，齐侯反天【文十五】；
晋侯九合【襄十一】，吴子三迁【哀八】；
速是好勇【襄十六】，丐非能贤【襄十三】；
弓能卑让【昭二】，栾耻迁延【襄十四】；
季子哭墓【昭二十七】，良夫叫天【哀十八】；
浞因羿室【襄四】，郤争□田【成十一】；
赵鞅行也【哀七】，姑射旋焉【定三】；
季臧有恶【昭二十五】，子西不悛【哀十六】；
文公知命【文十三】，苌叔违天【定元】；
鲁作邱甲【文元】，吴获石田【哀十一】；

叔时老矣【成十五】，文子私焉【成八】；

齐侯伤股【襄二十三】，桓王中肩【昭二十四】；

赵孟视荫【昭九】，晏子仰天【襄二十四】

蛮夷猾夏【僖二十一】，山戎病燕【庄三十】

以上先。

齐师堕伏【定七】，晋人征朝【襄三十二】；

晋侯梦厉【成九】，秦人降妖【昭二十五】；

赵穿侧室【文十二】，林父同僚【文六】；

犀革裹万【庄十二】，蚕尾谤侨【昭四】；

季杼诱獿【哀元】，女艾谍浇【哀元】；

侨张幄幕【昭十三】，鲋淫乌菱【昭十三】；

弓同郤至【成十六】，剑承宜怵【昭二十一】；

楚悔衼殡【襄二十八】，齐讨来朝【文十五】；

卫国褊小【隐四】，楚师轻窕【成十六】；

哀姜哭市【文十八】，穆嬴啼朝【文七】；

以上萧。

凤鸟适至【昭十七】，鹦鸲来巢【昭二十五】；

翟人笑晋【昭元】，秦师败殽【僖二十三】；

武赋常棣【昭元】，楚贡包茅【僖三】；

鲁再失闰【襄二十七】，成五卜郊【成十】；

以上肴。

子臧守节【成十五】，孔达成劳【宣十四】；

郭荣扣马【襄十八】，晋灵嗾獒【宣二】；

彊白甚口【昭二十六】，弃赤而毛【襄二十六】

华轻齿长【文十二】，莫敖趾高【桓十三】；

穆伯奔莒【文八】，戴公庐曹【闵元】；

高固反马【宣五】，范献执羔【定八】；

赵辞五献【昭元】，吴征百牢【哀七】；

右丧羊舌【昭二十八】，椒灭若敖【宣四】；

宋景目肿【定十】，儋括足高【襄三十】；

齐襄丧腰【庄八】，简子伏弢【哀二】；

宣子畏偪【文七】，驷乞欲逃【昭十九】；

蜚蜮有毒【僖二十二】，豺狼所嗥【襄十四】；

太叔完聚【隐元】，裯父丧劳【昭二十五】；

景求彝器【昭十五】，范假羽毛【襄十四】；

闵戕长万【庄十一】，献鞭师曹【襄十四】；

以上豪。

陈卫方睦【隐四】，秦晋不和【襄二十五】；

楚弱于晋【襄十】，吴不如过【哀元】；

灵辄倒戟【宣二】，莱驹失戈【文二】；

陈不救火【昭十八】，昭弗祭河【哀六】；

责曹献状【僖二十八】，败郑取禾【隐四】；

羿冒原兽【襄四】，何执寝戈【襄二十三】；

郑细已甚【襄二十九】，何伤实多【襄三十一】

虢公易晋【僖元】，屈瑕小罗【桓十三】；

董父辇重【襄十】，子雅辞多【襄二十八】；

阳虎说甲【定八】，伯姬仗戈【哀十五】；

以上歌。

子孔当国【襄十】，印段保家【襄二十七】；

吴王有墨【哀十四】，鲁国始鬐【襄四】；

祁奚举善【襄三】，穆叔拜嘉【襄四】；

楚罢奔命【襄二十六】，夷不乱华【定十】；

甸人献麦【成十】，齐戍及瓜【庄八】；

乞灵臧氏【隐元】，反潜子家【宣四】；

平王归赗【隐元】，家父求车【桓十五】；

童攻三郤【成十七】，小构二家【昭十二】；

怀杀狐突【僖二十三】，平执伍奢【昭二十】；

以上麻。

齐处北海【僖二】，晋启南阳【僖三十五】；

季氏嘉树【昭二】，栾氏甘棠【襄十四】；

庸见家蒡【哀十三】，光呼馀皇【昭十七】；

齐弱一个【昭三】，晋服三彊【成十六】；

比袜登席【哀十七】，知丛纳房【宣十二】；

晋立赵武【成八】，楚复克黄【宣四】；

服相谷难【文元】，起视旗彊【昭二】；

武有七德【宣十二】，郑用三良【僖二十四】；

吕郤畏偪【僖二十四】，卫国忘亡【闵元】；

招子祈死【昭二十五】，汪锜无殇【哀十一】；

栾魇为决【襄十三】，处父以刚【文五】；

孔妻美艳【桓元】，夏姬不祥【成二】；

郑伯尝寇【隐九】，晋侯召王【僖二十八】；

秦伯输粟【僖十三】，申叔乞粮【哀十二】；

韩厥执絷【成二】，声子斩鞅【昭二十六】；

陈亡桓大【庄二十二】，姜弱妫昌【昭三】；

生佗黜仆【文十八】，爱段恶庄【隐元】；

重遇心疾【襄三】，瞆无面伤【哀二】；

嫠妇报莒【昭十九】，己氏杀庄【哀十七】；

邓不血食【庄六】，晋荐馨香【僖五】；

郧人不诫【桓十一】，襄公无常【庄八】；

盍诛祝史【昭二十】，欲焚巫尪【僖二十一】；

庆郑不孙【襄十三】，令尹之狂【哀十六】；

戎狄禽兽【襄四】，晋人虎狼【文十三】；

阍杀馀祭【襄二十九】，盗杀子臧【僖二十四】；

太叔美秀【襄三十一】，瑕蔑不飏【昭十八】；

鞅枚数阖【襄十八】，坚杙抉伤【襄十七】；

晏子民望【襄二十五】，邓廖楚良【襄三】；

伯有墍谷【襄三十】，晋灵雕墙【宣二】；

强见林父【成十二】，顾附子臧【成十二】；

武子从众【成六】，宋公不王【隐九】；

卫庄速祸【隐三】，罕氏后亡【襄二十七】；

吴人蛇豕【定四】，戎狄豺狼【闵元】；

袁克经颡【昭八】，声已帷堂【文十五】；

子产救世【昭六】，晋侯勤王【僖二十五】；

平梦厉鬼【昭七】，周有髭王【昭二十六】；

张侯并瞽【成三】，齐光断鞅【襄十八】；

三甥图楚【庄六】，七姓从王【襄十】

以上阳。

晏婴旧宅【昭三】，申侯美城【僖五】；

鲁庄刻桷【庄二十四】，齐光拊楹【襄二十】；

华宾执盖【昭二十】，声子班荆【襄二十六】

考叔舍肉【隐元】，屠伯馈羹【昭十三】；

先轸逞志【僖三十三】，叔鱼尽情【昭十二】；

秦伯送卫【僖二十四】，楚子观兵【宣三】；

楚为晋细【襄二十七】，鲁渎齐盟【昭元】；

子印握节【文八】，无宇断旌【昭七】；

隐公问族【昭八】，黑肱书名【昭三十一】；

宋公违命【文十】，杨干乱行【襄三】；

申生佩玦【闵二】，寿子载旌【桓十六】；

瑶非耀武【宣十】，鲁不寻盟【文八】；

郤克征会【宣十七】，晋人要盟【襄九】；

孟明念德【文元】，狼瞫求名【襄三】；

子文虎乳【宣七】，商臣豺声【文元】；

寺披斩袪【僖四】，子路结缨【哀十五】；

僖叔饮耽【庄三十二】，石乞就烹【哀十六】；

宋征于鬼【定元】，吴敝于兵【哀元】；

宣子假寐【宣二】，庄公寤生【隐元】；

弓楛华弱【襄六】，藩载栾盈【襄三十二】；

穆子崇卒【昭元】，向戌弭兵【襄二十七】；

魇犹可免【襄十四】，鲋何能行【襄二十一】；

齐去其族【襄二十四】，吴敝于兵【哀元】；

晋赦丑父【成二】，莒杀子平【襄九】；

陈氏始大【昭十一】，驷良方争【襄三十】；

齐侯伯舅【僖八】，康子弥甥【哀二十三】；

楚王汰侈【昭元】，苟息忠贞【僖九】；

齐大非耦【宣六】，绞小而轻【桓十二】；

癸酉时失【隐九】，辛卯夜明【庄七】；

震夷伯庙【僖十九】，丹桓宫楹【庄二十三】；

高国畏偪【宣十】，晋楚争盟【成二】；

晏婴食粥【襄十七】，考叔请羹【隐元】；

桓讨芳氏【隐十一】，齐杀彭生【桓十八】；

侯任马逸【成二】，庐识牛鸣【成二】；

辕颇道渴【成三】，武仲雨行【襄二十二】；

王子祸国【襄三十】，州吁阻兵【隐五】；

郤子逞志【宣十六】，蘧罢匿情【襄三十一】；

子囊改盟【襄十三】，桓公问名【桓六】；

霄门生莠【襄三十】，文柩有声【襄三十二】；

郑不堪命【桓十三】，晋请改盟【文三】；

赵盾民主【宣二】，穆子宗卿【襄二十九】

以上庚。

定姜问繇【襄十】，礼至为铭【僖二十五】；

鬻拳自杀【庄十九】，楚共不行【襄五】；

武求典礼【宣十六】，庄失政刑【隐十一】；

秦师无礼【僖三十三】，楚政有经【宣十二】；

梁在何益【桓六】，奇谏不听【僖二】；

智伯投杌【襄十】，孙蒯毁瓶【襄十七】；

公孙执铎【昭二十】，楚人脱扃【宣十二】；

秦师拜赐【文二】，卫侯告宁【昭二十】；

鲁秉周礼【闵元】，夏作禹刑【昭六】；

偃赋风雨【昭十六】，齐襄慧星【昭二十】；

祈献杨楯【定六】，虎载葱灵【定九】；

苟偃犹视【襄十九】，楚成不瞑【文元】；

阎敖游涌【庄十八】，秦人毒泾【襄十四】；

伯鲁不学【昭十八】，周景忘经【昭十五】；

武子去所【襄二十】，季姬来宁【僖十四】；

子文纾难【庄三十】，齐侯省刑【昭三十】；

南蒯枚筮【昭十二】，考父鼎铭【昭七】；

以上青。

仲对羽数【隐五】，武问觳蒸【宣十六】；

景公引领【成十三】，华亥搏膺【昭二十一】；

晋悼复霸【成十三】，齐君代兴【昭十二】；

卫侯折股【哀十八】，宗鲁断肱【昭二十】；

周班后郑【桓十】，宗盟长滕【隐十一】；

季孙疾疢【昭二】，鞻佗股肱【昭十三】；

叔鱼摄理【昭十四】，子产争承【昭十三】；

秦伯过数【文四】，东郭让登【定九】；

雍子买直【昭十四】，栾郤为征【成八】；

郑夷九县【文十一】，殽有二陵【僖三十二】；

赤狄盈贯【宣六】，诸戎无瞽【襄十四】；

虿以为诒【宣十二】，豹可谓能【昭元】；

僖公逆祀【文二】，考叔先登【隐十一】；

叔哭日食【昭二十一】，伯问山崩【成五】；

昭正雨电【昭四】，襄春无冰【襄二十八】；

随张楚利【桓六】，郑叛吴兴【哀二十六】；

胥九顿首【定四】，医三折肱【襄二】；

孔子闻火【哀三】，季孙饮冰【昭十三】；

以上蒸。

赵孟谢过【襄二】，郑伯效尤【宣十五】；

郑伯克段【隐元】，文王造周【庄二十一】；

伯姬待姆【襄三十】，楚昭死仇【哀七】；

高国樊石【成二】，张侯援枹【成二】；

剑授公若【定十】，锦示子犹【昭二十六】；

子皮纵欲【昭十】，齐景惛忧【昭三】；

吴仇瘐狗【哀十二】，晋犹瘠牛【昭十三】；

子都拔棘【隐七三】，考叔挟朝【隐十三】；

里克伏剑【僖六】，管仲射钩【僖二十三】；

彭生为豕【庄八】，穆子号牛【昭四】；

栾枝伪遁【僖二十七】，阳虎诈谋【定九】；

屠 蒯 容猛【昭十七】，齐君语偷【文十七】；

古师言疾【成十五】，郑伯视流【成六】；

叶公民望【哀十六】，丁父都俘【哀十七】；

郤至阶乱【成十八】，景王乐忧【昭十五】；

惠伯目圉【僖十七】，穆子名仇【桓二】；

正常无死【哀三】，简子幸囚【僖十五】；

子晳 囊 甲【昭元】，良夫祖裘【哀十七】；

叔孙家祸【昭十二】，华氏宗羞【昭二十二】；

子朱抚剑【襄二十五】，冉有用矛【哀十一】；

批杀仇牧【庄十二】，醉执蔡侯【昭十二】；

见帅挟纩【宣十二】，晋军争舟【宣十二】；

禹汤罪己【庄九】，围戚争囚【襄二十六】；

鲁无与立【哀八】，晋未可偷【襄三十】；

宣伯欲赐【成十三】，文子过求【文六】；

僖子补过【昭七】，裨谌能谋【襄三十一】；

占梦求酒【僖二十三】，雍坐荐羞【僖十七】；

子南超乘【昭元】，无宇戕舟【襄二十八】；

胥克蛊疾【宣八】，晋人感忧【僖十一】；

成子馆客【哀十九】，子美数俘【襄二十四】；

东郭狸制【定九】，臧纥狐裘【襄四】；

卫侯言虐【襄十四】，楚王恶周【昭十一】；

弃疾私面【昭六】，南蒯浅谋【昭十二】；

犬丘御寇【襄十】，鱼里观优【襄二十八】；

子我在握【哀十四】，秦伯焚舟【文三】；

波及晋国【僖二十三】，暴灭宗周【昭九】；

晏婴近市【昭三】，公氏将沟【定元】；

鄑灭恃赂【襄六】，莱灭时谋【襄六】；

叶公免胄【哀十七】，蒯瞆持矛【哀三】；

塞井夷灶【襄元】，济河焚舟【僖三十一】；

戌盖国耻【襄十七】，宋妨农收【襄二】；
以上尤。
冉猛客气【宣七】，昭公童心【襄三十一】；
蔡誓沈玉【定三】，楚悔赐金【僖十八】；
庚舆试剑【昭二十三】，师曹诲琴【襄十四】；
庆氏足欲【襄二十八】，胡公不淫【昭八】；
翩愿为鹳【昭二十三】，黑强委禽【昭元】；
星孛北斗【文十四】，琴操南音【成九】；
晋国常法【文六】，辛甲官箴【襄四】；
赵同夺魄【宣十五】，昭子丧心【昭二十五】；
姜爱叔段【隐元】，桓宠秦鍼【昭元】；
敬王闵闵【昭二十三】，祁招愔愔【昭十二】；
襄仲辞玉【文十二】，毛伯求金【文九】；
竖牛豭喙【昭四】，伯封豕心【昭三十八】；
拔戟成队【襄八】，踞转鼓琴【襄二十四】；
虢多凉德【庄二十一】，郑有外心【昭二】；
逆具含玉【哀十一】，书不闻金【哀十一】；
髡己氏发【哀十六】，割子期心【定四】；
助远氏造【昭十】，闻弦多琴【哀十一】；
羊斟私憾【宣二】，伯石野心【昭二十三】；
完惧官谤【庄二十二】，绛诵虞箴【襄四】；
赵孟忍耻【哀二十七】，鱼君寒心【哀二十七】；
以上侵。
郏庄好洁【定三】，韩子成贪【昭十六】；
秦师超乘【僖三十三】，处父释骖【僖三十三】；
六卿奢傲【昭十六】，二子贪婪【成七】；
夷吾无礼【僖十】，子罕不贪【襄十五】；
郑除国北【昭十九】，楚田江南【昭四】；
国不堪贰【隐四】，郜分为三【襄十三】；
以上覃。
咺进服脯【哀十一】，阅辞形盐【僖三十】；

齐侯不肯【文十二】，虞公无厌【桓十】；

齐师夜遁【文十二】，午众宵散【定十】；

熊蹯不熟【宣二】，马首是瞻【襄十四】；

梁民惧溃【僖十九】，齐成醉歼【庄十七】；

鲜虞枕辔【襄二十四】，晏子寝苦【襄十七】；

绛请施舍【襄八】，盾出滞淹【文六】；

以上盐。

三君强死【文十】，二叔不咸【僖二十四】。

林父补过【文十二】，子常信谗【昭二十七】。

以上咸。

西园文

养正史略自序

古人读书，莫不读史，《春秋》鲁史，夫人而知之矣。即虞夏、商周之书，皆史臣所载。《诗》虽理性情而得失兴衰赖有以考，是以《诗》亡然后《春秋》作也。厥后书愈多而读者每苦其博，兼以制义开科而学者殚精竭虑，恒兀兀以穷年。虽五经不能读，遑暇论史，其误也实甚。即使取青紫如拾芥，而试问之，以三皇五帝莫识谁何，又何论秦汉魏晋以下？每忆童年所以有此，皆始基之未善耳。

予弟季翔课儿辈读书于西园家塾，苦无初学善本。旧有课儿《史略》一书，复为增订，分作六卷，俾童子幼而习焉。提纲挈领，因略忆详，虽曰太仓一粟，九牛一毛，而登高者必自卑，行远者必自迩，则食前方丈亦可尝鼎一脔。纵此书于古今之事莫窥全豹，而管窥略见一斑，较舆薪之不见，稍有以用其明耳。使儿辈果能从此得知一二，岂非是食鼋不得，聊染指而尝，尚不负食指之动欤。友人以为有益蒙求，可为养正之资，咸谓易其名曰"养正"云。予之始愿固不及此也，俟有同志君子明而正之，删而润之，则又企予望之者也。

田氏家谱序

吾尝闻南阮、北阮之说，心窃鄙之。胡一姓而以贫富殊也？同谱而不许，心窃非之，胡不识一本同源之义也？尧亲九族，周重亲亲，罗隐有末派沧沧海之忧，虞集有不识音容之慨。古人虽衣冠族尘末宗，莫不以本源为重，况尊祖敬宗常经不易，笃亲睦族，至性所存，可等弁髦而轻忽乎？田子宗彻念家声之旧，惧世泽之湮。族人虽云繁盛，不能尽辨乎大宗小宗，既昧讳名之义，且疏长幼之伦，上无以慰在上祖考之灵，下无以展惇叙九族之美。自关左牛庄徙居渔阳，二百有馀年矣，从无有以斯为念者，因是急起而稽考，知俾族人尽知所同所独，深详维穆维昭世族之繁昌，起敬尊之至念，意其善也。问序于予，予嘉其志，为数言，弁其册端，以志其美。

西园诗

感赋

自从携砚到山庄，一岁无诗学废荒。匪是任教增惰性，只缘无暇索枯肠。翻疑此地风霜早，不道劳人岁月忙。笑我年年砧杵事，为他人作嫁衣裳。

有感

人生何苦不相容，接物惟宜礼与恭。一饭淮阴恩重报，千金濑上幸相逢。渔翁不索江干剑，僧寺胡为饭后钟。堪叹世间浮薄子，穷途白眼甚无庸。

杜维桢集

（清）杜维桢/撰

郎当舞

蓟东马坊　　杜维桢【翼周，号醉痴】

　　宋杨亿诗云："鲍老当筵笑郭郎，笑他舞袖太郎当。傥教鲍老登筵舞，转更郎当舞袖长。"盖谓世之文士，每以才华自负，见他人有作，不惬己意，辄诋娸之不遗馀力。及其自为，则更弗如远甚耳。余少攻帖括，壮不如人，青毡坐困，殆将老焉，爰录旧作杂文，汇为一卷，即本其意名以"郎当舞"，命儿辈藏之，且告以斯文一道，为之匪易。余自乙卯，糊口于四方，十二年间，仅得此数，犹未知其当否。若汝曹者，尤宜以谦虚自守，万不可轻议他人也。既以示儿辈，遂书于卷首云。

　　中华民国十五年即丙寅年四月，醉痴自记。

送刘树声表兄赴绥远序 【戊午】

　　云中古郡，绥远新城，地属高原，崎岖之极。民风犷悍，劫掠时闻。气候既甚严寒，兴居非易。物产更无多数，食饮维艰。虽为今之重镇，不啻古之畏途矣。吾兄刘树声者，幼娴骑射，长嗜诗书，挟汲古之长才，抱匡时之素志，历办学、警、自治，若烹小鲜，继以鬼蜮飞来，未竟大用。久以闭户著书自娱，诗酒优游岁月，若将终身焉。乃于今年一月一号，忽应镜泉刘君之招，将入绥远团部之幕，年将知命，远上青山，人多以天寒岁暮道阻且长为吾兄虑。余独怂恿之曰：吾兄此行何不可谓壮游哉？夫今之论文者，必称左史，然盲左之文，详于战阵而略于纪游。腐迁之文，得于游览而苦于不知兵。斯行也，于山可见恒岳之大且高，于水可见黄河之深而远，心目于以揽充学识因而增益。倘更奋其武技，亲莅戎行，而上马击贼，下马草露布，则所得之文，岂不陵左邱而驾司马耶？行矣，吾兄身世之穷通，境遇之得失，直等诸烟云之过眼耳！余不忍言，兄且度外置之。

祭王石卿先生文【壬戌】

维某年月日，即阴历某年月日，后学某人谨致祭于石卿先生之灵曰：呜呼！松在冈而挺秀兮，兰在谷而葆贞。倘忽焉其摧折兮，谁不悼惜而伤情。惟先生之硕德兮，实践盛世之精英。科名固一郡之望兮，品学尤当代所宗。教育界推为山斗兮，省议会仰如日星。既为社会所矜式兮，尤为学子之典型。方冀大猷之远播兮，何遽赋鹏而骑鲸。感百年之有尽兮，不禁如雨而涕零。爰吊祭而陈词兮，莫罄余之哀衷。

王孺人小传【壬戌】

孺人，蓟郡陈茂轩公之季女，郡城王芸书先生之继室也。性淑慎，学有渊源。当清光绪五年己卯，孺人年二十一，适芸书先生。孝事翁姑，伉俪甚笃。迨甲申丁亥之间，翁姑及夫，相继殁。孺人拮据丧葬，尽礼尽哀，财殚力竭，痛不欲生，惟以孤儿幼女，教养无人，故不慕殉夫之烈而立志抚孤。虽家道清贫，针指自给，晏如也。继主本郡官立女学教席，能本其所学，尽心教授。近日巾帼之多才，孰不谓孺人力哉！兼之宵夜，辛勤画荻教子，使克树立，有声于时，尤懿德之可贵者也。而积劳所以致疾，竟于庚申年八月十四日卒矣，春秋六十有二。弥留之际，有遗嘱十二条，遣词十阕，自挽三联，皆足以风世。学士大夫重其节义，为请旌表焉。

祝刘树声表兄五十五岁寿序【甲子】

寿序非古也，近代文士逞才，始创斯格。以桢之不文，何敢以寿言进。况吾兄夙好古文，桢又何敢以寿言为吾兄进。然桢与吾兄，情比同胞，谊兼师友，孩提相嬉，总角同学。吾兄之家世、身体、性情、言语、行为、学问，桢知之最悉。默识其有可以为寿征者，又安可以制之不古，言之无文，而不以一言为吾兄进耶？语云"积善之家，必有馀庆"，吾兄之曾祖凤翔公，为吾之曾外祖，以勤俭起家，而梁成普济、积谷备荒诸事，皆勇为之。吾外祖景荣公及吾舅父广仁公，宜享其乐利者，竟皆康强而早世。吾兄既少孤，更无伯叔，终鲜兄弟，孑然承三代馀阴，行年五十有五，而有子二人，箕裘克绍，有孙四人，头角峥嵘。家居有乐，内顾无忧。其可以为寿征者一也。夫人必有健康之身体，而后可以永年。观吾兄之坚强，其得于先天者固矣。而学射以增力，寡欲以保真，后天之体育，又能素讲也。故年过服政，或乘舆游山，或雪夜访戴，安步当车，往来于黄花、盘谷间，虽少年有叹弗及者。其可以为寿征者二也。况吾兄之性情，乐易不立崖岸，待人以诚，不拘形迹。举凡学子文人、田夫野老，一与之接，无不相得甚欢。而其自处之道，则琴书悦性，花鸟娱情，大有优游岁月之概。非其禀赋纯全，涵养有素，外物不足以扰之，其能随遇而安，适合于黄庭之恬淡无欲，遂得生也哉？其可以为寿征者三也。且也，察吾兄之言语，靡弗由衷，不求悦耳，曾无妄发，可免三愆，诚所谓吉人之辞寡，不同于躁人之辞多也。盖知为之甚难，言之不得不认，又符乎仁者之静，常可得仁者之寿矣。其可以为寿征者四也。抑又闻之，心有尧舜之志者，则体有松乔之寿。历数吾兄之行事，其董书院也，则出纳惟谨，奖励寒儒。创学校也，则筹款定章，青年有造。其长乡议会也，则整理园法，市政赖以维持，设立平籴，饥民待以举火。办保甲也，则发奸摘伏，扶持善良，而植树数千株，蔽芾于路旁者，尤昭昭在人耳目。殆皆以济人利物为心者也，非即心尧舜之志乎？其可以为寿征者五也。非第此也，试考吾兄之学问，则读破万卷，不名一艺，嬉笑怒骂，胥寄于诗。天既不使之劳形于世事，以行其所学，必将假之以年，使之守先而待后也。其可以为寿征者六也。之数者，皆桢于晨夕过从，一灯两盏间，默识其宜长生而久视者。至其念旧情殷，解推谊尽文章，针度世路指迷，桢所身受，没齿不忘者，又属一人之关系，缘体为善，恐人知之心，不敢一一具陈，故仅以桢所独知，而人所共信者，略举数端，为吾兄寿。想吾兄见之，或许为无谀词，而掀髯浮一大白乎！时在民国第一甲子，夏历九月二日。

勉学斋诗集跋 【丙寅】

遵县之兰阳，其西北皆山谷，清之诸陵强半在焉。岩壑幽深，树林茂密，而苍龙岭之水，萦带于旁，其清淑之气，足以沾溉人物。故士生其地者，多跌宕，自标异，或委心而任运，有京师之馀习。其衣冠言动，与遵县人风气迥殊也。松圃先生世居其地，好学工诗，官陵寝尚膳正加头等侍卫衔。公馀之暇，每与同事诸君子，蜡屐探奇，极乎山巅水涯，衔觞赋诗以为乐。五十馀年，积诗若干卷，名为《勉学斋诗集》。民国丙寅春，余以砚食兰阳，获交先生之长孙伯文者，始得读之。味其言，清婉恬适，淡泊幽逸，想见先生之为人，必陶靖节一流也。不然，何其忘怀得失，不慕荣利乃尔耶！虽曰山水钟灵，要亦学问深到，而意气始平耳！质之伯文，亦谓为然，遂书于集尾云。中华民国丙寅四月。

砚耕斋诗集序 【己巳】

余耳子含李先生名久矣，只知其为前清诸生，以砚为田，教授有方，成就英才甚夥。且以其馀力，娴刀笔，时为人申冤，抑雪覆盆耳。初未闻先生工诗也，近因糊口于榴桂新庄初级学校，校长刘树声表兄袖《砚耕斋诗集》见示，且嘱细读之而系以辞。余于此道本门外汉，原不敢赞一词。盥诵后，觉其随遇而安，俯拾即是心思，深入笔力，又能显出之独得之妙谛，实有未经人道者。盖由子含才气之高，本超人一等，又加以烹炼功深，方克臻此，乃叹前此之知子含不尽也。质之树声，亦不谓谬，爰书于集尾，还以质之子含焉。岁次乙卯，糊口于伯王庄，偕校长汪瑞生及表兄刘树声郊原散步。

用树声韵

春回万物生，嗟我同朽木。文学乏讲求，言行徒逐逐。事畜虞不足，辞家就乡塾。善诱愧未能，殚心勤课读。独坐倦弗释，微行巾每秃。性定菜可咬，何必厌粱肉。老槐多怪枝，堪作画一幅，人生贵行乐，莫效穷途哭。依依总角情，追陪过濠濮。

追陪到村北，田以得阳沃。芃芃麦陇青，簇簇松林绿。登皋放眼观，阡陌如棋局。清谈不觉远，行行竟忘疲。草木随时发，与世同推移。日暖鸟能语，风和襟可披。佳城局忽变，节亏非数奇。龙泉有妙文，竹楼工声诗。两贤去不返，原草青离离。别难讵可念，黯然临路歧。君去若有悟，随在皆吾师。

次刘树声东园书事原韵七首【录一】

白饭充饥陋室居，雨中谁为撷园蔬。睡馀初拭惺忪眼，喜得刘公一纸书。

中秋对月

饮有瓢兮食有箪，朝朝睡起日三竿。文穷悔被青巾误，头秃时遭白眼看。富不可求从所好，学因致用始知难。中秋夜色明如许，对月衔杯意境宽。

月夜不寐回文体

此体本不易作，况以门外汉而强作解人乎。勉为其难，真所谓自寻苦恼也。

征戍忆西江，夜深闻吠龙。清风来老树，明月映虚窗。

叠前题韵

窗虚月朗碧松疏，清影摇摇独恼予。万种穷愁难遣送，一时酒疾未能除。

寄居萧寺无僧话，卧看天心转帝车。日出东方钟报晓，疗贫无术且佣书。

送刘树声之绥远

送君绥远去，别绪涌如潮。情可凭邮达，愁宜借酒消。习劳曾运甓，寄慨早题桥。愿赠筹边策，盟胡衅莫挑。

怀人【己未】

知心人不见，屈指数归期。遥计登程日，偏逢雨雪时。五旬劳入梦，千里寄相思。珍重长途事，天寒自护持。

咏适楼四首

壬戌冬月，馆于赵各庄李氏居停，晴岚情意周挚，介弟雨辰松岩，皆昕夕过从无间。风雨书室之前数武，旧有茅屋三椽，南临种菜之圃，北倚打稻之场。癸亥春，晴岚补葺而垩新之，栽花种树，绕屋扶疏，把酒论文，宜于消夏，名以"适楼"，亦取自适己意耳。哲嗣卓峰为文纪胜，贤倩周君肖岩自津赋诗四章，遥致景仰，松岩及学友刘子树声皆依韵和之。余以密迩适楼，陋不容讳，爰步后尘，用博莞尔貂续，知犹未免骥附，夫何敢忘。【罗按：原诗无题，为区分节目，据其序题之如上。】

堪羡幽居养性源，陶情翰墨筑西园。开窗颇得山林趣，闭户真无车马喧。诗学唐人宗李杜，心存古道慕羲轩。馀闲信笔评时事，不朽名高在立言。

世局纷纷乱似麻，不求名利乐田家。晨兴随意删荒秽，午梦醒时数落花。馎饦偶携申后饭，解醒细啜雨前茶。夕阳西下浑无事，闲课儿童学种瓜。

勘透名关意自闲，浑如乌雀倦飞还。黄昏屋角云堆絮，清晓檐牙月坠环。论世不嫌持己见，谈天时共破愁颜。寒酸何幸邀青眼，晨夕过从几度攀。

艳说山村大有秋，家家各具稻粱谋。陈编堆案徐师在，旨酒盈樽散客愁。宅近清溪堪濯足，松排北郭恣科头。芝兰玉树庭阶满，预卜重修五凤楼。

贺友寿【李君晴岚】

年过大衍又加三，知白和光继老聃。把酒论文心尚壮，持身涉世事多谙。
壎篪迭奏赓同调，兰桂争妍德内含。预祝齐眉俱寿考，揖绳堪赋百斯男。

步晴岚甲子元旦立春韵【甲子】

五旬驹隙过频频，又换桃符两度新。颁历巧逢春值朔，谈天遥指斗回寅。
屠苏酒熟人分岁，爆竹声喧夜向晨。破晓乡邻交拜手，鲰生何幸里居仁。

守拙安居旧草庐，读书幸得在三馀。重帘不卷留香篆，曲径偷闲力粪除。
经史讲求销岁月，天渊飞跃任鸢鱼。适逢甲子春元旦，新喜声声遍里闾。

甲子书年月建寅，挑灯守岁且迎春。和神乍转逢三始，庶绩其凝抚五辰。
山水改观咸毓秀，地天交泰复宜人。清晨邻里齐相庆，爆竹声中杂笑噱。

步树声甲子旦韵

诗吟元旦导先河，学步深惭律吕和。鬓发渐堆秦岭雪，年华难返鲁阳戈。
宜春帖子书安吉，分岁家人竞笑歌。爆竹声声催早起，睡眸乍起酒浆罗。

南善乘舟北善骑，业精勤习戒荒嬉。我惭咋嫁才仍短，君未封侯数岂奇。
元日书春看旧历，新诗贺岁胜多仪。家家尽把桃符挽，乡射依然不主皮。

少年失学老堪悲，补拙工夫在惜时。廿四史中欣尚友，十三经外少新知。
惊心马齿徒加长，过隙驹光莫可追。一事无成双鬓改，迎春且进酒盈卮。

存心惟士乃能恒，志在长风万里乘。济众恍如春有脚，指迷何患路无灯。
调和南北天光好，统一东西淑气腾。颁历巧逢年甲子，新闻处处报中兴。

觅句真成入定僧，纱笼尘扑两难凭。朝三暮四人恒有，西抹东涂我也曾。
逝水年华愁里过，如霜鬓发暗中增。择肥而噬吾何敢，乐隐衡门叹未能。

春书元旦妙乘除，甲子年丰口幸糊。闲写消愁诗几首，频斟守岁酒双壶。
笑他妇孺争迎灶，任尔儒酸独先隅。赖有梅开松竹外，耐寒三友景堪图。

步周兰生寄怀元韵

雁足传来盛世音，濂溪嗣响道根深。高标想见云中鹤，雅操如聆海上琴。愧我赓歌同蚓唱，知君奖许具婆心。果蒙不摈门墙外，愿附诗坛学咏吟。

步晴岚寿友原韵

君身载道与之具，耳顺堪征福受胡。挥尘清谈听娓娓，曳筇闲步乐于于。满园桃李歌秩矣，经世文章仰焕乎。学本良知期实践，阳明派又衍夫夫。

偶成

雅颂风诗念在兹，由他笑骂我为之。那堪村竖呼迂也，喜听邻童诵学而。夕惕朝乾勤讲贯，日新月异苦追惟。非图名世传千古，窃比香山咏四虽。

代柬寄刘树声用松岩送别韵【乙丑】

匆匆一别恍三秋，砚食城南坐拥愁。求我童蒙勤洒扫，恼人瓦雀闹钩辀。屋梁月满疑颜色，斗室灯明且逗留。门对沽河思破浪，花朝节近与谁游。

步李松岩送别韵

盘桓倏二秋，一旦涌离愁。欢会驹过隙，徘徊马倚辀。偶如萍水合，应似雪鸿留。莫谓相思苦，花时约共游。

步刘树声寄怀原韵

雅范暌违半月中，离忧莫释若秋蓬。旧书独对孤灯读，春树相思两地同。揽镜悲将霜鬓改，开缄喜似沍冰融。砚田酒国无多事，聊寄新诗达寸衷。

祝李晴岚五十五岁寿【仍用前五十三岁韵】

适楼韵事咏奇男，道德真堪继老聃。南极星光今倍朗，上弦月色我犹谙。
年过伯玉知非五，学胜东方足用三。敢效华封遥祝寿，空空妙手望包含。

祝周兰生学博六十九岁初度【丙寅】

学博濂溪之名族，家声克绍惟勤读。吟风弄月性明通，世居陈唐庄上屋。
弱冠游庠初小试，岁科列优复拔萃。秋闱更夺锦标归，金谓玉堂金马器。文章
憎命可奈何，十上公车不得志。教谕隆平士品端，器识文艺期兼全。板舆未遂
生乡思，望云解绶赋归田。天子求贤期救国，孝廉方正诏书宣。就征拟献匡时
策，沧海桑田忽变迁。幸有祖遗田可恃，养亲颇足供甘旨。躬耕从此乐天伦，
三馀课子攻书史。不意天灾忽流行，九年之水患深矣。避水林亭气象更，事畜
拮据乃舌耕。教学相长文会友，获交当代名公卿。无谄无骄本儒素，博得桃李
门前盈。学博行年六十九，含饴弄孙娱诗酒。仲春廿一贺生申，自寿吟成八叉
手。同人布启征寿言，我亦学步随人后。祝君百岁身康强，机遇一如磻溪叟。

祝周兰生学博六十九岁初度敬步自寿元韵

二载神交别有情，契深文字孰能争。启辞善叙家庭事，元著如闻金石声。
拔萃已钦方正品，悬车更得孝廉名。闲居既获含饴乐，养老何须慕五更。

礼耕义耨此情田，用舍行藏任自然。虽谓沧桑丁季世，聊耽诗酒乐馀年。
羡君折桂魁多士，跻彼称觥会众仙。为问梅花怎修得，群芳俱不敢争先。

遥瞻天半绮霞烘，知是君家瑞霭丰。子舍已能成父志，孙枝预卜细儒风。
原思乐道贫非病，吕望逢时遇岂穷。莫管嚣尘名利事，且斟春酒醉颜红。

年过花甲九回寅，酒国书城寄此身。论古时探金匮籍，扫愁试买玉壶春。
君追闲静陶元亮，谁似风流贺季真。遐想寿堂张宴日，称觞高咏尽诗人。

叠前题

吟风弄月足陶情，潇洒襟怀岂有争。树谷讵堪恢旧业，读书真可振家声。

诗追彭泽传佳什，学本濂溪著令名。范蠡游湖图绘好，春光万顷景新更。

笔墨生涯倚砚田，无骄无谄自翛然。温恭定克膺多福，矍铄从知得永年。大麓勤宣同木铎，津门坐隐亦神仙。古稀留待明春贺，诗咏南山我独先。

清明节近暖如烘，南极星辉景物丰。桃李门盈沾花雨，山河冻解赖东风。小人行险谁居易，君子身修乃固穷。天为先生开画本，林亭十里杏花红。

时寓京师或寓津，遨游两地羡君身。青毡坐拥书城富，绿蚁闲寻酒国春。肯获贤劳延世泽，含饴课读乐天真。元音颇有陶公趣，得失忘怀咏寿人。

祝刘树声表兄五十九岁寿诗【戊辰】

君家喜气门楣溢，身其康强子孙吉。心广体胖寿之征，非关服食芝与术。仔肩卸却机会逢，清福能消值万镒。保障茧丝人已分，直道尚存任评骘。得闲重理旧诗书，仅可逍遥乐衡泌。语言行坐得安然，倦眠饥食自无疾。况值民国革命北伐成功时，四万万人同享太平日。内省不疚先哲言，何恤他人喜与嫉。今逢豫庆六旬初，我欲和盘托而出。言物行恒事迹彰，愧乏归方良史笔。国尔忘家公忘私，待人接物胥以实。学警自治保卫团，成绩昭昭皆可述。杨柳千株荫道旁，吾乡林业功第一。彼苍不负苦心人，有共德者寿应必。勉酬元唱祝千秋，手拙安得无遗失。馀力谁似耽吟哦，诗文可媲建安七。

步刘树声表兄六十三岁自寿元韵【壬申】

富寿多男祝华封，前人水逝已匆匆。我因贫病一身老，君尚康强两耳聪。汉学钻妍求古合，秦灰收拾有谁同。期颐倘获天相假，读帖吟诗各用功。

重阳前七寿筵开，载酒良朋赏菊来。香似郁金光琥珀，花如锦绣问琼瑰。察绥两地谁同调，桑梓联情尽美材。矍铄是翁吟白雪，鸣鸦属和甚艰哉。

春秋冬夏互乘除，白发时时手自梳。骨肉弟兄惟尔我，燠寒饥饱慎居诸。克家二子贤能继，绕膝多孙乐有馀。百岁尚存三十七，潜心述作试何如。

遥祝年同太史儋，今才花甲始过三。近乡山水从容访，充栋诗书仔细探。见义则为斯谓勇，欲仁而得又焉贪。者般清苦勤劳事，后起人材必不堪。

补祝树声表兄寿即用自寿诗原韵【甲戌七月】

一年转眼又秋风，日月催人觉太匆。老至齿牙惊脱落，幸于视听尚明聪。嬉游数我相从早，恬介如君莫与同。耄矣无能居后惯，且凭馀子告成功。

九秋初吉寿筵开，诗酒良朋结伴来。一击钵催联妙句，几回拇战尽馀杯。高歌多富期颐庆，雄辩惊人杞梓材。醉乐醒文追六一，阳春元唱和难哉。

寒酸结习兀难除，短发星星懒不梳。假馆外家将老矣【时树兄延课孙其家】，待沽美玉盍藏诸。空怀扫荡尘千里，且玩澄清水一渠。自寿四诗征和久，长门卖赋愧相如。

纵观时事细推参，暮暮朝朝四又三。变相云如苍狗幻，称心珠自睡骊探。文章辨论神偏王，声韵推敲意每贪。珍摄有方身壮健，百年常在我云堪。

树声表兄六旬晋五寿

菊花有意为君开，酒有吟朋接踵来。身体坚贞同赵璧，诗书探讨惜秦灰。齐眉夫妇家馀庆，点额儿孙日几回。莫管沧桑尘世事，东篱且乐共衔杯。

联语附

挽李梓寿

结交逾三十年，忆澄观酒食相拼，洒脱风姿犹在目；溘逝已四五日，叹措大烟霞同癖，凄凉雪夜倍伤心。

贺李晴岚为子毕姻

花烛纪良时，欣知如鼓瑟琴，礼成四月；椿谖添乐事，笑看宜其家室，诗咏三星。

贺李雨辰为子完婚

有子克家，诗联红叶；高朋满座，酒醉黄花。

寿刘树声五十六【乙丑】

谊重霞莩，情逾兄弟；诗宗李杜，寿比冈陵。

又寿六十二【丙寅】

保障一方，君陵尹铎；解酲五斗，我寿刘伶。

又寿六十三【壬申】

长斋莫学王摩诘；矍铄真如马伏波。

又寿六十七【乙亥】

仁者乐山，年逾周甲六龄，犹饶济胜具；高人爱菊，生早重阳七日，同秉霜雪姿。

郎当舞跋

《郎当舞》原分薄册二，今合一卷，表弟杜子翼周遗著。翼周幼于予三岁，先姑母子也。先是，光绪四年，先君子捐馆。先曾祖凰翔公，年七十有九，倦于勤，因招予姑丈雨田君代为课耕作。阅四年壬午，先曾祖见背，予始离村塾，而廷张先生绍贤授读于家，翼周实与之偕。历未、申、酉凡四年，经孟篆山、李石渔、蔡瀋泉诸夫子，莫不并案咿唔，昕夕与共。有时蹴毯飞堵，或竹马游嬉水边林下，其乐至今犹可念也。顾翼周弱冠游庠后，产弗丰，恒假修脯所入营事畜，一旦失馆，口辄难糊。忧能伤人，竟于民国丁丑二月之朔，困顿以殁。悲哉！翼周资不甚高，而好学深思，读书务求甚解，每析一义，皆匪夷所思，记一典终身不忘，胜予倍蓰不止，故每愧而畏之也。册内诸作，自注为乙卯至乙亥，凡二十年中所为。而见送见寿之作，叠见不一。见虽未遽臻绝诣，然于遗孙辈与小祥之祭之日，乃得之于六十七岁之孀嫠，因备录其诗，仅汰文三则，联语数则而已。盖欲存其真，使后人有所考见云尔。戊寅二月二十一日，灯下识，不胜泫然，溪东老圃刘化风，时年七十。

刘化风集

（民国）刘化风／撰

味虚簃稿拾残

蓟刘贵新庄　刘化风【树声】

卷之一　诗

六十五岁自寿用壬申自寿韵【甲戌九月】

蓬门牢闭任苔封，老去年华转不匆。一事无关心自泰，五官尤喜耳加聪。山寒有约相终始，水淡如交泯异同。利济羞言惭朽废，世人奚取读书功。

经年一见笑颜开，客乃携诗载酒来。浮白人人评琥珀，杀青字字总琪瑰。得天敢冀樗同寿，异地偏夸楚有才。莫哂江淹才思尽，旧观聊拾亦悠哉。

西风落叶满庭除，归雁南翔翅懒梳。壮不如人今老矣，仪而过物敢当诸。孙多已分难绳武，妇拙能勤尚贾馀。三十三年蓦回首，【忆自光绪二十八年壬寅，孟中甫先生等数人，枉祝为戏，迄今计年已得此数。】头颅白尽究何如。

也曾强记夸无敌，默诵心维不待三。尘网濊公兹事废，石渠藏籍任人探。引觥客说秋光老，授辖吾还夜话贪。况有高年年行长，趋跄弥益汗难堪。【如

李星斋、孟中甫、马如璋、仇蕴芳诸先生，年或行皆高于我，受之尤觉不安也。】

和李观平老人诗韵示晏如【甲戌】

一纸书承落照中，云龙相逐两情通。以文会友师心少，代东将诗道味融。不择细流成浩瀚，偶拈浅语总精工。多君雅不蔵人善，舞袖郎当愧李翁。

元旦漫书【乙亥】

己事无须说，年过累暂轻。即看天气好，会见泰阶平。孩幼从嬉戏，宾朋寡送迎。输赢心自定，不待赋楸枰。

大块文章富，开春岁月新。乱山仍古昔，前梦念艰辛。对此晴窗暖，还思宿酿醇。剧怜句十二，未敢一相亲。【余自客年九月一日，偶患中风，医家嘱断酒，今恰一百二十日矣。】

去多来日少，难得此晴明。慕势非心服，鸣原羡脊令。触怀思往事，职字悔今生。吾愿揩双目，馀年见太平。

劲节看修竹，贞心托古松。艮风主人寿，【清时钦天监例，于元旦奏"风从艮地起，主人寿年丰。"聊引用之】，节物兆时雍。惯例聊诸俗，欢颜屡笑迎。即今追上世，稍可见仪容。

宝坻王默庵函寄黔菜二十四咏嘱题成绝句四

春明一晤惜匆匆，【清宣统纪元，应顺天议员复选，介李君约斋识面，屈指已二十七年。】大布宽衣已景从。双鲤忽颁诚意外，俾聆謦颏接仪容。【来诗附道装摄影。】

沧桑饱阅壮怀删，好是黄冠口可缄。自笑常年无意识，也将半斗署头衔。【余二十岁曾戏以"半斗道人"自号，杨雨农太史为作歌。】

登山未赋采薇诗，野菜尝来遍近畿。廿四篇成斟性味，可真能把睡狮医。

诗学难言况老荒，年来有句总无章。佛头放粪呜呼可，愿矢生平道义长。

水仙不花【丙子丁丑】

故人肯把水仙分，灌涤都如教所云。过了清明花未吐，岂真无分挹清芬。

偶成

二月馀寒甚去年，十旬一出亦欣然。溪东红杏开犹未，且喜花能让客先。【客岁之寒之奇，今春之雪之大，而寒弥甚，瑟缩不敢出。近虽少暖，而桃李仍未破萼，曳杖郊原，感而写此。】

桃李争春序已愆，恼人误了养花天。袖长未惯惊皲瘃。【余不喜长袖，今春手足乃有冻意。】病后惟宜适食眠。

几见访门亲老拙，不辞开帙接前贤。终风且暴今差息，聊策藤筇看种田。

听鹂感书

懒去寻春未觉春，溪边已见柳条新。黄鹂累尔经旬待，管许声声总笑人。

暴风终日黯平芜，游屐多闲况病夫。不识柳阴馀几许，流莺还可比邻无。【明日余又生辰矣。亲友例于今晚辱祝。去年以患中风未愈，先期函谢之，倘再依样葫芦，转似谢进于招，拈此自遣。】

卅年痔病喜且愈，【余自光绪三十三年丁未患痔，今岁甫去药。】两载中风吟遂稀。【甲戌九月一日手足感不良，艰执笔者累二年。】羞向人前说生日，敢忘家祭负春晖。【例于今晚祭告先妣。】

小院苔荒蓼渐疏，菀枯相代总须臾。六旬七岁今开始，莫漫随人六八呼。【世人每谓一交生日，便可计来岁之年。余以学不进而慕齿增，甚不然之。】

投老多闲好退思，打门声急尔何为。为言览揆明朝是，愿对黄华进一卮。

门巷萧条鲜驻车，无能为矣转如如。故人偏赞嘉辰好，桔绿橙黄九月初。

文濬以诗见寿，依韵和之凑泊，然不能改也

不才多病又生辰，那可频繁枉众宾。却喜相逢谈亹亹，肯将自寿话陈陈。

龙钟动惹人称叟，虫化偏留劫后身。幸未璧怀鲜开罪，年来差觉泯根尘。

善庆宁堪诩积馀，月华八百见盈虚。【六十六年计七百九十二度月圆，兹举大致而言。】心仪介子文焉用，趣异虞卿懒著书。落落固应相与少，恢恢岂竟到今疏。窗前椿柏皆吾有，多寿长生曷取如。【庭除间柏二树，椿一树，皆甚茂。】

和晏如集唐四绝见寿之作，亦用集唐体

永嘉时代不如闲【韦庄】，醉后狂歌尽少年【王表】。独向青溪倚树下【刘长卿】，悬知此地是神仙【裴灌】。

留连不畏夕杨催【郎士元】，酒近南山作寿杯【宋之问】。时忆故人那得见【韦应物】，今朝都到眼前来【元稹】。

阴符在箧老羞看【钱起】，亲故皆来劝自宽【王建】。客到但知留一醉【李白】，药苗高洁备常餐【方干】。

百方回避老须来【王建】，菊为重阳冒雨开【皇甫冉】。只欲近寻彭泽宰【崔曙】，隔篱呼取尽馀杯【杜甫】。

又和晏如二绝集唐宋句

寂寂兼无爵可罗【宋苏轼】，不知经世竟何如【唐温庭筠】。欲凭梦去真虚语【宋陆游】，云树连天阻笑歌【唐张谓】。

夜梦嬉游童子如【苏轼】，他年终补卧游图【宋范成大】。得君数语开人意【陆游】，此等固知鱼目殊【宋梅尧臣】。

晏如以桥上剧期订图良晤，至日停演，率笔为此寄之

日前无剧可如何，误却高轩未见过。我亦闲居深不出，艳秋阁印自摩挲。

萤

月令尝闻腐草为，如磷如豆去林隈。童孙不省衰翁懒，强聒开帘竞拍来。

蝉

高槐夹户午阴清，乍试新声学沸羹。伺后不妨虫有斧，旁人转得看分明。

蝶

小园花木渐成林，夜有清香昼有阴。双影翩翩日来去，不敢卿事兀关心。

蟋蟀

半间堂畜吾无取，小勇犹当逊匹夫。一样悲秋吟断续，可能比得老人无。

见粟山书扇一律颇佳，秋雨无廖，爱次其韵

入秋多雨晚凉添，为放茶烟偶上帘。耐坐不愁菭城滑，旧醅思试酒杯黏。架储纵少千金值，栋折何堪一炬炎。【家藏旧籍，购多自廉价得来者，然间有海内孤本，惜庚申一炬，惨矣。】

中元见月再步粟山韵一首

拙性难医老病添，昼长习静掩疏帘。称心吟罢幽怀畅，到手书才倦眼黏。荜访幸无人触热，机投羞见士趋炎。望睛也似云霓切，却喜今宵月挂檐。

和刘子勤一绝步韵【七月】

忆从相识廿年前，后果前因讵偶然。我自有情君念旧，月明不隔咏凉天。

晏如示和金粟山均二诗，爱再为二首，
姑命题曰遣问还以奉似

日维五十兴偏添，辄有来鸿接眼帘。【每月之五日、十日为桥上趁墟，闻

晏如时有书来。】拙作本为无本学，多情烦为耐烦黏。【晏如云于拙作诗函皆依次黏于木中。】恼逢苦雨期愆屡，幸报清秋暑杀炎。老妇持家嗔不得，又储旨畜晾阴檐。

鬓雪髭霜讶又添，惹他归鸟觑疏帘。骄孙多劣谁堪造，伧父闲谈我恶黏。漫守诗篇书甲子，何当浑噩返羲炎。客来美羡江乡似，红蓼花开出短檐。

三月十五曾孙见晏如曾贺以诗依韵赋和

廿八生儿儿有孙，敢期骀马大吾门。几曾怀璧能容世，明智庸非为利昏。高曾以降慨丁单，两子多孙敢不欢。眼见又添曾一世，龙猪未许我能看。上及吾曾下见曾，祖孙七世脉相承。耕田识字吾家事，无玷清门尔可能。

悼外甥宝田

长女鈐，字伯珍，年三十三，适潘逾二年，生女七日殇。又三年，戊辰，生子名宝田，性绝慧，九岁就塾，传书经讲解，辄能测其意义，久而弗忘。尤喜作字，作必记以月日，而有时连缀字句，差与诗联为近。虽未能工整，然以入塾不一年，九龄之稚，亦难能矣。乃于去年冬获疾，数易医服药三十帖，竟莫愈，本年五月四日死矣。鈐女行年四十七，哀之甚，予不能无悲，爰为小诗记之。【罗按：原诗无题，为区分节目，据序题之如上。】

十年一梦小游仙，霹雳惊闻剧骇然。姊妹随肩皆夭折，【岁庚申，续获一妹，亦殒。】那知留汝且无缘。

每思汝母标梅期，三十加三我惜迟。再索五年欣得汝，温而有节异常儿。

头角峥嵘众口夸，病中犹自喜涂鸦。我怜孙辈难绳武，他日谁还传孟嘉。

卅易医方月五周，无功无过疾难瘳。衰翁久幸无哀戚，【予尝自幸光绪十三年丁亥遭先妣大故后，五十年未见死丧之事。】为尔临风一涕流。

汝母工愁汝可知，噢寒嘘暖赖相依。梦中能见非真个，倘是思亲且莫归。

满庭萧艾莪还滋，怕见兰摧玉折时。毕竟苍天有无意，有怀莫问到今疑。

和晏如韵

老无多虑胜闲情，每接音信眼倍明。岂是天公厌饶舌，句中连日不开晴。
雨旸时若最关情，旱苦霖愁态未明。堪笑蚩蚩无意识，只知蕲雨不蕲晴。

九月二十九日招同吴汲青【湘】卢豁亭【一新】潘文瀿【学渊】顾泮生【芹】莫瑞廷【如德】潘晏如【学诲】在敝庐为七老娱年之会，泮生有诗为此和之

壮不如人老更迁，衰龄简出出无车。当年兄弟晨星似，愿罄罍樽慰索居。
及时行乐悔夷犹，七老招寻序九秋。三万六千来日少，且将一笑三千愁。
英雄造世古无传，可许承平再见不。最好无人识名姓，时危几见恕清流。
岁以为期莫再疏，夏宜听雨雪围炉。迭为宾主兹为始，奚羡张为主客图。
曾无过举未宜休，独善惟争第一流。笔大如椽无用处，区区何必说吴钩。

蓟县署内二堂改琴诗以落之代

崆峒佳气郁葱葱，冬尽春回寓化工。艳说人存政斯举，从今有口颂虚中。
【宋冉虚中多善政，政举人和，颂声懋弈。】
山城斗大倚云椒，厅廨无烦擘画劳。庶政待兴群引领，使君此是试牛刀。
囷号通知亭共和，功虽未竟启先河。仕而能隐吾犹羡，公共名园意不磨。
家居卅载叹龙钟，犹幸今生盛举逢。颂祷愧输张老善，开襟聊与一从容。

和晏如自寿诗元韵即用为诗

去年两度见梗春，今岁无春亦自新。月历冬三喜周甲，日维句四记嘉辰。
【晏如年正六十一，生辰在十二月十四日。】诗书了得人逢吉，仁富难兼士合贫。忘食忘忧饶至趣，老夫差败诩知津。

和豁亭岁暮感怀一首步韵

撒盐飞絮饰穷居【是日微雪】，簪盍萧寥迹且疏。早见发皤难讳老，不多胸墨已全无。才高宜有人争禄，窗暖时开客寓书。日十二时亲卷轴，自怜骁气未蠲除。

初春红日见炊烟，听有樵歌犯晓寒。时不再来将尽腊，典非难数务探源。本无团面何求富，才有名心已碍禅。旧痔幸痊风渐愈，【丁未患外痔，甲戌患中风，皆于近年就痊。】彼苍真为拙人原。

安阳七老歌即题图上【戊寅】

安阳七老年推吴【汲青】，精神矍铄清以臞。廿年教学意弗适，甘为识字耕田夫。少六岁者玉川子【卢豁亭】，行年杖乡杖不扶。相逢莫哂齿牙豁，试看谁与颜渥如。就中四农最特出【潘文濬】，庚午始降年齐予。起家贤书试为令，不合则去无趑趄。顾子【泮生】赋性绝倜傥，少予两岁留有须。不忧贫亦不忧道，独有常此顽健躯。邵亭【英瑞廷】邠老【潘晏如】稍晚出，后来居上良非谀。岁次强圉赤奋若，学各有获生年俱。独我不慧百无就，幼所诵习翻模糊。学书不成去学射，至虽尔力胡取乎。即今幸厕七老列，自审踉跄增嗟吁。辱屡过从不遐弃，毋乃龙六混一猪。

和代柬诗元韵二首还简梅村韵

底须至行说儒巾，碗举眉齐惯食贫。德曜高风劳想象，从今不敢薄今人。

十载前闻林下风，【岁丙寅濮心田刺史去职，节略内一则云王梅村初未相识，闻吴缮卸任，即以诗送（诗略）。因笔拓凤凰碑答谢，其妇韵五女士亲制春螺饼数十枚以宠锡之，并系以诗云云。】琳球今许听丁东。时无识者知音少，多谢名窗理旧绒。

人生奚事慕虚名，阃内吟谐乐九成。新旧无常遑论学，发情止礼得中声。

晏如以味虚簃诗草赠玉田赵焕亭【裁章】
辱荷题词二章因次其韵

故未能温曷望新，重翻昔稿兀伤神。卢生侘暸张生死，谁复柴荆叩老人。【拙著为两生代谋付印者，松石以七日之疾于二月一日前后死矣，惜哉。】

五十六言绝句二，澹而弥旨托幽微。弗遗葑菲逢人说，邠老多情世所稀。

酬慵叟见赠却寄

当年同诩不凡姿，转眴都非少壮时。过眼尽凭云去住，满头争笑雪离披。方圆难入端宜隐，征逐无缘可弗诗。子各有孙应互慰，耰耡随分尚能持。

咏花香鸟语之轩

　　王子砚农昔颜余读书之室为"花香鸟语之轩"，近乃始倩梅村书一横额，而德配韵五女士赋诗二章，意轩在溪东之园也，因作此释之，且砚农殁已三年，感念旧游，不胜枨触焉。【罗按：原诗无题，为区分节目，据序题之如上。】

为轩潢在辟园先，近不围居且十年。园在溪东轩隔水，往来食宿亦前缘。【轩名于光绪辛卯壬辰间，溪东筑别馆则在戊戌后，而丁卯以地方不靖，始回轩居，不过时一窥之而已。】

当年年少两忘机，致慨吾乡志学稀。师道至今成每下，中才子弟可谁依。

偶成十首

出山宁似在山清，避世曾无厌世情。事到当然究所以，学非能限重躬行。向阳每惜花先发，就下愁看水亦争。最是老农忧百亩，雨晴晴雨误深耕。

文章勋业两无闻，老去穷愁未去身。伏处最宜名姓晦，苦唫差使性情驯。时衰博弈人犹夥，人抱饥荒世欲匀。好待新晴寻旧雨，清言殊胜饮醴醇。

渺尔灵明丛尔身，大千世界一微尘。客嗔疏寋交应绝，我未前闻事已陈。
观过知仁非曰党，欲求无罪却宜贫。烈风雷雨田庐损，天道昭昭或有因。

屈同尺蠖不求伸，晚步东皋晓水滨。休讶十年如烛转，幸留双眼瞰环循。
青山羡尔长无恙，黄卷于吾契独真。斗米十千筹匪易，调饥何以疗斯民。

明年七十已平头，发早萧疏背见偻。我所弗为趋若鹜，人凭相诮拙同鸠。
也知开落花难主，宁叹穷奇相不侯。立德功言思太上，他生未卜此生休【成句】。

行藏难说胜悲歌，壮不如人老奈何。齿长敢希乡党尚。心仪惟向孔颜多。
聊寻旧趣娱花鸟，不惜时贤异臼科。皓首即今寥落甚，几同吾辈醒春婆。

北郭山横列画屏，雨馀多作可怜青。垣蜗涎拟冰斯篆，城蜂音谐般若经。
乘势正如因却嬠，多情无乃累神形。薪传时凛人师惧，刺取精言当座铭。

蓬门常闭曾谁款，瓮牖多间惬独吟。泰半死亡师友泪，渐忘忧患讼争心。
漫钞书可孙能受，旧业田荒雨尚淫。致语鸢雏飞莫远，鹰鹯千里正相寻。

谰言奚取入闲评，我托常谈信老生。天视听因民视德，德流行速命流行。
隐忧雀鷇迷昏雨，喜见花枝媚午晴。磐石茂林消夏好，相邀聊此歇三庚。

多病多愁缘已定，传疑传信事常非。南来客有其鱼叹，西望群哗类鸟飞。
书读百回知味鲜，露迷五里指途稀。滂沱又复昏连晓，直使无家尔曷归。

白荷花

不买陂塘列瓮载，亭亭孤洁想瑶台。初疑木笔瓶间插，忽幻波仙水上来。
衣著雅宜人送酒，横斜殊胜客寻梅。夜深露冷浑难辨，鸥鸟寻芳到几回。

钩月初沉夜二更，雅人消受晚风清。剧怜素质操心苦，宁让红颜掉背行。
柳絮忆曾吟百日，芙蓉未许是同城。私怀欲倩龙眠笔，摹取形神为写生。

出水如钱却合时，石榴开罢独先知。惟能受采斯为贵，不图浓妆愈足奇。
陋矣胭脂夸北地，鄙哉铅黛饰西施。年来倦著秾华眼，魏紫桃黄懒入诗。

涤罢霜毫唱罢诗，循阶小立对仙姿。兰夸似玉应同调，桂可称银总后期。
纵出淤泥尘不染，愿陪凉月话移时。露溥莫认鲛人泪，别绪缠绵未断丝。

接天映日未须夸，移种闲庭趣更赊。酒酿有名闻海淀，诗成非欲斗尖叉。
六郎艳似休相拟，虢国恩承恐莫加。愁煞鹭鸳寻不见，飞飞南渚月西斜。

淡月溶溶宵寂寂，微风拂拂水粼粼。还香茂叔称君子，如玉司空说可人。
名贵岂须朱紫炫，丰标宁许俗尘亲。西方闻有如船藕，大固难方色不伦。

芳姿合住水云乡，荷芰为衣薜荔裳。惟大英雄能本色【成句】，不趋豪丽效时妆。须知貌挟冰霜气，也自恩叨日月光。一掬那容人鼓枻，濯缨吾欲咏沧浪。

匡庐结社远公贤，宋有元公说爱莲。倘作美人清绝世，不为才子早登仙。玉颜漫许兼霞倚，水国休夸草木妍。荷叶罗裙裁一色，蔚蓝天与碧波连。

参横月转夜沉沉，万绿丛中数点银。并蒂有情香馥郁，一尘不染水根因。眷怀泽畔行吟日，漫拟人间烂漫春。皓首素心谁与语，几番欲去尚逡巡。

石竹

丛生多节尺馀茎，逼石沿阶自在生。一瓣仅能兼数色，深红浅白逗前楹。经冬根在入春荣，一穗娆娆百媚呈。绝似小家娇女弱，学施脂粉欠分明。莫向苍苔觅落英，不随风去籽先成。呼僮刈取旋滋长，一岁能联两代情。国色天香未有名，不求闻达比齐氓。老夫久已无闻见，亏尔同吾避地情。

即事感赋

瓦雀喳喳晓至昏，图南无分力难任。吾今一事翻输汝，明日阴晴尚挂心。

感书

也知后愿徒无益，且喜新闻事匪虚。看尽落花看落叶，馀年有分觑徐徐。天道无亲却有亲，因因果果果根因。得瓜得豆何消说，总是当年下种人。今年月尚去年好，老大人知少壮差。未许酝酿开便了，群芳落尽便无花。是幻是真吾未信，今之所见昔无闻。衰翁莫幸生今日，且坐山头看去云。风落梧桐一叶秋，乱山无数只堆愁。生死离别犹难说，炊饭于今已箭头。说岂不能不可说，传疑传信总然疑。东风忽掉西风急，大海孤樯听所之。百里亦等五十耳，奚舍五十取百里。理之所在我则信，不必逢人说所以。

读慵叟哭张辅臣二律辅臣

先师绍贤先生冢词也，业医卖药桥上有年，往还颇密，能无继作？

学所由来念哲人，遗风犹喜接麟振。君攻医术尝吾活，我重师门惜尔贫。有子倘兼才德美，无常便可死生均。会丁多难迟闻耗，渴葬经时枉拭巾。

家无儋石老无妻，四子肩随手自携。悦世未工终格格，受廛靡定尚栖栖。顿教一病真难起，遥想诸孤剩有啼。医不自医宁尔尔，吾将何处问端倪。

步壬溪秋眺一首

经年蜷伏人疑病，众口争喧我独忧。偶步溪头聊洗耳，遂循林角试舒眸。医惟不药得中道，居等难安慎远求。古有公言吾弗取，岂真败贼胜王侯。

等是

等是田家子，家传太古风。如何三代直，都作一时雄。传食原无忝，年收苦未丰。治平应有日，吾欲问苍穹。

馀年

白露沾秋草，西风迟暮心。馀年成废赘，一杖伴行吟。禾刘山争出，时艰路莫寻。晚蛩尔何怨，断续递悲音。

前路

前路已如此，何堪白发催。有怀看弈去，无意得诗回。手拙难摇笔，喉干偶引杯。嗟嗟天地闭，失喜发狞雷。

称翁

称翁吾岂敢，老圃或宜予。【昔张文端自号圃翁，予因自称溪东老圃。】一水尘能隔，当门草不除。习勤亲畚臿，验候植瓜蔬。饘粥于焉托，何须问有馀。

七月六日避地山园

久羡山居好，于今俨住山。犹嫌云莫掩，却喜路多弯。烽火无处及，樵苏隔往还。百年那可必，聊此息躯屏。

天道

莫道九州宽，栖身只一椽。老无经世志，穷有作诗缘。视息随吾分，驰驱让众先。愁看云黯淡，天道岂终然。

无可

左右两无可，安危一息争。敢云巢属鹊，休喜谷迁莺。闷雨连昏晓，荒原满棘荆。忽闻邻犬吠，亏尔敢扬声。

不惜

厚入非关福，丰财乃怨丛。心无半点滓，头早十年童。不惜颜难驻，何修耳遂聋。世间名利士，殊与牛马风。

卷之二　文

记马节妇事【光绪辛卯】

马节妇，蓟州李姓女。适遵化马某，忘其字。伉俪甚笃，不数年而孀。翁欲夺其志，故以井、臼、炊、汲等事苦之，觊其惮劳而他适也。妇矢志《柏舟》，恬然自处，数年无怨言。翁姑忽憬然曰："节妇出吾家，此天爵也，荣何加焉！犹自为禽兽之行而不耻耶？"遂日具甘旨，以成其志。越数十年，子孙盈膝，沃壤连畴。妇体益健，时则戴草笠，持木梃，巡视畎亩。间不知者，犹以为男子也。秋时，穰穰满圃，妇尝夜伺圃畔。适有佣人来行窃，妇举梃，出其不意击之，应手仆而号。妇就视，爽然曰："初不知为子也，有急需盍明言我，顾可为此鼠窃行耶？"佣人大惭。翌日，妇言于持家者，索钱数千，问所用不答。俟无人，乃给佣之行窃者，且嘱曰："休与外人言，非益尔者也。"后寿九十馀而终。

李光四先生家谱序 【甲午】

甲午春仲，赴蓟城，王芋楼广文出诗索和，音节悲壮，慷慨淋漓。读悉，为吊李光四先生者也。因忆癸巳三月，余曾策杖囊笔，访先生墓于白马泉。幽草没径，断碑倒地，字多磨灭，不能辨识，仅就可辨识者录之，用备考证焉。於戏！先生之殁曾几何时，而人事变迁如此，可悲也已。尝思古昔忠臣、孝子、仁人、义士，非山川钟毓者深，祖宗培积者厚，不克一见于当时，倘无贤士大夫彰发而阐扬之，又弗克显于后世如无。蓟为畿辅首善名区，北依翁同，西临徐无，昭昭在人耳目者，皆可得而闻之见之矣。然先生先世之潜德幽光，无谱曷考乎？适钱筑金茂才从先生裔孙名某者，索旧谱来观之，知先生之祖继和公乐善好施，父芳公笃志好学，母薛孺人，勤敏慈俭，守义五十七载，皆足有以启之。而先生胞伯芬公、伯兄孔晖公、孔曜公，伯弟三哥，胞弟仲昭公，暨德配王孺人，俱遭失城之难，是尤忠义可嘉，而所以遇贤如广文、茂才者，乐为彰发阐扬于不能自已也。顾旧谱多残缺，失序，爰为重加编次，并弁数言于简首，俾先生后世子孙及当代君子咸有所考证云。

祭广绍荣 【辉】文 【戊戌】

呜呼绍荣！忆昔壬辰，君年廿龄。吾长三岁，一见忘形。此后过从，殆无虚日。君游我偕，我吟君笔。有诗同读，有酒同倾。岂无他人，未畅我情。如此三年，谈不厌琐。乙未之秋，移居就我。如我之褊，君不我嗔。如我之陋，君愈我亲。肫笃性成，聪明天赋。子职勉共，有才弗露。迄今三月，走食杨村。志大难遂，命不犹人。七月归来，积老成瘵。咯血数升，医云肺败。日多不见，见已伤心。况遭沉疴，悲何可禁。私冀方刚，复元可致。噩耗传来，泣转无泪。吾曹知己，谁得二三。生离有望，死别何堪？痛君年少，病竟不起。有亲谁养，有妇何倚。天生豪杰，岂果有因。不致厥用，更殒其身。愧我俗纷，羁如桎梏。敛未凭棺，刍无一束。潞河之役，谊不得辞。依装倥偬，濡笔陈词。呜呼！生死何常，幽明一理。绍荣有灵，其来鉴此。尚飨！

《乐在其中》跋 【己亥】

余所居，有山有水，有林有塘，有田可耕，有泉可汲。芙蕖宣雨，芦荻战风。春则把酒听鹂，冬则拥炉看雪。园菜供咬，杯酒足娱。襁褓不来，履綦罕到。每当寺钟撞晚，村柝警宵，名香独焚，苦茗频啜，偶抚长笛，时哦小诗，四无人声，短僮熟睡。或值宿雨初霁，晓烟乍开，涧花然红，溪草放绿。出乘秃尾，远访素心，皓月飞霄，言归未晚。人生乐事，所得已多。尝欲博采篇章，辑成卷帙，匪徒寄趣，兼作卧游，愧一谫疏，竟成虚愿。兹读是本，实获我心。爰为印行，用念同调。

祭母文代 【辛丑】

呜呼！吾母入门，年甫十九。姑嫜克承，亲操井臼。家门雍睦，伯叔熙熙。才阅数年，生姊及儿。掌上珍珠，未能与比。三世一堂，乐曷能已。为乐未久，悲伏乐先。祖母吾父，相继弃捐。母子姊弟，形影相吊。有哭谁诉，有哀谁告。俯视儿女，伤吾母心。内主家政，劳吾母神。吾母一身，曷能当此。忧由此生，病从此起。犹自忍性，盼儿成立。儿妻来归，儿年十七。稍分母劳，冀纾母忧。讵意儿姊，一病弗瘳。母女情深，肝肠欲裂。忽忽十年，昏迷晓夜。悲思过度，郁结成疮。旋庆勿药，平复如常。此后吾母，常以语儿。惟吾心好，化险为夷。光绪十年，为孙纳妇。迭见曾孙，少怡心目。壬辰之岁，儿有远行。二年未返，负罪匪轻。倚门倚闾，朝祝暮告。寸草春晖，谁言可报。迨儿旋返，母心以舒。次年正月，儿妻病殂。值儿在外，家无长男。孙儿孙妇，齿幼且憨。况遭饭馑，米珠薪桂。饘粥两餐，度日如岁。呜呼吾母，何辜于天。生儿不肖，备极颠连。呜呼吾母，何辜于天。青年矢志，雨苦风酸。几历折磨，宜登上寿。儿无建树，孙或成就。胡为吾母，不待数年。少酬乌哺，聊赎尤愆。乃于客秋，兵荒增悲。因食犯呕，自未消虑。强直成性，曰是何伤。延医诊治，亦谓无妨。迨至今月，体见消瘦。床褥难离，

�莫救。初六丑刻，日为壬申。永诀不起，舍儿与孙。今日何日，灵车在门。一别永别，涕泪纷纷。谨具牲礼，借伸颐养。吾母有灵，来格来享。呜呼哀哉，尚飨！

祷雨疏集书经及易林句 【癸卯】

皇天上帝，万物父母。顺时施恩，膏润下土。我闻在昔，年岁丰登。芽蘖生达，黍稷以兴。仁德感应，精诚适通。神明所息，享于克诚。皇天降灾，常夏六月。山川林麓，风吹云却。杲杲白日，灼于四方。慄慄危惧，跪进酒浆。以哀吁天，润洽为德。以降休嘉，膏润优渥。生我百谷，除解烦惑。百病瘳愈，万物蕃滋。千欢万悦，镃基逢时。东西南北，萌庶蒙恩。使我无患，霖雨三旬。好生之德，其无津涯。鼓瑟歌舞，以告孔嘉。谨疏。

谢雨疏 【癸卯】

伏维皇仁悯下，惟民欲之，是从天高，听卑杲愚，诚之必鉴。前以天时亢旱，民命须臾，是用公设斋坛，虔申吁祷，乃不逾乎一日，渥蒙沛以甘霖，八极同需，枯禾尽起，万有气畅，宿病全消。共瞻仰于九重，实镂铭于再造。惟愿频邀灵贶，歌大有以书年。尤当各忏前愆，勉同人而向善，无任战栗之至。谨特拜表以闻。

刘烈士瀛事略 【民元壬子】

事有最可痛者，才不竟厥用也。有最可幸者，死能得其所也。烈士瀛以英年倡革命，死难滦州。其兄池以余与瀛处最久，知颇深，自千里驰书，命撮其生平，以为之传。余曷何辞不？爰缀次所知而述其事，略如左，其知而不确者，不备书。

瀛，姓刘氏，字步洲，一字震雄，顺天蓟州人也。生有异禀，颖敏沉毅，逾凡儿总角就村塾，日辄数十行能上口。顾所从者，率酸腐恒鄙，为不切时用。旋弃去，厕身于庸夫牧竖间者逾年。

清光绪三十二年，入蓟州巡警传习所。毕业后，充上醴泉东区巡察局长，于州巡操练，胥能尽职。暇与书史笔砚亲，偶得奇文精义，必手抄什袭，珍若拱宝。虽寒暑无间，然不与正务妨也。在局年馀，闾里中无少惊扰，总办周调。阅全境察操，拔置第一，蒙存记，并奖赉有差。

先是，瀛兄池，已肄业陆军随营学堂。瀛郁郁不欲以警长终也，遂辞差，于三十四年七月杪，只身出榆关，访兄于奉天之新民。八月，以自费考取入堂，与兄共砥砺。至宣统二年七月，由乙班生为诸教员保随甲班，考试取列上等第三名，其深思精进如此。

居匝岁，代理步七十九标第二营后队排长。是年，以将大操于永平。八月初八日，由新民移驻北戴河。二十四日，复移营滦州。十月十二日，升充本营左队排长，越三旬有四日而及于难，时宣统三年十一月十七日，未及民国成立，仅三十馀日也。

瀛生于清光绪十六年二月初十日未时，父讳得第，母氏郭，为昆弟者五，瀛居最幼，就义时年二十有二，未有嗣。

论曰：烈士生长农家，且乏明师益友，弱冠不昵室家之欲，投身荒塞，为军国民，更为同胞争自由至牺牲生命而不稍顾惜，虽未睹共和成立，赍志以殁。然共和肇造，庸非铁血之功，以视满洲亲贵之席丰履厚纳贿擅福，断送祖若宗二百六十八年基业于一刹那间者，其屠龙之判，尚可以道里计耶？噫，是足鉴已。

跋渔阳蒋氏印遗【癸丑】

吾郡以城内蒋氏为收藏旧家，而蒋氏又以石泉君在时为最盛。石泉，名熙，一字叔和，嘉庆癸酉科拔贡，能为诗、古文，兼工楷篆。虽未以精镌刻闻，然读宝坻李朴园以小石报谢《蒋石泉明经赠黄精诗》有"铁笔在君手"句，则石泉之能工此道，自不索得矣。宣统二年秋七月，得书画残籍数十种于王翼廷家。翼廷姊，固石泉孙妇也。询知为蒋氏故物内有印谱四百八十馀，虽不必尽出石泉手，而其中之笔法、刀法相似之最多数者，当皆为石泉之所为，爰属刘君子勤代装整之。长夏多暇，晴窗展读，觉古人入座，不我遐弃。几不复知证患与债负之在身。独是以石泉之高雅、矜重，不及百年，所储之琴、书、帖、画，竟为好事者所有。如蒙者寒素无文，且子辈勤学，远弗相若，恐不及百年之半。而年来友朋所赠，手所抄价所得，行在车，坐在案，卧在榻，最赏心悦目之架上物，未审又为谁氏有矣。可哀孰过于此耶？石泉父，力斋先生，名懋德，嘉庆元年贡生，工书法。子达仁，字希泉，元霖，字小泉，别号渔阳山樵，孙书祥，字云士，并名诸生，能以书画世其家，而渔山樵画犹苍峭，至今人竞宝贵，每帧十馀金，且不易到手云。

识赐环草后【癸丑】

光绪二十五年冬，玉田宋小坡丈寄示耀寰先生诗，忽忽十馀年，未及排附丛书中，致先达名箸弗彰，负我良友，愧怍有极。按：先生以乾隆辛巳科第七名进士，通联比值满汉界严，迨冒籍事发，遣戍乌鲁木齐，为该处某将军延主跃龙书院者。九年后，赐环抵里仅二载，即赍志以殁。手所著辑有《道德经直解》一卷，《荀子》等杂抄一卷，《纲鉴类编》四卷，《探奇集》一卷，《左传类编》二卷，《庄骚类编》二卷，《文选类编》二卷，《山海经类编》一卷，《读史类函》一卷，《周易折中摘要》一卷，《古文选》六卷，《维录》一卷，靖安、舒白、香梦、兰宝，在新疆所从受业者，拟为刻行于南中未果，今遂皆不得见。惜哉！近阅八家村馆丛钞，载有此著，爰校对一过，并录龙泉园及李羃两先生二跋，更附志其未及者如此。

李观澜先生小传【乙卯】

李先生江，字观澜，号将园，晚筑龙泉园，故学者又称龙泉。先生蓟县人，性孝友，淡怀荣利，为学以躬行实践为归。年十九，治性理学，每以身心体验有得者发之，于文若诗皆清真朴茂，不蔓不枝，尤于山水有特嗜。凡足迹所至之林泉胜迹，盖无不游，游或有记有诗，即一花一木，一水一石，率能取圣贤道理相印证，无少扞格。间遇田夫野老、牧童樵竖，每喜近与语，语出以诚，故人无论识弗识，无不爱敬之者。中清同治壬戌进士，供职驾部，居京师，如万文敏、崇文正、黄翔云、云鹄、贵镜泉成，皆恒以道义文学相切磋。迨三十岁，将补官矣，乃乞休奉母，结精舍龙泉山下，力田莳蔬树，用为读书讲学之助。嗣屡有荐者，终弗起也。又好为义举，于村中建义仓义塾，凡贫不给馈食与无力就学者，多不致失教养。尝曰："古制除井田、封建、肉刑外，惟学校可复。"其时，新学输入中国者尚鲜，亦可谓独具卓识，已以光绪九年卒，年五十岁，著有《龙泉集》十二卷，已刊行。又县志稿及杂著等若干卷，存于家。

贺人鸾续再醮幼妇小语代【乙卯】

诗歌偕老，易著《家人》。杨有稊生，爻已占无不利。镜开鸾舞，史原不讳。更行再赋于归，弥征好合。既鼓琴而鼓瑟，自宜室以宜家。花好月圆，预兆百年之寿富。孙贤子孝，蔚成昭代之珪璋。凡有闻知，能无抃颂？况际雨旸时。若年谷顺成，神明所扶，兵革休息。忝列苔岑之契，敢迟登拜之来哉！爰并丽以芜词，借用申夫芹献。

跋一琴堂诗词稿后【乙卯】

清道咸间，瑞啸湖翼长徵、苏鹤桥膳正兰泰以诗鸣于时，吾蓟李观澜先生所称为"兰阳二诗人"者也。化风生也晚，不获追陪三君子游。然即其诗以窥其志，未尝不流连往复，而想慕其为人焉。后乎此，兰阳有连浩然、郎中璧，吾蓟则有李筱山茂才树屏、卢菊庄孝廉素存，皆能于退食与授读之暇分题检韵，一写其胸中之奇。顾卢君，攻经学，年五十始为诗，不二年旋弃去，而浩然劳于王事，所为者甚鲜，且未能甚工。独李君自少而壮而老，凡足迹所至，交亲所会，莫不有诗以纪，积至数千首，在吾乡称作者。然三君亦皆于数年前死矣。风会所趋，士夫竞诩实学，向所视为等于性命者，今且鄙夷而不屑道。循是以往，若弗有三二骚人逸士，以相与妆点于冷漠之场，恐兴观群怨之旨，遂永无嗣向。吾人之不幸，孰有大于是耶？罗君润堂者，与绪君梅亭，居同里，以化风尝手录梅亭诗词而存之也，亦出旧作若干首，谬属点定。嗟乎！化风学诗几三十许年矣，虽脑薄腹俭，垂白而无成，然独能于前贤名作无门户之见，不分唐界宋胸，无熟诗吟过辄忘，兴至命笔，古不我与。古人论诗有云："诗之中须有人在，必使读者因其诗以知其人，乃与于礼义之大者。"化风曷足语于此？然不敢不勉也。今读润堂之诗，率似冲口而出，不务采藻，不事修饰，其无依傍，颇有类于化风之所为，故不辞，各为录若干存之。客有见而疑余取择稍宽者，余曰："化风知味而乞者也，不厌粱肉久矣。烹纵不出易牙，然粱肉遇能无过饱乎？"客唯而退，化风遂更不能无进者焉。夫啸湖、鹤桥、观澜与筱山诸君子往矣，化风不学，曷能步武古人？独是润堂、梅亭居于啸湖、鹤桥近，愿益自琢磨，无弃此穷人之具，以期与啸湖、鹤桥后先相媲美，方不负兰阳山色也。润堂其许为知言乎？

祭母文代【丁巳】

呜呼吾母！幼秉姆仪来归，吾父举案齐眉。孝侍姑嫜，笃睦妯娌。家门雍肃，井臼躬理。迨儿先伯，生兄三人。吾父吾母，年逾四旬。痛吾大姊，既嫁而殁。嗣续尚虚，悲何有极。维时丙戌，儿乃晚生。暮年获子，喜不可胜。提携鞠育，爱若掌珍。惜儿不慧，莫慰亲心。教学授室，寒夜饥食。罔极之恩，迄未报一。尤可痛者，民国二年。儿乃大病，旦夕莫延。医药祈祷，吾母心悴。幸获安痊，母心始慰。儿体大愈，母泪已干。及今思往，儿心难安。方冀此后，否极泰来。温饱俱庆，堂上颜开。天不由人，萱庭忽陨。两年以来，吾母病作。辗转床褥，参术无灵。迨今正月，膏肓已成。二十三日，时交未刻。竟舍儿等，溘然长逝。生未尽孝，返魂乏术。儿罪通天，百身莫赎。将驾灵辂，今夕哭奠。儿生三年，母去一旦。谨具馐醴，跪酹柩旁。吾母有灵，愿来歆尝。哀哉，尚飨！

孟宪章事略【丁巳】

孟生宪章，蓟县第二区人，幼聪颖。余识之于十二岁时，一见惊为英物，即怂恿其祖若父，送入马伸桥初小学校，从刘子勤君授教者年馀。余时方董上醴泉东堡警务局所，与校舍同院，仅异室耳。于诸生之勤惰殿最，无弗备悉。宪章性既敏悫，复捷于身手，故于国文、算术、体操、图画、唱歌各科，一能冠其侪辈，而胪谨沈实，不苟言笑，尤为同校生二十馀人中所仅见。远大之器，有识者盖莫不属之宪章矣。顾家贫甚艰继膏火，拟纠同志醵金佽之，而其父性殊介直，耻受人小惠，旋令退学，家居坐废者一二年。宪章虽齿幼，然颇虑祖老计窘，非自立不足图存，遂只身走京师，因介绍入木厂中，为人供洒扫。以稍娴于笔算也，每私取笔札，日记其佣工及给资之数目。主计者知之，取而核案，梁黍无少爽，奇之，不数月乃拔主会计。蒙信任，先宪章入者，尽居其次。未几，清室逊，于土木工锐减，厂业亦寖衰，同辈多去而别就，而宪章独敝衣破帽管守其间，历二年始归，其恋故不遗若此。居恒以负五尺躯，不能博升斗奉菽水，转以衣食累堂上，非大丈夫所应出，乃于民国乙卯，投北京铁路巡警传习所，考列第七，肄业三月，拨充京张局警察，能勤奋砥砺，未期月，擢书记员，月薪洋蚨可三十。夫以宪章之未获久视师友而遂克自树立，傥天假之年，虽通显莫必然明练，足以有为于吾乡。近年年少之士，斯人外，恐难数数靓矣。顾宪章工心计，不形喜怒劳怨于辞色，竟以忧悴越量，撄疾以归，归不二十日即殁。时民国夏历丁巳三月初七日也，得年二十二岁，未娶，故无嗣。

刘化风曰：吾乡二生，昔刘瀛倡革命，正命滦县之雷庄，年二十二。今宪章之性之学，虽与瀛异，而若有不逮，然使易其时遇，安见所就者，果不同耶？瀛尝书论新旧学说，驳辩侃侃，而宪章病亟时见余，其一种谦亲慕恋之诚，现于词气。二生皆后起之俊，乃齐年俱困悴以死。悲哉！悲哉！

祷雨疏 【丁巳】

年月日，某村等以自春初迄今，一百五十日以来，雨泽稀少，呼吁无门，敢为文昭告于皇天后土，山林川泽，风云雷雨诸神曰：

唯天生民，谷食是赖。长养五谷，雨露为大。我闻在昔，雨旸应时。农功得勤，乐也熙熙。乃今春初，迄于长夏。百五十日，莫沾雨化。休嗟二麦，减尚有收。倘竟无禾，将转壑沟。休恃已种，立形干萎。况毗山坡，十不三四。呜呼！其惠雨乎？饥可少耐，渴苦须臾。吾乡井泉，汲不盈壶。健可觅食，病曷能兴？吾乡疠疫，颇有所称。呜呼！其惠雨乎？天道好生，民视民听。精诚所至，感无弗应。忆自戊癸，迄丙午辰。六村四祷，辄沛甘霖。自唯罪大，乃至灾钜。循省愆尤，投地何语。五年之旱，汤殇桑林。大圣无他，日新又新。猥以凡众，敢希驻哲。惟兹忏悔，誓曰勿折。呜呼！其雨乎？呜呼！呜哀言善，夫岂自知。高高在上，神能鉴之。雨师兴云，风伯驾驷。油然沛然，滋我动植。民命有托，秋成告丰。弦歌牲弦礼，仰答苍穹。呜呼！其惠雨乎？谨疏。

书陈椋皋经语集字后 【丁巳】

余幼耽载籍，故每于贸易之市、报赛之场，无弗穷搜遍觅。倘得所谓旧书肆、小书摊者，则欣然浏览。但使非举子博第科场之帖括与盲人问食街卷之鼓词，靡不略观其序文，详考其卷例，能罄阮囊所蓄，购三数种以归，乃心悦怀畅，谓为不虚此行也。昔又尝做一幻想，脱吾果骤得窖藏或卖文佣书能有所入者，必以十分九购诗文帖画。今且垂垂老矣，而学无所进，且冠时于友朋交接酬酢之际，不稍无挥霍，致动分册遗产，比以生齿日繁，年谷不登，而治产之疏，仍无殊曩昔。夫人修短无凭，其温饱饥寒乌能逆计，更何心以毫无意识之幻想，发为誓言，稍洩于人耶？言之弥可自伤已。是编采《十三经》成语，仿《千字文》成例，字以满四为句，言取及千而终，义有关联，字无重复，乃三十年前得之十五里龙山庙会者。归曾质之石涵夫子，谓于《千文》外另辟蹊径，其难虽较甚，而古拙典雅，则更过之。顾原书名《择经集字》，而版式有与坊行之《千文》《百姓》不少殊，殊龉龊闷人。值入伏，多雨寡务，手钞《广三字经》讫，爰连类及之，易以今名，并率述其往事于此。

禳雨文【丁巳】

窃维作善降祥，作不善降殃孽，苟由于自作，其曷能逭乎灭亡？及其极也，死期之将至，盖莫不忏悔，而为斋戒之祈祷。溯自今春徂夏，五月不雨，青苗都已旱干，赤地更难指数，井泉告涸，疠疫繁兴。幼者多殇于疹患，壮者每毙于喉癙，穷极无告，呼告于天。既敬请黑泉之水，更步祷于龙泉、龙潭。果不逾乎三日，惠我油然沛然。禾苗淳兴，喝烦顿扫，农夫割于塍，商旅悦于道。丰年孰云迟，甘泽不在旱。庆秋收之有望，食有粮而衣有袄。孰意一雨应求，晴曝忽将匝月，方幸月前澍沛沾霖，竟苦兼旬。已稿复苏之禾，又形黄萎，山坡洼港之地，满见淤潭，乃天变非常，祸当未艾。长日既淋潏弗止，入夜则滂湃更大。倏而碧天千里，旋复浓云四盖。晴为逾于晷刻，雨辄盈乎沟浍。嗟呼！三春之旱，终期一雨，种虽晚而及秋可收。悲哉，一旦之漂，工本虚掷，瓶瓮无储，而来岁奚赖？苦无可诉，哀愈靡涯，亦明知天示儆已非一，而吾民终未改于狡诈与淫奢。然吾民数不止在万亿是，遂无一二积善之家之可嘉？鼠或庇器以俱全，玉宁同石而俱焚？天道好生而福善，安忍以死生之大而不一视以同仁？爰集同人虔伸斋戒，焚香抒诚，词悫仪杀，请息云于山川，快出日于世界。羊未尽亡，牢犹可补。吾生获遂，恶敢终怙。

哀哀止天，鉴此衷苦！

谢晴表【丁巳】

盖闻天德好生，每因时而示儆，人心悔祸在知过而能悛。比以春苦旱干，夏多淫雨，民不堪命。嗟呼！吁之无闻，谷有不登，迫饥寒其谁恤？两申斋戒，一秉愚诚。曾虔为披跣之求，更敬拟摅心之疏，果然诚能格上。忧旱则雨驷先驱，乃荷渎不憎烦。苦雨则晴轮立现，从此雨旸时若，灾不称奇，庶其口腹稍资，命犹有续，嗷嗷蠕动生之者。惟我圆穹，慄慄勤修劻之哉！勉吾方趾，诚惶诚恐，跪表以闻。

《广三字经》书后【丁巳】

学无新旧，惟其是与要而已。吾国比自兴学以来，凡童蒙入校，概授以浅近修身，与国文课本类通。人编述其无不是而非必要者，自不待言。顾每以同校而学者众，并附授其他各科，虽教师蕴蓄深厚，讲解明晰，而诸生狃于恬嬉，已虑未尽领解。果能日进诸生，而考核之绳，其惩而纠，其谬则善矣。然无论教师不尽具此热诚，且以一二人之精神命力兼课诸生多门，实亦有未给也。欲求步步踏实，语语注入，庸可必乎？故吾谓兴学不宜废家塾，且入塾必先于就校者三五年，以养成求实之性，而植其基。然后，再徐以务其广，庶新旧融合，本固叶敷，国学不亡，人才乃可辈出。且家塾用以授童蒙者，善本正多，如李毓秀著之《弟子规》，即科学之修身也。万青铨编之《三字鉴》，即科学之历史也。而吾蓟王竹舫先生同陕州张公和大令所订之《广三字经》一书，初刻于昌黎，再刻于天津，继又刻于沈阳，内惟论天有与现所发明者，不合论道统，拘守门户之见。然为一时之风会所囿，可存而不可论，无事厚非，馀则兼包修身、历史、舆地、国文等各科之长，尤与立学主旨不相悖而相辅。果童而习之于未校之先，则安见其不收效更大？惜吾髫年就传时，均未及讲解，唯诵，而儿辈虽获与闻讲解，且又未必能尽领会也。夫为学而求其济，顾不难哉！爰假录一通，将丽于李、万二先生所著之后，用为异日课孙之助，而弥吾缺憾焉。

狼就相

盖山之狼就相于南陌之狐，狐曰："子之来，将以卜名利耶？吾唯不善谀，子如欲闻直言也，居，吾语子。"狼乃正坐，示之掌焉。狐取凝睇审眠者再，庄言曰："有是哉？子之能让而不贪，能正而不奸也。夫以子之雄才，捷足日行，可千里食肉，非所难也。子有得，必举以祀先戚党中。虽如狗者之不才，亦恒见而有礼，且每遗之一脔，而自甘于弗饱，故骨体细瘦，今尚斯极也。倘出其意还善顾之，长日与狈偕，而处于当道以诱人，安见不已名利兼得，化黄褐，衔金钩，且溺山君而噬之哉？然子不贪不奸，性也。虽欲饱而肥，乌能拂乎性而务得乎哉？子固自善卜，吾不能面谀以媚子，所言者毕。"是时，猿、麋、獐、兔之属，作壁上观者甚众，多匿笑。而狼则否否唯唯，徐行以去。

醉诉

有醉者被殴，诉于予曰："吾今曾无获罪于某也，而某竟殴吾。"予应之曰："唯唯！"又诉曰："吾今被某殴矣，然无害，且某能者，子幸无不平而代为之理也。"予应之曰："唯唯！"既而，自寻其笠，无有也，寻其囊，无有也，曰："失之乎？吾将反而求之。"予弗留，遂趔趄以去。昔王东皋云："人醉，何忍独醒，是激言也。"戴南山云："醉乡之徒，昏昏然，冥冥然，荒惑败乱，未见有可乐者。"此的论也，岂独无可乐，且因荒惑败乱而取辱，虽亲爱而笃实者有忠告，且不愿遽进去留，任其自然，苦孰知哉！悲孰知哉！

将赴归绥留别杜翼周表弟序【戊午】

嗟乎！余与翼周，年皆近五十，同沦于困境，且翼周为尤甚。余尚忍别翼周哉？忆光绪壬午迄乙酉，与翼周共馆砚者四年，于时余上恃慈母，翼周严慈皆健在，一饱有馀乐，万事不挂眼，沾沾自喜不知计，及壮老，安知人世上且有困之一事哉？日月不居，颓及毛鬓。余以拙治生产，故鬻先世遗田殆半，而翼周产本弗丰，出就初小校师，自咽粗粝，或不恒尽饱，家中更时乏隔宿储。少壮之乐，几何时乃一变至于此极。每相对喟叹，辄倾壶，取古人文，快读而恣评之，意乃少释。嗟乎！形相依，道相合，遇且相类有如此，余尚忍别翼周哉？虽然吾人之遇，所以困吾人者也，然吾人之学，非所以乐吾人者乎！吾人遭此遇，而幸有此学。若不据所学，而与所遇战，则困且为大厉，尚奚乐之足云？如余今日之出游也，亦犹翼周之频年教学也，皆据所学战所遇也。倘战而胜，将有其乐，而尽祛其困，归卧田园，缕述边荒事实。而翼周获相长之益，学进而乐日多。其遇之困，行见不战而远避也，余行矣。翼周是斯言乎？然甚愿勉之，勿馁。

福功张公传【庚申】

蓟属旧分二十八保，上醴泉东者其一。凡为村二十有八，迨民国则改州为县，并保为区。余所居隶八区中之第二，即旧二十八村之一也。东望天台，北倚黄花、朱华，峻厚异态，一水出村右，冬春不涸，历莲塘、苇溆，南流蜿蜒，而达于沽河，景最于全保。昔王子砚农屡过而乐之，尝笑谓曰："山水清淑，善士斯出。其应在吾子乎？"予惭谢不敏。夫攻一经，下笔能千言者，或十室而有焉。必其人目不识诗书，孝友禀天性，非分弗苟取公私以有一毫负于人，辄若负重疚，乡党称孝父老慕义，如予村张公，字福功者，庶几当之。公讳克勤，幼綦篓。父讳起，咸丰之初，代人应调，剿发匪，殁于阵。时公未弱冠，重违母意，莫遂寻父尸，每涕泗，引为大罪。寻俾弟兄克俭，执汲爨伴母，己则行佣，负米供菽水间，市甘旨而节年伏腊所应者，咸无少缺。而天赋健勤，为主者操作之外，更代经纪园田、仓圃，皆井井。以是主者悦其勤而重其诚，故劳力食人廿年，仅两易所主，且自以不合告引去也。维时田值低，亩不逾制，蚨十馀千，次者或数千，公拮据所累蓄，渐买至十亩馀。遂有议婚者来，公曰："吾佣于外，可缓。如见爱者，请为吾弟成之。"无可，复有人申前说，公乃曰："夫人之生也，未有不爱其亲，敬其兄者也。吾见凶终隙末，友于失欢，每原于娣姒之不相能，致亲乐无所享而忧，乃无可告者比比矣。今吾弟既有妇，不忧无子。吾弟有子，则吾母有孙，犹吾有子也。且吾母不闻诟谇，理当永年，吾愿永吾母年，不愿妇耳！"终谢之。一生未近女色。人独信公为有守，云公性俭，讷无争于人。虽衣食务自菲恶，而完官赋私租，未尝居第二。幼时债负偿一清，凡布施桥路及里中公益费，但应出者无少吝。年馀七十，力不衰。时当春和，恒应邻党之招，牵萝乘屋以为常。又乡俗有殡者，率同井人舁以出。公虑犹子荫弱或弗胜，往往任其仔肩。其睦于乡，而恤其所亲多此类。呜呼！古谓一乡之善士，公当之，庶无怍色乎？岁庚申，予客归绥，儿子纷禀言公以疾于八月十一日卒。易箦时，呼犹子荫命之曰："吾病已亟，汝勿吾须臾离，吾出身佣作，今遗于汝者，过一夫之所受，及汝身好保守，当无虞吃著难。殓吾无须厚，惟临吾丧者之招待，则称家务取其丰。吾年生无所开罪，自信亦无人睚眦我，诅嫉我。汝能善体吾意，使人谓张某有侄如子，吾自瞑矣。"语毕乃逝。夫惓惓子息，犹夫人之常情，若其笃诚自勉，濒死且用以勉后人，而惟恐流风之坠，出于士大夫且难，矧公一不识字人哉？噫！乃弥可风已！公生于道光十六年某月日，得年八十有五。

刘化风曰：风生同治庚午，公适主予家。先君子敬公至行，命化风父事之，世俗盖亦以得不婚者，而父之为易鬻也。忆光绪二年正月，先姒携予上先外祖家归，道见樵童跳歌。予羡之，遽跃舆以下，堕轨中。时公执御，猝不及防，乃两手力束马辔，横承右股于轮。轮不得前，予发际微伤，幸乃无恙。然则予今之生，公再之也。予简陋何足以传人？顾乡僻如予之好事者，一时且难见，将欲俟诸文行具备之君子，恐三期以不忍于心者耶！爰诠次畀后进观瞻，庶有廉立者焉。

重葺溪东别馆额跋 【辛酉】

光绪乙亥前，缚数椽于溪东先世园中，因坡筑基，代茅以灰，高与楼等，颇宜于著书。既以偪近尘世，就食边徼，宁处弗远，盖无时不念我禽鱼薪木也。迨今春赋归，乃辟其荒秽，涂其屋罅漏，经营月馀，盖得移我图书、几榻，复寻吾古人相晤对焉。噫，独念余性喜闲静，趣不合时，于国姓改易之后，乃能保有斯园斯室，而歌哭其中。庸非厚幸？爰倩友人笔，其旧额更识之如此。辛酉伏日。

为王仁山书亲仁慎术额跋 【辛酉】

仁首四端，人皆有之。尼山训人孝悌谨信而下，辄曰亲仁而士之择，术尤竞竞焉，以根仁致慎。顾今之民，久鲜能矣。仁山先生悬壶桥上有年，阅人甚多，乃独不弃不佞而重之。夫仁余曷敢居其至，然于扩固有之，良实所愿勉至。先生不拒贫窭昏夜之求，虽足为仁之表示，以世尚有能之者，故不赘言。

告溺井无名男子文

壬戌中元之夜，溪东或园主人薄具酒醴果饼，致告于今夏溺井无名男子之灵。其词曰：夫惟人厕身于天地之间兮，生者暂而灭乃常。考终固五福备兮，而贤者时抑或摧于横亡。忆岁闰五旬三之日兮，如将夕而火伞犹张。予园居而苦热兮，方移席于树旁。不衫不履，葵扇摇凉。忽有声起自东南兮，如有人越自篱防。漫举目以遥瞻兮，蓦见尔兀立井侧而凄惶。遂问尔欲何为兮，尔答予思求水浆。予因诘尔谁氏兮，尔模糊其答迄予莫能详。因复诘何不启户入兮，词虽稍峻而意匪不慈祥。矧无一面之雅兮，而予之问也夫岂越乎周行。讵出语之未终兮，有声洞然乃尔遽投于中央。予错愕不知所为兮，急呼救于邻坊。绻长绳与长竿兮，纷不胜其扰攘。终仗健者缘梯以下兮，得出尔而遂予所望。计时钟不逾乎一句兮，伏尔横木上而一依乎古方。岂尔果宜毕命兮，叹返魂之乏香。呜呼！茫茫泉路与世长辞，生有处而死有地兮，古虽有训而予始未信之。今观尔之怛化兮，予不禁其增悲。岂尔魔疾之素缠兮，抑怖予之峻词。纵怖予之峻词兮，予实心无毛吹吁。嗟呼，天高听卑，暗室神窥。无施弗报，乌可伪为。尔今就常而离于暂兮，常如鉴水而莫遁须眉。前既殓尔以薄槽兮，兹复酹尔以清醨。吾乡多善行之士兮，公醮尔于银床玉虎之侧。俾早超生善地，永免如今世之零奇。尚飨。

妙在言所欲言，使当日情事如在目前，而仁慈恺恻流露于纸墨间，以声调格律绳此文者，吾敢谓其不知文也。八月五日，痴衲识。

按事布局，文生于情，绘影绘声，自然流利，望而知为研轮老手。九月一日，翼周志。

书卢慎钦记李石渔前辈语后【癸亥】

石渔先生，余师也。乡亦尝以见鬼事语，余比以先生目短视，每疑先生蓄有鬼见深，惝恍迷离间，遂斯致也。嗣读因果及哲学家说，皆屡言之凿凿，顾余终未能观见之。岂鬼之有无有，以人之信不信为判欤！噫！先生归道山，且两期月矣。师说再聆，伧痛曷已。

兰雪斋诗选跋 【癸亥】

知梦老人，逊清时汉军籍，故尝称名毓寅，字紫岫，居于武清，与吾蓟李氏有连。诗中所称晋溪大令，为老人侄女聟，龙泉山人既观澜先生，为先石渔师胞叔。若盘山距蜗居不一日程，而吴柳堂侍御正命马伸桥之古寺，则又三里，而近祠墓所在，尤蒙得以朝夕瞻礼者，老人皆不惜一再歌咏低徊慕叹。是知老人不徒肱折于诗学甚深，而寄趣亦大于今之诗人异矣。诗编年名集者，曰闲居，曰弹铗上下，曰息影，曰铁人，曰莲幕，曰望瀛，各缀小序，末附以知梦以趣园，都九卷一千首少弱。顾非卖品，爰选十之一，命学士录存于京兆文献云。

八秋诗草小引

曩得抄稿二册，册面署"八秋诗草"。而八秋诗，前有晚眺夏日杂咏，步瑞晴湖韵登高七首，合之八秋，裁律体十五首耳。编首标曰丙午，独作者之姓名未著。玩其诗，虽乏深意殊造，然明静流利，不染俗尘，其盖此而未臻乎变者欤！按，瑞晴湖即瑞啸湖，名征，清道咸间人，官八旗，委署翼长，与相唱和者，有同官尚膳正苏鹤桥兰泰。是册楮叶古黯，书法亦颇离俗，而今溯第二丙午，在道光二十六年。且鹤桥喜近体，或即为所手抄，未可知也。夫学者苦心孤诣，虽艰于资力，或工或不能工，要为心血所寄，既自享同敝帚，幸身后有片纸之遗，同业者不代为检存，而弁髦等视，岂得谓为知甘苦、持恕道者耶！爰入原楮丛抄中，俾庐面不失，冀终有能定之者焉。癸亥四月二日，或园老圃刘化风树声父识于溪东别馆。

书卢慎钦骈文后 【癸亥】

骈俪之文，递嬗而变，唐宋不同于六朝，逊清又异于唐宋。词华情趣，各有专长。抚儗沈酣，未宜偏废。而摅文条畅，叙事详明，聊就窥管所能言断，推炎赵之为最，缘泯却艰深之弊，无弗达意之词，在挽近时会所趋，贵在尽人能解。我闻沪渎有宋四六选之一书，君对屏山可周千百回之三复固审，涓埃莫补，谅无河汉斯言。

卷之三　笔记

可幕偶娱【上】

一

凡百技业，学之都无止境，故纵操之至精，为之裕如，亦须时存如不及之心。得高明而请益焉，庶可大造天地之大之事。虽圣人有所不知不能，吾人即谓之无一知、无一能可也。若自诩为知为能，且无一不知、无一不能，亦终于愚不肖而已矣。

二

人苟长于一艺，便可出色当行，惟健饭善睡，骄人虐下，自是无丝毫益耳。心不在焉，视而不见，听而不闻，盖心别寄于所视所听，故不能于所视所听之外，再有见有闻也。昔庞士元能五官并用，此不世出之才，世难概见。若中人之资，惟守"非礼勿视、非礼勿听"之训，庶用志不纷，不以玩物而荒正业，得有学成之一日。

三

盛气凌人，君子所戒。即无谓之谐谑，或涉及人之父母妻室，或对于位势稍下之人，使其敢怒而不敢言，反以欢颜承我意旨，此尤所不可者也。君子所以大居敬。

四

吾人一日所有之事，不外言与行而已。而言行之出，又不外乎善恶，是非两途。善恶根于道德，自非由根本上改革不可。若是非之判，或出于错误，或因于执拗，随时省察，便可矫正，惟粗心任性人难于救药耳。败德丧检，自取罪戾，身罹法网，幸而免死，宜自怨艾引咎。乃委之命运，觍然向人，不但无耻之尤，其必且莫可问矣。

五

蛮者之言，难以理喻。躁者之言，未从索解。适形其质劣器小而已，君子必不与辨。

六

居官有借创办种植园及修复故闸而冒销公款者，迨其身后子孙为作哀启铺叙，园已蔚然成林，闸未成而人民深致惋惜，以要誉于年谊故旧，而播为美谈。其实全与事实相反。古人所以深薄谀墓文也。

七

昆山之灵，得片玉不易。粪壤至秽，岂祥芝所生？

八

自是之人，必不好问，且恶人面正其非。与之相处，正其非，即为所恶。狥为是，又非我所安，自以无加可否较妥。或曰是岂忠告之道乎？余曰忠告施之友朋，人而自是，则非吾友矣。何所用其忠告，或展才之人，自是之人，说话听话、读书为文、做事不求实际、不求甚解之人，最是可厌可惜，吾乌可不力矫其弊。

九

刑于象为凶，于气为杀，倘不慎而失之，纵犹得罪，疑推轻之义。若稍有诬枉，因致破家败誉，已不可堪，况生死之判，毫厘千里。仁者固不敢率意出之也。

十

无学识之人论文，无阅历之人论文，不但难信为定评，且或与之相远，甚至成反比例。然学识与阅历相因，孔子曰"视其所以，观其所由，察其所安"，孟子曰"胸中正则眸子瞭，不正则眸子眊"，可以思矣。

十一

学至者不狂，位高者不骄。惟狂与骄，正见其学终不能至，位终不能高焉耳。

十二

吾人有至相需者三事，曰衣食住而已，此外皆不甚切者也。吾人所为有可期必效者三事，曰食则不饥，衣则不寒，息则不倦是已，此外皆不可必者也。然衣食住三者不缺，亦有时而死，死则不知饥而思食，寒而思衣，倦而思息，是又相需而不相需，必效而不必效者也。惟赤子之心、至大至刚之气不失，而能养生，可无惨衾影。死则还诸天地，和祥正直弥漫寰宇，斯乃必效至相需者耳。

十三

晓起雪深数寸，风甚大，欲掀人使起，撼人使倒，曳人使行，挟人使旋，骤寒想金镕联奎上月二十六日，由家启行，计程刻，正抵丰镇、归化之间。吾乡春服既成，其在途间冷，当何苦？信夫谚曰夏行袷绵，不可不备也。

十四

凡人言过其实，知者必不相信，纵相信亦复于己何益？

十五

俞曲园集碑字联云"不出户庭，全收野景；相从里巷，大有高人"，可为砚农绿天书屋楹联。

十六

汉明帝时，楚王英以事自杀，且坐死徙及系狱者，尚数千人。吏以上怒甚，无敢以情恕者。侍御史寒朗言于帝曰："臣见考囚在事者，咸言妖恶大，故臣子所宜同疾。今出之不如入之，可无后责。是以考一连十，考十连百，口虽不言，莫不知其冤者云云。"帝意解，后二日自幸狱，理出千馀人。窃见军队剿匪亦不免有宁入勿出之处，惜无寒朗其人，能痛切言之耳。

治狱之人，宜委曲以求其生，则死者庶可以无憾，况时有可生之理耶！仁人之言，其利薄矣。表弟翼周附识。

十七

汉光武帝每日视朝，日昃乃罢，数引公卿郎将讲论经理，夜分乃寐。皇太子见帝勤劳不怠，谏曰："陛下有禹汤之明，而失黄老养性之福。愿颐爱精神，优游自宁。"帝曰："我自乐此，不为疲也。"按，光武此语，当是实语。余自到绥防，为人理文牍，暇辄浏览书史，日有定程，偶于家书中为儿辈言之。儿辈来禀，亦以阅书不必拘定，庶可少耗心目精力为言。然余性之所喜，不能从也。他日复谕时，当揭此则示之。

十八

第五伦答或问云："人有馈吾千里马者，虽不受，每三公有所选事，心不能忘，而亦终不用也。兄子病一夜，十往退而安寝。子病虽不省视，而竟夕无眠，是不得谓无私也。"按：此乃伦开诚之语，在他人或不肯直吐，而清高宗谓直堪喷饭，且以史氏许为诚直为奇，亦刻矣。

十九

汉安帝立于丁未至乙丑，凡十九年，书地震者二十二，而地坼、地陷、山崩，且不绝书。虽谓灾祥无与，然治世无此异也。

二十

李文饶著《退身论》言："操政柄以御怨诽者，如荷戟当猛兽，闭关待暴客。若舍戟开关，则寇难立至，迟迟不去，以延一日命，庶免终身之祸。是惧祸而不断，未必皆耽禄而已。是当时，党祸在位者，已日恒慄慄危惧，不徒今日为然也。然虽欲借权位自固，不敢引退，殊不知亦终有不免者，孰若君子之不党乎！即是非忠佞所系，有时不得不争，争之能胜与否，固有命在，则又奚必计及不可必定未来之祸福，而恋未必果能保身之禄位。"宋周密谓其言可哀，余则哀其计至拙耳。

二十一

陈蕃上桓帝疏，有曰"夫诸侯上象四七，谓宿二十八也"。陆放翁诗有云"百六十弦弹法曲，谓琵琶四十面也"，此用法当是首创。

二十二

李固下狱死，门人王成将其幼子燮避于徐州，变姓名，为酒家佣。或卖卜于市，阴相往来，授燮，专精经学。后逢赦得还乡里，皆成之力也。夫成之义重师门，求之古人，且不多见，无论末世，而固非行业至精，择人而授，岂得食其报人于交游教学之际，亦至重矣。

二十三

近来，艰嗣者生子，每寄育于他氏，而暂随其姓。或有呼他人为父母，而姓即随之者。按：汉灵帝何后生子辩，养于道人史子助家，号曰史侯。王美人生子协，董太后养之，号董侯。此其先例也。

二十四

昔人评清诗，以钱南园为首。兹读其集，紧严矫练，言中有物，而七古尤胜渔洋词，多意寡未足拟也。

二十五

汉献时，吏有著新衣，乘好车者，谓为不清，士大夫至有故污其衣，藏其舆服。闻三十年前，清大吏有崇尚朴俭，矫枉过正，颇与之相类。又司马懿聪达多大略，曹操闻而辟之。懿辞以风痹，强乃就职后，竟为所篡。清末叶亦有类此之一事。前车虽折，来轸方遒，当局者固难悟耳。

矫枉过正，以之束身尚可，若以之欺人，则受欺者多矣。昔人有诗云："周公恐惧流言日，王莽谦恭下士时。若使当年身便死，一生忠佞有谁知。"慨乎其言之也。翼周。

二十六

专制之君，国为私有，赏罚己出，功过悉当，十不获一，非分膺赏，少全终始。纵不褫削，亦贻讥堪羞，况无罪而遭僇辱者，尤指弗胜屈。间有复爵，或起用其子孙。然为之君者，悦怒无定，旋起旋辍，骈诛族夷者，更时有之。读史至此，甚有惑于人之慕名位，而不知止也。

二十七

夫匹夫有兴亡之责，此不能见诸事实之言，亦犹使个人皆清净无争，便至太平云。尔能乎否乎？

国家兴亡，匹夫有责。本顾林亭之大言，新近之谈爱国者，无人不挂诸齿颊。何弗思之甚也？得斯喻，而警醒之，当亦哑然自笑矣。翼周。

二十八

古人工文者，未有不能诗。工诗者，未有不能文。第兼至者，鲜耳。清路闿生诗欠超脱，故不及文。钱南园文少家法，不不及诗。

二十九

以身殉国，名即随之。若留有用之身，以图再举，则能成功者甚鲜，且难免于清议矣。汉帝禅，降晋姜维等诣钟会降，会待维等甚厚。会会有异志，维欲使尽杀北将，遂构乱以杀会，而复立汉故帝。以会犹豫，致维亦同被胡烈军士所杀。夫复汉之功难成固也，然其志则不无可原。乃议者比于谯周鬻国，则过矣。若夫同床各梦，会死后，或尚引维为知己。噫，世事类夫此者，讵一钟会也哉？

主辱臣死，自是常理。若借口不忍须臾之死，谓欲得常以报国，则古今无死节之臣矣。若姜维者，始不能度德量力，从费祎之言，保国治民，谨守社稷，而兴兵召祸；继不能谋深虑远，侦察敌情，而致有阴平之暗度，国以灭亡。终不能如诸葛瞻父子之视死如归，竟贪生恶死，而为降虏。且已降敌，心怀两端，何异再醮之妇而言念故夫耶？甚矣，死有重于泰山，轻于鸿毛也。君子谅其心，卒莫能讳其事矣。翼周。

三十

片言折狱，古人所重，故词以达意为止，铺扬藻饰，适足纷扰，取厌耳！为诗而贪多爱好，弊亦相等。

三十一

周顗将入见帝，王导呼伯仁，顗不顾。既出，导又呼顗，仍不与言。而导卒以顗救得免。后王敦三问顗于导，导三不答，顗遂被杀。敦兵陷长沙，执谯王承，槛车送武昌，桓雄、韩阶、武延，从承，不离左右，雄见杀。迨承被害于道，阶、延送承丧至都，葬之而去。未有盛名而内疚者，岂独导哉？若顗与雄、阶、延，固宜铸金事之者矣。

三十二

王阮亭诗如乞儿唱莲花，开口便得矜博剌剌，或未厌于人耳。钱南园诗如病者，述苦语无泛设，然能道著痛处也。

三十三

张翥，字仲举，《紫檀筚篥曲》有云“镂檀作管如紫玉，连蝉锦囊金作束”，又云“当头独发调最高”，又云“顿令阳春变秋色”。按：其制则与今之管同，而其音之高且悲，亦与管类也。

三十四

一乡人，畜多狼，同牢以豢之。每相杀，或出而杀人，乡人怒毙之，苦未罢尽也。更逸出，为害且滋大，以致锐弩四伏。狼虽难在为害，然乡人亦劳矣。一乡人，畜多狼，分柙以处之，无相杀、杀人之患，人得以安，狼亦得全。

三十五

事有据理力争而不得者，愤激抑憷固也。然较之为人所理争而无词以辩，无力可施，尚堪自壮自慰。若强词以驳之，逞力以服之，虽争者势绌，然亦不慊于心矣。

三十六

世事荣辱无界说，如前清以翎顶蟒补为荣，而民国则孰重之？中国男女授受不亲，而西人则以接吻握手为亲爱之表示。此以时俗异者也。君子以杀身成仁为荣，文王之见囚羑里，孔子之见围匡人，君子不以为辱，而小人所见，则或与之相反，此以品节异者也。然此犹皆世间法说也，若出世法，色即是空，无生无灭，须弥芥子，万劫刹那，更何荣辱可言？

三十七

幼时观剧，每于丑净登场时，深疑忠臣义士，何以不能辨其奸狠谲诈而为所陷害。噫！此大误也。夫阴险鬼蜮之辈，益工为礼貌恭顺，岂生而粉墨其面，浓眉角眼，秋千其须哉？特排演者加之标识。欲后之观者，一望即别其善恶，无待思之而始得也。况忠臣义士，多血性任侠，阅历不深，故与工为礼貌恭顺者遇，恒易受欺而致败。纵有见几稍早，且自知势莫与敌，然终不肯曲意降心以阿附之，不败更何待耶？呜呼！以粉墨榻橜此辈，吾恐今而后粉墨而告竭之叹也。

三十八

渔洋山人曰"为诗须博极群书，若《十三经》《二十一史》，次及唐宋小说，皆不可不看"。吴兴张廷华以为"语极高深，不便为初学者告"固已。予谓一句一字皆有来历，自是学诗极轨，然须不浸性灵，意有独到，语必己出。若徒捃拾与题相关之前言往事，充实篇幅，连累不休，施之于咏物尚可，然且每以太多而取厌。故苟自矜淹博，便如古董铺彝鼎书画等类，各庋一室，以类相从。终不如以新学哲理，独发明一器一物之可贵也。此老之诗之病，正惜其书太多耳。

三十九

晋羊祜与吴陆抗对境，抗遗祜酒，祜饮之不疑。抗疾，祜与之药，抗即服之。至今播为美谈。北魏攻宋盱眙，宋遣将军臧质拒之。魏主就质求酒，此大雅事，乃质封溲便与之，是直与童孩作剧无异矣。若质不谙雅趣，或以为非礼之要，亦何难？书词谢绝，即立见之武力，更理势之所宜。然魏主迨知之而怒，岂亦开封而尝试之耶！然亦可资趣谈矣。

四十

天下有不可恕之人，无不可成之事。有难处之逆境，无难做之好人。

四十一

齐永明九年，遣散骑常侍裴昭明等如魏，吊冯太后之丧，欲以朝服行事。时魏主宏，尊习古制，不除哀服，使主客者驳辩数四，不辄变易，后命著作郎成淹与之言，根据经典一再论难，卒如魏议。夫三国演义，蜀邓芝使吴，词峰滑辩，吴人士莫能难之，不辱使命，颇艳称于人口。而成淹之侃侃正论，转无知者，甚矣。稗官易熟，正史难攻，吾以是不能不服小说之势力也。

四十二

事有易为而难工者，文中之短章与散体诗中之五截，弈中之围棋，画中之写意，皆是也。若人中之忠臣孝子、义士烈妇，则皆难为而易至者。

四十三

魏主宏祭比干墓文云："呜呼！介士胡不我臣！"按：文之短，当无逾于此者。

四十四

魏神龟二年，用度不足，减百官之禄四分之一，则是今日官军薪饷按八成支领。古人有先，我行之者矣，不足异也。独惜所昉，为乱世耳。

四十五

晚同啸晓出北门，半里许，越清浅之小溪，一碧无际，有如吾乡三四月间，芳草良苗，铺满塍原也。据土阜小坐，迫红轮西咽，暝烟四起，循路以归则晚灯既张，读书数则，复偕至后园步月。因谓："百年瞬息，古来英雄豪杰，每苦不自知足，汲汲弗息，乃至身败名裂，以贻后人吊叹。何若饱暖有资，便入名山。居僧寺，日以泉石水木相乐，不问中原之鹿，寄情濠上之鱼，为洒然自快乎？噫袪平子之愁，了平子之愿，未卜果在何日耳？"

四十六

读诗，性有所近，故为诗体有专工。廊庙山林，萧疏镂缋，鲜能兼至。温李之不能为郊岛，亦犹郊岛之不能为温李也。岂徒不屑也哉？

四十七

欲儿孙守正而已，须不阿。欲儿孙存诚而已，须不欺。欲儿孙主敬而已，须不慢。欲儿孙崇俭而已，须不奢。所谓身正不令从也。国家禁赌、禁烟，报肃清久矣。而发号施令之大老家，率灯枪横于榻，麻雀陈于案，吾不知其对上对下做官样文章，及照律科人民以罪刑时，心何若，情何若也。

四十八

梁侯景陷台城，永安侯确入启梁主。梁主安卧不动，叹曰："自我得之，自我失之，亦复何恨？"因谓确曰："速去语汝父，勿以二宫为念。"数语闲极。迨侯入见，以甲士五百自卫。梁主神色不变，问曰："卿在军中日久，无乃为劳临贺。"王入见，拜且泣。梁主曰："啜其泣矣，何嗟及矣。"数语趣极，非皈依佛法，殆不能空诸色相也。

四十九

古来奸雄，恣睢残戾，惨无人道，若毕生可无求助于人，并若不知有身命垂尽之一日，迨临危涕泣，如宇文泰病中向公护曰："吾诸子皆幼，外寇方弥，宜努力以成吾志。"高洋谓常山王演曰："夺则任汝，慎勿杀也。"云云。其鸣也哀，言善殊无异于当辈。乃不久弑宇文觉、高殷者，即为受顾命之人，固曰因果相循。然使泰、洋有知，当亦悔当日寡人妻、孤人子为多事耳。

五十

无不可耕之田而每荒芜之，无不可洁之室而每污秽之，是田与室之阨也。人多种树，每培护不尽其力。人多种谷，而耕耘每失其时。物不获所养，人弗收其益，树与谷讵任咎也哉。

五十一

人不能无私也，但不侵及他人之公便不害。为公物不能尽得所也，但时存利物之念，便不失为仁。

五十二

凡开创之君，不有非常之德，必有独至之量之才，为人所不及，故出一诏令，间有可称。如隋文帝诏高仁英、萧琮、陈叔宝，以时修齐梁陈之祀，官给其器物，亦其一也。惜功不补恶，故再传而堕其统耳。

五十三

文之整齐致密，今胜于古，公牍其尤者也。人之刚毅真介，今不及于古，伟人其尤者也。

五十四

多人共举一重物，各出全力，尚未卜能胜任与否。若观望，各不身任，或且视为于己无关，从中破坏，更掣踏，其同人必无有幸矣。同一齑粉，又奚怨哉！

五十五

《残明纪事》一卷，古滇罗谦元益氏撰。纪明永历偏安岭表之事，至康熙元年壬寅四月二十五，永明王薨日止。首有康熙庚申年自序，末有王渔洋跋，颇足补正史之缺。

五十六

黠犬笑驼状痴而动迟，使天下动物而尽为犬，将谁与任重而致远乎？君子所取在此不在彼。

五十七

无谓之言，吾不向人说，更不欲人向我说，且不欲听人之向人说也。

五十八

求学所以进德，非为贫也，然有时贫可免焉。夫为免贫而学，正如求衣以御寒，求食以疗饥。而衣食之源，出于耕织，不耕不织，而欲馀粟馀布，必不可得矣。若曰世固有不耕织而得衣食者，此惰民之所为，非吾所敢知。

五十九

理欲战争，间不容发。唐武氏下魏元忠狱，张昌宗贿张说美官诱为伪证，说许之将入对。同舍宋璟谓曰："名义至重，不可党邪陷正。若事有不测，璟当力争，与子同死。努力为之，万代瞻仰。"当此誉也，侍御史张廷珪曰："朝闻道，夕可死矣。"左史刘知几曰："无污青史，为子孙累。"及入昌宗，复从旁趣使速言，说竟不如昌宗旨，诸张遽诬以同元忠谋反。它日数引问，说对如前，卒流岭南。夫诸张擅权恣肆，稍具天良者，无不侧目愤恨。说徒怵于威势，且羡其美爵，其理欲之争，或已非一时矣。脱无宋张诸人疾呼棒喝，几何不为欲所退败耶？古人云一言关乎兴丧，讵不信哉？

六十

唐明皇将幸东都，会太庙室坏，上素服避殿。苏颋曰："陛下丧未终制，遽尔行幸，恐未契天心，故灾异示戒，愿且停之。"姚崇曰："屋材朽腐而坏不足为异！百官供拟已备，不可失信。"虽又经褚无量以"纳忠远谀"上谏，明皇卒幸东都。夫进谏之道，要在平时据理格非，防于未然。苏论诚未免迂无实际固已，姚说虽近开明，然明皇遂因崇之一言，于谅闇之期，为行幸之举，长君之恶，咎何逭焉。窃谓姚之明，殊不若苏之腐耳。

六十一

杨国忠曰："吾本寒家，一旦缘椒房至此，未知税驾之所，然终不能致令名，不若且极乐耳！"夫君性莫测，因人而贵者，全终始甚难，斯言诚是也。若令名乎，君子疾没世之弗称，要致之自有道耳。而云终不能致者，何耶？且行乐本林栖谷处者之事，且犹不可极乐，而国忠乃纵情恣欲，卒至屠割支体，揭首驿门，讵天作之孽哉？尝谓恶人为恶，不自计及结果者，固有之矣。计及结果之不能善，而不自忏悔者，盖不免有幸免之见存焉。如国忠者，知令名之不能致，抑或虑及考终为难，顾平旦之气须臾掩于霾曀，遂无睹天日之望耳！

六十二

胡君复编《联语汇选》，极丰富。以曾文正、左文襄、范肯堂、薛慰农、刘葆良、金粟香，诸君之作为尤佳，真令人百读不厌也。

六十三

与人之道，在官与在野不同。在野，有时可以脱略不羁，自适所适。在官，则虽贵，闾阎以和，然时时须示人以莫测，使不能以非法非礼者相干乃可。惟皆去一"诚"字不得，所谓和而不同也。又皆著一"傲"字不得，所谓恭而无礼也。

六十四

唐李希烈陷汝州，卢杞恶颜真卿，说上遣真卿往宣慰之。至则希烈使人谩骂，拔刃相拟，继复礼以宾馆，以降官李元平之谮，不遣还。真卿叱之曰："汝知有骂安禄山而死之颜杲卿乎？吾兄也，吾年八十，知守义而死耳！岂受汝曹诱协乎？"希烈掘坎于庭，云欲阬之。真卿怡然见希烈曰："死生已定，何必多端。亟以一剑相与，岂不快耶！"此建中四年正月事。明年八月希烈遣使至蔡州杀真卿，中使曰："有敕！"真卿再拜曰："老臣无状，罪当死，不知使者几时发长安？"使者曰："自大梁来。"真卿曰："然则贼耳！何谓敕耶？"遂就死。夫此一年馀之中，其所历窘辱，当与文文山不异，而卒能守义以死，其对希烈及与中使之语，至今闻之，尚凛凛有生气，安得不令人馨香拜倒耶？洪承畴倘与相见，吾不知当作何面孔耳！

六十五

冬而寒，夏而燠，春而发生，秋而肃杀。畎亩致其力则敷荣畅实，废其功则枯萎败落，不以人之欣怨而易其常度，皆天地之诚也。倘少有愆候，则谓之反常，谓之不正，顾人类乃多以圆附为长，希媚为能，是已自背于天地，其不能常此以终古，可断言矣。

六十六

绚五色而成文，和五味而为美，借他山以攻玉，犹之乎一人智识有限，必集思乃能广益也。为人而饰非拒谏，不足以成德建业。夫人而知之矣，乃有面示虚怀，口称纳诤而隐制人不得进以逆耳忠言。说论之大，官其下，亦遂因依媚附，苟安禄位，不求政治之进步，置国事于阽危，似与己毫不相关者。然若斯人乎？人多恨其尸位，予则深以灾将逮其身惜之耳！

六十七

孟子道性善，荀子言性恶。余皆不能无疑，顾莫得指事为之比例。嗣读程善之笔记，有"父顽母嚚不能恶舜父，舜母英皇不能善商均"二语，殊为豁然。窃谓天命之性，与其谓为有善无恶、有恶无善，毋宁谓为无善无恶，或谓为多善少恶较易通。

六十八

怙权势，不负责任，自命伟人。工摸棱，无真是非，尊曰稳健。世界安得不坏耶？

六十九

人之流于不善也，口目易其形神，面貌脱其光泽，有时视有不见，听有弗闻，或无故而惊，或无因而疑，心无暂刻之宁，语默都无是处。若五伦之中有一于此，必前生罪业罚于今世受之也。

七十

百年晌息，终归于尽。名或可传百世，利则难带一文。惜乎！人多不悟，有悟者旋亦汩而昏耳！

七十一

古之名臣名将，虽蛮貊亦皆起敬，迨其人既没，犹讴思不忘，甚且图其形，立之庙，而尸祝之，何其赫也？今人有据高位，膺方面，不思竭忠尽瘁，以图国利民福，而惟权利是务，且出则警跸，居亦枪械自卫，而惟恐有人狙击于其旁者。试问人生世间，既稍贵于齐民，而反终日惴惴，如临大敌，转不若樵夫牧竖、村农市贾之得以悠悠坦坦，无忧无惧，上于国无所负，下于人无所防。噫！务权利而若此乎，亦何乐而有此权利也。

七十二

读书正业也，然不好则不乐矣。若不能则好之者尤鲜矣。博弈外业也，然好之则乐之矣。若能之则鲜有不好之者矣。乐不乐，实根于好不好。而好不好，又根于能不能。然人之于所不能有极，愿求其能者于所能有稍疏，即化为不能者，而所好亦随之而迁焉。能务其正而绝其外，斯善矣。

七十三

天下大智慧人少，真血性肝胆人少，真才人少，真奸雄而才足以附之者少，圣人及剑仙则无之，随波逐流、趋炎附势者触目皆是。

七十四

视天下无可与之人，是无人也。视天下尽可与之人，是无我也。无人无我皆是我之过也。然则如之何而可也？可与，与之可也。不可与，勿与可也。不与而与，与而不与，亦可也。噫！不可与者谁哉？可与者谁哉？

七十五

躁人之言发于喉，而心未尝与闻也，故经驳辩则易塞。躁人之步动于股，而心未尝有令也，故遇崎岖则易踬。塞也，踬也，而不知，知而不悟，悟而不改，亦终于躁人而已，亦终于废人而已。

七十六

寡欲以养精，寡言以养气，寡虑以养神，此关于体育者也。戒杀以养仁，节用以养廉，惩忿以养勇，博学以养智，此关于德育智育者也。无德不立，无智不保，无体则德智无所附。

七十七

兽相食，人恶之。人相残，天不恶之乎？上好仁，下好义，上好不仁，能责下必义乎？先知觉后知，先觉觉后觉，天生人之意也。先不觉后，岂天之意乎？故人之强者也，为人上者也，先知先觉者也，皆天所厚者也。厚于天，而无以善之，安见其不败哉！

七十八

或有问余者曰："契丹舒噜后于主按巴坚之殂后，悉召诸酋长妻，谓曰

'我今寡，汝宜效我'。又集诸酋长泣问'汝思先帝乎'，皆以'受恩，岂得不思'对。曰'既思之，宜往见之'，遂杀之。若后者，其无淫行乎？"余曰："或然，尝见贪人以己室被焚，而务并毁他人之室以为快。迨一朝凭势得隙，又未尝不欲得楼厦以栖己身，是可称曰无贪耶？"

七十九

一心皈依尚未必成佛，若信仰不深，或以佛为不足为，或以佛早晚可为。吾未见其能证正果也。

八十

张甲殴王乙，几死而逃。乙父兄执李丙殴之，乙怒稍解。同时，有赵丁殴于周戊，赵父兄亦殴吴己，而缚跪丁前，请数其罪。丁曰周殴吾，吴虽行有未善，于吾何与焉。苦吴矣，益吾愧矣。君子以丁为顺心而持理。

八十一

接儿辈禀知，族伯辅廷公于月之十二日罹时疫以逝。忆同族诸伯中，凡七人，雅亭、雅林、雅如、玉廷、愉如五公，皆于二十年内先后病逝。公年七十七，体甚健，闻十二时前犹辟园种菜，与儿辈遇，娓娓谈家事不休。诘旦便身痛呕血，而致不起。噫！诸伯中仅遗溥泉公一人矣。几日离家，遽成隔世，同根之悲，能不鸣邑！因拟挽联云："先君捐馆舍四十二年，族中惟两伯告存，公乃又逝；贱子去乡邦千五百里，儿辈忽一函赴至，我胡不悲。"又云："寒宗之高年推公，记曾瓜架豆棚，听述祖德；寄食于他乡愧我，愿接声音笑貌，儿应有魂。"

八十二

归寓绥远后山半载，微闻其谚语略记之。称普通人曰老百姓；富者曰老财；老者曰老汉；幼者小后生；再幼曰儿娃子；无赖者曰坏【读如会】鬼；人民见官长听审判，自称小人或我小子；号土匪为独立队，又称赖小子；自亦称独立队；绑票曰请财神，又曰刁曰箍，亦曰抢；诈财村中曰请社，又曰开单子；为匪人瞭望曰押水；官兵救下被绑人若干曰打下财神儿名；毙土匪有时曰嗍曰敲；凡演戏赛会之涉于热闹者曰红活；看则曰看红活；又揩拭器物曰切；谓不妨事曰百不咱；此类尚多。若可可为蓝，以力更为山岭；乌拉为山；不浪为水；乌兰为红；忽洞为井；乌苏为水泉；此老为石；合少为旗；恼包为垒石作标识之类，则蒙语而与谚别。

八十三

物惟体圆也故多喜，蹴踢之人为性圆也，故多喜玩使之。若谓天体至大且圆者也，孰得蹴而玩之乎？吾曰天无际，太固也，惟无际乌必其圆乎？纵必其圆，莫比其大，而有其圆，其受蹴玩也，固不宜哉？

八十四

东坡独游庐山白鹤观，观中人皆阖户昼寝，独闻棋声于古松流泉之间。又自海康适合浦，雨大桥坏，值晦日无月，舟宿大海中，疏星满天，四顾太息。子过在旁鼾睡，呼之不醒。所撰《易》《书》《论语》，皆以自随，抚之而叹曰："天未丧斯文，吾辈必济。"以一人而遭处，各异其情，趣亦因之迥殊。到无力可施时，虽苏子之贤，不免呼天自祷，世之无神派不信天者，盖亦口头语，殊未信其有定旨也。

八十五

负经济之才，而为愚人谋事，危道也。

八十六

汉滨读易者曰："学问馀于聪明，其病多傲，傲则学不化，不化则色庄，色庄之至，必为伪君子。"张文襄近之。"聪明馀于学问，其病多浮，浮则学不固，不固则无恒，无恒之至，必为真小人。"端午桥近之。余曰："无聪明者不足以言学问，有学问乃是真聪明。不化也，傲也，其学问何在乎？为学而无恒，而不固，正其不聪明之表示耳！至于君子、小人之真伪，则关乎德行，似不能与学问、聪明混为一谈。"

八十七

法官操人之死生，无情者不得尽其词，听讼者之能也。得情哀矜勿喜，听讼者之仁也。法无可生死无憾矣。情有可原而不出之，不仁孰甚。若故入人罪以为快官而已矣，法云乎哉？

八十八

昔苏东坡喜酿酒饮客，曰："见人举杯徐饮，则胸中为之浩浩然，落落然。"闲居未尝一日无客，客至未尝不置酒，客醋，正以自适也，此是何等胸怀。尝记二十年前，予岁种罂粟一二亩，花毕，可获鸦片数劬。每严寒酷暑，午晴宵静，辄煮之以供客。短榻一灯，对卧絮絮，不知其雨来或月落也。故客多喜就予，予亦偶焉尝试。然少尝辄醉，听客罄瓶叠以去。自谓较之东坡之适，不多让焉。今禁种日严，此乐那可复得？

八十九

人死为鬼，则今日之鬼，皆数千百十年前之人也。今日之人，皆数千百十年前之鬼也，亦数十年数年后之鬼也。鬼有时求于人【如小说载求超度等类】，而人反怖之人，无妨于鬼。而鬼有时或祟之，何也？夫鬼本无可怖，亦无祟人，惟人信道不笃，内省有亏，乃觉其可怖。怖心起祟，斯来矣，知生知死，事人事鬼，圣人之言，信哉？

九十

"静敬"二字，进德载福之根也。宋曹利用官侍中，奏事帘前，或以指爪击带裎，太后怒而未即言，后以从子汭不法事发，几并诛而罢，知随州。夫击带裎，小故耳！然不静不敬已见，故其在官不恤人怨，终被遣罢，德与福何有哉？当深以为戒。

九十一

嬉笑怒骂，各施其宜，可人也。嬉笑怒骂，随时成文，可文也。若一生惟嬉笑无怒骂，惟怒骂无嬉笑，直无人趣矣，直非人性矣。何有于可更，何有于文？

九十二

群居终日，潜修难矣。言不及义，进德难矣。好行小慧，闻过难矣。孔子曰："难矣哉！盖亦无以名之，而深慨之乎？"

九十三

每隔座闻哄堂声，以为必有绝奇可歌之，故后徐徐察之，乃皆了无足异者。噫！殆轻躁之表示欤！抑令色之一端欤！不然则将成莫疗之精神证也。古人笑比黄河清，有以哉！

九十四

士人以善求事为精神，以能讦人为风采，捷给者谓之有议论，刻深者谓之有政事。此宋孙抃上疏中语也。夫世风日下，在宋时已如此，至今尚有人类乎？尝谓学行随世运升降，当国家方兴，风朴俗淳，学大而行端，及其既乱而将亡也，道德颓丧，乃每下而愈况。迨有开国王者出，气节交章，必又有变而上焉者，史册具在，可征也。虽然有如人罹大病，赖参苓调养，众庆复元而已。亦自谓仍旧，而无如衰态老景相逼而来。正如磨刀之石，不见其损，已难复昔年昔日昔时之观矣，能无慨哉？

九十五

龚定庵撰陈颂南《问经堂记》有云"言之庬，由学之歧也。所居之猥缛，由嗜好之俚也。宾客之甓埶泙哗，由主人之不学也。即其居可以观所好，听言可以知其学，见宾客可以谂其主人。"名言哉！

孟子曰："观近臣以其所为主，观远臣以其所主。"魏李克曰："居视其所亲，富视其所与，达视其所举。"皆即其友，可知其人，甚矣。取友之不可不慎也。况白沙在泥，与之俱黑，蓬升麻中，不扶自直乎？音义未详。十月十二日，翼周。

九十六

蒙古居于北偏，民性锢陋，除各旗诸王近建有少数室舍，其馀率仍毡帷毳幕，类行军之帐棚。然称之曰包，择水草肥茂处架之。无翁媳叔嫂，同宿其内。冬爇牛马矢取暖，夏可张其上方或左右之一二面招凉飕焉。且随时可迁，便畜牧也。顾地鲜所产，凡米面布帛及日需之品皆缺，时乘橐驼，不远千馀里，数百里，若吾乡人之趁墟。然而来内市，至则有通市行人，【即奸邪之经纪，日本谓之中买。】迂寓肆内，严其局，而厌以酒，不令斯须出询所需，而任代办焉。实则肆中无所有，有亦未必什一二，凭借剥削以希馀润耳！例如，米斗钱千，面斤钱……

【罗按：此处底本佚失两页，且无所考补，暂付之阙如。】

……苏东坡、黄山谷、陆放翁、元遗山七绝，李太白、杜工部、苏东坡、陆放翁，实则于曹阮陶鲍两谢收其五古，香山收其七古，王孟收其五律，义山、牧之、遗山收其七律，于韩收其五古、七古，于黄收其七古、七律，于陆收其七律、七绝，于苏收其七古、七律、七绝，太白收其五七古、五律、七绝，五体并收者为工部一人而已。

九十七

以苏子卿之刚鲠不屈，习毡啖雪，乃有为胡妇生子之事，若少年而饱食暖衣者，任情纵欲丧名戕身无怪其夥也。孔子云"戒之在色"，岂独血气未定者为难哉？

九十八

动言人品行不端，不问己之端在何处。动言人学问不好，不问己之好在何处。斯无量者也。轻以品高学粹许人者，无识者也，夫无识犹之可也，无量大不可也。吾闻其语，吾见其人矣。但恐明于观人，暗于观己，不可不立自省也。

九十九

融斋孟先生，号篆山耕人。余十四岁时受业师也，先生邃于经史，年十七，补博士弟子员，为文千言立就，率稿就不耐缮真。屡试秋闱，人皆以腾达期之，卒未售，命欤。晚以恩贡候选教谕，逃情于酒，不喜为诗，然偶有所遣，天趣横生，工吟者所弗及。吾乡龙泉、问青两先生后一人也。昨得同学杜翼周表弟书知先生闰月十三日卒矣，年七十三，无子。拟挽言云："风赋性多愚，窥问学津涯，趋步所资，先生是则；师文名籍甚，顾篇章散落，校搜之责，后死奚辞。"语拙意略，殊难释然。

一百

予每涂薄荷、冰如意、油肥皂、洋胰子于面部，或嗅避温药及在理会之闻药与日人经售之宝丹于鼻，噙仁丹于口。凡所及处必瘴，生小泡，黄水淫浸，几失本相，使他人不能辨识。岂其药与皮肤，性有不相容者欤？然历询诸医，胥莫能道所以也。闻龚定庵小时闻斜日中饧箫声则病，迨壮犹然。又闻蒋鹿潭纳难妇黄婉君于乱，后此妇怯见蚕豆，偶睹遗谷在地，则身青、手足俱颤、吐泻，僵卧数日。乃已此更难以理解者矣。

一百零一

夫天下之事，皆待人而理者也。然天下之人则不尽能理天下之事，苟得其能理者而理之，斯亦无不理矣。夫天下之人，岂有不能理事者哉？苟出以无我之公去其利己之私，则亦无弗能理者矣，即有能有弗能而能，使能者进，弗能者退，亦足以了天下事而有余，无奈能者不欲炫其能也，且不得尽其能也，且难进而易退也，若夫无理事能者，乃百方夤缘，不惜牺牲其固有天赋之良，以求进专以妒能为能害能为能迫能者，既退，则又与同等之无能者相妒相害。若必四海之大，非伊一人独居市朝之权之利，非伊人自享不足以为快者吁，岂非大误也哉？无论一人不能居四海，一人不能成市朝，倘不幸而有其时，此一人者不但无权利之可享且将无趣以生矣，盍亦反其本，求为能理事之人而共理天下之事乎？士农工商皆可为惟官不可为骄奢贪暴，此其端也。邦有道时犹可为，无道时尤不可为，能逢君之恶，不赫耀一时，然君性无常，多及身而戮窜子孙，且不为天下后世所齿，至若赋忠鲠戆直之性，欲匡君于尧舜，致世于承平者，生非其时，徒取辱灭更可以废然止矣，独怪历代大臣起而废，废而起，起而又废，岂忠愤之气，有不能自遏欤？是不智也。抑禄位之念不能息于心欤，是不义也，不智不义皆足以丧身，而有余故曰，官不可为也。

一百零二

金世宗谓太子曰："昔唐太宗训高宗谓：'吾伐高丽不 克 终，汝可继之。'如此之事，朕不以遗汝。"此仁而义也。又尝以唐太宗出李勣训高宗即位后即授以仆射，以期致其死力为用伪。此义而智也。又宋上皇崩，遣使如金告哀，并致上皇遗留物于金，返其中玉器及弓剑之属数事曰："此皆尔前主珍玩，所宜宝藏，以无忘追慕，朕不忍受。"此义而仁也。又尝以会宁为兴王之地，思念不忘。大定二十四年，如会宁。明年将还，谓群臣曰："祖宗旧乡，朕且乐其风物，不忍舍去，万岁后当置朕于太祖之侧。"遂放免本年租税，补百姓年七十上者一官。因宴宗室宗妇曰："朕不常饮，今日甚欲成醉，且为歌本曲。""王道艰难，继述不易"之词至慨，想祖宗宛然如睹，濒发语诸宗室曰："太平岁久，国无征徭。汝等皆骄奢，往往贫乏，朕甚怜之。当务俭约，无忘祖宗艰难。"因泣下数行。此礼而仁也，智也。又尝御殿，命歌者歌女直词，谓太子、诸王曰："朕不忘先朝行事，故时听此词。汝辈幼习汉俗，不知女真纯实之风，恐非长久之计，故欲令汝辈得见旧俗，庶几效之，至于文字语言尤不可忘本。"是礼而智也。又将如会宁，谕太子守国曰："政事无甚难，但用心公正，毋纳谗邪，久之自熟。"此智也。世宗四端具备，且以仁孝起家，言为心声，事有足纪，得不谓之贤主乎？

一百零三

国际之间，战与和二者而已，然得当为难。宋秦桧之主和，韩侂胄之开衅，皆致祸国。夫桧岂不知和为失计，侂胄岂不知战无可恃，顾皆利欲熏心，威权自恣，不惜以国为孤注而悍然行之，此其所以为元恶大憝也。且桧时，岳、韩诸将所向有功，倘相将和衷，安必中原不能渐复，而侂胄之世宿将则无一可用，元气益见销亡，自守不见侵子强邻已幸属意外，犹虚耗之躯，讵堪饵烈剂，更亲醇酒近妇人乎？桧等非自审之不明，故难为曲宥耳。

按：随园之论秦桧，谓桧有窥窃神器，代宋而帝中国之意，似不免于太过。究以前论，为最能发当时权奸之心理，捧读后五体投地矣。【熙为】

一百零四

天下事有难以恒理测者，如贤者不禄、高才不遇之类，不一而足。吾人无神而明之之高识，则于持身论世，亦惟宜守定恒理而已。若越理而希侥倖得之，已滋内疚，况未必得。

一百零五

晴宵鹤唳，声幽以清，然不概闻。群雀噪于檐端墙角，促短哑瑅，其乐无艺随在。而有若鹤，吾则仅于天津公园及北京万生园见之，且困于樊网，无少翱翔之趣，更未闻其一引吭也，呜呼鹤乎！孰使尔为鹤乎，然吾独幸尔为鹤也。

寓意深远，慨乎言之曲折处，由韩文短篇得来。熙为僭。

一百零六

报纸为开明之具，亦牟利行为之一也。盖真具热心者甚鲜耳。然有闻则录，发所欲言。苟别具双眼观之，纵间有颠倒捏造，亦岂能为害？故余谓设一报馆，较添一普通商业为优。而时人到今虽不目之为洋尚，皆以其不能发达预拟，且若祷祝之者。何不乐成人之善如此。

一百零七

群鸽戏于前除，喝于进止，凭轩观之，意与相忘，乃偶以爬搔，或无意咳吐，忽皆振翼而飞无一留者，若甚见几者。然夫我非有心于彼，竟致全体见疑，靡一相谅甚矣。一物之性不能相远也。迨遇持锐相拟，张罗以待，果能如鸿冥冥者乎？又岂物性为然哉？

一百零八

无得失之心则进退自如，泯生死之见则仁义可致。

　　右记起二月十二日，讫八月十二日，不暇记其若干。予性狷且隘，凡事物之触于目而不适于心者，非呕之于口而不快，然呕之于予之口，又岂能适于他人之心。是已失言之无罪之旨矣。然予多用以自戒也。又安知无千百人之一二同予，而引以为戒乎？故寄儿辈省而存之。时己未九月十八日，树声自记于可可以力更。

卷之四　笔记

可幕偶娱【下】

一

一穗能收几粒，一亩能获几穗。每亩需钱若干，每年获不二次。且吾人日食米粒若干，终岁劳力，能获钱几何。此就艰难上言之，不可暴殄也。若夫物之可供人用者，皆生之匪易，能敷用已为过分。故无论其为已有、为他人有，皆宜爱惜以留馀福。其抛弃狼藉者，是自绝于物也。绝物而物不绝者，吾不信其然。

二

尝见人家备馔供客，尚未就席，其家儿童辄先据四分一之案，箸簋甫列，便顽劣恣睢，择甘而噉，甚至羹菜狼藉，溅渍客襟。主人视之为固然，客呵之不可，避之不能，且重违主意，须雍容敷衍，此诚虐政之甚者也。昔人比苛政于虎。夫虎也，犹得先趋而避之，执械而御之，呼群而救之，绝无见人已被虎困，而心适神闲，不谋所以出而生之者。虽儿童无虎之烈乎，顾其顾盼自雄，左旋右舞，使人有畏避之劳，无告愬之所，稍失大意，为爪尾所格，则不失仪者甚鲜。万不幸而处乎此，吾以谓诚不亚于遇虎也。故吾人家常客至最好不令儿辈陪席。迨少长，堪使代通庆吊时，宜诫以勿占首座，盘簋有进，勿先他客举箸，勿贪所嗜而勤攫取，勿碍同座而致人不便。人有所需，或代而致之。食毕勿先起。庶免取厌，而有彬彬之风焉。圣人云“长幼有序”，“徐行后长者”，又岂第起居饮馔之间为然哉？

娓娓言之，可为乡农娇纵子女者之写照。忆熙为于去年夏，在某村避雨，主人小具酒馔，甫举箸，竟为两幼子攫食尽矣。其父呵责甚且詈之。读此段，当日之景况，犹宛然在目，更不禁哑然失笑也。熙为形家言来龙去脉，行文何独不然？纵有时见首不见尾，变化无端，然不能因其首尾不互见，便谓为非龙也。因云以悟，麟爪自具。为文者，能不期是龙，而是能读文者，在不求得龙而得龙。若寻章摘句，逐字索解，恐去真龙愈远，况逐字索解而未能。

三

师可求而得也，徒不可求而必得也。且今日之善为人师者，必当日之善为人徒者也。夫人苟有一行之善、一艺之长，皆足取为我资。即间有细行不谨见执已是太甚者，亦可引为鉴戒。孔子所谓“三人行必有我师”者，是也。若夫徒匪独质有不同性，且又有难言者或志在鸿鹄，藐藐予言，或慢蔑其师，谓何足学。愿之信之之心不深，诲之之心岂能不倦？以孔子诲人之不倦，犹有欲鸣鼓攻求之事。若谓以不屑教为教，倘不遇如求也之贤，亦何以尽其不倦耶？是仍只尽为师之道，终不可必得于其徒也。故吾曰：“徒不可求而必得也。”颠倒是非之人为一等。不识是非之人为一等。颠倒是非者，可恶。不识是非者，可怜。可恶者，宜远之。可怜者，宜悟之。悟之不得亦惟宜远之而已。

四

蒙语又询得数事，黑白哈拉白曰茶，汗黄曰拉沙，一曰尼格，二曰哈亚拉，五曰他卜，七曰倒拉，八曰哀妈，九曰依孙，房曰圪那，院曰囫囵，富曰白彦，好曰赛。

五

明世宗【即嘉靖】在位四十五年，悖理害忠，可谓无一善政者。

六

人而无恒不可作巫医，极言无恒之人不能有为也。夫有恒似至难能矣，然中人之资，其于眠也率日以一，食也日以二，而冬棉夏单，寒炉暑扇，亦无或偶忘，而不因时以为之者。岂于进德修业问学之道，转以有恒为难乎？是亦弗为而已矣。每见少年退学之后，其父若兄，知读书、习字为子弟明理谋生之先河，自为督促之，或委之于友朋，暇中讲求，乃多有负其初心，都不肯结实靠盘。于应知者，不求甚解。应为者，或作或辍。平时即不好问，诲之又复藐藐，若谓共尚无作人与向学知识乎而乃于世故调侃盖无一弗能，且有为长老大人所未梦见者。噫！惟少年如此，吾是以为学忧也。倘少年而尽如此，吾更不能不为世忧也。

七

余性褊戆，遇人之言论不合理、不中肯及极无谓者近，虽力自裁制，犹不免时形鄙夷之色，然不自觉也。去年赴绥之前，友人刘子勤乃以为言，且云此为他友所见，及而告于余，故敢转贡于君。夫人之有短，本难于自知。而喜于闻过者，又甚鲜。以余之不怙过，当为子勤所知且所称之，他友亦素佩于余者，乃不肯面净。而子勤交垂十许年，直待余将有远行，始假他人有言而恳恳道之。甚矣，欲闻过于直谅之友且不易也。虽然，果闻过之不易乎？抑亦余之声音、笑貌有以拒人者乎？此不可不亟修省者也。

八

人之作字，除抄书，皆宜置法帖于旁，细意揣取，久之纵不能得其神，或得其似。不得其似亦足以养以敛神，不至成非驴非马之体。尝见三家村秀才学书，展纸于案，先楷后行草，先小后大，继续层累，有少罅隙，更填一蝇头补之，甚至纸成铁色，又就纸背濡淡墨任意挥洒。文不成理，法无所据，迨鬓凋齿豁，犹矻矻不休。论工夫不可谓不纯，考成迹乃无一撇一撩之足式，岂非不取则法帖之故耶。夫法帖，本备学人所取法，然古人固有不名一帖而书自成家者。此无他，目不时时在帖，而心中有帖也。今人亦有寝馈王赵，而笔下无一是处者。无他，心中无帖故也。然欲心中有帖，必先自帖入目中。始入目，且未必入心，况未一寓于目者。能望其书法之佳乎？

九

论诗，沈归愚讲格律，袁简斋尚性灵，然古人之能名家者，未有不兼具者也。一之不具，不为优孟衣冠，则为村歌牧唱。何足称诗？

十

矜微能以炫庸愚者多无成，厚私亲过于所生者必不肖。对力田之人而曰久慕书香，对旧亲而曰仰攀门第，非揶揄即谄媚。恕言之，亦不通耳。

十一

事亲之道，当先意承志。怡色柔声，事长之道。当有事，服劳如指之应臂，臂之应心。事师之道，当步亦步趋亦趋，虽羹墙犹或见之。然三者又相需而可通。宜于事长者，未尝不宜于事亲与师也。为子弟不务乎此，大之则于道有未尽，次之亦不能博亲之爱，获师长之益。呜呼可。

十二

天赋狷介之性。凡我之所有，未经允许于人而为所侵取，心辄不快。而自有生开识以来，虽一纸一笔之微，亦未尝夺人之所好，攫人之所蓄，故每见爱人之物而设心攘有，与夫不惜人之物而任意挥霍者，最心焉恶之，甚至形颜色而不自觉。以此取怨于人者屡矣，而又不能改。甚矣，性之难移也。夫友朋，义当通财，古有明训，然通之云者，盖以济缓急也，且必经所有者之允许也。况朋友岂易言哉？未尽友朋之道者，又岂得借口而有人之所有哉？

十三

谋事者能伺人指使，欲茶则茶至，欲笔则笔至，而无权以位置之者不与也。读书者好学深思，遇有难领会处则宁事翻检，虽有素钦之如师亲之如父者，亦不虚心就问，斯人乎纵能事机遇顺，学获明通，吾则一以为妾妇之尤，一以为下愚之至。

十四

争是非于愚人之座，希权位于乱世之朝，纵幸而遂志，是非亦难大白，权位终难久享，盖愚人一唱十和，本无辨别之明，乱世忠黜佞张，更无展布之地故耳。

十五

趾高气扬是自是之表示，是傲抗之表示，是躁浅之表示。若果才学优美，自是且足为累。倘无甚可称，亦惟形其躁浅而已矣。

十六

人不自知其短者难与言学矣，而有自知其短，乃不求补救，反多方夸饰，而故为似所专长也者，斯人也必自命为极智，吾则以为大愚。

十七

不可测者，在天为晴雨，在人为死生，然不可测而可测，皆非无故然也。雨旸时，若生顺死安，则天地位而万物育矣。

十八

楚令尹子上以商臣蜂目豺声而知其不仁。越范蠡以勾践长颈鸟喙而知其不可共患难。此虽是固定的，较孟子观眸子而定人之正不正稍逊一筹，然已抵得后世相书多种。若吴季札之在鲁说，叔孙豹之齐说，晏婴及郑说，公孙侨适卫说，邃瑗史鳛公子荆等适晋说，赵武等说羊舌肸，语各不同，皆切病而奇验。此又神明于固定之外者矣。

二十九

昔阎百诗遭母丧，服既阕，哀其母，不忍父之独处，而卧起于父侧者又一年。父谕之十百，不肯去，世称为经师、人师。吾乡卢菊庄先生之母王殁，为父议续，久不谐，亦伴父寝处，不入私室。王砚农每称之。然先生有一事极趣。邻人某有行使伪币者，经控于官而羁之。其子求先生为缓颊，力陈父乃不白冤。先生则每与人云某之羁诬也。倘有其事，他人不详，犹可其子。当知之审，何以不云然耶。读书而不习世之鬼蜮者，类多似此。

二十

桐城姚二吉刺史虞卿，一字竹孙，书法似王梦楼，可乱真，尤耽篆刻。牧蓟时，公退辄刀不去手。庚子拳乱后，洋兵过境，索赔款。公维持甚力，而捐于民者亦不赀。民微有烦言，达于上宪，旋撤任以去。然公所劝捐者，除赔洋人外，率募勇自卫以卫民。濒行，装橐萧然，数年几不能自存。同时吏目孙寄云用锦，金匮人，亦耽书，临赵松雪，能得神似，题所居曰"墨华飞舞之堂"。书画满架，莳菊盈畦，一时郡中文士罕有其匹。牧吾蓟之善书者，在乾隆时有奉新刘渔庄念拔，道光时有丹徒华星来濬，光绪时有临桂赵心笙文萃、桐城姚二吉虞卿，镇平古阶平铭猷，四川唐宾森玉书，丹徒、临桂、镇平三君，并工古诗词。予存有丹徒、桐城、镇平、四川手书屏联札翰，而镇平为尤多。奉新有手写"前由花发后山见，上界钟声下界闻"一联，甚圆整，存秦伯川浩家。丹徒之《嘉禾篇》《谭节妇》诗，皆写勒渔阳书院【今改两等学校】廊下。临桂有无题诗及留别蓟州士庶诗，曾见之。王雨楼润、许镇平昔更撰谜话一书，予搜得之，惜未睹其全。馀若咸丰时南通州孙崧甫超著《秋堂吟榭诗馀》，吴勉斋中顺有《勉斋文集》【见龙泉先生《饱食纪闻》】。光绪时怀宁彭豫卿爵麒为时文高手，盐城马慕蘧为瑗工小诗，桐城何稼儒则贤喜临池，四川黄敬修行简要牍皆不假他手，河南蔡廷文佩珩词翰简妙。诸君或以爱士著称，或勤民有惠政。古人云宰相须用读书人，特言其大者耳。循吏几见不出于读书人哉？

二十一

吾蓟学官之善书者，乾隆时有天津金竹坡世熊举人，郡之蒋力斋懋德明经，及钱琴友得其指授【见龙泉光先笔记】，浭阳魏尔纯锡碬茂才，为予言竹坡亦能诗。又道光时吏目徐子容善画，予得其为蒋石泉熙选拔画一横帧，甚苍峭。其致友人尺牍一册，为蒋希泉达仁茂才【力斋孙，石泉子】手抄，现亦归于余。咸丰时吴小沧尝与郡人王竹舫晋之孝廉为友，自亦风雅士，惜技术未闻也。光绪中孙寄云用锦前记已具巡检，则咸丰中有王兰谷从酉工为小词书，亦不俗。予蓄其一联。近杨雨人之携书法尤遒秀，诗词小品简而不俚。甲寅曾属题其自在图小照，并得其行书二纸，此外未有所闻也。

二十二

玉田赵青侣太史【懒鸿】作宰江苏，民国后再起为奉贤令，卒于官，文笔婉赡雅似六朝。庚子有集玉溪生句为《有感》《重有感诗》七律，各十余首，又《兰闺清玩图谱》数阕，今予所存者，惟董先生尔昌传及《孤鸿引》古诗一首耳。

二十三

业师马君祥先生，先大母同母弟也，讳得龙，后以避先世讳，易得伦。家世业农，幼就傅，不三四年即亲耒耜，顾于午夜餐息之余，仍手一编，诵不少辍。寻以训蒙所入，代赁佣伙，而先生遂以教读终其身焉。先生通诸经大义，读纲鉴至数十回，尤嗜曲本，如《缀白裘》十种曲，率能默其大半。课馀人静，每自拍资消遣焉。然皆先生自揣得之，初无人为指授之也。今先生捐馆舍将十年，嗣佩之如珂，犹恂恂有其遗风。

二十四

先严太深公有同谱者二人，一为姚君玉泰，吴桥县人，一为熊君懋生，江西某县人，皆从其先人商于蓟者也。当时往还甚笃。姚已先殁，熊以业歇回籍。今则皆无音问矣。又同谱一人为孟君凌云，少先君两岁，居去吾乡四里，岁时拜晤颇，藉聆旧事云。

二十五

当门下右一齿摇动者数月矣，欲听其自脱。乃近日颇碍咀嚼，稍触则甚不适，而仍未忍自我去之也。今午餐后抵之即落，毫无血痕，可谓无负于彼矣。意甚适然，然老境渐逼亦可慨耳。

二十六

蓟人监生某，一日与客谈一公事，以为无关出入，事主似无庸哓哓不休者，乃曰："是亦值得嗷嗷待哺哉？"王静观茂才闻而失笑，不觉虚恭出焉，众客随笑。王应声曰："监生转文嗷嗷待哺，秀才放屁振振有声。"合座为之喗噱。

二十七

刘瀛死事之八年，予客绥军中。同事马君文光述郭君述之之言曰：辛亥，刘瀛充排长，驻滦州时，其营长为王金铭，已与部下有反正约。蓟榆镇守使王怀庆驻开平，知其谋，顾未敢严词诘问，乃遣参谋长褚虎臣诣滦侦动静，且伪为慰解。王留不使还，王怀庆恐褚之遇害，遂亲诣而抚慰之，请释褚而己愿留。王遂举怀庆为都督，怀庆可之，始释褚回。居久之，怀庆思自脱，乃佯谓王及诸士卒曰："诸兄弟欲起义，良可嘉。然无饷薪以为之奖，犒不足作士气，且殊愧于我心。盍遣全一营之随我取携焉？"王许之。怀庆遂诣商号告贷，稍不肯则大义以责，危词以迫，得若干则遣一连人护之回，再得若干，或遣一排人护之回，如是者数四，则仅余刘瀛所带之一排矣。怀庆乃乘间策马绝尘奔，瀛以步卒追莫及，乃下射击令。怀庆仅以数骑免。寻怀庆逆追卒必将由汽车至也，揣其时间，毁滦开间铁轨一段，且设伏焉。无何，追果至。伏发，王与瀛皆被擒。王先被杀，以同追卒中有当遇伏时未死，嗣经释遣者，为瀛请。王衔射击仇，不许，终杀之。予前为瀛撰事略时，殊无人言及此。述之历前二十镇最久，言必可征，姑笔之，待他日补入焉。

二十八

包慎伯撰凌晓楼墓表有言，晓楼十岁就塾年余，以无力延师，狙听于邻富馆侧，嗣闭之户外，君乃求得已离句之旧籍，私读达旦。年二十，集童子为塾师，稍稍近士人，然或僿陋不足当君意，故学为制举之文无尺度，而童子从君游者，则书必熟，作字正楷，以故信从者众。予每过从，君必危坐据案，左手翻卷册，右手持笔，客至前而不见。盖自缔交以来廿馀年如一日云云。按：凌君幼贫嗜学，吾友砚农似之，老耽典籍，不倦不佞似之。虽所造容有未及，然自强不息之念，或不多让。惜乎，恐无慎伯其人者，为称述于身后也。不难于援笔抒词，而难于词能达意。

二十九

钱梅溪谓司空表圣论诗入微，不闻其诗过于李杜，至以善医者不识药，善将者不言兵为譬。余谓天下事固有心知其意，难形诸语言者。能说诗而所为不甚工，固有之矣。未有工于诗而不心知其意者也。惟意之所在，或不能抒写自如，推勘尽致，且功候不齐。浅尝者既难期以强解，深造者或嗤为肤说。纵李杜有所撰述，亦未必即高于表圣也。

三十

世之因人而成事者，非必无成事之才也。容有遭逢不偶，非附青云之士，莫得以自见也。世之因人而吃饭者亦多矣。吃饭之具，虽具然非袭祖父之荫，藉亲交之庇，则天下虽太，吾敢断言，必无其人。吃饭之所然，饭固不妨因人而吃也。乃有吃饭而不自知因于人者，斯则无耻之尤，不殊于狗彘矣。犬马有养，又奚怪乎？

三十一

孔子曰"诲人不倦"。孟子以"得英才而教育之"为"三乐"之一。孔子曰："自行束脩以上，未尝无诲。"孟子更以不屑之教诲为教诲。孔子于"不愤不悱，不反三隅者"则不启发。复又曰："悦而不绎，从而不改。吾未如之何？"合而观之，是虽遇英才而束脩未具，亦不能往教之也。极至于以不屑教为教，而于不愤悱不反不绎不改者，亦归于末如之何，而不倦之诲，究无所施也。其非概世之英，又无束脩之赞，圣人亦何尝不惮烦，而为耳提面命之终日喋喋哉？

三十二

左季高宫保作督时，海关循例，解交平余银八千两。宫保曰："我今日尚无需乎此。若遽裁之，则后任或于用不给。讵可我独擅廉名而陷后人困境耶？"遂受而转给账局。丁雨生为方伯时，不受平余，比升巡抚，则命复之曰："不可累后人．"二公居心，类如此。尝见清季膺民社者，每于濒交卸时，贿免例得之陋规，或释所押犯，何其心之不似耶？能无慨然？

三十三

民知法而不敢犯，官知法而故破坏之，且自以为能焉。动云吾国民程度未到，然较之吾国之官实过之也远甚。

三十四

昨接儿辈禀乐山舅祖于上月廿四日作古。忆去腊自绥远归，曾往省候，以患痰嗽，迨纷儿娶妇时，遂未能应接以来。今春，余来绥匆遽间，未得再省。每于亲故中之高年厚德者，时有再归不及全见之惧。今闻凶耗，曷胜泫然。公长厚闻于里党，夫妇皆年将五十始立子，今且三十余，更抱孙矣。人以为盛德之报云。

三十五

除恶务尽，治术也。若有人初以被胁犯顺，继以反正，就抚且曾努力自効，奖许有加。乃以同时就抚中，有一二复叛之人，遂将努力蒙奖者，先处以极典，而自谓绝其根株。窃谓是较杀降，殆又过之也。夫有罪而死，理之顺也。不死之于犯顺之时，而死之于投诚自効之后。予人自新之谓何，且杀一骁众，不但后此难再布招抚之，令而前此反正者，皆将块虩不安多事，恐从此起矣。

三十六

不处非道之富。生与义，不可得兼，宁舍生而取义，古圣人之训也。夫生也者，死之对也。弗得，则死之时，且不能舍义以求生。若乎富，则增益云尔。得之亦乃快意云尔。何敢求快一时之意，而悖事理之宜乎。况国家制法，以绳非义，纵蹈非义，而获所欲亦难免刑罚之加。即幸而逃免，此心已有惭衾影矣。虽然法为知者立，若无心而误犯，犹可原而恕也。若责人于屋漏之地，则尤有难言者矣。惟已席履丰厚且居执行政法地位，而乃贪不知餍，甘冒不韪以犯非义而试三尺，斯诚人中之蠹。然其愚亦不可及也。

三十七

校书如扫落叶，剿匪似之。然亥豕帝虎有时而净，若欲时平盗息，自非与民休息，教育长养，使各得以安其生不可也。

三十八

爱之欲其生，恶之欲其死，情也。见其生不忍见其死，则有性存焉。于物且然。君子所以为已食不杀，而圣人下车泣罪。得情不喜，良有以也。

三十九

人若于不自察，而狃于自恕。能以恕已之心恕人，察人之心察已，则德日进，尤日远矣。

四十

人生三十岁以后，虽云壮年，然劳筋骨殚思虑，较之三十岁前而不知惫者，则有间矣。过五十乃头童齿豁，耳目渐失其聪明，手足笨拙，即眠食之稳健，亦大非当年之态，而心思勇锐，耐劳强记，更无可说矣。昔尝谓人，果无私欲外嗜，且知颐养之道，必可延年百龄。今则殊不敢自信耳。

四十一

余以不善治生，值有债负未清，是一憾事。惟此心公平坦直，无一时一事有负于人，殊堪自信且自慰也。

四十二

不求立于不败，而幸败不我及。不思防患未然，而幸患之或免。愚之甚者也。

四十三

有贪夫受雇君子而代牧其牛羊者，月薪有定率焉，月给之刍豆有定数焉。乃牧者假口刍豆之不饱，日出劫掠，将用为补苴之计，而冀牛羊之茁壮。愚者乃深信不疑焉。余曰："今之世岂有甘冒不韪，损己以利人者哉？或以利人为名，而将欲有以利己也。纵果利人，其如违道何？且与从井救人何异耶？故知其必不然耳。"

四十四

古有云好官不过多得钱耳。是富贵相因，名利兼收之事，自古已然。无怪今之庶人在官者，终日奔苦劳动，无少宁晷，而所获月薪，无论仰事俯畜，即衣履之添补，或且不完。若夫高官大爵，俸给已极丰盈，而心之所至，力之所极，稍一施设，动有倍蓰俸给之收入。问其所黾勉从事者，则除烟赌酒食及一切无益之征逐外，曾无一时一事之与民生国计有关。呜呼，国而有是人，国乌得不亡？家而有是人，泽乌得不斩哉？

四十五

倘变易官制，官大者禄微，官小者给厚，或亦救济之一道。然吾又虑，不卑小官者，将滔滔皆是也。

四十六

叶水心称王道甫岸谷深厚，所历虽知名胜，人或官序高重，逆占其无忧当世意，直嬉笑视，不与为宾主礼。是其时尚有可与为礼者也。使生今之世，吾恐道甫将有不胜其嬉笑者。奈何？

四十七

余昔年赁一力，年少而多力，貌亦不恶。偶有宴会，将携以自随。一人曰："是戆拙不灵，携之必至误驱使，弗如另易更事者便。"余虽如其言，然私自谓以力之年之貌，何遽至如所言之蠢蠢耶。后历五六年，始渐觉力之心，无是无非，与人亦无所远近。虽以至卑极陋之人，事无一不可憎，言无一之可味，乃亦比之。若亲听之而善，无时有不屑之意也者。且决事鲜一中要，偶为剖解，更不澄虑以思，自信一耳了然，无俟深察。及细质诘究竟，转云本事愈远。呜呼，是殆所谓败絮其中者耶。然其一人者能于数年前一目了之。余益服其观人胜我矣。

四十八

雍正中，瞿先生骏有荐其才行，当为河南令。恶其上官贪残，不肯为之属。决弃去，甘穷客死。胡天游铭其墓，称有古君子风。呜呼，不获乎上民不得治，弃去，宜也。然若今之世，且将导上官以贪残，否亦将将顺上意，但得权被宠，以达其营利之初志。又奚事不忍为穷客且死，孰甘之耶？去古愈远！宜乎，君子吾弗见矣。

四十九

贫无可讳也，亦无须诉人。富无可讳也，亦无须炫人。讳之或诉之、炫之，已有不能自安之意。若非富而终日有所炫，非贫而逢人必自诉。其存心必有不堪问者。

五十

项羽之封有功，印刓敝忍不能予，淮阴以为大失。而船山王氏曰言不必信，行不必果，且引宋艺祖许曹彬下江南授使相而终不如言，为君慎臣明，得居盈保泰之道焉。夫羽之失而足致败者，固非一。若谓有功不封为非致败之由，吾且以王氏故为高论，否则亦有所蔽也。

五十一

俭，美德也。然宜于自约。若以己之尚俭，而祭先、待人以至于报德，皆不及其分，则已无美之可言。德于何有？王船山云："俭于欲亦俭于德。"盖有见而言也。

五十二

林畏庐曰财积而不知所自来，则用财者必不虞，其无由继。守成之难于创业者，即由于此。惜乎，世之务居积者，无一悟及此者也。

五十三

学诗、学书，有专精数十年而不见其奇者。一技之微，亦如此。其难、其大于是者，更何须说。

五十四

王船山论邹元标廷杖后复为卿，为亏体辱亲，而林畏庐许元标不惮张江陵之暴，后此并立朝，以正学自励，不愧为君子。适与王说相反。夫君子之出，要贵得行其道，而有补于时。既天下之不能善，无宁独善以洁其身。孔子曰无道则隐，危邦不入。当小人道长，且淫刑以逞之际，其难有所匡济可知。船山所论，盖亦深惜元标昧于行藏，故为贤者之责备。而畏庐未谙斯旨，至引杨左六君子相比，辩抑亦陋矣。

五十五

王壬秋句云"廿年和战忧危议，只与世人生富贵"，今之时局似之。项茹卿【庆模】句云"村荒良善家难保，兵悍官僚位不尊"，被乱州县似之。年华似水流难返，债负如山积愈高。伍霁川【振绪】句云"关山几度伤离别，乡国频年丧老成"，则又不啻为余写心事矣。

五十六

柏枧山房文枯俭乏色泽气息，且每用其字于可有可无之间，读之殊闷人欲绝。此老得享盛名，且谓得桐城正传。吾所不解。

五十七

秦桧主和，韩侂胄主战，惜皆非其时。余昔曾语之。兹读某岳墓句云"宰相若逢韩侂胄，将军已作郭汾阳"，洵先得我心。

五十八

江茫即天明，系顾亭林傅责主本事。"拾没"即"什么"，不知而问也。草鞋名"不借"，《齐民要术》作"不惜"。为是同见《两般秋雨盦随笔》。

五十九

宋蔡京荐苏守吴伯举，三迁至中书舍人。后以忤京落职，知扬州。京曰："即做官，又要做好人。两者可得兼耶？"梁晋竹孝廉以为丧心病狂语，时至今日，讵知其为唯一无二之老实话耶吁。

六十

毛西河曰："凡动笔一次，展卷一回，则典故终身不忘，日积月累，自然博洽。"最可为学者法。

六十一

《曜仙肘后经》：骟马、宦牛、羯羊、阉猪、善狗、净猫、镦鸡，皆阉也。《说文》：马曰骚，亦曰犗。

六十二

人必自知不足，然后可期有余。学必力攻其难，然后可期深造。

六十三

人之好善，谁不如我，恐未可概于今人。人之好学，谁不如我，恐未可概于今之少年。

六十四

周濂溪之子曰环溪元翁者，与苏黄诸公学佛谈禅，尽坏其家学。欧文忠之子棐与僧讲法，失其父风。苏东坡之子过父事梁师成，变乃翁之节。韩棱不谄权贵，其孙演则党附梁冀【见《戒庵漫笔》】。曹操杀孔北海，禁其文，其子丕独爱之，令天下有上融文章者，辄赏以金帛。蔡京立党碑，禁苏黄文字，子绦论议专以苏轼黄庭坚为本。宣和五年，或言于上。奉旨落职赵明诚，赵正夫【挺】之子也。正夫恶党人，明诚撰《金石录》，每遇苏黄片纸只字必收藏，以此失爱于正夫【见《两般秋雨盦随笔》】。夫父不能善，其子不必肖父，有以哉。

六十五

鲁絜非曰:"君子不以己所能者愧人,不以人所不能者病人。"此可为恃才傲物者戒。

六十六

汪龙庄曰:"明由静生,未有不静而能明者。"吾曰:"静且未必能明,躁率从事安得幸济?"

六十七

六安茶名小岘春。

六十八

杜康泉在舜祠庑下,水一升重二十三铢,则不及两许【以上二则见《六研斋笔记》】。

七十

明吴县王文恪六【鏊】,字济之。题宋马远画水有云:"纡馀平远,盘回澄深,汹涌激撞,输泻跳跃。风之涟漪,月之激滟,日之颓洞,皆超然有咫尺千里之势。"颇能尽水之变。

七十一

瑞翁尝言稍能储伏腊赀,即于旧居白洋淀畔,筑茅屋数楹,莳花木,读书其中,领略渔村蟹舍、云樯烟柳滋味。予闻而赞成之,并约以十年为期。昨忽书三十六言,云数十年厕身军籍,远戍极边,每当陷阵冲锋,辄匹马当先。今老不能胜,恐误国负民,是以归隐。予阅之日,是自道所历,且坚素约也。请为续之两三间,傍水幽居,蔽离尘市,对此天光云影,看群帆遥集。昨非焉可讳,愿时平岁稔,仅许优游,殊未能工。十年内徐为裁对,或不迟也。一笑而罢。

七十二

《实业报》载,本月初七鄂豫晋秦甘直各省同时地震,则此间是日地动者。以此殆微觉震撼，未罹于灾。幸矣。

七十三

明鄞人袁珙，字廷玉，以相术拜太常寺丞，著有《柳庄诗集》。今之谈相人术者，莫不侈本柳庄。然知柳庄为廷玉者，盖十不一二。故揭之。

七十四

画人多大年。如文征仲九十，王烟客、王石谷皆八十九，黄子久、钱坤一【载】皆八十六，文休承【嘉】、沈石田皆八十三。陈仲醇【继儒】八十二，陆叔平【治】八十一，查二瞻、吴渔山皆八十馀，王元照八十，吴仲圭七十五，倪元镇七十四，王元章【冕】、徐青藤皆七十三，张伯雨七十二，王叔明、金冬心皆七十余。余如赵松雪六十九，祝枝山、萝两峰皆六十七，李思训六十六，王摩诘六十一，恽南由五十八，米元章五十七；岂神闲气定，外务不纷，有以致之欤？

七十五

言行见信于人较有功于人、施惠于人者，获报尤厚。

七十六

先睡心后睡眼。思睡必须常想鼻准二侧。缺睡者当引以为法。

七十七

举一事而人不免疑，有所私者，非夫也。
【以上己未秋至辛酉春】

溪东漫笔

一

掘土得金，取之不伤廉君子，或许为精诚所格。若清昼攫夺而致富贵，逐臭之辈纵结纳恐后，自识者视之直粪土，不若殆将代为羞死。【辛酉下同】

二

石当门可除，则去之。芝生阶可留，则避之。物固有并存而无害者也。必利一而损其一。智者断不出此。

三

李筱山先生《八家村馆丛钞》内《芒牛集》内作者大瓠先生，为锺西耘德祥，蒋谷老人为王粹甫汝纯，春明醒客为黄鹿泉麟，种花佣为邓雨人鸿仪，玉梅词人为况夔生周仪，梦叟为查荫阶恩绥，碧城外史为宗子美韶，淡存轩主为吕叔眉光琦，铁山为魏龙常郁，兰香吟馆主为赵星陔心笙，星岑为刘东生湛煜，江孝通名逢辰，欠持子为勒省旃深之，完白生为傅答泉潜，长眉生则八家村馆主人自号也。附记于此。

四

刘念台先生曰："出入公廷，干谒有司，举世以为荣。自有道者观之，正辱人贱行之大者。"夫出入公廷云云，已含有非分之意味。吾有感于今世之选举焉。选举本出于民意，而运动则全恃己力。两者至不相及也。若乃名为选举，实则运动。力大则所获大，力速则所获先。其缓而小者，每有望洋望尘之叹。今欲知人之运动力大小、缓速，可于其所获之大小、先后觇之。夫人而专致力于运动，其格可知矣。借运动以求遂其欲其目的，不尤可知乎。

五

集俗谚为联语，予廿年前曾偶为之，载入篱根璅语中。本年种菜之暇，复成若干，则未忍捐弃，录之左方。昔龙泉先生撰《村居琐记》，有俗言部，专载蓟谚。兹取对仗，未免甚隘。然正不妨并行耳。

六

鹰嘴鸭爪；狼心狗肺；猫声狗息；吹五喝六；因友结友；客不送客；人面兽心；龟背蛇腰；鼠肚鸡肠；隔二偏三；爱亲做亲；亲上做亲；得过且过；恩将仇报；羊马比君子；坐山看虎斗；远作揖近举手；知恩报恩；道在人为；猫狗识温存；开口告人难；少说话多磕头；不嫌慢全怕站；打开壁子说亮话；

死马权当活马治；要得安先完官；拿起烟袋可搬家；这山看着那山高；三分吃药七分养；清官难断家务事；过节不如盼节好；一日夫妻百日恩；横财不富命穷人；捉虎容易放虎难；闲时置备忙中用；大人不见小人过；饭来张口水来张手；在家容易出门难；饱汉安知饿汉饥；胶多不粘话多不甜；兵来将挡水来土掩；爷亲叔大娘亲舅大；任凭千人看就怕艺人见；心比天高命比纸薄；愚人官断明人自断；要得人不知除非己不为。

七

贾长沙有云："天下之命，县于太子。太子之善，在于早谕教与选左右。"盖以谕教于心未滥之先。左右且得正人，则化易成，而天下可保也。君天下者如此，而有家者何独不然？今世富贵者流，率以遗满籯金为务，于子孙之教诲多吝费，不为之聘贤师。或以守财防之家法相贻，甚至此匪小人日事嬉游，亦不之禁。迨至习惯已成，不但难望进德、保家、守身，更忤逆、无忌惮，为其祖若父者精神上罹难言之虐痛者，比比是也。讵非失教于先，无正人与之左右之过耶？圣道一贯，小可喻大。有子孙者可深长思矣。【壬戌下同】

八

清《一统志》载，无定河在朔方县，一名朔水，一名奢延水，源出县南百步。【见《元和志》】又俗名㴖忽都河，源出龙州堡南【见郑樵《通志》】唐人诗"可怜无定河边骨，犹是春闺梦里人"当指此，可证解作漂流无定者之误。

九

吾不信强权能胜公理之说，且验之不爽者屡矣。夫公理乃万世不能磨灭，而权则一人一时之所操，且名之曰"强"，已有不安本分之意味。历古以来，岂有不安本分之人而能永占优胜，常存在于世界者乎？

十

庸人自扰，总原于得失心太重故耳。若我佛且无我相，尚何得失之有？

十一

予向于未经入口之动物肉类，每不欲尝试以饲口福，私心以为少食一种肉，即少种一种业耳。顷读《平等阁笔记》中引冶禅师语，云无论何等人，倘今日已食此众生之一脔者，则已与此众生有了交涉。何况日日食之，其交涉之复杂可想云云。一念之私，不期于仁慈有合，喜慰无似。

十二

自春徂夏，十日九风，如冬之狂，不雨者几半岁矣。旱象已成，而全国十余省中，杭隍无宁，兵事叠见，如庚申直皖之争。本年直奉之争，其尤著者也。虽公是公，非明眼自辨，而人民涂炭当其冲者，庐室为墟，多遭惨死。即去战地少远，师旅经过，人心惶惧，奔避不遑，而财物之损失，抑其次也。又如吾乡虽系山居，而水源时涌。近年则井泉渐杀，今且有告竭，须远致数里之外者。脱长此不复食品且姑勿论，即饮料将何所资乎。试推溯去洪水猛兽时才几何年，其水量之缩减，当去百分之五十强。再过几何年，不几将涓滴无遗乎。此殆经所谓减劫将尽之时，人类争向三途以趋，犹水之就下，尚恐其不速也。我吾人处此时期，当然无幸福之可享，亦惟有本吾仁民爱物素怀，以期幸免恶报于万一已矣。

十三

久旱不雨，益以兵祸，国家岁入数倍于昔，而用于兵费者，岁居十之五六。朝则有党派之争，野不免贼匪肆扰。嗟嗟吾民，何辜罹此荼毒。明黄陶庵【淳耀】诗有云"野人叹息年岁恶，池中掘井井底涸"，又云"朝廷加派时时有，哭诉官司但摇手"。吴次尾【应箕】有云"何以使兵消，莫如加派辍。何以使贼平，莫如官兵撤。不见十年来，请兵日不绝。兵多贼亦多，未见一贼灭。"两公同一感愤，且同于乙酉死难，诚不愧国民矣。民国国民有能死国者乎？吾恐国在人人口中，心不关乎国事者，比比也。

十四

蒋大鸿，名平阶，一名雯阶，字驭闳，明诸生，毕亭人。工诗文，晚精堪舆，辑有《东林始末》一书。世之讲三元盘者，实宗之。

十五

明方维仪女士，桐城人，出塞诗句云"赋重无余饷，边荒不种田。小兵知有死，贪吏尚求钱"。时当乱世，赋税愈苛，中饱愈甚，士卒置身行间，深明忠义而无哗变。一遇战争，没则痊骨异域，抚恤空有其名。幸而告捷，升阶者自有大吏之戚旧在。血肉相搏者无与也。予前客塞外军幕中数载，目击情状，古今未甚相远。读之不禁三叹。

十六

万物各有其分，贵适如之。以莛撞钟，钟不鸣，不及其分也。以如意击唾壶，壶口缺，过其分也。推而至于人身之体力、声音，莫不皆然。苟过其分，无不立见败衄者也。

十七

天下仅多可乐之事，奚必酣歌恒舞？尽多可与之人，奚必富翁达官？尽多可读之书，奚必淫词艳曲？【下同】

十八

读书必先识字。师非我能覆，篑原可为山。进宜吾往，书成帝虎，固易传讹。辨及陶阴，斯为善学。刿橛桥异用，何堪僵李以代桃？而舌齿殊音，讵许指鹿为马？倘途歧之误入，必弦改之维艰。及此不图，嗣兹胡底？是宜痛心自奋，毋再画依样之葫芦，如其覆辙仍循将，予以相当之惩戒【示王生韫韬】。

十九

文章之有节奏如音乐然，故读文如奏乐也。钟鼓之声，管籥之音，必纯如、嗷如、绎如。疾徐声重，各适其宜，乃能悦我性而移人情。若急促寡舒和之致，平直无顿挫之节，为乐且难悦俗人之耳，读文夫岂能得作者之意哉？孔子之与人歌而善也，必使返而和之。可以法矣。至如文中之确解真味，必须索玩焉，更何待言。【示朱生万钧、赵生振邦】

二十

丘垄之树，所以荫坟墓妥幽魂也，虽所有权操之，其子若孙然承买而锯伐之者，无论其时有折阅，即大获余利，亦不久归于无有。且日就削亡，欲当享用，而因致赡富，吾验诸多人未一见也。夫利以赡家，不必不可求。愿

吾子孙引此以为鉴。【甲子下同】

二十一

无不可告人之事，固是磊落。有不必谋人之言，乃见精密。

二十二

数年前人民所谓为无耻而不屑行之者，今则公然行之矣。官吏所视为犯法而不敢行之者，今亦公然行之矣。然总不出于名利之两途，殊不思利者害之媒也，名由无耻而得，则无耻乃定名也。谓民国人程度增高乎，吾所未解。

二十三

子贡问"一言终身可行"之可行，当与"蛮貊之邦行矣"之行同义。若曰终身勿失，则其事正多。孔子奚必大加斟酌，仅乃以其恕乎答之？玩乎字，其意自见。

二十四

刘赓云，字小白，直隶沧州人，流寓蓟州，尝教授城东某村。廖广裕，其门下生也，出示其改稿及自拟诗赋草本改笔，局势娴整。所自为诗如：《秋兴八首》次句"马踏乱山冲雾出，雕盘大漠破烟飞"，"衰草荒烟秦圯垒，白云黄叶汉时关"，《独坐有感》云："事业无穷期后日，文章有价用何年。"《听雨偶成》云："满地江湖魂梦远，一窗灯火别离深。"《对菊》云："不向热中争色相，每从冷处见丰裁。"又《步秋兴》五言云："莺花三月梦，金粉六朝愁。"皆可诵。小白后殁于蓟，子息不振，莫能正邱首焉。

二十五

李承约，字德俭，蓟州人。后唐明宗时，拜黔南节度使，抚诸夷，以恩信劝农桑兴学校，期满当代，黔人诣京师乞留，为许留一年。年七十五卒。赠太子太师。张希崇，字德峰，幽州蓟人。好学，通《左氏春秋》。明宗时拜汝州防御使，迁灵武节度，使开屯田，教士耕种，军食以足而省转，馈抚士卒，招辑夷落。回鹘、瓜沙，皆遣使入贡。事母至孝，每食必侍左右，彻馔乃退。晋高祖天福四年卒。官赠太师。吾州志书未必登，他日可补之。有行之士，未必能进取。进取之士，未必能有行。"士有偏短，庸可废乎"，曹瞒语也。夫士以德重而才次之，有周公之才之美，使骄且吝且不足观，况才未必如周公。顾可以能进取而登用之乎？虽然，此以王道论人耳。术之主，焉能重德而废才哉？

二十六

南汉刘晟【初名洪熙】弑兄玢【初名洪度】自立，在位十六年，弑弟洪昊、洪昌、洪泽、洪雅、洪弼、洪道、洪益、洪济、洪简、洪建、洪炜、洪照、洪邈、洪政十四人。又杀大臣刘思潮、王翘，而陈道庠之友邓伸皆夷族。至置瓜伶人尚玉楼项上以试剑斩瓜，因并斩其首，诚可谓惨无人道，虽全史亦罕见者。

二十七

牸牛草马。冥勤其官而水死。稷勤百谷而山死。【冥，契六世孙也，为夏水官。稷死于黑水之山。】【皆见《三国志·杜畿传》】【乙丑下同】

二十八

予尝谓现今好人绝种，乃《宋史》载苏轼尝曰"吾眼前见天下无一个不好人"，其度量相去奚啻霄壤。

二十九

名与利，是人之所欲也。能兼收之者，惟今之居上位者耳。若卑末之秩，终日奔碌，心力交疲，衔不挂于仕籍禄，弗足以赡家。是名利两无所获，无怪人皆奔竞。夤缘思为人上，虽丧廉败耻亦无少恤也。补救之道，其惟官愈高者禄愈薄，庶少有济乎。

三十

民国以来，学校林立，入国民校者，率无膳学费，贫家子弟固少易于为力矣。迨升高小校，纵无学费，然膳费概弗能免也。及入中校，则学膳宜并出，计所需实不啻倍蓰什之，故由国民升高小者，十人中或有一二，而由高小升中校，殆百人无七八矣。是摈贫民于无登进之路，促成阶级制度，转不若一家一村得立私塾，任取经书教授，可得一二通材，大之为国用，小足以治生接物而有余之为得实济也。讵计之得哉？欲救其弊，大学、中学应缴之费宜较高小国民为递减，且国民需费无几，即责令满出，庸何害乎？

三十一

不为贪人捉刀，不为嫠女执柯，不为口腹杀生，不为儿孙作牛马，不为名利趋炎附势，庶可无大过乎。

三十二

寡妇再醮，法所不禁，然例以从一而终，得请旌建祠，则知告吾国礼教所重，在此不在彼。虽有孝子慈孙，百世未能改事处，无如之何者也。若非为其子若孙，自当是非分明，以期维持礼教于不敝。虽然，是岂能责之妇人女子乎？又岂能责之蚩蚩之氓乎？

三十三

不欲人知之事，不必尽阴私也，故于他人之书札、言语，总以不求见、不求闻为是。既免心劳，复可远怨。

三十四

闻蓟县前有知州龚某，以丁祭日门斗，少有误差，即于大成殿笞之。时教官为董春宣浚泽，意甚不平，然无如之何也。适同乡史竹孙先生过蓟，为拟牒，内略有云："花衣期非用刑之时，大成殿非用刑之地。又花衣期间刑，谓之无君。大成殿用刑，谓之侮圣。云云。龚大窘，遂烦人和解。兹读《蜀志·刘琰传》：琰以其妻胡入贺太后，经月乃出，因疑与后主有私。呼卒五百挝胡，至以履搏面而后弃遣。琰坐下狱，有司议曰："卒非挝妻之人，面非受履之地。"琰竟弃市。竹孙之作，殆与承祚隐合。

三十五

诸葛武侯领益州牧，征辟皆简旧德。梓潼涪人杜微，字国辅，固辞，舆而致之。亮引见，以微尝称聋谢客，恐其无闻，因于坐上为书与之。书载《蜀志》微本传。此或即后世笔谈之始。

三十六

国有赦典，前人非之者夥且屡矣。夫予人自新，本法理所许。若不论实据有无、保证有无，而一概免除之，难保怙恶者不益逞其横，杀人以越货，报复以快私，殃及善良，更兴大狱。即被赦之人，庆生或不得生，施令之人，欲生之反适以灭之。专制国法，制之不良，前人非之，诚是矣。乃不图堂堂民国，亦发见此种秕政也。本年二月间，蓟县奉执政令，出狱三十余名，闻颇有投入票匪者，近来吾乡之害，半亦基于此云。

三十七

句有可删，足见其疏。字不得减，乃知其密。引而伸之，两句敷为一章。约以贯之，一章删成两句。善删者，字乏而意留。善敷者，辞殊而意显。刘勰语也。锤炼字句之道，尽于是矣。宜熟玩味。

三十八

民国者以民为主体者也。总统由民选，议员由民选，无非使人民自谋福利以期渐臻于治平。乃自改革以来，愈趋愈下，迨至近今之总统、议员每受诸之牵制，不能本良心以行所欲行，甚或专计一身权利，尽牺牲人民之生命财产而不顾。笑骂由他，好官自为。例如勤俭之家，终岁劳动，撙衣缩食，由饱暖驯至于丰亨，此安分之良民也。有立法与行政之责者，若能力任保护，以资激劝，似无难期可小康焉。乃丁兹水旱兵荒之余，官家对于安分之民，不借口政费不足加重税捐，辄巧立名目，择肥勒借，更有因捕务废弛，盗匪横行，或公然绑人，或结伙抢掠，甚至枪毙事主，燬屋为墟，迨经报官诣验，不过说拿贼之官话，仍责供应之不饶。人民知官家之不足终恃也，不得已出其积岁所蓄，或稍变血产购买枪支以期自卫。夫以此家道殷实之人，购备少数报废之快枪，当然不至与匪勾连，应为正人所深信，而官家与驻防之军队辄责令开报以为他日收束之地。倘因乡僻，见文告较晚，或造报稍迟，轻则责以私藏军火，苛罚巨金，重更律以潜通匪人，科以死罪。欲呼吁于总统，既居高不能听卑，近求拯于议员，或阿附不为建议。是何异驱人争入于恶途？善者将焉有噍类而盗匪安得不日多也哉？迨案发不免，仍绳之以法。呜呼，诚难乎为民国之国民矣。

三十九

蒲圻但植之【涛】《法学卮言》内一则言买卖教育之害，引《北史》贾思伯兄弟二人师事北海阴凤，业竟，无资酬之。凤遂质其衣物，时人为之语曰："阴生读书不免痴，不识双凤脱人衣。"及思伯之部送缣百匹遗凤，因具车马迎之，凤惭不往，以为凤知惭，清议恐难再睹于今日云云。余谓今之为师者，专以招致多得修羊为事，不以德业相勉，更思见好弟子，惟恐其终岁而或去，几等于投机企业买卖云乎哉。可为三叹。

卷之五　联语上

代李松亭寿赵翁八十【戊午】

翁，燕山世家，有二子，皆聪颖。

期颐大年椿龄肇庆；论语继世桂荫联芳。
仰达尊乡党莫如德；准王制八十杖于朝。
大耋延龄星辉南极；双珠焕彩名冠北平。

挽李泽浓福廷

蓟县附生，充教育会长，创宝蓟中学，捐款不赀，初以入于闲言，与予颇有意见，后乃和好。自君之没，吾蓟学务顿减色矣。人存政举，能无慨然？

觉今是而悟昨非，噩耗传来，后死遂成孤立势；倾私囊以谋公益，热心教育，先生独享大名归。

挽谢楫用连遴亲家

疏阔愧频年，方期渐息劳心，命驾远寻旬日聚；仙凡悲顷刻，不谓俄焉撒手，骑箕遽作九天游。

挽马茂亭景鲜

清光绪三十四年同予劝办种树，曾蒙京兆尹奖给六品顶戴。民国元年举充乡议事会议员，有合撮一影，分存诸同人处。

树艺共宣勤，即看畦绿村青，多是当年旧种；议场同拍照，倏忽人间天上，不堪遗像重题。

挽孟立功

十八岁佣于予，迨宣统二年始去，盖十有四载。性聪慧沈敏。初未尝就傅，以时聆予与友朋言论，颇能读小说及浅显诗词，而尤雄于胆。庚子秋，予以调停咸家被匪要劫事，赴北山。匪以未满所欲，抢劫我于太平寺之东偏。时从者虽三五人，然皆色变，几不能语。独立功持械怒目相拟，匪竟莫敢先发，得无害以归。且遇人恭谨，谈词静雅而有远识。故先辈卢菊庄、李约斋诸先生及同时荐绅、诸髦，无一不许为可造。即下至佣贩、屠沽，亦皆津津乐与之近。忆予光绪丁酉游浭汤，壬寅游盘山，丙午游临榆，及历上京师，立功盖无役不从。自予学吟以来，负囊之奚不下十数，殊未有如渠之受颐指气使，且时能一起予者也。去年夏六月，予馆于蓟城王氏，秋季时温盛行，九月十九日有人自家中来言立功于十八日罹疫以殁。予以其四弟立山死于是月之望日，或李代张之讹也，而未之深信，乃夜间立功即来入梦，言笑如平时，予更询以适有传子死者。立功曰："讹也，何足据？"一笑而寤。及晨仍不自禁，遂赁车以归，沿路喧传，果成为事实，且今辰殡矣。夫是月二日，立功犹祝予诞辰。何半月之离，遂不能再晤耶？立功上有孀母，且病未起。一兄两弟叔者且亡。妻刘旋亦于月之二十五日死。遗子女各一。子甫六岁，嗷嗷失母之雏，良足悯也。先是立功有父丧，吊者座为之满。今立功之殁，虽至昵，亦来者寥寥，世情冷暖益躅予悲已。己未正月九日，附记于绥远可可以力更。

为余服烹茶洒扫之劳将十四年，最怜小有聪明，通俗诗函能记诵；距汝来称觞拜祝而后才旬五日，岂竟顿生觉悟，苦烦世界原抛离。

原同胞四人岂鲜也哉，二日前一弟死，难有万千，那更追随又逝；剩全家五口亦苦焉矣，七旬母六岁儿，交无三两，谁堪缓急相依。

才足应临机之变，文能读通俗之书，半解一知，有时我叹弗若；上见许士夫之贤，下不忭屠沽之贱，取长舍短，多数人曰可称。

初噩耗得自传闻，将信将疑，乃悲从中来，偏有梦痕亲笑语；既归心动而遄返，再询再确，且窆于辰后，那噤声泪吊孀慈。

燕京榆关浭阳田盘，盖无役弗从，而庚子北山林旁，尤见临危不惧；老母弱妹兄弟儿女，总尽人是累，且病妻呻悲气促，悬知欲瞑皆难。

酷矣灾温，旬日内，丧汝弟丧汝妇，汝亦不免；嗟夫厄运，数年来，夺予交夺予亲，予伤何如。

身后炎凉，汝虽绝顶聪明，难免诧为怪事；眼前儿女，我代虔心祷祝，无灾早见成人。

挽孟妻刘

殉夫易，抚孤难，惜未取法乎上者；夫为妻之纲，信乎有约相将去；
有弱雏，无恒产，后何术以善之。儿是娘身肉，痛煞无缘见成长。

祸不单行，脱非女弱儿孤，且为汝亡者幸；时刚十日，屡见男号女哭，益触我生人悲。

王子庄忠义祠联

吾郡王菊庄先生子庄，于光绪庚寅、乙未两年大灾，均煮粥赡贫，活者甚众。又于庚子调和民教，糜款不赀，乡人德之，呈请大宪，入祀忠义祠。拟联如左。【罗按：此数联无题，为区分节目，现据其序而题之如上。】

功成不居千秋定论；德在宜祀百代流芳。
百世风闻后当兴起；万家生佛今有讴思。

惟乡善人可图于社；凡我君子宜式此祠。

谋人能忠允宜庙食；急公好义且听碑传。

忠于谋人己饥己溺；义能济众见智见仁。

中心为忠于今为烈；行宜谓义博爱谓仁。

正其义夫岂谋其利；有是德允宜享是名。

道有口碑不忘没世；人来顶礼如见生平。

见义勇为当仁不让；生多善举殁飨明禋。

恺恻激昂亦仁亦侠；神明昭格曰义曰忠。

祠意何居廉顽立懦；示人以范主善为师。

本良知良能致其极；皆大忠大义而可祠。

志乘昭垂多士之式；频繁时荐大名不刊。

忠亦多端救难济急；义之所在殊途同归。

国体在民民称曰忠则国可概；祠崇至行行必由义允祠之宜。

则天顺时辉光照国；修福行善功德大隆。

积善有征名成德就；论仁议福嵩高岱宗。

与德合符保佑歆享；修德行惠光明盛昌。

宫商既和春秋祷祀；邦国咸喜仁哲权兴。

拜祠祀神千秋起舞；执义秉德六合光明。

以上五联集易林句。

祝李子香先生七十寿

天津人，光绪丙子科举人。任户部郎中。庚辰致仕家居，凡地方善举，如保贡、恤嫠、戒烟、种痘、平籴、抬埋以及育牛所等，指不胜屈。或独立创办，或继续扩充，有善人之称。

夫天下之义举何限，举关爱物仁民都让先生著藉；为善人祝寿算无疆，算到卅年百岁还应续衍箕畴。

乐善好施从心所欲；奉觞上寿拜手飏言。

士仰龙门国尊鸠杖；筹添鹤算言称兕觥。

获寿保年长生无极；增荣益誉积善有征。

福佑久长仁孝笃厚；子孙蕃炽珪璧琮璋。

获生保年超拜福祉；增荣益寿道德神仙。

德义渊闳寿以高远；子孙蕃息明见善祥。

受福宜年颂声并作；安仁尚德曰寿无疆。

以上五联集易林句。

代王容伯寿李子香先生

清光绪丙癸之交，先君观政农曹，先生亦观政农曹，愧贱子无才礼不庭闻，缘悭道范；大中华乾坤待整，一行足法天下，一言且足法天下，愿善人多福筹添十屋，嘏祝千秋。

贺卢庶咸为子纳妇

喜溢重堂羹手试【时重慈在堂】；礼成十月案眉齐。

贞良温柔且贵且富；欢喜坚固宜人宜家。

坐茵乘轩新婚既乐；宜家受福与喜相期。

夫妇和亲比目附翼；家门雍睦受福宜年。

陈辞达诚歌遥送喜；举杯饮酒以告孔嘉。

冠带成家贺喜从福；凤凰来舍终身所欢。

同王子文智辅臣王容伯公挽杨捷卿母夫人

捷卿近应京兆全区讲演员，考试列第一。

相夫子持家者七十春秋，劬劳独任仔肩，愧潊陋无文，都莫从略摅懿德；有男儿宣力于京兆属县，讲演群推巨擘，能转移锢俗，即所以上慰先灵。

挽王龄甫之母

龄甫少失怙。予与之交二十馀年。迄未及过存，闻讣时，予适在城馆。

遝迟播徽音，愧贱子礼问多疏，未克登堂拜节母；客庐惊噩耗，愿贤郎悲思少抑，勉营大事慰慈魂。

挽王生桐荫

生为友人王石卿孝廉之孙。石卿为衯儿外舅。少失怙，恃石卿命，从吾乡王砚农游。自春徂秋，甚有进。乃于中秋前回家，不月余竟遘时疾以殁。时年甫十八岁。

剧怜汝幼失怙恃，数岁称孤，祖父母爱若掌珍，夫惟期望綦殷，遂命离乡就传，十余年牵衣绕膝，外出此殆其创矣；闻之师同学聪明，一人报最，春夏秋饶有心得，岂竟时温为厉，真教无药能医，廿许日赏月宁家，长辞终不可回哉。

痴儿是尔姑丈，行虽嘉，礼未成，尔已屡来存问；令祖与我友相，善竟诒，谋莫赖，我能稍忍唏嘘。

挽纪廷铨之母

廷铨父荣舫茂才，先数年卒。曾以能文敢言著称，颇为时嫉。

郎贤饶有父风，虽孺人亡乎，无遗憾矣；天演早成公例，为君子后者，尚益勉旃。

外王容伯挽赵振远

君岂抱有隐忧乎，忆数年倚畀，握算城廛方期借助鸿筹，亿中无遗长资调度。

吾未敢云义尽也，叹二竖来侵，送医京院终至疗穷鹊术，遄归少间顿隔幽明。

又代挽墨卿弟

同怀四人中，我忝居先，叹半世蹉跎，未卜作何归结；遭疫旬日内，弟竟不禄，把两行涕泪，可能洒到泉台。

时疫为灾，然患者岂遂无可瘳乎，悲夫琴不能声，一旦遽成千古别；弟亡太暴，或医之未尽臻其是耳，愧我友于乏状，九原怕对两亲言。

弟与我生虽异母，且出继小宗，然情爱弥殷，竹马讵殊童日戏；我为弟病屡延医，总莫觇大效，忽惨遭不禄，石麟还未梦中来。

代人拟挽母

酷矣疫难痊，药汤未及亲尝，叹母眼将穿，儿心已碎；伤哉悲失恃，罘鸟远闻讣至，痛问天不语，缩地无方。

陟岵痛靡依，墓道惊看双鹤去；风树触哀思，此后难酬负米愿。

在苦思反哺，庭枝怕听子鸟啼；杯棬存泽气，余生莫慰倚闾思。

挽张友香母张宜人

与贤郎交迄数年，拜未登堂，早仰四行四德备；钦哲母寿垂七裘，考终出世，往证三藐三菩提。

又代郑兰池作

仰贤母获训多方，未容一觌慈颜，痛具生刍吊苦次；与文郎兰言素契，窃愿少纾哀思，勉襄大事慰椿庭。

贺人母病愈

庆白发高堂勿药有喜；附青云多士称觞上言。

代人挽堂外祖母某节妇

妇以从夫为贤举，国人皆云可，风六十载节凛冰霜，能保遗田，补缀未劳佣媪手；老而无子曰独抚，侄女不异所，出百千言难详慈惠，永归封树，瞻依弥痛外孙心。

愧外孙就傅多艰负笈，频年只落得热心担教育；欢节母无儿更苦茹冰，誓日还留些遗产付期亲。

拟挽王墨卿

人谓视死如归亦姑为是说耳；君今尚未有后其能无遗憾乎。

我原过客视光阴，不惯沾巾悲既往；君是善人之嫡派，何堪易箦胤犹虚。

拟祝王志襄大京兆封翁植轩先生夫妇六十双寿

今在山为清泉昔出云作霖雨；寿二老于周甲欣四世之添丁。

家世溯三槐浓樾满街叨荫覆；壶觞寿二老盛筵佳话赋坻京。

六旬夫妇齐眉，喜先世庭槐布为民荫；千里邦畿额手，会当阶玉树挺生孙枝。

泽衍三槐堂欢四代；朋觞耳顺我颂眉齐。

代周子厚挽孙小亭之父耀先先生母何太淑人

先生性孝友，能以片言平乡里之争，小亭官部曹恒诚以勿畏强御，淑人俭勤而济贫无少吝。长先生一岁，卒年皆八十七。

夫妇二老双修侠骨婆心，有子儌曹司三品晋封诚异数；去今两年连见山颓娈黯，愧吾叨戚末一刍亲展且无缘。

封翁于壬辰生，淑人于辛卯生，看先后赋归飞，生虽异年殁齐岁；有子是今世福，得名是千秋福，以俭勤佐孝友，福惟能备文可铭。

自遣 【时寓城馆】

年来噉饭如常自得无闷；日以钞书为乐其闲可知。

坐拥百城恐到老无闻，而视茫茫且勤探讨；交难一个怕逢场随喜，独行踽踽非为鸣高。

积日成月积月成年，白苍苍脱其动摇，差信良知良能未尽澌灭；由少而壮由壮而老，甘落落苦无投分，独于一丘一壑不忘登临。

委怀琴书绝迹尘市；娱情纸笔寄趣山林。

意中事固莫须有；天下人大都可怜。

能游海上三山，纵不列仙僧亦好；勘破世间万事，了无可说默何如。

荣利不相关且坐我斗斋翻吾贝叶；悲歌聊自慰纵诗无郑调弦有虞音。

吟不外雪月风花，足逍遥饮食居处；名愿识鸟兽草木，遑研究依附钻营。

生事萧疏家在盘山之东燕山之北；交游息绝门惟诗人能认酒人能来。

时岂不可为哉，吾甚属望于善者；天将降大任也必先淘汰其凶人。

讳病忌医不祥孰甚；弗疑何卜知几其神。

学何常师，以先圣为归，认得定把得牢，便是正法眼藏；事经万变，惟至理难泯，贫不移威不屈，切须咬住牙关。

书短夜长，仅才一二个儿童，且不来前问字；茶余客去，默诵两三篇辞赋，聊当定后参禅。

人惟不自知终于龌龊；文必极其致乃有波澜。

挽杨雪门先生

　　先生山东临沂县人，历任乐安、新城、汶上教谕，致任家居，卒年八十馀。子光晨任临颍县知事，孙澍汶隶归绥陆军。

十载前早赋闲居，有子治民有孙从戎，千里仰声辉，恨下走生册年以晚；八秩外荣登上寿，遗田未芜遗经可抱，一朝惊怛化，惟哲人备五福而归。

雹神庙联

让雨露风云以作物；惟聪明正直之谓神。

右联语计九十二则，内祝贺二十三，哀挽三十四，祠庙二十一，杂题十四，皆戊午年中所为。虽殊不足存，然敝帚自享，未忍遽弃，爰录备省览，亦可为考旧之一助云。己未正月十二日附志，时寓绥远可可以力更。

挽靳薪圃之德配【己未】

靳，宁河人。

相夫子持家有声，迩能不惮间关远就边荒慰迟春；叹鄙人请缨稍晚，方欲竭诚趋谒那堪巾帼失英雄。

代绥远陆军骑兵营兵士公挽正目李之祖母陈

李，大城人。

畿辅播徽音，惟寿母能俭能勤，四德遥传多可法；边陲溷戎马，与顺孙同胞同泽，一刍亲展愧无缘。

代人拟赠妓联

风月姿怀得未曾有；神仙眷属情之所钟。
微步凌波瑶台月下；清吟霏雪花蕊仙才。
【以上二联月仙】
卿特情多柔如绕指；佛无法说辨已忘言。

寿范子瑜中将【国璋】尊大人印卿先生七十五联代

有人胸藏数万甲兵，早储成竹卫家国；为公顶祝八千寿算，应与大椿齐春秋。

以国事为前提，尝闻执锐行间四十年不希荣利；援古义而归老，且看称觞堂上八千岁永获康强。

挽族伯福廷公

先君捐馆舍四十二年，族中惟两伯告存，公逝可再；贱子去乡邦千五百里，儿辈忽一函赴至，我悲何如。

寒宗之高年推公，记曾瓜架豆棚，听述祖德；寄食于他乡愧我，愿接声音笑貌，儿应有魂。

挽孟篆山夫子

伯道老无儿，信手拈来，公已寓有隐痛。【公光绪三十二年，曾拟一文内备述平生艰苦及无子状况，甚豁达。题以"信手拈来"四字，然余知公之隐痛深矣。】

茶村书报我，失声一哭，天其将丧斯文。【余客绥远，屡向杜翼周同学讯公起居。得本月九日书，始悉公于七月十二日作古。】

挽李菊友世叔【长经】

屡劝吾挟策出游，相知之深乎，是否吾不欲辩；愿助公畜鱼兴业，而利未获也，遗憾公曷能无。

代王瑞符少将【麟庆】作哭母联

生儿果足娱老乎，岂弗望晨昏定省夏清冬温，自曩岁奔走洰渝绥远之间，寝膳侍多疏孝，本有亏忠又奚在；吾母亦极劬劳矣，初不曾顷刻安闲衣丰食腆，痛衰年诀舍子侄孙曾以去，药汤尝未及罪，难擢数人谓我何。

千里执戈殳，遄归无计，遗训难承，是固曰未遂请耳；一身积罪孽，抱恨终天，徒殷爱日，其究也谁实为之。

又代作哭堂兄徐庆联

兄十年足迹所经，由粤吴而奉而豫章，顾南雄一役尤大局攸关，慷慨悲歌，乌不幽忧以死；弟一向心仪有素，惟德行与言与猷，守愿北面常师竟重泉永隔，痴怀幻想，雁行期定来生。

一门以耕织佐书香，独能图远，知几楼莘庆相辉，骈路首为诸季式；万国惟英雄造时势，太息多才，无禄岭梅方可玩，鸰原心怆大招篇。

又代作挽内兄王某

频岁戍边荒，常期假我十年，释甲归耕，时寻笑乐；入冬传噩耗，不及同君一诀，临风洒涕，难说悲怀。

传凶问于一书，惟云患喘伤生，顾语弗能详，究莫悉因劳而致因疫而致；望故园兮千里，亟欲假归不获，叹哭无所补，敢再言至契相关至戚相关。

代人拟赠金喜校书【庚申】

金吾不禁人间乐；喜尔能销客里愁。
漫掷金钱劳暗下；每从喜笑忆多娇。

挽舅祖马公乐山

公彝秉慈良，族党亲邻称长者，咸无间言，而化风孤露馀生，尤蒙抚爱周贴，在戚属中实无与比。比以再客绥远，恒惴惴以不及再见为惧。於戏！真竟不及再见耶。怆望乡山，遄飞无翼，饥之累人有如是哉。抒词识痛，声与泪俱，舅祖有灵，应鉴之也。庚申三月附记。

公诚至德人哉，不然何五十生儿且忠厚有加，今又孙枝挺楷城；我抱无涯恨矣，乃者凡廿年以长渐凋零略尽，那堪凶问到边陲。

惟长厚乃多抱隐忧，有子能世家，报施何曾爽毫发；忆年时仅一趋省候，老人恒念，故弥留应尚数归期。

挽适王祖姑母

有子且多孙，遽一旦决然逝耶，不肖亦孙行去去，他乡莫亲汤药；先曾暨祖父，卧九原弗起久矣，继今鲜父族茫茫，后顾谁呴饥寒。

挽同村张公肤功

行佣供母，为弟娶妻，公私不负，一钱血汗，自营百亩，身同五尺，竟孝子义士能兼天予饱暖康强吾生，所见亦仅；目未识丁，心寅令甲，忠信近在，十室咨嗟，奚限四邻，年越八旬，纵耆术蔻苓弗起人谓庸行足法公憾，大可无遗。

代拟祝双寿集易林句

乾坤利贞蒙祐谐偶；履禄绥厚获生保年。
积德累仁喜偶相得；节情省欲长生乐乡。

又拟寿联集易林句

道德神仙颂声并作；寿考长久积善有征。
天所祚昌寿算无极；世载其乐福履齐长。
安息康居与天相保；仁德咸应曰寿无疆。
福禄光明寿以高远；子孙蕃炽天所祚昌。

春帖子王瑞符属作，时同客绥远

律转青阳家国昌富；人来紫塞身志康娱。
山势峥嵘明积雪；风光流转变鸣禽。
花好月圆人贵寿；风和日丽序承平。
诗书醰古味；兰桂毓奇芬。
随遇而安歌乐土；相逢有喜说新春。
雪卜丰年兆；春来佳气多。
暇日聊温史；新年庆洗兵。
华祝人多寿；居安乐有馀。

挽舅氏芳亭公【辛酉】

  先妣蓝孺人同怀弟也，少先妣六岁，壮年不善治生，故老境窘甚，然不屑乞怜。乡人莫不重其介行，余苦饥奔走，节年虽少有馈奉，然晬颜色时颇稀，满拟春暖言旋长承言笑，乃儿辈报至于庚申腊月十一日，因瘝疾逝世，殓莫凭棺，刍缺一束，悲曷可云。撰五十二字志痛。

  见爱惟四老人，舅为最也，而晚境多艰，愧频年以来，困饥驱侍每缺；【适王祖姑母舅祖马乐山公及同村张公福功，皆于一年内逝世。】此行要一周岁，吾虽穷乎，岂前言忍食，乃噩音叠至，不恝遗悲何涯。

代王瑞符挽同学李【思敬】德配

  婉娩播贤声，吾友钟情，那可伤心悼遗挂；莽苍渺难问，孺人不禄，剧怜得寿限中年。

挽卢橘生先生

  老眼倦沧桑，谢客频年专内视；私心痛梁木，哲人当代渺难求。

代人挽祖母

反哺无从一表陈情难卒读；含饴莫报百身能赎愿先驱。

及泉可许歌融洩【诗亡耆二子先逝】；生世无缘见笑颜。

五十二岁初度自寿

先重九一星期，恰鞠有黄华，何幸开樽与故人共赏；过五旬两期月，纵颜如赭渥，愧无广厦庇寒士皆欢。

寿无足称惟节近重阳与二三子把酒开怀兴复不浅；道未之见纵年登七秩剩十八载抛梭驰隲造亦可知。

自遗

慎言寡尤知止有定；自强不息则资之深。

书赠王仁山

据德依仁游艺；婆心圣手仙方。

代挽军官剿匪阵亡者

何物蕞幺么，乃遽坏干城耶，死重泰山，公论具在；匪人尚充斥，孰能为保障者，惊闻鼙鼓，我忧孔多。

挽瑞翁团长【壬戌】

壬戌正月二十七日，为瑞翁团长三十六岁千秋。风自归耕，关山远隔，愧难躬晋一觞，爰集焦易十六言，命儿子纷敬谨代书，寄呈粲政，用作华封之祝。旧属刘化风拜集谨识。【罗按：此联有序无题，为区分节

目，题之如上。】

护生保年屏藩固卫，增荣益誉禄祉安全。

代郑兰池挽刘翁

亿中号多才，为富能仁，使人尽如公，曷忧于国；八旬跻上寿，游仙何怖，况子皆胜我，优世其家。

王砚农五十八岁令诞

王砚农哥长我五年，品学皆优过我。溯初识且三十九年许矣，而料事多奇中，循循善诱，人尤有足惊服者。今壬戌二月九日，为五十八岁令诞，喜检丁巳拙撰十六言，书之用佐觞祝云。【罗按：此联有序无题，为区分节目，题之如上。】

知几其神我无法说；教学相长公之寿征。

挽马翰如表叔

翰如茂才名式融，光绪辛巳冬，同受业于马君祥舅祖者也。少予二岁，前客龙江时为余通讯绥远军次。去年同赋归来，承一相访。嗣闻出授兰阳某氏家塾，乃得赴，竟于四月十一日卒家。时以有溃军经过，风鹤惊疑，迨少靖往吊，业先期就窆矣。君父相君舅祖嘘唏告予曰："病者垂殁，犹盼汝来一诀也。吁，谊兼戚友，生死不渝，独不能凭棺临穴以报。可愧也夫。"

君行居长我齿忝加，童廿业同攻，冷案相依，卅载浑如昨事在；
病未前闻殓然后赴，弥留劳久盼，生刍莫具，连朝特苦溃兵过。

初度日感书

水旱刀兵风雹虫疫，加之早霜天灾人祸相乘，将世界沦湑乎，复何生趣；父子夫妇伯叔舅弟，还来旧雨桃实菊觞并进，非酒食征逐也，乐此笑言。

挽王石卿

神京二百里匪遥，果何疾而至斯乎，齐物缅蒙庄，我未忘情，频呼道丧；膺服三十年有素，诚望尘所弗及也，间居拟潘岳，公从此逝，弥叹邻孤。

以斯民之先觉，于吾辈为导师，君子无争，所争者大；荣桑梓之治安，为邦畿谋福利，至人不死，虽死犹生。

极目慨全境多灾，代筹乡县今谁属；关心拒改省一事，未见端倪死不归。

时事尚艰危，天胡不憖遗一老；世缘任纷扰，公遂能独有千秋。

鸿野听哀号，几见瓦全，函电顑呼皆血泪；燕京留痛史，再过厂市，打磨声似答悲歌。

国学痛沦澌，鲁灵光岿然独存，讵特斯文资捍卫；死生幻顷刻，齐物论寓言无据，顿教吾党失因依。

导引岂功亏，君其误歧途乎，未遂延龄，真成厌世；知交多死别，我复何生趣者，只宜念佛，了此余年。

天下事未见可为，内讧南疆方进命；个中人又弱一个，长安西望赋招魂。

代贾晓岚挽王石卿

兄事我有年，才识胥愧弗如，重以婚姻，备荷提撕到豚犬；君先吾长往，世法更何可说，倘无和缓，岂真厄运际龙蛇。

代鈖儿挽其岳父王石卿

三十年谊笃通家，溯缔婚媾以来，斗酒曾求，自愧工文逊子美；数千里惊传噩耗，恨无羽翼飞返，束刍都缺，人生何苦慕官常。

挽王龄甫 【永耆】

卅载固交期，天缘人缘，至莫可究极；一言堪告慰，吾子汝子，尚能相提揣。

　　龄甫弟趋公县署，官绅交誉。今春以劳瘁病惝恍，虽距家不百里，而义无私顾，归息未遑，方冀年未五旬，勿药可致，乃予于仲冬旬，当西上途次，遽闻考终于县城寓庐，时月之朔日也。嗟嗟，结契垂三十年，登堂有愿今乃以素车白马来耶？弟灵有知，应鉴予悲。

代人挽其岳父王龄甫

坦腹有馀惭饮食教诲，回越恒情，方期杖履常培，问字论文增学识；
劳心撄痼疾疲茶模糊，竟难救药，他日寓庐再到，故毡遗盏怆形神。

代人挽史竹孙先生 【癸亥】

公无赫赫名，运蹇官且卑焉，惟篇章纂组精工，脱离古人自称别调；我有鳃鳃虑，文言国之粹也，与弁髦等间割弃，痛惜绝学匪哭以私。

改李雨辰挽茹泽涵联

贱子未酬知，虽莫挽量移，颇望见童迎竹马；炎辰申步祷，乃殷忧亢旱，遽令畿辅怆棠阴。

代刘镜泉挽刘杏村 【一清】

　　潮北人。日本士官学校毕业。充第二十师参谋长，现隐家门，有名士风。

学出东瀛，溯年时袍泽曾同，幸得重逢秦岭月；讣传南苑，且世事艰难莫问，剧怜闲杀洞庭秋。

寿李晴岚

无所成名，愧吾忝以一日长；必得其寿，与尔同销万古愁。

晴岚老弟少余一岁，躬耕教子，境复相似。虽所获自愧莫及，而目击崄巇，心忧陵谷，则无弗同焉。兹逢五十三岁览揆辰，谨撰廿二字侑觞，愿为掀髯快浮一大白也。癸亥仲冬七日。

改卢幼橘寿其居停五十七岁【期在本年冬至后七日】

前来复喜见葭飞椿寿八千，再动番三甫周甲；随士夫敬称触祝莃康稠叠，备兼福五颂生申。

挽李子寿

李君子寿，名维祺，晋溪先生冢嗣也。与余共习骑射者近五年。同应秋试者二，皆报罢。性驯拙，体魁梧，重量达一百九十斤弱。晚染鸦片不能脱，家日以落。近寄食玉田胞妹家，以疾卒。【罗按：此数联仅有序无题，为区分节目，现题之如上。】

同学谁堪有用才，屡踬秋围，五矢连穿逊沉稳；濒衰独赋无家别，长眠夜永，一棺遥返助悲惶。

骑射相夸，听黑寺疏钟，旧游历历如春梦；困陉以死，对朱华衰草，后顾茫茫生远愁。

岁暮杂拟三则

周行好藉双轮运；出处安如六辔持。

【大车】

籝金于我有无可；仓粟隐人新陈因。

【财神仓神合祀】

四时崇报飨；七圣重专司。

【七圣司】

自述【甲子】

溯乾嘉道咸同，百年来自高曾祖父及身五世中单传嫡系；

试马步弓刀石，三场毕合满蒙汉军全额八旗第二名秀才。

代刘子勤挽其外姑

姆训幼能娴，曰德曰言最次曰工，诸党中啧啧称贤闺媛，早式芳徽，邻媪争推宜室；婆心老弥笃，若子若女不才若婿，易箦时一一招视孺人，可无遗憾，生者宁抑悲情。

代王石如挽其岳父

为父止于慈，溯再娶而得三男，少者先亡，垂老心伤望夫石；成翁神尚王，忽一旦莫逃二竖，医乎罔效，平贫目断丈人峰。

寿某君五十五岁初度代

重华百又十龄喜半，数初周得位禄名，有为者亦若是；一本单传五世潆知，闻在昔多男富寿，微斯人谁与归。

贺李晴岚生孙

有德不必有言，此有人有土有财有用；多孙兆于多子，宜多寿多富多艺多才。

晴岚老弟有男子子四，其仲恩保，生而瘖，独习于洒扫进退之节，虽便给者，莫与比娴焉。甲子冬初十三日，举一男，晴岚抱孙有乐，于汤饼会之。又次日，枉招共酌。余喜其绳武有人，缉缉绵绵，胥肇于此。爰撰语命儿子纷书以寄贺幸，勿例同他仪而却之也。

拟祝刘俊卿之母寿代

太夫人洵福德双修，羡大好儿郎，谠论匡时文章华国；愚如我亦京畿一分，愿随诸君子，三多祝华百拜陈词。

拟挽族兄化育

竹马竞游嬉，同学四年相尔汝；原鸰伤老大，分飞一旦重惊呼。

兄疾不可为，乃闻而省之，虽自谓少瘥吾未信也；儿顽将弗托，谁起而代者，能细参妙谛当无尤焉。

寿李晴岚五十四岁

年五旬有四龄，绳武添丁，曾预饼筵拚酩酊；月十一之八日，赓飏寿考，倘逢饭颗约敲推。

晴岚弟年逾服政，体弥健康。昨月举孙，招预欢宴。兹逢诞日，勉以多寿多男为颂。因忆客年祝五十三岁初度时，有杜子翼周共醉，故末语及之。

代李松亭先生挽其胞兄梦熊先生

同怀盖九人来，痛六姊前亡，天不愁遗，兄又逝；相怜惟一妹在，怅群山远隔，时难团聚，我谁亲。

拟挽李梦熊先生

长厚证，多端攸好德，考终命固其所也；期功亲，大敛面如生，带微笑有由来哉。

公生不良于言而品德纯诚，虽细如背贩肩挑，皆曰取未伤廉与未伤惠；夫死亦何足駴恒嚣腾俗尚，最工为沙含影射，能无触怀斯世痛惜斯人。

拟挽某君

君母与先岳母同胞，起于寒贫，为儿孙作马牛，勤俭成家，雄强骇俗；近年较前许年携手，忽焉疏阔，任雨云之翻覆，死生有定，荣辱何关。

贺莫耀卿生曾孙

四世同堂孙又生子；一人有庆我颂宜男。

杂拟

榆柳槐檀取以备诸用；聪明正直圣而不可知。

火下水上得既济；神而明之存乎人。

【以上火神】

十室有忠信；群情笃睦娴。

【村西闾门】

负郭田千亩；伊人水一方。

【村东闾门】

七圣司善恶报；三阶平风雨时。

【七圣司】

有马借人今世少；如龙愿尔四方驰。

款段步堪代，驯良德可称。

【以上马厩】

卷之六　联语下

挽孟母卢【壬申】

家綦贫，有子四，次三及子媳杨，均先卒。

未见死不如生，泉路侍晨昏，早有两男一妇在；况已年登上寿，岁时勤祭扫，且看余子众孙贤。

挽陈秀川先生【壬申】

清贡生。卒年八十七岁。家素封，示微疾而逝。

天不慭遗，苍昊果无知乎，闲尝数遍交亲，独此老箕畴福备。世方多难，红尘良可厌矣，含笑溘然归去，更何人德望能齐。

又代人作二则【壬申】

阅人世到八十七年，而有子多孙，教养拊循心独苦；违笑言才四五六日，竟无缘再晤，追维想象梦常萦。

先辈风流难再睹；后生徙倚欲何依。

挽前蓟县县长王稷岑【梦鱼】

官若绅几得真相知耶，溯当戊己之交，辱宰山乡我服区务，愧以性成迂戆，横招蜚语吹求，惟明公洞见无疑，曲予调维事终大白；生与死亦良莫可测矣，忆自分携而后，缘艰再面人各一方，常想竹马重迎，不道函鸿且阔，何忽而噩音遥赍，惊呼涕泗欲问空苍。

挽前蓟县中营巡检杨雨人之隽【癸酉】

云南昆明人。精书法。曾历任保定、热河等处，后任蓟缺裁，遂寓焉。壬申余忝县志编辑之任，复得与谈宴往还。尝自为生挽数联，并征戚友预挽之，亦豁达士也。又尝以自在图小照属题，故次联及之。

澨从结契，欢聚良稀，迨客年承乏编摩，何修居近高斋，窃喜朝昏叩启发；蓦尔分携，乱离旋至，历多月幸纾喘息，方冀走伸别款，那堪生死隔幽明。

记前示自挽生挽诸词，逝者如斯，当日固应图自在；数旧游滦阳保阳而外，乡关何处，御风能不到昆明。

挽表弟李佩卿代【癸酉】

充保卫团团丁，误中枪弹殒命者。

十年前并案咿唔，善相劝过相规，虽亲属中表乎，同怀不啻；一旦间惊闻惨祸，哭失声助失臂，真肝肠寸断矣，再握无期。

拟挽某先生【友人属作】

尝自憾不十年读书，试看怡情诗赋，历曾服务梓桑，虽曰未学，吾弗信也；亦何须跻百龄上寿，遂听载道讴歌，行见图形乡社，诚之莫揜，有如此夫。

挽金粟山先生凤翥【乙亥】

清廪生。教授外乡，有绑匪入院，先生先觉而呼，匪吓以再声将予汝以不利。先生呼益急，遂饮以数弹，登时殂。

拼死庇生徒，尽其道谓之正命也可；横流看沧海，今而后将丧斯文欤吁。

挽王剑秋【乙亥】

县城人。

行年不惑，惨强留利纲名缰成底事；来日大难，存匪易侠肠快口更何人。

挽曹君乐【乙亥】

遵化人。

诚君不愧须眉哉，壮无片亩老景多娱，率真性交遍名流世所罕有；我且久成赘物矣，病莫能兴衷怀谁告，嗟暮年顿失良友伤如之何。

挽剿匪阵亡特警代【丙子】

小丑肆跳梁，愧余部署多疏，穴险让先探，一弹飞来戕壮士；
此间非故里，为我榆枌效命，躯捐无反顾，四民何以答英魂。
尽职责生命能捐，在古英雄，固有甘心瞑目者；靖萑苻人民得托，凡吾父老，允宜祀社图形焉。

挽刘子勤之尊人【丙子】

交贤郎正三十年，虽多缟纻，言欢孰与忘形相尔汝；侍长者才四五次，乃竟幽明，路异许应有梦接音容。

挽杜钦甫先生【丙子】

清廪生，教学至八十四岁卒。自先生卒后，文学益无人过问矣。

惊霣老人星伤哉，当前我失灵光岿；兀添多士感已矣，式后谁堪跬步从。

挽李维周之尊人【丙子】

贤郎品学能端辱承，一日长见推，屡陟高堂瞻笃愨；大德期颐必得独惜，十年来弗晤，顿悲前路判人天。

挽周景贤先生光熊【丙子】

先生富甲一乡，壮年时以武试入泮，于余为先进。今行年七十有八岁卒，盖距光绪二十五年己亥停武科之年，已三十七寒暑矣。

冠裳前辈慨晨星，吾犹及掇重挽强，谁知卅载才过，事已成陈徒资掌故；楮帛随人惭旧雨，世孰与席丰履厚，行见八旬预庆，考终正命我切心仪。

挽张生松石【丁丑】

名景良，患喉证，误于医，不五日而殁，年三十一。从游十馀年，人多谓其资性颇类予。

从问学历十载犹多自惭，德业无称，人谓具体而微，吾岂敢吾岂敢；入世缘仅卅龄刚过弗信，巫医可作，虽云死生有命，恸如何恸如何。

挽赵组臣【丁丑】

四五十年旧识也。隐于屠酤，设肆桥上有年，遽以疔证卒。

樽酒不论钱，前十年早设肆，桥头见约频繁，累尔屡为东道主；死生虽有命，不三日遽归真，天上感怀迟暮，怆予莫觅旧时朋。

代人挽外舅【丁丑】

居常我最敬妇翁，食坐见羹墙，卅余年坦腹羞称无似处；诀别孰大于生死，酸辛手汤药，十许日及身亲见未安时。

贺孪生者同日受室【丁丑】

同时钟郝来嫔，人夸礼法；于古崔张媲美，我羡神仙。

拟改人挽叔岳【丁丑】

考终羡耆耋高年，承欢有子，绕膝多孙，耕读振家声，含笑归真允无遗憾；长逝痛暮春末日，玉润惭同，山颓安仰，幽明悲路隔，挽歌勉赋还冀歆享。

挽孙静山傅仁【丁丑】

充昌平县警务所长，得疾甚危，赁汽车归，甫抵家而卒。

吾老矣无能为，君方大有为，应不相谋，每到节年劳注问；君生也未得志，乃竟殁赍志，莫从究诘，益令身世感空花。

痛年来旧识与新知先我每登仙鬼箓；叹此后荒烟萦蔓草行人谁省郭家场。

三百里撄疾归来，电击飚驰，犹及见故乡山色；四五年欢言款洽，天惊石破，怕重披往日旧函。

贺友人为犹子纳妇【丁丑】

小阮风流友琴友瑟；重慈悦喜宜室宜家。

拟挽观平老人【丁丑】

名增，字廓瑜，李姓，遵化人。为同县史惺髯先生高足。光绪乙未、丙申间，友人王子砚农游山左，与老人遇，因得闻声相慕，书函往复者屡。迨民国纪元，罗君润堂为之介，始一接颜色于遵城。乙亥拙著《感旧诗》将付刊，老人为弁其首，末有云"行将就木，固知余姓字亦将见于续集，为未来之一人也"云云。嘻！裁几何时，顷得潘晏如茂才书，知老人于夏间已一瞑不视矣。年七十四。

游相闻逾四十年，乃再晤缘悭，未遑樽酒论文，遽成今古；为拙著弁五百字，辱虚怀引重，倘遂篝灯命笔，敢负交期。

岁暮杂撰【补乙亥】

且看天气好；会见泰阶平。

艮风主人寿；节物兆时雍。

欲求寡过须三省，行及衰年凛一恒。

一椽恰受人三五；四季时来福万千。

幸得炊烟常继续；敢于滋味讲烹调【厨】。

夕阳无限好；春水有馀情。

追挽老友王砚农先生【戊寅】

名塾，幼孤贫，失学樵采，归辄手一编弗辍，辄条记其所不识之字就质于乡先生，积久融贯，乃假经史子集各部，穷日夜读之。学益进，甫弱冠即出为童子师。五十年中，凡经指授者，莫不获益满意以去。顾性落落，鲜所许可，故人人虽皆许其教学有方，而望而避之者多也。尝于丙申、丁酉之交，一谋食于山左，归后贫乏如故。竟于民国乙亥正月二十八日示疾而卒。嘻！余素服膺先生而长往越三岁矣。车过之痛，曷能已已！

幼学旧知名，拥皋比五十馀年，循循善诱，教亦多方声价岂徒高哉，凡经期月陶成，资地纵难齐，随分浅深皆有获；奇穷真莫疗，走齐鲁两千里路，落落空回，依然寡合空乏固其所矣，乃竟一朝恒化，死生奚足异，同心攻错再无人。

书春随拟【戊寅】

幸留片瓦容栖止；还许长期恣啸歌。
意中已分无今日；身外何须问旧儒。
衰年何惜贫如洗；永夜谁同睡不惊。
构居敢募亲朋惠；伏处应饶日月长。
不信细民崇旧历；且听稚子贺新春。
厨与匠连聊取暖；米如珠贵愧加餐。

挽杜翼周表弟【维积】

清附生，余幼年同学也。殁在二月一日。

读书眼大于箕，忆二酉同探，群经是证；久病身轻似叶，忽一声长嗽，万事全休。

挽仇蕴芳襟兄

以姻娅初罕相通，三十寒暑前，交始密情渐亲，裨吾匪浅；阅尘劫丁无馀味，三千世界外，大罗天极乐国，让君先游。

卢一新集

（民国）卢一新／撰

忏非室诗存

蓟于各庄　卢一新【豁亭，号壬溪慵叟】

雪后晚眺【丁丑】

雪压平林映夕晖，嘹空阵阵晚鸦归。长桥隐约留双迹，远树溟蒙合四围。
野净生明云意淡，篱疏倒影月痕微。山深应有高人卧，得句低吟夜掩扉。

送春

无情桃李斗芳菲，倏见闲花片片飞。大好春光留不住，低徊南浦望斜晖。
杨花飞尽菜花黄，睡起窗前日渐长。蝴蝶不知春意去，随风又入别家墙。

和树声近作一律

世浊何须诩独清，诗篇朋好两关情。扪心但省身无过，避世休嗟道不行。
书乱堆床同獭祭，巢危累卵任鸠争。骑墙有派吾无与，一任滔滔且耦耕。

乱后久不出门闻秋禾已熟村外观稼【又七月二日】

心慵每觉无多事，性拙翻成自在身。世势如棋觇胜负，年光似烛转陈新。
欣逢五谷登场日，应念三春播种人。好是平原秋稼熟，彼苍终肯卫斯民。

灾余雨后火初流，多少人家盼有秋。一叶孤桐初堕地，千塍嘉穗已盈畴。
晨兴辘辘田车促，日落沈沈战鼓收。但得吾民有余粟，遑将身外肆贪求。

避乱

患难相寻问所亲，望门投止岂无因。呼童莫使群尨吠，尽是邻村避乱人。
雨后西风又转秋，老经离乱倍增愁。伊谁会我心中事，冷笑旁观只掉头。
夜深吟罢一长嗟，事到临头始念差。红蓼秋深根渐剥，人情犹爱眼前花。
衰残日与世相远，耳目昏昏乏见闻。惠好如君频寄问，自馀身世节浮云。

秋日晚眺

郊原千里郁苍苍，萧瑟西风送晚凉。院下梧桐飘落叶，人间禾稼喜登场。虫
鸣草际声频续，雁唳天空字几行。倦对闲云任来去，村头翘首且相羊。

获稻

无麦无禾岁且荒，秋来幸喜稻登场。镰磨新月晨初试，稼拥稠云露正瀼。
岂竟臼中能出米，惟凭雨后早分秧。御冬旨蓄聊为计，奚羡轮囷海壖藏。

除夕

声声腊鼓几经传，历判阴阳错后先。家以累贫惭过节，身因老病怯增年。
欢娱隔壁闻呼酒，跪拜童孙笑索钱。一岁光阴兹又逝，晓钟未动且迟眠。
一夜垂除岁欲更，后新前旧最分明。年荒敢厌桃符旧，债累宜闻爆竹惊。
家祭孙扶迟拜祷，宵深人语懒逢迎。天心厌乱知何日，翘首春回竚太平。

上元日天阴有雨意，至晚稍晴，灯火甚稀，
不复太平景象矣，对之慨然【己卯】

白头吟罢对书檠，天气氤氲月半明。日暮谁家陈宿酿，年荒到处少歌声。
星河淡隐含微雨，灯火低垂映晚晴。盼得东风吹冻解，老农依旧劝春耕。

晏起

鸟鸣庭树趁朝曦，老转疏慵睡起迟。问字童孙情更急，隔窗立唤已多时。

几上列红梅与迎春各一盎，往岁立春日先后着花，
今则同时开放，然计日已迟一月矣，拈此戏咏

年年花信暗相催，开到迎春见落梅。怪尔何时结良偶，黄裳红袖并肩来。

咏迎春

东皇何处驻行驺，花为迎春肯寄留。收拾落英须爱惜，一簪犹上美人头。

咏梅

芳心点点逐春回，伴我梅花最后开。老去诗情犹未减，垂帘待有暗香来。

伏中多日不雨，晚禾又苦旱干，立秋后五日幸得大雨，
秋收有望矣，诗以志之

秋禾带雨映新晴，水满陂塘两岸平。莲叶翠霭朝露嫩，稻花香送晚风清。
蝉吟高树无惊响，人祝丰年有笑声。欲学老农空识字，愧无强力助深耕。
天公含意竟如何，久旱移时雨泽多。雾湿炊烟迷远树，风摇嘉穗漾微波。
渐看红紫成秋色，且补饥荒刈早禾。最是鄙情无摆脱，睡余拈句当悲歌。

和溪东老圃韵四首【录三】

衰年何惜耳双聋，祸福无闻胜塞翁。事少渐能忘俗累，愁多端为守财礼。
百无一就苦吟诗，愧负先知觉后知。去日已多来日短，前途怅怅又何之。
贫逢世乱知无与，食对家人问有余。【每食后常问有余否，分给诸孙。】
毕竟多金常患盗，朝离尘市晚山居。【木村富室避盗移居桥市，闻警后又回，
每晚仍赴山家借宿。】

初学韵语多承溪东老友指迷，又时以家藏名稿投予所好，
垂爱之意深矣，未敢云谢，以诗报之

卌载从游忆旧欢，文章价重久瞻韩。于今吹受春风暖，古调清音听再弹。
佳招雅兴集娱年，晚景重题翰墨缘。珠玉连篇劳寄赠，起予不费买书钱。

续前作二首

当年知己似晨星，况复幽居隐姓名。苦惜年光何变幻，白头容许富吟情。
碧缄幽思附吟笺，又是秋风八月天。今日月明三五夜，泪痕和墨落樽前。

中秋日老圃以慰解诗见示，读之如月坠怀义切肺腑，欲
酬答而无词，以诗报之，仍步大作元韵

生以庚寅死戊寅，死生天定果成真。经年已没荒山骨，对景空悲白髮人。
五十六言赓妙句，七旬一叟未亡身。词陈大义切肝腑，无德何修未了因。

欲访老圃未果以诗寄之

凉夜凄凄月半规，小窗孤影映书帏。秋深触景怜归鹤，雨后寻幽畏伏鸱。
晚境愁魔常入梦，良朋高义遗之诗。葭苍露白风光老，待扫尘氛或有时。

感秋 【重阳后二日作】

北风吹雨欲寒天，秋草秋花剧可怜。鹊落平沙迷远岸，鸦翻古木突轻烟。山村砧杵催何急，雪夜刀弓卧不眠。后顾茫茫随浩劫，此身尘海一虚船。

老友溪东送别赋此以赠

春风别后见秋霜，多少萦思忖短章。阅世如棋空胜负，浮生若梦悔行藏。只凭吾友论交道，更许何人涤俗肠。握手溪东情脉脉，几番回首立斜阳。

五十年来成一瞬，君甘逸隐我畸零。离怀常拟三秋月，老友今如数点星。浩劫染成尘土赤，新霜杀尽野山青。孤芳尚有篱边菊，莫负花开酻醵醨。

老圃见访，爰赴赏菊之约，对坐长谈，颇饶清兴，诗以纪之 【十月十四日作】

四十年前两年少，联床风雨几经秋。君才卓荦谁青眼，我性狂疏已白头。知己只凭书赠答，藏形宁与世沉浮。黄花也助幽人兴，犹有霜枝晚节留。

老圃以感旧诗四章见示，痛亡友潘令文潘而作也，感书于后

生世真如梦里游，古稀犹健说潘侯。河阳一带花应满，故郡重来疾未瘳。人寿那同金石永，家山付与鹤梅愁。伤怀西望晨星落，一奠楹前恸泪流。

犹是

犹是青衫渍墨痕，条条白发一身存。知交幸结忘形侣，笑语惟亲总角孙。无补时艰羞献策，欲浇积磊懒开樽。纷驰羽檄何须问，风雪幽居但闭门。

羞膺百里试蒲轮，【君于民二十二年，邑绅有推任县知事之职，君切辞之。】世乱能存道德身。古调再弹人弗尚，新诗一卷手常亲。韬名何许狂吟

凤，秉笔真嗟晚获麟。大海孤樯任浮去，不堪回首说前尘。

读云溪狷庵两先生诗书后

老顽空慕达夫诗，那有金丹换骨时。觅句窗前嫌烛短，看书月下每眠迟。杜韩不作精神古，郊岛鸡摹寒瘦姿。瞻彼燕南两先哲，遗编见取有余师。

冬日偶成

年年衰瘦怯冬寒，卧拥重衾睡未安。体弱病魔侵入易，时危忧患脱离难。鞭鸣牧马悲风疾，铃语归牛落照残。独倚绳床看活火，蜗居差得一身宽。

冬至日作

律转阳从地底回，葭吹六管动飞灰。霜凝北陆犹侵草，风到南枝始放梅。朝日似添窗外影，衰年不嗜掌中杯。天公自握行生数，那问人间白发催。

和老圃韵

目渐模糊耳渐聋，强拈秃笔效冬烘。嫁衣肯为他人作，也得蝇头济阮穷。镇日叨唔聒耳惊，儿童贾勇唱书声。悲吟渐对寒灯夜，仿佛穷途哭贾生。葭灰飞动又春回，料得南枝放早梅。检点年光将近腊，关心一事费推敲。春风布气最宜人，吹到平芜到眼新。虽是柳眠呼未起，一阳初复渐精神。

岁暮得微雪而晴

睡起庭前玉雪飞，占年且喜菊苗肥。乍看云影飘轻霰，又见窗明透晚晖。叉手儿童喧日暖，藏身乌雀忍朝饥。晴开会见风光转，五九春阳柳上归。

和艳秋作即步其韵四首【录一】

银釭坐对影婆娑，劫后生涯唤奈何。壮士醉歌狂斫剑，英雄草檄胜操戈。

弱身因缠病疏慵，久不禁寒慨叹多。无补时艰空落寞，诵君妙语慰蹉跎。

不履桥市历数月矣，初十日晓晴乃一趁墟感而赋此【辛巳二月】

不畏春寒一趁墟，芒鞋行杖步徐徐。人争入市如趋鹜，我为看山胜跨驴。
池水有声冰乍碎，野花无语柳将舒。衰年那复治生计，但祝民心返太初。

阴云漠漠喜初晴，日上泥融路未平。近水鱼虾喧晓市，满塍冰雪碍春耕。
有无互易农商集，虚实难凭妇孺惊。如此尘劳太多事，老夫归坐理书楹。

和老圃韵二首

佛说何人演下乘，刀山剑树见谁曾。前贤弗尚谈因果，大德由来寿必增。
放生戒杀原无忝，善出无心戒有心。斯道近今成反例，惊鸿枉自吐哀音。

偶成寄老圃

不才也似不闲僧，茹素参禅恨未能。莫谓昼长无事事，午窗一梦忘何曾。
老耽韵语五年中，投赠频频句未工。喜得他山良友助，敢将末技诩雕虫。
萧斋兀坐暗生寒，云影低垂压碧栏。九十春光今过半，初闻小鸟试檐端。
散步郊坰趁晓晴，柳丝初绽草初萌。中原烽火何时息，一望山河最怆情。

春山

不老青山浪得名，迢迢千里蔚峥嵘。只缘睡起风光转，一路迎人笑靥生。

春水

剪剪风轻二月天，凫雏昼暖枕沙眠。池边草色青如许，一半平分映碧涟。

春柳

晴丝袅袅飏斜晖，古道人行送别归。莫惜长条攀折苦，省他朝露染征衣。

春草

韶光又转岁华新，恨煞东风力未匀。李白桃红阏颜色，青青却见草如茵。

自叹二首【清明前二日作】

白头吟罢一长吁，少壮无闻老更迁。晨起每憎寒料峭，昼间聊得睡工夫。浇花意懒须僮仆，摇笔诗成亦腐儒。自信残年无用处，任教人世马牛呼。

也知花事未阑珊，三月风光尚觉寒。地尽荒凉春色减，村无烟火午炊难。诗缘幸结三生石，年若空怀八节滩。【白居易《开龙门八节滩》诗有"七十三翁且暮身"之句，与余年正相若。】缓步林皋倍惆怅，冢边飞落纸灰残。

清明后二日晚步有怆于怀归而作此

书剑当年事已非，幽居廿载赋来归。巢焚卵破穷何极，子死妻亡泪几挥。世事风云呈幻态，人生旦夕伏危机。徘徊陇陌悲寒食，纸化残灰贴地飞。

初夏即事有感

缓步林皋趁晚晴，青青二麦似波平。南风未解吾民愠，听得流莺绕树鸣。
平芜经雨一番新，湿透征衣净路尘。日暮村头少烟火，此中多是避秦人。
懒披书卷日将午，喜见酴醾今正开。惆怅小园春色老，落花飞絮扑人来。
红紫争春事已休，感时奚羡旧风流。老夫也作归田计，城市山林处处愁。
藏书万卷终焉用，积产千金久亦贫。但使灵台无污物，不僧不俗得闲身。

刘树声德配周宜人挽诗四首

驭鹤飘然去返真，厌看村郭渐成尘。于今逃出红羊劫，方是逍遥自在身。

再迟廿五年盈百，德媲周姜埶与俦。撒手已归清净土，脱经离乱解【叶】君忧。

庄生何事鼓盆歌，生灭原同一梦过。我自劝君还自笑，十年曾记泪痕多。

阶前兰桂蔚丛丛，绕膝随肩次第同。最是含情凄绝处，西窗风雨白头翁。

中秋夜坐

时变浑忘节，年收苦不丰。凉飙催木下，花月满庭中。静夜消尘息，纤云滓太空。何因挥老泪，忧苦乱私衷。

渐觉新凉峭，庭花转碧阴。谁家醅酪酊，兹夕竟消沉。久坐生秋气，知交感素心。虫声尔何急，唧唧扰清吟。

病中寄怀圃叟

书剑蹉跎几十秋，何堪往事说从头。清臞瘦比梅间鹤，逸性闲于海上鸥。极目烽烟平复起，关心病态去还留。眼看萧瑟西风紧，珍摄冬寒疾早瘳。【圃叟今年时患腹泻，幸随泻随止，现届冬令，未知能不再发否。】

息影茅茨一载余，旧居何慕瓦鳞如。消除积磊非关酒，检点陈编尚有书。愧我芜词投几席，劳君采笔报琼琚。匡床病起身多暇，伫望新吟一启予。

病中自述

病骨稜稜瘦莫支，强携竹杖步迟迟。不谙世事浑如醉，聊破愁魔但有诗。浩劫能逃天有眼，民生待尽地无皮。老夫日与同生息，攘攘嚣尘瞢莫知。

缠延病榻六旬中，艰苦惟怜白髪翁。盂粥当前愁乏味，方书在手艺难工。去来有相皆成幻，生灭无凭总是空。我抱孱躯且随遇，馀年何惜效痴聋。

刘化风跋

右老友壬溪慵叟丁丑至辛巳诗七十六首，承嘱选录而存之者也。忆识壬溪几五十年，迨光绪丁酉长男生，壬溪戏呼而子之。此后往还日较密，顾壬溪少工帖括，于试律外，未尝有所为。嗣与文瀶汲清诸君发起七老娱年会，壬溪与焉，而吟兴之豪，远出吾辈上。每一稿成，辄辱命点定。即所选录诸什，除投赠唱和者外，概皆经余点定者。世乱而所嗜在此，与时无争，非恬退知命，乌足以语于是。惜予莫效他山之助，而壬溪皈向綦懃始终不贰。虽未免狭陋贻讥，然可证两人之衰年情好矣。因乐志之。

辛巳冬日，溪东老圃树声氏志，时年七十有二。

李萱集

（民国）李萱/撰

露生诗拾

蓟穿芳峪　李萱【露生】

露生自序

露生幼即喜诗，儿时每见先大人诗稿辄喜诵之。先大人尝语之曰："诗是吾家事，汝既好之，不妨试为之，将来能以一二好句博乃翁欢，胜于称觞戏彩也。"由是始专心学之。时先大人客京师，每有所作，辄寄呈焉，并得蒙先大人老友王半塘、张远村、陈念亭诸先生批评指示，受益良多。惟随作随弃，究无存稿。今年露生已六十有四，行将就木。回忆一生心血，半付于诗，若尽弃之，未免可惜。因搜拾若干首，名曰《露生诗拾》，知不足供大雅一噱，不过略存爪迹耳。

中华民国三十年辛巳，露生自题。

散步

散步秋原上，西风拂面凉。疏林看入画，红叶乍经霜。

盆菊

战罢西风傲罢霜，瓦盆高插挺孤芳。莫嫌生处规模小，免在篱边受晚凉。

游响泉园

沿溪行到小园前，雨过天晴乍退寒。红杏一枝墙外艳，不知此是为谁看。

晚归

信步闲游去，归来带夕晖。满山秋草净，一路野花肥。唤侣农夫返，知还鸟雀飞。天边新月上，几缕淡烟霏。

秋雨

细雨潇潇落，空斋自觉凉。窗前虫语急，天末雁声忙。屋小人言悄，檐高滴溜长。清宵秋一味，把卷就灯光。

晚步

扶筇闲步小桥东，停晚游来兴不穷。杨柳隄前飞乳燕，豆花篱下絮秋虫。遥山雨过苔含绿，浅渚烟笼蓼缀红。隔水樵夫归自唱，声声送入白云中。

秋野

独步郊原外，苍茫一望同。稼收深巷露，木落远山空。带露苹花白，经霜柿叶红。农人秋事罢，闲话豆篱东。

重阳前四日大雨

空斋独坐怯新凉，篱畔黄花暗送香。何事连朝风雨急，只因佳节近重阳。

题画

峰峦泼翠雨晴才，云树森森覆绿苔。流水小桥斜日里，有人携杖看山来。

秋日登五龙山远眺

直上五龙顶，迢迢路不迷。山高花未发，林静鸟频啼。远水连沙净，闲云到树低。牧童知近午，驱犊过前溪。

新月

新月一弯明，乍出西山顶。拂面晚风来，吹散闲云影。

冒风村外小步赋成寄李位东【镛】

天气斗严寒，朔风吼枯柳。溪浅水皆冰，略彴何须有。行行抵村西，独立一翘首。旷野卷尘沙，冻雪齐奔走。兴尽即归来，异冷因袖手。到家检奚囊，佳句商吾友。

乱后喜家大人还乡

地覆天翻后，严亲远客归。此来真仆仆，相见倍依依。母病顿能起，痴儿亦不违。晚来谈往事，口角尚嘘唏。

喜于芳五姊丈至

久忆同心友，今朝到我家。入门先话旧，为客始烹茶。晚饭煮秔米，春蔬间豆芽。【山人以水生豆秧食之曰豆芽。】夜深清不寐，得句手频叉。

寄怀任静溪

别后频相忆，离怀托苦吟。何时能睹面，同此快谈心。路远书常断，情投思倍深。满山红杏好，煮茗待知音。

龙泉溪小步

一带秫篱绕岸长，隔溪风送菜花香。山村自有天然画，流水桥头趁绿杨。

哭李位东

一病遽云死，闻之心暗惊。嗟君先作古，愧我尚贪生。学画有新意，谈诗无俗情。从今回首忆，悲感两交并。

和小诗龛主溪桥诗境元韵【小诗龛主人为文竹坪淇，居北京东安门明故宫南内】

长安有溪桥，其上饶佳景。本为热闹场，颇得清幽境。寻诗偶然来，顿觉心俱静。高槐送好风，垂柳舒清影。

隔岸多野花，掩映中流荇。水浅净于沙，泛泛无蓬梗。西望神已驰，临风几引领。小窗事推敲，吟罢斜阳冷。

附原作

开门俯溪桥，溪桥足清景。岂无他人居，终属诗人境。况少车马喧，而绕市城静。岸垂槐柳阴，波荡禽鱼影。

未种西涯莲，颇牵南海荇。踏沙雨无泥，藉草风翻梗。二老不可攀，说诗妙能领。夜深明月来，照见烟水冷。

响泉园晚归

贪话名园久，归来欲二更。村龙拦路吠，邻寺晚钟鸣。溪水逐人响，天灯【村俗开岁人家多竖竿悬灯名曰天灯竿】隔树明。东风吹面过，不觉动诗情。

刘树声先生以小讨尨主溪桥诗境诗索和
因赋此以答

索和新诗句，知君爱我深。溯交原有旧，同气见于今。大著曾经目，清谈素惬心。多缘知识浅，不敢和高吟。

重阳后喜朱荫庭师王季生师暨孙虞卿
同门到山诗以志之

才过重阳节，师朋喜到庄。多髭惊面改，【时朱师已留须】话旧觉神伤。别后沧桑换，年来学业荒。临风亲奠醊，【两师同虞卿，在先君神主前列祭奠醊。后又过位东墓大哭。】悲感触诗肠。

寒夜大雪晓起远眺

北风瑟瑟吹窗纸，冻云压屋灯光紫。炉灰拨尽冷无眠，喔喔寒鸡催客起。客起忽讶雪皑皑，一白千里无尘埃。山前老树更有挂【雾气冻结于树曰树挂】，宛若千树万树梅花开。天公着意添好景，好景只有诗人领。诗人爱景不畏寒，扶筇踏过前山岭。

七百户道中

残雪叫满道，【雪因风聚，俗曰叫风。】驴行力渐疲。出村风势猛，到岸渡头移。岁稔征春赛【时溯河村赛会】，心荒验近诗。天阴寒较重。短鬐不堪持。

晓起偕任静溪登龙泉山绝顶复北下游半壁山

清晨结游侣，直上龙泉巅。飞步逐晨爽，云絮舞两肩。俯首瞰人村，隐隐隔苍烟。远水白一线，屈曲划平田。

凌空一长啸，万壑音喧阗。以此识物情，响应有必然。转步更北下，径曲屡盘旋。游人防失足，藤葛手迭牵。

数武得奇境，半壁峭摩天。仰瞻势欲伏，不敢近其前。忆昔崩坠时，或自愚公迁。渺茫不可说，姑置而弗宣。

崖际多野花，名半识不全。选石聊小憩，兴尽且言还。诗成赠同好，留作再来缘。

感怀

光阴如水逝难还，一事无成髪渐斑。应世才疏聊课读，谋生计乏暂偷间。书因细诵知多误，儿为常娇觉倍顽。河处可舒胸膈溂，扶筇且看夕阳山。

余家

余家在穿芳，八家村旧辟。茅屋四五椽，颇堪设枕席，虽无楼阁观，差喜足幽僻。四壁未萧然，所列惟典籍。时值春夏交，乐最数晨夕。陇麦与园林，窗前逗新碧。座中即看山，抛却杖与屐。偶然发狂吟，聊写烟霞癖。

秋日得芳五乞菊书，时送到秋虫数头

西风吹到故人书，正值山家午饭馀。送得秋声乞秋色，羡君清兴胜于余。

陪万萸生太守登莺歌寨

饭余寻古寺，太守兴偏嘉。径仄没秋草，庭荒开野花。小童携竹杖，道士供山茶。游罢题名处，墙边字迹斜。

夏夜独坐

炎蒸乍减晚凉生，独坐空庭神气清。明月渐升花有影，微风不作树无声。蜣螂触壁方收翼，蝙蝠惊人时乱鸣。夜久盆莲擎露重，滴阶点点助诗情。

呈李松亭太姻丈

略分言交谊，高情自可嘉。索书缘便面【与余曾书扇头】，见赐到名茶【昨赐以龙井茶】。医学钦公最，离怀怪我赊。匏庵人静候，曾否傲烟霞。

大辛庄河干晚步

久作辛庄客，离思集万端。遣怀临水好，成事赖人难。天暖冰初泮，隄长日欲残。晚风时阵阵，河上起波澜。

访任静溪

鞭驴争渡晚，喜至友人家。小院富秋色【盆菊甚盛】，幽斋远市哗【去新安镇里许】。嘉肴间鱼蟹【食子蟹银鱼】，清话到诗花。夜久不成寐，呼僮更煮茶。

晓起缘龙泉溪小步遂到响泉园

岸草透新碧，春光渐可寻。冻消溪水浅，雨集径泥深。初日照高树，归云压远岑。多园新霁好，小坐静诗心。

田家

田家风味在深秋，百谷登场趣自幽。破晓更呼儿早起，南山大豆带霜收。

题画二首

萧萧芦荻秋，浩浩长江白。雁下暮天空，古渡无行客。
远山天际青，林壑深且美。空亭寂无人，落日明秋水。

雪中遣兴

入春连日雪，韵事说山家。课子闲拼字【时习注音字母】，安炉偶煮茶。
身闲心觉静【时将村务辞退】，花好味偏嘉【时水仙盆梅盛开】。自此躬耕
耨，埋头度岁华。

秋晚即事

豆花开上短篱笆，曲巷无人静不哗。日暮柴扉才半掩，黄牛引犊自还家。

满山红叶，几缕白云，三两人家，晻映林际，俨然一幅秋山图也，因成短句一什

红树满秋山，白云拥幽谷。林里住人家，隐隐露茅屋。

梁各庄馆中作

此来将匝月，冗务渐抛开。遣兴寻孤塔【去好女塔里许】，逃逋有债台
【馆中如避债台】。诙谐无俗调，教育得英才。屈指年关近，期不归去来。

和王冷佛步刘鈖韵二首，时冷佛遵化报馆主笔

才调如君者，甘心效隐沦。胸怀华表鹤，生计辙中鳞。昔恨缘无分，【前
来穿芳两次，均未得见。】今真近若邻【遵化去余馆甚近】。阳春才和罢，余
味尚津津。

自识才华短，吟成愧赠君。离群思旧雨，寄迹感浮云。著述堪千古，诗书等一焚【谓废经学】。他时过寺院【冷佛寓城隍庙】，重语细论文【成句】。

赠王叙九

自作梁庄客，于君意最亲。谭深知见卓，交久觉情真。学业同磨杵，光阴惕转轮。切磋期共勉，愿与德为邻。

归里

鞭驴缓缓行，喜入禅房【穿芳旧名】谷。去时杏未花，归来遍新绿。韶光感变迁，人事渐碌碌。昨朝雨我田，忻得播百谷。童孙解欢迎，笑语出茅屋。老妻识我来，新炊先已熟。大嚼玉梁糕，晚食以当肉。诗成雨亦来，挑灯且细读。

迟王叙九不至

连日闷殊苦，村前偶一过。烟深生野水，雹重损田禾【日前雹灾甚重】。客里知交少，闲中感慨多。可人期不至，空自步蹉跎。

书怀

此来毕竟是因人，自信无他但率真。乡里友朋多落落，馆中学子幸循循。客窗兀坐如匏系，旅味深尝胜酒醇。百计不如归去好，南山原隰辟畇畇。

游响泉园时，园已出租，景物荒凉不堪入目，令人不胜今昔感也

小饮故人宅【时饮于莺哥寨】，归途过响泉。叩门人语静，近竹雀声喧。满地余残雪，空亭锁晚烟。名园荒落甚，惆怅夕阳天。

旅馆阻雨

旅馆无聊夜，残灯独可亲。雨声深院急，人语隔墙真。好梦寻孤枕，清歌听比邻。诗成天急霁，檐际月如轮。

八家村馆

八家村馆枕溪头，竟夕泉声与耳谋。昨夜有人同榻宿，直疑泉在榻中流。

过溪东别馆访刘树声先生

纤道过溪水，言寻隐者居。当门种蔬菜，满架富图书。文字结深契，乾坤悲劫馀【时乱甫定】。何时家累脱，载酒数停车。

叠韵酬树声先生

疠气时方炽【病霍乱者甚伙】，君应慎起居。愿将酬倡句，权作往来书。交重疵能指，情投思有馀。重阳风景好，谷口候停车。

偕王清源游响泉园

课馀偕友入园来，池水无声满地苔。惟有碧桃情不减，春风依旧向人开。

自遣

结庐向南山，开轩觉闲敞。座中便凭眺，省却履五两。春赏桃花，夏看草木长。客到话桑麻，直傲羲皇上。心静且如年，敲诗绝尘想。

题蔡璞如先生七十有四写经小照

贪嗔痴爱总成空【蜕叟语】，看破红尘若梦醒。蜕叟晚年真好道，埋头逐日写金经。

戊寅乱后欲访赵毓祺未果赋比却寄

戎马纷纭候，长途不易行。山河愁阻隔，炮火剩馀生。【八月十八日、二十日村头两次作战，屋瓦都为振落。】幸得微躯健，堪嗟举室惊。何时能过我，笑语款柴荆。

己卯初冬晓起，由七百户步行回里，过三岔口河，因忆此河。曩从于晓霖师时时由此往，来抵今已四十余年矣。时晓霖师归道山已五载，露生亦行年六十有二，真不胜今昔之感也

四十年前地，今朝偶一过。旧时遗迹少，浅水结冰多。步履忻犹健，襟怀感若何。自怜还自笑，底事苦奔波。

春日病起

小病初痊俗虑删，畏寒不敢出柴关。东风似恐人惆怅，一夜吹开花满山。

小令附

十六字令·秋夜

听，窗外寒蛩断续鸣。深夜里，若为助诗情。

如梦令又

细雨檐前初过，寒夜拥衾独卧。犬吠一声声，翻把梦儿惊破。起坐，起坐，孤枕长更无那。

十六字令又

惊，剥啄时从枕上听。西风起，落叶打门声。

浪淘沙·春日独坐

天气正阴阴，斜日西沉。半庭残雪静诗心。独坐空斋浑似客，得句重吟。特地晚风侵，万树萧森。更从闲里听山禽。一曲瑶琴初抚罢，却少知音。

南歌子·春晚

斜日催游客，垂杨送晚风。敲诗闲立小桥东。独倚吟筇一字，未吟工。

踏莎行·长夜

长夜失眠，拥衾自卧，无端俗虑来缠缚。诗书误尽廿余春，细思往日行全左。　　一事未成，半生空活，谋生寡计将安可。奉亲教子任非轻，从今不似从前我。

踏莎行·春日大雪

柳岸春回，池塘草绿，韶光渐可供游目。无情最是雪连朝，纷纷洒遍穿芳谷。　　才喜寒消，又惊寒酷，天时怎亦多翻覆。恼人心绪是东风，萧萧吹动窗前竹。

后　记

　　穿芳峪自然环境幽美，是大自然赋予的。穿芳峪文化底蕴深厚，是祖宗留下的。而不辜负上天的恩赐和祖先的事业，顺应当前新时代的大好机遇，敢于担当，勇于作为，守护传承和发展自己优秀的历史文化，积极把小穿芳峪建设成为现代化的乡村，确保当地群众长期稳定增收、安居乐业，以实现全面振兴，则是当代人的责任和使命，更需要当代人的不懈努力和奋斗。

　　不过，对于保护、整理、发掘并传承和发展先辈留下的独特而丰厚的历史文化遗产，以此作为乡村全面振兴的重要驱动之一，并非所有人都能理解和支持。据李树屏之子李萱所述，万青藜的响泉园在 20 世纪 40 年代末虽出租他人，有所破败，但园林尚存。其《游响泉园时，园已出租景物荒凉不堪入目，令人不胜今昔感也》诗尝云："小饮故人宅，归途过响泉。叩门人语静，近竹雀声喧。满地馀残雪，空亭锁晚烟。名园荒落甚，惆怅夕阳天。"现年届九旬的郑中和老先生曾受业于李萱，也回忆称，"文化大革命"之前，这些园林仍可见。到 20 世纪 80 年代末期，天津师范大学曾组织师生成立"穿芳峪考察组"，并完成了《蓟县穿芳峪古龙泉寺、清代园林及有关历史问题考察报告》。《报告》结尾写道："搞清楚古龙泉寺和清代园林的历史，对于开展天津地方史研究，推动修志工作，开展我市的旅游业都是有一定意义的。"1988 年，蓟县地志办刘春等人也曾到这里实地考察和采访，并撰写有《漫话穿芳园林》一文。但遗憾的是，他们的考察意见和建议，并没有引起重视。穿芳峪这样一笔丰厚的文化遗产，一直处于被遗忘的状态。直到 2017 年，天津社会科学院在小穿芳峪成立了"天津社会科学院智库实践基地"，并与蓟州区委宣传部联合主办"小穿论坛：挖掘优秀传统文化资源　建设现代生态文明乡村"，邀请大批学者汇聚于此，建言献策，由之引起了广泛关注，并形成了全国性影响。当时出版发行的"小穿芳峪艺文汇编"《初编》和《二编》，是对李江《龙泉园集》、王晋之《问青园集》和李树屏（李犀）《八家村馆集》进行的整理。可以说，对于穿芳峪历史文化遗产的挖掘，自此进入了一个历史性的阶段。相对于《初编》和《二编》搜集和整理的艰难，到《三编》时，我们有了更多的从容。尤其是，《三编》还获得了"天津市文化产业发展专项资金"的支持，这使得我们在做古籍整理工作时，有了更多的自信和动力。

之前，我对属于作为基础研究的古籍整理的价值和意义，作过一个不太恰当的比喻：整理古籍文献，好比是在田里种小麦，在磨坊磨面粉。基于文献之上的研究、开发、改编、戏说等，则好比是狗不理、大桥道、桂发祥加工的各种面点。人们更喜欢的是用面粉做成的馒头和各种面点。而麦粒和面粉不能直接送入口中，所以往往不被人重视。但是，食客们一定要明白：所有美味可口的面点，都离不开小麦和面粉。现在，随着"中华优秀传统文化传承发展工程"和"乡村振兴战略"的相继实施，我对古籍整理的"活化"有了更深的体会和理解。所谓让"书写在古籍里的文字都活起来"，是首先在古籍整理的基础之上，实现"三化"，即产业化、事业化和生活化。结合小穿芳峪的实际情况，简单而言：产业化就是依据现有的古籍文献，依靠市场的作用，将这些独具特色的历史文化资源转化为旅游产业，包括进行园林复建和开发相关的旅游产品等，锻炼精品，形成旅游品牌；事业化就是借助社科院、高校、民间研究群体等不同角度的学术性、专业性研究，以及政府的政策与资金支持，建设具有公益性的村史馆、书院、乡村大讲堂等，将穿芳峪打造成为弘扬、交流、体验传统耕读文化的重镇；生活化就是对已经整理的文献，再做进一步编选、注解、评点、翻译、阐释等工作，以此在日用常行中吸引和熏陶当地村民和四面八方的游客，提升其文化素质和身心修养。

清代天津文坛盟主梅成栋在整理天津地方诗歌总集之一的《秋吟集》时，曾感慨："栋阅世半生，每见一事之成，率多阻滞。不必功名德业之重也，即文人之一小聚，墨客之一联吟，事以韵称，情与俗别，便多耽搁，不能速遂于心。一若天之有意阻挠者。其故何也！"与古人相比，我们遇到的更多的是成人之美的君子辈的鼎力援手。古人常言，天地人谓之三才。汉代王符《潜夫论·本训》则云："是故天本诸阳，地本诸阴，人本中和。三才异务，相待而成。"窃以为能够靠天靠地靠祖上，固然是有幸，但是最重要的还是靠人。

在《初编》、《二编》和《三编》的整理过程中，自市领导、院领导到各位专家学者再到热心村民和出版社编辑，都给予了极大支持和帮助。许多到过小穿芳峪的人都说这个地方很神奇。我也每每有这样的感觉，但是到底如何神奇，却往往胸中了然而口讷无辞。现在想来，"小穿峪艺文汇编"系列能得到这么多人的"中和"之助，也可谓是神奇之一。在此也深表衷心的感激和无限的谢忱！

最后再说一件曾令我们感动的小插曲。有一次我们去小穿芳峪考察园林遗址，在龙泉寺遗址处见有数株核桃树。当时早已过了摘核桃的季节，有老师随口说这里的核桃是不是也与众不同。陪同的孟凡全书记说，现在有些晚了，今年的核桃大家应该已经卖的卖吃的吃了。但是，在我们要离开时，孟书记叫我们停住车。原来他跟村民说社科院的老师们下基层来村里帮咱们挖掘文化资源，但没吃过咱们这里的核桃，谁家有就拿来些。我们一看，在村口的磨盘上，摆有或大或小的各色塑料兜，那里面都是不同人家凑来的核桃。大家赶紧推辞说我们知道好吃。有大姐就说，还没吃怎么知道好吃，吃了才能说好吃不好吃，一定要大家尝尝。回家的路上，我们就一直想：这就是人们总说的民心吧。

民心如斯，又岂可辜负！

罗海燕　苑雅文
二〇一八年立秋日

图书在版编目（CIP）数据

　　小穿芳峪艺文汇编. 三编／（清）于峋清等著；罗
海燕，苑雅文整理点校. -- 北京：社会科学文献出版社，
2018.8

　　ISBN 978 - 7 - 5201 - 3431 - 6

　　Ⅰ. ①小… 　Ⅱ. ①于… ②罗… ③苑… 　Ⅲ. ①中国文
学 - 古典文学 - 作品综合集 - 清代 　Ⅳ. ①I214.92

　　中国版本图书馆 CIP 数据核字（2018）第 209892 号

小穿芳峪艺文汇编：三编

著　　　者／（清）于峋清　等
整理点校／罗海燕　苑雅文

出　版　人／谢寿光
项目统筹／杜文婕
责任编辑／杜文婕

出　　　版／社会科学文献出版社·区域发展出版中心（010）59367143
　　　　　　地址：北京市北三环中路甲 29 号院华龙大厦　邮编：100029
　　　　　　网址：www.ssap.com.cn
发　　　行／市场营销中心（010）59367081　59367018
印　　　装／三河市龙林印务有限公司

规　　　格／开　本：787mm × 1092mm　1/16
　　　　　　印　张：20.75　字　数：346 千字
版　　　次／2018 年 8 月第 1 版　2018 年 8 月第 1 次印刷
书　　　号／ISBN 978 - 7 - 5201 - 3431 - 6
定　　　价／78.00 元

本书如有印装质量问题，请与读者服务中心（010 - 59367028）联系